Feather
& Owl

Cover: Christine Spindler unter Verwendung einer Generative-KI-Grafik

Charakterskizzen: Karin Schliehe. Illustration Tasse: Karl-Heinz-Gutmann (charlygutmann/Pixabay). Foto Ann E. Hacker: Thomas Endl

Lektorat: Christine Spindler

Erste Auflage, München 2023

ISBN 978-3-949181-02-3

© Feather & Owl

Ute Hacker, Adamstr. 1, 80636 München, info@featherandowl.de

ANN E. HACKER

Café Hannah

Familien-bande

Teil 6

FÜR KARIN, EINE MEINER TREUESTEN
LESER*INNEN

Vorwort

Liebe Leser*innen!

Eineinhalb Jahre sind seit dem letzten Band vergangen. Der Grund dafür liegt in der Pandemie. Niemand will schon wieder etwas zu diesem Thema lesen!

In der Blumengasse gab es keine großartigen Veränderungen, dennoch ist manches neu. Aber ich will hier nicht zu viel verraten ...

Es gibt jedoch einen gravierenden Unterschied zu den vorherigen Teilen: Diesmal kommen ausschließlich Frauen zu Wort, alle Episoden sind aus weiblicher Sicht geschrieben. (Keine Bange, es kommen trotzdem jede Menge Männer vor.) Teil sieben wird übrigens von zehn männlichen Protagonisten erzählt werden ...

Ich wünsche viel Spaß mit Hannah & Co. Ich freue mich über jede Rückmeldung und beantworte garantiert jede Mail.

Und bitte denkt daran: Rezensionen sind für uns Autor*innen wichtig! Es muss kein ellenlanger Text sein, nur ein paar Worte ... Vielen Dank dafür im Voraus!

Herzliche Grüße

Eure Ann

Hannah Jensen

Es ist gut, wie es ist

Hannah zuckte zusammen, als sie das Klirren von draußen hörte. Es war das dritte Mal innerhalb einer Woche, dass die neue Bedienung etwas fallen ließ. Hannah ging es nicht um das Geschirr, das war ersetzbar. Aber was war mit dem guten Ruf des Cafés? War der erst einmal ruiniert …

Edi steckte den Kopf aus der Küche.

»Schon wieder?« Ihre linke Augenbraue war hochgezogen.

Hannah nickte. In diesem Moment kam die Bedienung mit hochrotem Kopf durch die Tür.

»Tschuldigung«, murmelte sie, als sie an Hannah vorbei zum Mülleimer ging und die Scherben entsorgte.

Hannah versuchte, sich an den Namen zu erinnern, aber seit Alex' Weggang hatte sie so viele Bedienungen gehabt, dass sie den Überblick verloren hatte. Und bisher hatte es sich auch nicht rentiert, sich die Namen zu merken; nach spätestens drei Tagen waren sie eh weg.

»Komm mal mit.« Dem Mädchen war die Angst anzusehen. Am liebsten hätte Hannah ihr gesagt, sie würde sie nicht fressen, aber inzwischen war ihre Wut so groß, dass sie sich dessen selbst nicht mehr sicher war.

Hannah führte sie zur Nebentür hinaus in den Hausflur, wo sie ungestört waren.

»Was ist los?«

Wie befürchtet, begann die junge Frau sofort zu weinen. »Es ..., es tut mir leid«, schluchzte sie.

Hannah reichte ihr ein Papiertaschentuch und wartete darauf, dass sie sich beruhigte.

»Wenn du nicht so viel auf einmal tragen kannst, geh zwei oder drei Mal. Nimm ein Tablett und staple das Geschirr darauf, wie ich es dir gezeigt habe. Mach es nicht zu voll, dann kannst du es auch tragen.« Sie schaute das Mädchen ernst an. »Okay?«

Das Nicken kam nur sehr zögernd. Hannah unterdrückte ein Seufzen.

»Ich schlage vor, du hilfst mir noch, bis ich jemand Neues gefunden habe. Der Markt ist derzeit leergefegt, es sind keine guten Leute zu bekommen. Es tut mir leid, aber ich denke, wir sind uns einig, dass du für den Job als Bedienung nur bedingt geeignet bist. Sehe ich das richtig?«

Diesmal kam das zustimmende Nicken schneller.

»Gut. Versuch bitte, nicht noch mehr Geschirr kaputt zu machen.« *Und vor allem nicht Kaffee über die Gäste zu schütten,* dachte sie. Das war tatsächlich der Vorgängerin passiert. Zum Glück war es bei einem Stammgast gewesen, der es mit Humor genommen hatte. »Halte dich an das, was ich dir gezeigt habe«, wiederholte sie. »Und jetzt zurück an die Arbeit, wir können Edi nicht so lange allein lassen.«

Die junge Frau schniefte noch einmal, murmelte etwas, das wie »Danke« klang und ging zurück in das Café. Hannah folgte ihr. Edi, die gerade einem Gast ein Stück Quiche und eine

Apfelschorle brachte, schaute sie fragend an. Hannah zuckte mit den Schultern. Was sollte man da noch sagen?

Als der Mittagsrummel vorbei war, schickte sie die Bedienung nach Hause.

»Wie soll es jetzt weitergehen?«, wollte Edi wissen.

»Ehrlich gesagt: Keine Ahnung.« Hannah ließ sich erschöpft auf einen Stuhl fallen. »Du weißt, ich suche seit Monaten, aber der Markt ist leer. Dabei zahle ich mehr als das Übliche. Gute Leute sind rar.«

»Irgendwo muss es jemanden geben.«

»Vermutlich. Aber wo? Wie finde ich diesen Menschen?«

»Ich kann vorübergehend wieder mehr beim Bedienen helfen.«

Hannah schüttelte den Kopf. »Das kommt nicht in Frage, Edi. Ich weiß, du willst mir helfen, aber du musst jetzt auch mal an dich denken. Nicht, dass du mir auch noch ausfällst.«

»Es wäre ja nicht für immer. Nur ein paar Stunden in der Woche.«

Hannah schaute ihre Angestellte an. Sie war wirklich eine treue Seele, immer bereit einzuspringen. Vor allem aber besser als die ganzen jungen Hupfer, die sie in den letzten Monaten hier durchgeschleust hatten. Der Gedanke, dass Edi wieder im Service mithelfen könnte, war verlockend. Aber Hannah wusste, dass sie mehr und mehr Probleme mit den Beinen hatte und nicht mehr so viel stehen konnte.

»Ich denke darüber nach«, versprach sie. »Und heute Abend schaue ich mir die neuen Bewerbungen an. Vielleicht ist ja das gesuchte Juwel dabei.«

»Dass es Alex ausgerechnet bei einer Beamtin erwischen muss«, schimpfte Edi.

Hannah lachte. »Man kann sich eben nicht aussuchen, in wen man sich verliebt. Aber ich geb dir recht. Es hätte gerne jemand sein dürfen, der nicht vom Staat beliebig herumgeschubst werden kann. Coburg! Die arme Alex.«

Edi zog eine Grimasse. »Manchmal ertappe ich mich dabei,

dass ich hoffe, die Beziehung geht kaputt und Alex kommt zurück.«

Hannah hob tadelnd den Zeigefinger. »Edeltraud Mayerhofer, du bist ein böses Mädchen. So was darfst du nicht denken. Alex hat es verdient, endlich wieder glücklich zu sein.«

»Du hast ja recht«, antwortete Edi und setzte sich ebenfalls. »Dennoch bin ich manchmal sauer auf sie.«

»Ich auch, ich auch.« Hannah seufzte und erhob sich, weil neue Gäste eintrafen. Sie nahm die Bestellung auf und ging hinter die Theke, um die Speisen und Getränke vorzubereiten.

Am Abend sank sie vollkommen erledigt ins Sofa. Dankbar ließ sie sich von Andy die Füße massieren.

»Wie lange soll das noch so weitergehen?«, fragte auch er.

»Ich weiß es nicht.« Hannah lehnte den Kopf nach hinten und schloss die Augen. Als ihr eine Idee kam, schoss sie hoch. »Willst du nicht aushelfen? Du hast das damals so gut hinbekommen.«

Andy lachte. »Vergiss es! Ich habe selbst genug zu tun. Solltest du darüber nachdenken, eine irische Kneipe zu eröffnen, in der ich freien Zugang zu allen Getränken habe, können wir gerne noch mal darüber reden.«

Hannah verzog den Mund zu einem gequälten Lächeln. »Du denkst auch immer nur an das eine.«

»Stimmt. An dich.« Andy gab ihr erst einen Klaps auf die linke Fußsohle, dann einen Kuss auf den Mund. »Ich koch uns was Gutes, okay?«

»Hm«, machte Hannah und kuschelte sich auf dem Sofa zurecht.

Andy legte eine Decke über sie. »Schlaf ein bisschen«, sagte er sanft und küsste sie aufs Haar.

Hannah träumte von großen Bergen zerbrochenen Geschirrs. Ein Mädchen mit tränenüberströmtem Gesicht versuchte, den Haufen wegzuschaufeln, aber sobald es eine Ladung weggebracht hatte, tauchte von hinten ein Bagger auf und brachte eine neue. Hannah tat das Mädchen leid und sie wollte helfen, aber sie kam nicht vom Fleck. Plötzlich stieg aus einer zerbrochenen Schüssel roter Rauch auf und wehte auf sie zu. Hannah wollte weglaufen, da merkte sie, dass der Rauch einen feinen Geruch mit sich brachte. Es roch nach ...

»Hannah?« Jemand strich ihr zart über den Arm. »Hannah? Wach auf. Essen ist fertig.«

Sie öffnete die Augen und schaute sich um. Erleichtert sah sie, dass sie sich in ihrem Wohnzimmer befand. Nirgends lagen Scherben herum, im Gegenteil: Andy hatte den Tisch schön gedeckt; eine Flasche Weißwein stand im Kühler, die Gläser waren zu einem Drittel gefüllt, in einer Schüssel dampfte etwas Rotes.

»Curry?«, fragte Hannah, sich an den roten Rauch erinnernd.

Andy nickte. Er häufte Reis auf beide Teller und schöpfte cremiges Curry darüber. Es roch köstlich, und Hannah lief das Wasser im Mund zusammen. »Ich bin am Verhungern.« Sie richtete sich auf. »Danke.« Jetzt strich sie ihm zart über den Arm. Er lächelte sie an und nahm ihr gegenüber im Sessel Platz.

»Ich dachte, du würdest lieber auf dem Sofa bleiben«, sagte er zwischen den ersten Bissen.

Sie nickte und genoss für einen Moment die Schärfe in ihrem Mund.

Seit Andy vor knapp einem Jahr zu ihr gezogen war, hatten sie ein paar Regeln aufgestellt, weil klar war, dass es ohne nicht funktionieren würde. Eine besagte, dass es eine gemeinsame Mahlzeit am Tag gab und diese am Esstisch eingenommen wurde. Eine andere, dass während dieses Essens ein Handy- und Fernsehverbot galt.

Hannah hatte nicht erwartet, dass ihr Zusammenleben reibungslos funktionieren würde. Sie hatten sich in der Zeit davor gegenseitig zu sehr verletzt, aber letztendlich beschlossen, es noch einmal miteinander zu versuchen. Andys Beinahe-

Affäre mit dieser anderen Frau hatte Hannah die Augen geöffnet.

»Es schmeckt hervorragend«, sagte Hannah und nahm einen Schluck Wein. »Vielen Dank.«

Das war eine weitere Regel: Nichts wurde als selbstverständlich hingenommen. Sie waren ein Paar, ja, aber dennoch waren sie auch zwei Individuen, die ihr eigenes Leben lebten, einen anstrengenden Beruf hatten und keine Zeit, den anderen zu bedienen. Wenn also einer eine Aufgabe übernahm, wurde ihm – oder ihr – dafür gedankt.

»Heute war es reiner Egoismus. Ich war selbst am Verhungern.«

Ein paar Minuten lang aßen sie schweigend, hingen ihren Gedanken nach.

»Ich muss mich anschließend noch um die neuen Bewerbungen kümmern«, sagte Hannah schließlich. »Ich brauche dringend jemanden, der mir hilft. Das Problem ist nur, dass es niemanden gibt.«

»Hast du es mit einem Schild im Schaufenster versucht?«

Hannah schüttelte den Kopf. »Ich weiß nicht, ob das bei den Gästen so gut ankommt, wenn da steht, dass ich eine Bedienung suche.«

Andy griff nach ihrer Linken. »Hannah, deine Gäste sind intelligente Menschen. Die wissen, dass es nicht rundläuft.«

Sie wusste, er hatte recht. Ihre Stammgäste waren längst dazu übergegangen, ihr schmutziges Geschirr auf die Theke zu stellen, damit die Tische schneller abgeräumt waren und neue Gäste Platz nehmen konnten.

»Okay, ich werde einen Zettel ausdrucken und unten befestigen. Vielleicht hilft es ja.«

Hannah schüttelte den Kopf, als Andy ihr einen Nachschlag geben wollte, und schob den leeren Teller von sich. »Danke, es war sehr gut, aber wenn ich noch etwas esse, kann ich nicht schlafen.«

Andy hatte diese Probleme nicht und nahm sich eine zweite Portion.

»Hast du dir Gedanken zum Thema Urlaub gemacht?«, fragte er zwischen zwei Bissen.

Hannah seufzte. »Wie kann ich denn jetzt an Urlaub denken? Es geht drunter und drüber. Ich bin froh, wenn der Laden läuft.«

Andy schaute sie nur an.

»Ja, ich weiß. Ich muss mehr auf mich achten.«

Er nickte.

»Hast *du* dir Gedanken gemacht?«, konterte sie.

»Habe ich«, erwiderte er, nachdem er hinuntergeschluckt hatte.

»Und? Wo fahren wir hin?« Hannah war wirklich neugierig. Bisher hatten sie sich auf kein Ziel einigen können. Eine Städtetour war zu anstrengend, damit fielen London, Paris oder Venedig schon mal weg. Nach Irland wären beide gern geflogen, aber sie waren sich schnell einig, dass zu viele Gefühle damit verbunden waren. Auf die klassischen Urlaubsziele Mallorca, Kroatien, Toskana hatten sie keine Lust.

»Griechenland«, sagte Andy.

»Was?« Hannah glaubte, sich verhört zu haben.

Andy lachte. »Griechenland. Genauer gesagt, Athen und Peloponnes.«

»Griechenland«, wiederholte Hannah in einem Tonfall, der klar machte, dass sie alles andere als begeistert war.

Aber Andy ließ sich nicht aus der Ruhe bringen. »Ein paar Tage Athen, dann mindestens eine Woche Peloponnes. Maik hat mir den Tipp gegeben. Er kennt ein Hotel, das perfekt sein soll zum Abschalten. Ich hab's mal gegoogelt. Es liegt außerhalb eines Ortes, mitten im Wald. Trotzdem kann man Ausflüge machen, zum Beispiel zum antiken Olympia.«

Hannah blieb skeptisch. Um Zeit zu gewinnen, räumte sie den Tisch ab. Griechenland. Das Land stand definitiv nicht auf ihrer Wunschliste. Und überhaupt: Wie sollte man sich dort verständigen? Wer sollte die seltsame Schrift lesen? Und auf tote Steine, die es dort zuhauf gab, hatte sie schon gar keine Lust.

»Schau es dir wenigstens mal an«, sagte Andy, als sie ins Zimmer zurückkam.

»Kannst du Gedanken lesen?«

Er lachte. »Nein. Aber den Blick kenne ich.«

Hannah verdrehte die Augen, musste aber selbst lachen. War sie nicht immer diejenige, die predigte, man müsse Vorurteile abbauen?

»Okay, ich schau es mir an«, versprach sie und gab Andy einen Kuss. »Danke für das tolle Essen. Ich fürchte, ich muss noch ein bisschen was tun.« Eigentlich war sie zu müde zum Arbeiten, aber sie wusste, spätestens am Morgen würde sie es bereuen. Immerhin stand für den nächsten Abend die Buchhaltung auf dem Plan.

Auch das war neu: Es gab eine Art Stundenplan, wann was erledigt wurde. Hannah hatte aus den vielen Fehlern der Vorjahre gelernt.

Sie trank den letzten Schluck Wein, ging in das Arbeitszimmer, setzte sich an den Computer und entwarf ein schlichtes Plakat

Freundliche Bedienung
ab sofort gesucht
Bitte im Café melden

Sie bezweifelte, dass es etwas bringen würde, aber sie wollte wirklich nichts unversucht lassen. Sie druckte den Zettel zwei Mal aus, lief die Treppe hinunter und schlüpfte durch die Nebentür ins Café. Wie immer, wenn sie außerhalb des Betriebs in ihrem Café stand, ging ihr das Herz auf. Das war ihr Reich, das, was sie erschaffen hatte. Es war ihr Herzenstraum, den sie vor sieben Jahren in die Realität umgesetzt hatte.

Was war in diesen Jahren nicht alles geschehen? Ihr Sohn JJ war nach Europa gezogen und lebte jetzt mit seiner Verlobten in einem Vorort von Lübeck. Ihr Ex-Mann Johann war an Krebs gestorben, sie hatte Andy kennengelernt, sich von ihm erobern lassen, nur, um ihn im nächsten Moment zu vergraulen. Ihre Nichte Svenja war nun ebenfalls in München, hatte sich endlich zu ihrer großen Liebe Ben bekannt. Selbst das Verhältnis zu ihrer Familie war etwas weniger frostig, seit der Seitensprung von Svenjas Mutter bekannt geworden war. Auch die Familie Wahls war nicht unfehlbar.

Hannah atmete tief durch, rückte auf dem Weg zum Schaufenster ein paar Stühle zurecht, obwohl sie wusste, dass die Putzfrau irgendwann in den Morgenstunden wieder alles umstellen würde, und klebte auf jede Seite der Eingangstür einen der Zettel.

»Na dann.« Sie ging zurück zur Seitentür und verließ das Café ohne einen Blick zurück.

»Na, du siehst heute ja blendend aus«, wurde sie von Edi am nächsten Morgen begrüßt.

»Ich dich auch«, brummte Hannah und ging schnurstracks zur Kaffeemaschine, um sich einen doppelten Espresso zu ziehen.

»Lange Nacht gehabt?«, fragte Edi mit dem gewissen Unterton, den Hannah so gar nicht ausstehen konnte. »Oder eher eine kurze?«

»Wenn du es genau wissen willst«, schnauzte sie zurück. »Ich bin bis halb zwei Uhr am Computer gesessen und habe versucht, einen Ersatz für wie immer sie heißt zu finden. Also, ja, es war eine verdammt kurze Nacht.« Im selben Moment tat es ihr leid. Edi war nun wirklich die letzte, die sie ärgern und womöglich vergraulen wollte.

Aber die nahm es nicht krumm. Immerhin kannten sie sich seit sieben Jahren und hatten so manche Krise gemeinsam gemeistert.

»Komm her.« Sie hielt die Arme auf.

Hannah seufzte, machte zwei Schritte auf Edi zu und ließ sich drücken.

»Es wird alles gut, wirst sehen«, flüsterte Edi ihr ins Ohr. »Wir haben noch immer eine Lösung gefunden.«

»Dein Wort in wessen Ohr auch immer.« Hannah befreite sich aus der Umarmung, da ihr Kaffee fertig war. Den brauchte sie jetzt noch dringender. Sie schlürfte ihn langsam und laut, was ihr einen rügenden Blick von Edi einbrachte.

»Was denn? Ist doch niemand da.«

»Ach, ich bin also niemand?« Edi hob den Kopf, schob das Kinn nach vorne und rauschte in die Küche. Dort drehte sie das Radio auf und sang lauthals irgendeinen Uraltschlager mit.

Hannah grinste und verdrehte die Augen. Was würde sie nur ohne Edi machen?

Dass die neue Bedienung sich krankmeldete, überraschte Hannah nicht. Sie hasste es zwar, wenn sich die Alten über *die Jugend* mokierten, aber inzwischen ertappte sie sich selbst immer häufiger bei dem Gedanken, was nur mit der Jugend von heute los sei. Es würde also wieder ein anstrengender Tag werden.

Das Gute am Stress war, dass die Zeit wie nichts verflog. Als sie zum ersten Mal nach Stunden zum Durchschnaufen kam und auf die Uhr blickte, stellte sie erstaunt fest, dass es bereits kurz vor vier war. Aufgrund der Personalknappheit schloss sie schon seit einigen Monaten bereits um neunzehn Uhr, auch wenn ihr dadurch das Abendgeschäft entging. Nach langen Diskussionen hatten Edi und Andy sie davon überzeugt, auch am Samstag zu schließen. Nur beim Sonntagnachmittag hatte sie sich nicht umstimmen lassen. Wann, wenn nicht an einem Sonntagnachmittag, würden die Menschen ins Café gehen?

Aber sie wusste, es nützte niemandem, wenn sie erneut zusammenklappte, wie schon vor fünf Jahren. Damals waren JJ und vor allem Andy eingesprungen und hatten das Café vor dem

Untergang bewahrt. Diesmal würde sie es erst gar nicht so weit kommen lassen. Die Gesundheit war wichtiger als alles andere.

Hannah sah sich um. Das Damenkränzchen, das sich jeden dritten Freitagnachmittag bei ihr traf, war bestens versorgt. Im linken Schaufenster saßen zwei junge Frauen und zeigten sich gegenseitig Fotos auf dem Handy. Am Tisch daneben saß ein älteres amerikanisches Ehepaar, das ihr herzliche Grüße von April ausgerichtet hatte. Hannah fand es wunderbar, dass sie trotz der zeitlichen und räumlichen Distanz immer noch in Kontakt waren. Noch besser fand sie natürlich, dass April in den USA kräftig die Werbetrommel für sie rührte.

Auf der anderen Seite saß ein älterer Mann und las hingebungsvoll in einem Buch. Hannah fühlte Neid aufkommen. Wann hatte sie zuletzt ein Buch gelesen? Sie konnte sich nicht erinnern. Vielleicht war eine Woche in einem Hotel im Nirgendwo doch das Richtige. Aber musste es ausgerechnet Griechenland sein? Da würde es der Bayerische Wald auch tun. Sie grinste. Andy würde dem niemals zustimmen, denn es war viel zu nah an München.

Hannah trat vor die Tür und schaute auch hier nach dem Rechten. Alle vier Tische waren besetzt, die Menschen nutzten das schöne Wetter. Am Wochenende war eine weitere Hitzewelle vorhergesagt. Zum Glück hatte sie die Lockdowns genutzt und eine Klimaanlage einbauen lassen.

»Kann ich noch jemandem etwas Gutes tun?«, fragte sie über die Tische hinweg.

Ein junger Mann bestellte ein zweite Rhabarbersaftschorle, seine Begleiterin war noch unschlüssig, ob sie einen weiteren Milchkaffee nehmen sollte, alle anderen waren glücklich und zufrieden.

»Melden Sie sich einfach, wenn Sie noch etwas möchten«, sagte Hannah zu der jungen Frau und ging zurück in den Laden, um die Schorle zu holen.

Um halb sechs kamen die ersten Gäste, die das vergünstigte Lunch-Angebot wahrnehmen wollten. Hannah hatte es eingeführt, nachdem Edi zunehmend unglücklich über die vielen Reste gewesen war. Jetzt gab es diese ab halb sechs zum halben Preis, nur to go und zum selbst Warmmachen. Es gab nichts mehr zum Wegwerfen, Edi konnte morgens alles frisch kochen und backen, und jeder war glücklich.

Um viertel nach sechs leerte sich das Café merklich, und Hannah hatte zum ersten Mal an diesem Tag Zeit zum Durchschnaufen. Draußen waren noch zwei Tische besetzt und der lesende Herr war so vertieft in sein Buch, dass er offensichtlich die Welt um sich herum vergessen hatte.

Hannah schnappte sich ein Tablett, um die beiden anderen Tische vor dem Café abzuräumen, als eine Frau hereinkam. Sie blieb direkt nach der Türschwelle stehen, schaute sich aufmerksam um, kam dann langsam auf die Theke zu.

Die Frau unterschied sich in ihrer Eleganz deutlich von ihrer sonstigen Klientel, die eher lässig unterwegs war. Hannah schätzte sie auf Mitte, Ende dreißig. Sie war in etwa so groß wie Hannah, schlank und sehr gut gekleidet. Hannah kannte sich mit Mode kaum aus, aber sie war sich sicher, dass das Kostüm ein Designerstück war. Über einem schmalen, schlichten Rock – wie nannte man die gleich noch? Richtig, Bleistiftrock! –, der kurz über den Knien endete, trug die Frau die passende Jacke. Die Revers waren asymmetrisch geschnitten und wurden von kleinen Lederriemen mit daran befestigten Spangen gehalten. Die Füße steckten in High Heels, die Hannah seit zwanzig Jahren nicht mehr zu tragen wagte. Unter einem pfiffigen Kurzhaarschnitt trug sie kleine goldene Kreolen, an den Händen steckte ein Ehering.

Alles an ihr schrie: Seht her, ich bin eine erfolgreiche Frau! Vermutlich kam sie gerade von einem wichtigen Termin, denn das Make-up empfand Hannah als einen Hauch zu heftig für die Tageszeit. Alles in allem machte sie jedoch einen sehr sympathischen Eindruck.

Als sie vor der Theke stand, entdeckte Hannah den dunklen Haaransatz der ansonsten perfekt gestylten, blonden Haare.

Obwohl sie sich im selben Moment dafür schämte, hatte sie sofort die Assoziation »Osteuropäerin«.

»Wir schließen in einer guten halben Stunde«, informierte sie den neuen Gast. »Sie können aber natürlich trotzdem bleiben.«

Die Frau schaute sie an und runzelte die Stirn, als lausche sie auf etwas, das Hannah nicht wahrnahm.

»Do you speak English?«, fragte sie dann plötzlich. Obwohl ihre Aussprache gut war, hatte sie einen deutlichen Akzent.

Hannah war so überrascht, dass sie automatisch mit »Yes, I do« antwortete.

»You need help.«

Hannah schaute sie verblüfft an. Es hatte nicht wie eine Frage, sondern wie eine Feststellung geklungen. »What do you mean?«

»Ich habe Ihr Schild gesehen«, erklärte die Frau auf Englisch und deutete auf das Plakat im rechten Schaufenster, auf dem Hannah eine Bedienung suchte. »Ich suche Arbeit. Dringend.«

»Sprechen Sie Deutsch?«, wollte Hannah nun auf Deutsch wissen.

Die Frau hielt Daumen und Zeigefinger knapp einen halben Zentimeter auseinander. »Ein bisscken.«

Hannah atmete tief durch, bevor sie antwortete – jetzt wieder auf Englisch, damit ihre Nachricht ankam. »Es tut mir leid, aber ich brauche jemanden, der Deutsch kann. Sie müssten Bestellungen aufnehmen, das Essen erklären, die richtigen Getränke liefern und so weiter und so fort.«

»Ich verstehe«, sagte die Frau. »Ich kann es lernen.«

»Das glaube ich Ihnen, aber ich brauche jemanden, den ich sofort einsetzen kann.« Es tat ihr wirklich leid, sie hätte der Frau gerne geholfen, aber sie war kein Sozialverein. »Wo kommen Sie her?«, fragte sie, obwohl sie es sich denken konnte.

»Ukraine.«

Hannah nickte. Sie hatte den Krieg zwischen Russland und der Ukraine in den letzten Wochen so weit wie möglich aus ihrem Gedächtnis verbannt. Sie hatte genug eigene Probleme, da konnte sie sich nicht noch mit solchen Themen befassen. Aber selbst, wenn sie dieser Frau nicht helfen konnte, wollte sie wenigstens freundlich zu ihr sein und ihr einen Kaffee anbieten. Sie zeigte auf den nächsten freien Tisch und sagte: »Bitte, setzen Sie sich doch. Ich mache uns einen Kaffee, ja? Was hätten Sie gerne?«

Nun war es an der Frau, verblüfft zu schauen. »Wasser?«

Hannah bot ihr alles Mögliche an, aber sie blieb beim Wasser. Also machte Hannah sich einen Milchkaffee und brachte der Frau ein Glas Wasser. Still.

»Wie heißen Sie?«, fragte sie, als sie sich gegenübersaßen.

»Lilya. Und Sie sind Hannah?«

Hannah lächelte und nickte. Sie hielt ihre Tasse hoch, als wolle sie ihr zuprosten und sagte: »Freut mich, angenehm.«

Lilya wiederholte die Geste mit ihrem Wasserglas.

»Ich wage es kaum zu fragen: Wo kommen Sie her?«

Lilya schwieg lange, so lange, dass Hannah befürchtete, sie habe sie verletzt, dann sagte sie leise: »Aus der Nähe von Charkiw. Meine Eltern sind tot, mein Mann ist noch dort, meine beiden Kinder sind hier mit mir.«

Hannah beugte sich vor und legte ihre Hand auf die von Lilya. »Es tut mir so leid. Niemand hier kann sich vorstellen, was Sie gerade durchmachen.«

»Danke«, sagte Lilya leise auf Deutsch.

»Wo wohnen Sie?«

»Wir sind bei einer Freundin untergekommen. Sie ist mit einem Deutschen verheiratet und lebt in einem großen Haus. Wir hatten Glück im Unglück.«

»Was sind Sie von Beruf?«

»Ich habe Modedesign studiert«, sagte Lilya. »In Kiew. Ich habe, nein, ich hatte ein eigenes Modelabel. Alles kaputt.«

Das erklärte die elegante Kleidung. Hannah zeigte auf den Rock und die Jacke. »Selbst entworfen?«

Lilya nickte.

Sie wurden von einem Gast unterbrochen, der zahlen wollte.

»Laufen Sie nicht weg, ich bin gleich wieder da.« Hannah ging nach draußen, um zu kassieren. Das Paar war fremd in der Stadt und fragte nach ein paar Tipps, die Hannah ihm gerne gab. Als das Paar weg war und sie sich umdrehte, stellte sie verblüfft fest, dass die restlichen Tische abgeräumt waren. Hatte sie es vorhin noch getan und vergessen?

Doch als sie ins Café zurückkam, erkannte sie, dass ihr Gedächtnis ihr keinen Streich gespielt hatte. Lilya stand hinter der Theke und räumte die Geschirrspülmaschine ein. Ihre Jacke hatte sie über den Stuhl gehängt, auf dem sie vorher gesessen hatte.

Hannah blieb an der Tür stehen und beobachtete sie. Obwohl sie nicht besonders vorsichtig zu sein schien, machte sie kaum Geräusche. Teller, Besteck, Gläser – alles schien wie von selbst an den vorgesehenen Platz zu rutschen.

Hannah seufzte. Ihr wäre es lieber gewesen, es gäbe eine einfache Lösung. Aber da die nun mal nicht in Sicht war, musste sie sich offensichtlich mit der komplizierten Variante begnügen. Sie ging zur Theke und auf Lilya zu. Die suchte offensichtlich nach dem Spülmittel. Hannah deutete auf eine Schublade neben der Maschine. Ohne zu zögern, öffnete Lilya sie, entnahm ihr einen Tab, legte ihn in das Fach, schloss die Maschine und startete sie.

»Okay«, sagte Hannah und machte mit ihrem Tonfall klar, dass sie sich geschlagen gab. »Ich mache Ihnen einen Vorschlag.«

Eine halbe Stunde später verließ Lilya freudestrahlend das Café mit einem Vorabvertrag, während Hannah die beiden Plakate aus den Schaufenstern nahm.

Eine Woche später war auch Edi überzeugt. Die Gäste hatte Lilya mit ihrer freundlichen Art im Sturm erobert; dass sie aus der Ukraine kam, war nicht unbedingt ein Nachteil. Alle wollten helfen.

Hannah gratulierte sich jeden Abend zu ihrem Glück, neben Edi als begnadete Köchin jetzt auch noch die perfekte Bedienung gefunden zu haben.

Lilya meinte es ernst. Jeden Morgen ließ sie sich von Edi oder Hannah die Bezeichnungen für die Gebäckstücke, Sandwiches und Spezialitäten sagen und übte sie so lange, bis sie sie einigermaßen fehlerfrei aussprechen konnte. Die Standardsätze hatte sie bereits am dritten Tag problemlos angewandt. Und wenn Deutsch nicht mehr half, wechselten sie und die Gäste ins Englische.

In den ersten Tagen machte Hannah sich Sorgen, denn Lilya arbeitete mehr als die vereinbarten acht Stunden. Abends paukte sie nach eigener Aussage Deutsch mit ihren Kindern und der Freundin, bei der sie wohnte. Das musste auf Dauer zu viel werden, immerhin war sie keine zwanzig mehr. Aber sie kam jeden Morgen mit glänzender Laune ins Café und blieb auch dem nervigsten Gast gegenüber ruhig und gelassen, sodass Hannah sich ebenfalls entspannen und sich auf ihre eigentlichen Aufgaben konzentrieren konnte.

Das tat auch ihrer Beziehung zu Andy gut. Sie arbeiteten beide immer noch zu viel, aber beide Geschäfte florierten und es gab ausnahmsweise nicht allzu viele Probleme und Sorgen.

Hannah hatte einige Wochen gebraucht, um sich an Andys Daueranwesenheit zu gewöhnen. Aber es wäre töricht gewesen, ihn nicht bei sich wohnen zu lassen, nachdem er beschlossen hatte, bei Ben auszuziehen, um das junge Glück nicht zu stören. Ihre Wohnung war groß genug, dass sie sich notfalls aus dem Weg gehen konnten. Im gemeinsamen Arbeitszimmer stand neben den beiden Schreibtischen ein bequemes Sofa, das sie bisher jedoch noch nicht in Anspruch nehmen mussten. Denn die wichtigste Regel lautete: Wir gehen nicht im Streit ins Bett. Versöhnungssex war angeblich eh der beste ...

Hannah grinste, als sie die Treppe zur Wohnung hinauflief. Vielleicht sollte sie mal wieder einen Streit vom Zaun brechen, um hinterher guten Sex zu haben. Dann schüttelte sie den Kopf.

Eine absurde Idee! Die Harmonie in der Beziehung war wichtiger. Oder mindestens genauso wichtig!

Als sie ihre Wohnungstür aufschloss, öffnete sich die von gegenüber.

»Hallo Hannah.«

Hannah drehte sich um, ging die zwei Schritte auf Illy zu und umarmte sie. »Hallo! Wie geht es dir? Wie geht es euch?«

»Gut. Sehr gut. Hubert hat letzte Woche zwei Bilder verkauft und ich habe einen größeren Auftrag für eine Vernissage an Land gezogen.«

»Das ist wunderbar!« Hannah freute sich sehr für die Freunde. Auch sie hatten in den letzten beiden Jahren eine ziemliche Durststrecke durchlaufen müssen. Als Frau Müller, die in der Wohnung gegenüber von Hannah wohnte, entschied, ins Altenheim zu ziehen, hatte Hannah den beiden den Vorschlag unterbreitet, vom vierten in den ersten Stock zu ziehen.

»Klar, die Wohnung ist nur noch halb so groß, aber ihr braucht den ganzen Platz doch sowieso nicht. Außerdem solltest du nicht mehr so viele Treppen steigen«, hatte sie zu Hubertus gesagt, auf seinen Herzinfarkt anspielend.

Illy war sofort Feuer und Flamme gewesen, er hatte jedoch lange gezögert, beinahe zu lang. Einen Tag vor der Frist, die ihm der Vermieter gesetzt hatte, beschloss er, den Schritt zu wagen. Laut Illy hatten sie ihn bisher nicht bereut, auch wenn Hubertus wie immer ziemlich mürrisch reagierte, wenn man ihn darauf ansprach.

»Tut mir leid«, sagte Illy. »Ich muss los, ich bin sowieso zu spät dran.«

»Komm in den nächsten Tagen runter und trink eine Tasse Kaffee mit mir. Du kennst Lilya noch gar nicht«, erwiderte Hannah. »Und jetzt los.« Sie gab der Juwelierin einen leichten Klaps auf den Rücken und schob sie sanft Richtung Treppe.

Zufrieden lauschte sie auf die Schritte, das Öffnen und

Zufallen der Haustür, und steckte den Schlüssel ins Schloss, als die Wohnungstür geöffnet wurde. Erfreut schaute sie Andy an.

»Was machst du denn schon hier?« Sie gab ihm beim Betreten der Wohnung einen Kuss. Seufzend schlüpfte sie aus den Pumps und beschloss zum millionsten Mal, endlich auf die Eitelkeit zu verzichten und bequeme Schuhe anzuziehen. Vermutlich würde sie es nie tun, aber man konnte es sich ja mal vornehmen.

»Ich habe gerade Illy getroffen. Denen geht es derzeit so richtig gut«, rief sie aus dem Badezimmer, während sie sich die Hände wusch. Hygiene war eines der wenigen positiven Überbleibsel der Pandemie. Sie drückte sich einen Klecks Handcreme auf den linken Handrücken und verrieb sie. Als sie das Bad verließ, stand Andy mit ernster Miene im Flur. Hannah stoppte abrupt.

»Was ist los? Du machst mir Angst.«

»Marlenes Mutter baut massiv ab. Lange kann ich sie nicht mehr alleine wohnen lassen.«

»Oh nein! So alt ist sie doch noch gar nicht, oder?«

»Anfang achtzig«, antwortete Andy und folgte ihr ins Wohnzimmer. »Ich fürchte, sie hat zu wenig auf ihre Gesundheit geachtet.« Er schaute sie bedeutungsvoll an.

»Ja, ja, ja.« Hannah ließ sich auf das Sofa fallen. »Ich weiß. Aber ich arbeite doch schon sehr viel weniger als früher.«

»Trotzdem ist es noch zu viel. Du musst viel mehr delegieren.« Er setzte sich neben sie.

Hannah seufzte. »Wenn du mir sagst, an wen, gerne.«

»Was ist mit Lilya? Du bist jeden Tag voll des Lobes.«

Hannah legte den Kopf zurück. »Loben und delegieren sind zwei Paar Stiefel«, sagte sie schließlich. »Sie arbeitet gerade einmal zwei Wochen im Café. Aber du hast natürlich recht. Gerade gestern habe ich darüber nachgedacht, ihr einen Schlüssel fürs Café zu geben. Dann könnte Edi etwas länger schlafen. Und ich auch.« Sie hob den Kopf und warf ihm einen anzüglichen Blick zu.

Andy lachte. »Du vergisst, dass ich um sechs raus muss, egal, wie lange du schlafen kannst.«

»Ach so. Ich muss delegieren, aber bei dir geht das nicht«, rief Hannah gespielt-empört. Dann wurde sie wieder ernst. »Weiß Marlene es?«

»Wenn sie unsere Berichte liest und nicht vollkommen ausblendet, was drinsteht, sollte sie es wissen.«

»Was schätzt du, wie lange Frau Stockner noch in ihrer Wohnung bleiben kann?«

Andy zuckte mit den Schultern. »Schwer zu sagen. Es sind nur Kleinigkeiten. Verlegt hat sie schon häufiger etwas, aber es häuft sich. Mal ist es das Telefon, mal die Fernbedienung. Gestern hat sie mich gefragt, wer ich sei. Als ich es ihr sagte, lachte sie und meinte, das wisse sie doch, es sei nur Spaß gewesen. Es war aber kein Spaß.«

»Ist das nicht normal in diesem Alter?«

Andy nickte. »Ja, natürlich. Unser Gehirn ist nicht darauf ausgelegt, so alt zu werden. Und soweit ich weiß, hat sie wenig getan, um es laufend zu trainieren. Sie liest nicht, sie macht keine Kreuzworträtsel, sie sitzt nur vor dem Kasten und schaut irgendwelchen blöden Soaps an. Inzwischen macht sie aber nicht einmal das, sondern sitzt nur in ihrem Rollstuhl und starrt vor sich hin.« Er seufzte. »Manchmal wünsche ich mir die störrische Frau Stockner zurück, auch wenn das wahnsinnig anstrengend war.«

Hannah legte eine Hand auf seinen Arm. »Ich weiß, es sagt sich so leicht, aber du darfst das nicht so nahe an dich ranlassen.«

Andy nickte. »Ich kann mich noch gut an Rosie erinnern. Sie war eine meiner letzten Patientinnen in Dublin. Du weißt, dass ich damals nach Galway zur Hochzeit meiner Nichte fuhr und die ganze Zeit dieses blöde Gefühl im Bauch hatte.«

Hannah nickte. Er erzählte die Geschichte immer mal wieder, und ihr war auch dadurch bewusst geworden, wie sehr Andy Menschen liebte. Obwohl nichts darauf hingedeutet hatte, war Rosie während seines Aufenthalts in Galway gestorben.

»Ein ähnlich blödes Gefühl habe ich auch jetzt«, fuhr er fort.

»Sollte ich Marlene anrufen?«

Er wiegte den Kopf hin und her. »Ich würde noch abwarten. Bisher hat sie uns nicht darauf angesprochen.«

»Ich werde sie auf jeden Fall anrufen«, beschloss Hannah. »Ich werde ihre Mutter nicht erwähnen. Wenn sie selbst davon anfängt, gut, wenn nicht, auch gut.« Sie stand auf und ging zur Bar. »Willst du auch einen Aperitif?«

»Ja, aber einen anderen, als du im Kopf hast.«

Überrascht drehte sie sich um. Andy grinste sie an.

»Vor dem Abendessen?«, fragte sie und hob tadelnd den Zeigefinger.

»Natürlich vor dem Abendessen. Wann denn sonst?« Andy war aufgestanden und stand nun nah vor ihr. Sie roch sein Aftershave und spürte ihr Herz klopfen.

Das ist definitiv ein Vorteil des Zusammenwohnens, dachte sie, als er sie küsste.

Andy ließ nicht locker und sprach immer wieder das Thema Urlaub an. Immerhin hatten sie sich inzwischen auf einen Termin geeinigt.

»Ende September wäre ideal«, hatte Hannah vorgeschlagen. »Während der Wiesn geht das Geschäft eh schlecht, da würde es nicht so sehr auffallen, wenn ich nicht da bin.«

Es blieben noch knapp drei Monate und Andy drängte. Flüge und Hotels mussten gebucht werden, außerdem wollte er sich über die Geschichte des Landes vorbereiten.

»Ich werde nicht stundenlang über irgendwelche Ausgrabungsstätten laufen«, hatte Hannah kategorisch festgestellt.

Andy war mit allem einverstanden, solange sie endlich

konkret wurden. Den Vorschlag, in den Bayerischen Wald zu fahren, hatte er wie erwartet abgelehnt.

»Du musst mal raus. So richtig raus.«

Hannah sah ein, dass er recht hatte. Sie wusste auch, dass Edi und Lilya gut ohne sie zurechtkämen. Dennoch fiel es ihr schwer, seinen Plänen zuzustimmen.

Einem Impuls folgend vereinbarte sie einen Termin bei Zoi im Nagelstudio. Nicht nur wurde es höchste Zeit, dass sie sich nach Kassie erkundigte, sondern sie könnte so womöglich auch etwas über Griechenland erfahren.

»Ich tue mal was für meine Schönheit«, rief sie Edi zu und wedelte mit den Händen.

»Zeit wird's«, gab diese trocken zurück und belegte unbekümmert Sandwichscheiben.

»Sag bitte Lilya Bescheid«, bat Hannah sie, da die Ukrainerin gerade bediente.

»Mache ich«, brummte Edi. »Lass dir Zeit.«

Hannah lachte und verließ das Café. Es war ungewöhnlich warm für Mitte Mai, am Wochenende sollte sogar die 30-Grad-Marke geknackt werden. Die Bäume der Blumengasse hatten ihren weißen Schmuck längst abgelegt und trugen jetzt ihre grünen Blätter. Irgendwo zwitscherte eine Amsel.

Hannah atmete tief ein. Die Straße war einfach wunderbar. Wozu sollte sie in die Ferne reisen?

Um abzuschalten, mahnte ihre innere Stimme.

Ja, ja, ja!

Hannah begrüßte die Gäste, die an den Außentischen saßen, und überquerte die Straße Richtung Nagelstudio.

Bevor sie den kleinen Laden betrat, bewunderte Hannah das neu gestaltete Schaufenster. Sie hatte Kassie sehr geschätzt, aber dass es in ihrem Schaufenster permanent und penetrant geblinkt hatte, hatte sie nie nachvollziehen können.

Zoi hatte die Leuchtschilder sofort nach Übernahme des Geschäfts entfernt und die Fenster zunächst selbst gestaltet. Inzwischen übernahm das eine Fachfrau für sie.

»Hallo Zoi, danke, dass du so kurzfristig Zeit hast«, sagte Hannah zur Begrüßung.

»Hi Hannah. Es hat jemand abgesagt, deshalb hat es perfekt gepasst. Nimm bitte Platz. Ich bin sofort bei dir.«

Hannah setzte sich und sah sich um. Sie war bisher nur einmal hier gewesen, seit Kassie weggegangen war. Immer wieder nahm sie sich vor, sich die Nägel regelmäßig machen zu lassen, doch dann waren wieder drei Monate um, und sie dachte: *Ach, es geht auch ohne.*

Zoi hatte gründlich entrümpelt und nur die wichtigsten Möbel behalten. An der Stelle, an der früher an einer Stange Klamotten gehangen hatten, die Kassie in Kommission für eine Freundin verkaufte, stand jetzt ein weißes Regal. Darin präsentierte Zoi ihre Pflegeprodukte.

»Hübsch hast du es hier«, sagte Hannah, als Zoi mit einer dampfenden Tasse Tee aus der kleinen Küche kam.

»Danke. Ja, jede hat ihren eigenen Stil.« Sie stellte die Tasse ab, nahm Hannah gegenüber Platz und zog sich Handschuhe an. Hannah streckte ihr die rechte Hand entgegen, stieß dabei an die Plastikscheibe, die zwischen ihnen hing, und brachte sie zum Schwanken.

»Irgendwann kann ich das Teil hoffentlich abmontieren.« Zoi sah sich Hannahs Hand aufmerksam an.

»Ich weiß, ich müsste öfter kommen, aber es ist immer so viel los.« Hannah ärgerte sich über das Bedürfnis, sich zu rechtfertigen.

»Alles gut«, erwiderte Zoi. Sie setzte eine medizinische Maske auf und knipste das Absauggerät an. »Dann wollen wir mal.«

Während sie Hannahs Nägel feilte, tauschten sie den neuesten Klatsch aus der Blumengasse aus. So erfuhr Hannah, dass in dem Laden neben dem Café das x-te Modegeschäft eröffnet werden sollte. Sie hatte sich in all den Jahren abgewöhnt, darauf zu achten, wer ihr Nachbar war. Es hatte zu viele Wechsel gegeben.

»Es wäre schön, wenn endlich einmal jemand dauerhaft einziehen würde.«

»Ja, für die Straße wäre es wirklich gut«, bestätigte Zoi. »Ein ordentliches Modegeschäft käme uns allen zugute. Es zieht Kunden an. Diese Pop-up-Läden taugen nichts.«

»Wie geht es Kassie?«, wollte Hannah schließlich wissen.

»Oh, der geht es hervorragend. Ich gebe es ungern zu, aber sie und Niko geben das perfekte Paar ab.« Sie zog eine Grimasse. »Es hat lange gedauert, bis ich akzeptieren konnte, dass sie und mein kleiner Bruder zusammen sind.«

Hannah lachte. »Das kann ich gut verstehen, auch wenn ich in meiner Familie die Jüngste bin und andere immer über mich bestimmen wollten.«

»Autsch.«

»Nein, so habe ich das nicht gemeint.« Hannah wollte eine abwehrende Geste machen, wurde von Zoi aber daran gehindert.

»Stopp! Die Hand bleibt da!«

»Sorry, natürlich. Was ich meinte: Ich kann verstehen, dass man sich für jüngere Geschwister verantwortlich fühlt. Wie geht es ihrem Sohn? Wie heißt er? Jannis, oder?«

Zoi nickte. »Richtig. Er lebt noch bei seinem Vater, denkt aber ernsthaft darüber nach, ebenfalls nach Berlin zu ziehen. Ich glaube, er findet die Stadt ziemlich cool.«

»Berlin hat was. Das fand mein Sohn auch. Und der ist fast doppelt so alt wie Jannis.«

Hannah schwieg und schaute Zoi bei der Arbeit zu. Ihre Fingernägel bekamen endlich wieder eine ansehnliche Form und Länge. Sie fragte sich, wie sie ihr Anliegen ansprechen sollte, entschied sich für Offenheit.

»Kann ich dich etwas fragen?«

Zoi runzelte nur kurz die Stirn, nickte und sagte: »Klar.«

»Andy, mein Mann, hat vorgeschlagen, im September nach Griechenland zu fahren. Es wäre mein erster richtiger Urlaub seit vielen Jahren. Ich war aber noch nie in Griechenland.«

»Natürlich muss ich jetzt sagen: Dann wird es aber höchste Zeit.« Zoi grinste. »Aber ich glaube, ich weiß, was du wissen willst. Ich kenne das Land auch nur von Besuchen bei der Verwandtschaft. Ich habe zwar griechische Wurzeln, ich spreche die Sprache, aber ich bin durch und durch deutsch. Was ich dir sagen kann, ist dies: Die Griechen ...«, sie zeichnete Anführungszeichen in die Luft, »... sind oftmals chaotisch, aber sehr liebenswert. Gastfreundschaft wird sehr großgeschrieben, und wenn du Hilfe brauchst, sind sie für dich da. Die Landschaft ist traumhaft schön, das Wetter ist garantiert besser als hier, und wenn du dich für Kulturgeschichte interessierst, kannst du locker einige Wochen damit ausfüllen. Du kannst das alles aber auch gut ignorieren. Über das Essen muss ich dir nichts sagen, das kennst du sicher. Kurz gesagt. Ich wüsste keinen Grund, warum man nicht nach Griechenland fahren sollte.«

»Die Sprache?«, wandte Hannah zaghaft ein.

Zoi lachte. »Okay, das ist ein Argument. Nein, im Ernst: Jeder spricht Englisch, viele sogar Deutsch. Vergiss nicht, halb Griechenland war hier zum Arbeiten. Und fast alle Schilder sind sowohl griechisch als auch lateinisch beschriftet.« Sie schaute sie ernst an. »Ganz ehrlich: Wenn das deine einzigen Bedenken sind, gibt es wirklich keinen Grund. Es ist ein wunderbares Land, die Menschen sind wirklich sehr nett. Und es ist billiger als anderswo.«

Hannah lachte. »Okay, du hast mich überzeugt. Ich schätze, ich kann mich auf das Wagnis einlassen.«

»Weißt du schon, wo genau ihr hinwollt?«

»Andy hat mir keine Details gesagt, nur, dass wir ein paar Tage in Athen bleiben wollen und dann auf den Peloponnes fahren.«

Zoi nickte anerkennend. »Das klingt nach einem guten Plan. Athen ist eine tolle Stadt. Ihr müsst unbedingt auf die Akropolis und auf den Lycabettus steigen; von beiden habt ihr den perfekten Überblick über die Stadt.« Sie seufzte. »Ach, da würde ich liebend gerne mitkommen. Ich war zuletzt als Sechzehnjährige dort. Lang, lang ist's her.«

Hannah lächelte. »Vielleicht sollte ich dich mit Andy zusammen hinschicken.«

Zoi zog eine Augenbraue hoch. »Ernsthaft? Du weißt schon, dass dein Mann einer der begehrtesten der ganzen Straße ist, oder? An deiner Stelle wäre ich mit solchen Angeboten vorsichtig.«

Hannah war überrascht, ja sogar schockiert. Andy – ein begehrter Mann? Klar, er war attraktiv, auf seine etwas nachlässige Art, aber sie hätte nie gedacht, dass er auch auf andere Frauen so wirken könnte. Andererseits hatte sie im vergangenen Jahr ausreichend Lehrgeld zahlen müssen.

Sie schluckte. Ein Grund mehr, ihre Beziehung zu ihm auf eine solide Grundlage zu stellen und sie zu pflegen.

»Danke für den Hinweis.« Sie bemühte sich um einen leichten Ton, aber Zoi ließ sich nicht so leicht täuschen.

»Hannah, es gibt in dieser Straße, und vermutlich darüber hinaus, keine Singlefrau, die dich nicht um diesen Mann beneidet. Du solltest wirklich gut auf ihn aufpassen.« Sie schob die linke Hand, die sie soeben eingecremt hatte, zurück und sagte: »Fertig.«

»Das mache ich«, sagte Hannah. »Danke.«

Nachdenklich verließ sie das Geschäft und blieb davor stehen. Illys Laden rechts vom Nagelstudio war heute geschlossen. Links standen wie üblich üppige Blumenkübel vor den Schaufenstern und lockten mit verführerischem Duft. Hannah ging am Blumenladen vorbei und winkte Christine zu, die gerade eine Kundin bediente.

Das Geschäft daneben stand nun auch schon wieder seit einigen Monaten leer. Im letzten Jahr hatte es Gerüchte gegeben, dass ein Architekt einziehen würde, aber sie hatten sich nicht bestätigt. Hannah fragte sich, ob Roland Kammermeier noch als Immobilienmakler tätig war oder ob er sich nach dem Deal mit Ben zur Ruhe gesetzt hatte.

Vor Mehmets Dönerstand hatte sich wie üblich eine Schlange hungriger Schüler gebildet. Der quirlige Türke winkte ihr kurz mit dem elektrischen Messer zu, bevor er sich wieder an dem Spieß zu schaffen machte und eine große Portion Fleisch in das Fladenbrot häufte.

Das *Litani* gegenüber würde erst um halb sechs öffnen, aber Bassam und Halim waren sicher bereits in der Küche, schnippelten Gemüse und sangen dazu arabische Liebeslieder. Hannah musste schmunzeln, als sie daran dachte.

Die Schaufenster des Ladens zwischen dem libanesischen Lokal und dem Café waren zugeklebt, handgemalte Schilder kündeten von einer baldigen Neueröffnung. Es sah wieder sehr unprofessionell aus, wer immer dort einzog, würde vermutlich Ware zweiter Wahl aus dem Karton verkaufen und nach wenigen Wochen wieder weg sein. Die Gerüchte, es handle sich um Schwarzgeldwäsche der russischen oder einer anderen Mafia, hielten sich hartnäckig.

Die beiden Pandemiejahre hatten zum Glück nicht allzu viel Veränderung in die Blumengasse gebracht. Dass der Zeitungsladen schließen musste, war weniger den schlechten Zeiten als der permanent schlechten Laune der Besitzerin geschuldet. Wer wollte schon gerne am Morgen beim Kauf einer Zeitung angeschnauzt werden?

Nachdem im Frühjahr absehbar gewesen war, dass das Gröbste überstanden war, hatte Hannah den anderen Ladenbesitzern den Vorschlag unterbreitet, wieder ein Sommerfest zu organisieren. Die Gefahr, sich anzustecken, war zumindest im Sommer sehr gering.

Zuerst winkte Christine ab, kurz darauf folgten Petér und Mehmet. Sie hatten am meisten mit den Folgen von Corona zu kämpfen und mussten sich voll und ganz auf ihr Geschäft konzentrieren, um es nicht zu verlieren.

Hannah dachte eine Woche lang daran, das Fest allein auf die Beine zu stellen, aber Andy konnte es ihr erfolgreich ausreden.

»Denk daran, was beim letzten Mal passiert ist.«

»Es lag nicht am Fest.«

»Nein, nur an tausend Kleinigkeiten, die du mal eben ›nebenbei‹ erledigst.«

Hannah hatte schließlich aufgegeben. Vielleicht im nächsten Jahr.

Sie betrat das Café und beobachtete Lilya, die sich gerade mit einem langjährigen Stammgast unterhielt, dabei jedoch nie den Rest des Cafés aus den Augen verlor.

Es war tatsächlich an der Zeit, mehr zu delegieren und selbst etwas kürzerzutreten.

Hannah winkte Lilya zu und sagte auch Edi in der Küche Bescheid, dass sie wieder da war.

Da Andy an diesem Abend Spätschicht hatte, kochte sie sich einen Kakao, gab einen kräftigen Schuss Rum dazu, nahm die Tasse mit ins Arbeitszimmer und begann zu telefonieren.

Marlene stand seit fast zwei Wochen auf der Liste, aber es war jedes Mal etwas dazwischengekommen. Wie fast immer. Und auch an diesem Abend sollte es offensichtlich nicht sein, sowohl am Handy als auch am Festnetz sprang sofort der Anrufbeantworter an.

Hannah hinterließ eine Nachricht und bat um einen Rückruf bei Gelegenheit.

Ihre Freundin Brigid war unterwegs auf Lesereise, irgendwo im Westen Irlands. So sehr Hannah sich über den stetig wachsenden Erfolg ihrer besten Freundin freute, so sehr wurmte es sie, dass sie kaum noch Kontakt zueinander hatten. Ihr Finger verharrte sekundenlang über Brigids Mobilnummer, doch dann scrollte sie weiter auf der Suche nach einem neuen Opfer.

Um Marilyn anzurufen, war es zu früh. Sie saß vermutlich gerade in ihrem winzigen Büro im hinteren Teil des Supermarkts, den sie seit drei Jahren leitete, und überprüfte die Bestellungen oder Abrechnungen ihrer Mitarbeiter.

Hannah zupfte einen Zettel von ihrem Memoblock und notierte *Call Marilyn!!!* Der Zettel würde garantiert im Chaos ihres Schreibtischs verschwinden, aber vielleicht war die Notiz ausreichend, um sich auch ohne daran zu erinnern.

Schließlich gelangte sie zum Buchstaben W wie Wahls. Seit Bekanntwerden von Kerstins Seitensprung hatte sich die Beziehung ihrer Familie zu ihr erheblich gebessert. Sie war plötzlich nicht mehr das einzige schwarze Schaf. Dennoch zögerte Hannah. Es war weiterhin nicht üblich, einfach mal anzurufen und nach dem werten Befinden zu fragen.

Eine Ausnahme von dieser Regel war ihre Nichte Svenja. Aber sie war eben auch das Kuckuckskind, wie sie sich selbst bezeichnete, hatte also maximal fünfzig Prozent der Wahl'schen Gene mitbekommen.

Hannah lächelte und drückte entschieden die grüne Taste. Insgeheim erwartete sie hier ebenfalls den Anrufbeantworter, doch zu ihrer großen Freude meldete sich Svenja mit: »Na sieh mal an. Du lebst auch noch?«

»Das sagt die Richtige«, gab Hannah fröhlich zurück. »Hast deine alte Tante im Liebestaumel wohl vollkommen vergessen?«

»Hallo, *Tante* Hannah. Schön, dass du dich meldest.«

»Hallo Svenja. Wie geht es dir?«

Ihre Nichte erklärte, dass es ihr gutgehe. Die Beziehung könne nicht besser laufen, die Krankheit sei derzeit keine Bedrohung, der neue Job entwickle sich gut.

»Das hört sich alles sehr gut an«, kommentierte Hannah. Da Svenja und Ben schon länger nicht mehr zum Frühstücken im Café gewesen waren, berichtete sie von ihrer neuen Mitarbeiterin.

»Sie ist, wie Edi, ein wahrer Schatz. Ich habe so viel Glück.«

Sie redeten noch ein paar Minuten, aber Svenja war auf dem Sprung zu einem Arbeitsessen und beendete das Telefonat mit dem Versprechen, bald vorbeizukommen.

Da ihr niemand mehr einfiel, fuhr Hannah ihren Computer hoch und öffnete eine Landkarte von Griechenland. Andy hatte ihr den Namen des Ortes auf dem Peloponnes gesagt, aber sie konnte sich nicht mehr daran erinnern.

Sie stand auf, ging um ihren Schreibtisch herum zu Andys und suchte dort nach einem Hinweis. Im Gegensatz zu ihr war er ausgesprochen ordentlich. Es gab mehrere Mappen, die jeweils mit einem Aufkleber versehen waren. Tatsächlich lag obenauf eine, auf der »Greece« stand.

Sie zögerte. Ihre Privatsphäre war ihr heilig; das musste natürlich auch für die von Andy gelten. Oft genug gab es Missverständnisse, weil der persönliche Bereich missachtet wurde. Nicht, dass sie irgendwelche Geheimnisse erwartete, aber es käme ihr wie ein Vertrauensbruch vor.

»Nein«, sagte sie laut und ging zu ihrem Arbeitsplatz zurück. Sie würde nach allgemeinen Informationen über Griechenland suchen, Details über die Hotels konnte Andy ihr später auch noch sagen.

»Wirst du seinen Namen annehmen?«, fragte die Dunkelhaarige die Blonde.

Die beiden jungen Frauen saßen am Tisch neben der Theke und unterhielten sich so laut, dass Hannah jedes Wort mitbekam, ob sie wollte oder nicht. Es ging um die bevorstehende Hochzeit der Blonden.

»Na hör mal!«, empörte sie sich gerade über die offensichtlich sehr dumme Frage der Freundin. »Selbstverständlich nehme ich seinen Namen an. Jeder soll wissen, dass wir zusammengehören.«

»Das kann man doch auch anders zeigen.«

»Nein! Ich will, dass alle Welt es sofort weiß.« Die Blonde hielt ihre linke Hand in die Höhe, damit alle Welt ihren prächtigen Verlobungsring bewundern konnte. Dummerweise war nur die Freundin bereit dazu, die aber tat es ausgiebig.

»Was für ein toller Klunker. Der war sicher nicht billig.«

»Vier.«

»Was?«

»Viertausend.«

»Viertausend Euro?« Der Kinnladen der Dunkelhaarigen klappte nach unten. »Was kosten dann erst eure Eheringe?«

»Die sind weit billiger, die haben keinen Brillanten«, sagte die Blonde geringschätzig. »Deshalb wollte ich ja dieses Prachtstück hier.« Sanft strich sie über den großen Stein, der für ihre zarte Hand viel zu unförmig war.

Hannah musste neue Gäste bedienen und verpasste deshalb ein paar Informationen. Als sie wieder hinter der Theke stand, ging es um das Brautkleid. Auch das schien einige Tausend Euro zu kosten. Sie fragte sich, wie dieses Luxusweibchen ausgerechnet in ihrem Café gelandet war.

Die Frage wurde im selben Augenblick von der Braunhaarigen beantwortet: »Und? Wie findest du es hier? Ist es nicht supergemütlich?«

Die Blonde schaute sich kurz um, wackelte mit dem Kopf und meinte: »Ja, ganz nett.«

Hannah überlegte für den Bruchteil einer Sekunde, ihr ein Glas Champagner über den blondierten Kopf zu schütten, lachte dann über sich selbst. Das hatte sie nicht nötig!

Als noch zwei weitere Frauen dazustießen, erfuhr sie, dass die Braut in spe Annika hieß, deren dunkelhaarige Freundin Sophie. Hannah musste sofort an Ben denken, der einige Jahre zuvor von einer Annika gestalkt worden war. Aber diese hier war zu jung, außerdem saß die Stalkerin in der Psychiatrie. Zumindest hoffte Hannah es.

Sie bediente die beiden Neuankömmlinge und sagte aus einer spontanen Laune heraus: »Entschuldigung, ich konnte leider nicht vermeiden, ein paar Fetzen aufzuschnappen. Es geht um Ihre Hochzeit?«, sagte sie zu Annika. Als diese nickte, fuhr sie fort: »Darf ich Ihnen allen ein Glas Champagner anbieten? Natürlich auf Kosten des Hauses. So etwas muss doch gefeiert werden.«

Während die anderen Frauen sofort Ja riefen und aufgekratzt kicherten, schaute Annika sie eindringlich an. Hannah lächelte freundlich und hielt dem Blick stand. Schließlich gab die junge Frau auf und nickte. »Gerne.«

»Wunderbar. Ich bin sofort zurück.« Hannah eilte hinter die Theke, zog die Flasche Champagner heraus, die sie für besondere Fälle im Kühlfach hatte, und schenkte fünf Gläser ein. Denn natürlich würde sie mit den jungen Damen anstoßen.

Sie überreichte jeder Frau ein Glas, nahm das fünfte, hielt es hoch und sagte: »Auf das junge Glück.«

»Auf das junge Glück«, murmelten alle und nippten an ihren Gläsern. Annika tat es mit erheblicher Verzögerung, als vermute sie einen Trick.

Hannah behielt ihr Lächeln bei, nahm noch einen Schluck, prostete der Braut ein letztes Mal zu und wandte sich wieder ab.

»Ich frage mich, was aus der Emanzipation geworden ist«, sagte sie zu Edi, als sie in die Küche kam.

Ihre Angestellte schaute sie fragend an.

»Da draußen sitzen vier junge Frauen, alle Mitte zwanzig. Eine heiratet demnächst, und es gibt nichts Wichtigeres, als seinen Namen anzunehmen.«

»Du hast auch den Namen deines Mannes angenommen.«

»Das war 1983, da hatte ich keine Wahl!«, erwiderte Hannah.

»Hättest du deinen Namen behalten, wenn du die Wahl gehabt hättest?«, wollte Edi wissen.

Hannah setzte sich an den Arbeitstisch, auf dem kleingeschnittenes Gemüse lag. »Keine Ahnung«, gab sie zu. »Ich war damals gerade mal achtzehn, wollte unbedingt von zuhause weg und nichts mehr mit meiner furchtbaren Familie zu tun haben. Gut möglich, dass ich Johanns Namen so oder so angenommen hätte.«

»Na siehste«, sagte Edi sanft. »Es könnte hier derselbe Grund vorliegen.«

»Es hörte sich aber nicht so an.« Als Edi sie ernst anschaute, hob sie abwehrend die Hände. »Ja, du hast ja recht. Ich sollte nicht über unsere Gäste urteilen. Ich finde es einfach nur so absurd. Die Frauen haben heutzutage so viele Möglichkeiten, sind gut ausgebildet, haben in der Regel einen tollen Job, verdienen ihr eigenes Geld. Und dann kommt so ein Typ daher, steckt ihnen einen Klunker an den Finger, und schon sind sie hin und weg. Irgendetwas haben wir falsch gemacht in den letzten Jahren.«

»Erstens sind nicht alle Frauen so, zweitens weißt du nicht, warum die da draußen sich so verhält, und drittens hältst du mich von der Arbeit ab.« Edi zupfte an Hannahs Ärmel. »Raus mit dir.«

Hannah sprang lachend auf. »Ich geh ja schon. Nicht mal meckern darf man.«

Sie ging zurück in den Laden, wo sich das Gespräch inzwischen um die Hochzeitsfeier drehte. Da sie nicht mehr zuhören wollte, sagte sie Lilya, dass sie oben in der Wohnung etwas erledigen müsse, und verließ das Café durch die Seitentür.

Zu ihrer großen Überraschung kam Andy ihr entgegen, als sie die Wohnung betrat.

»Keine Lust zu arbeiten?« Sie gab ihm einen Kuss.

»Nein, ich muss Unterlagen holen.« Andy hielt einen Umschlag hoch. »Ich habe doch glatt einen Termin beim Sozialamt vergessen. Zum Glück hat Maik mich rechtzeitig daran erinnert.« Er drängte sich an ihr vorbei zur Tür. »Ich bin wirklich urlaubsreif.« Er drückte ihr einen flüchtigen Kuss auf die Wange und polterte die Treppe hinunter.

Hannah war so überrumpelt über das überraschende Zusammentreffen, dass sie nicht mehr wusste, warum sie eigentlich in die Wohnung gegangen war. Ziellos wanderte sie ein paar Minuten durch die Zimmer, als ihr die vier jungen Frauen wieder einfielen.

Sie erinnerte sich an ihre eigene Hochzeit. Sie hatte weder einen Verlobungsring noch ein besonders aufwendiges Hochzeitskleid gehabt. Und schon gar keine Feier. Es hatte nur sie und Johann gegeben. Und die Trauzeugen. Die waren aus Johanns Umfeld gekommen. Immerhin, den Mann hatte sie schon ein paar Mal zuvor gesehen. Die Frau hingegen war ihr vollkommen unbekannt gewesen.

»Verrückt«, murmelte Hannah. Aber sie hatte den Schritt nie bereut, auch wenn die Ehe nach drei Jahren gescheitert war und in die Scheidung gemündet hatte. Das Ziel, dem verhassten Elternhaus zu entkommen, hatte sie erreicht.

Einer Eingebung folgend griff sie zum Telefon und rief ihren Bruder Rasmus an. Svenja hatte ihr von den Gesprächen berichtet, die sie inzwischen mit beiden Elternteilen führte. Hannah hatte es zunächst nicht glauben wollen. Rasmus führte Gespräche über seine Ehe? Mit seiner Tochter? Womöglich steckte weniger Knud in ihm als vermutet.

Es meldete sich nur die Mailbox, was Hannah nicht verwunderte. Es war helllichter Tag, Rasmus steckte sicher in irgendeinem wichtigen Meeting. Sie drückte die rote Taste, überlegte kurz, ob sie Kerstin anrufen sollte, steckte das Telefon jedoch zurück in die Ladestation. Das Verhältnis zur Schwägerin war bei weitem noch nicht so nah, dass man einfach anrufen konnte.

Das schlechte Gewissen plagte sie und sie ging wieder hinunter ins Café. Dort lief alles bestens, Lilya hatte den Laden wirklich im Griff. Unglaublich, wie schnell die Ukrainerin sich eingewöhnt hatte. Ihr Deutsch wurde mit jedem Tag besser; inzwischen konnte sie mit einigen Gästen scherzen.

Eigentlich bin ich überflüssig, dachte Hannah. Sie wusste nicht, ob sie erleichtert oder schockiert darüber sein sollte. Doch dann fiel ihr ein, welche Aufgaben sie im Hintergrund erledigte, und sie war erleichtert, dass das Café ohne sie nicht laufen würde. Zumindest nicht so gut.

Am Freitagabend saßen sie wie üblich nach dem Essen auf dem Sofa zusammen, Andy mit einem Glas Whiskey, Hannah mit einem Sherry, und ließen die Woche Revue passieren. Als sie von den vier Frauen erzählte, fragte sie sich insgeheim, wie Andy zum Thema Ehe stand. Sie wusste, dass er traumatisiert gewesen war, als er von Jill im wahrsten Sinne des Wortes vor dem Altar stehengelassen wurde. Aber das war Jahre her und Jill gehörte definitiv der Vergangenheit an.

»Sollten wir heiraten?«, fragte sie.

»Was?« Es klang weniger entsetzt als verblüfft.

Hannah zeigte mit der Rechten von sich zu ihm und wieder auf sich. »Wir beide – sollten wir heiraten?«

Andy rückte ein Stück ab von ihr und schaute sie prüfend an. »Ist das dein Ernst?«

Hannah stieß ein kurzes Lachen aus. »Ehrlich gesagt, weiß ich das selbst nicht so genau. Es schoss mir gerade durch den Kopf. Vermutlich, weil ich den ganzen Nachmittag mit dem Thema konfrontiert war.«

Andy schüttelte ungläubig den Kopf. »Das kommt sehr überraschend.«

»Ich weiß. Es war kein Antrag, falls du das befürchtest.« Wieder lachte Hannah, um ihre Unsicherheit zu kaschieren. Zu ihrer eigenen Verwunderung fand sie die Idee plötzlich durchaus spannend. Dennoch winkte sie ab. »Nein, das ist natürlich Blödsinn. Es ist gut so, wie es ist. Wir haben uns ein Versprechen gegeben«, sie hielt ihre Hand hoch und deutete auf den Ring, den Illy auf ihren Wunsch hin angefertigt hatte. »Das genügt. Oder?«, schob sie nach, als Andy zunächst nicht reagierte.

Er schaute sie immer noch so eigentümlich an.

»Was ist?«

»Lass uns jetzt in Urlaub fahren und darüber nachdenken.«

»Was?« Hannah hörte den entsetzten Ton in ihrer Stimme. »Ich kann jetzt nicht weg. Es ist nicht mal klar, ob es im September klappt.«

Andy sagte nichts, schaute sie nur unentwegt an.

»Ja, ja, ja, ich weiß. Ich bin nicht unersetzlich.« Sie ärgerte sich, dass sie das Gefühl hatte, sich rechtfertigen zu müssen. »Lilya ist noch nicht so weit.«

»Du kannst alles vorbereiten«, sagte er sanft. »Es wären nur zwei Wochen. Du hast selbst gesagt, dass die beiden den Laden im Griff haben und du dir manchmal überflüssig vorkommst.«

»Na toll! Das kommt davon, wenn man ehrlich ist.« Sie zog eine Schnute, die sie aber nicht lange durchhielt. »Urlaub klingt verlockend.«

»Meine Rede. Du musst nur Ja sagen, ich kümmere mich um alles.«

»Wann?«

»So bald wie möglich.« Andy hielt sein Glas hoch. »Auf unseren Urlaub.«

Hannah stieß mit ihrem Sherryglas an. »Auf unseren Urlaub.«

Da Andy Wochenenddienst hatte, kamen sie nicht dazu, das Thema noch einmal anzusprechen. Und in der darauffolgenden Woche hatten Hannah, Edi und Lilya alle Hände voll zu tun mit zwei Geburtstagsfeiern, die im Café ausgerichtet wurden. Edi hatte darüber hinaus den Auftrag für zwei Torten an Land gezogen.

Einmal mehr erwies Lilya sich als unverzichtbar. Sie fand den richtigen Ton für ein aufgelöstes Geburtstagskind und verhinderte Streit zwischen den Gästen. Hannah wusste, dass sie bei solchen Gelegenheiten durchaus die Ukraine-Karte ausspielte. Neben dem Krieg wurden alle anderen Probleme zu Banalitäten. Die Kontrahenten schämten sich und vertrugen sich wieder.

Als Hannah und Andy sich eine Woche später wieder auf dem Sofa wiederfanden, fühlte sie sich komplett ausgelaugt.

»Lass es uns tun«, sagte sie.

Andy wusste sofort, was sie meinte. »Bist du sicher?«

Hannah nickte. »Ich bin mehr als urlaubsreif. Und ich will keinen zweiten Burn-out. Also, ja, lass uns so bald wie möglich Urlaub machen.«

»Wow.« Er gab ihr einen Kuss, trank sein Glas aus und sprang auf. »Ich fange sofort an.«

Hannah blieb auf dem Sofa sitzen und versuchte, sich mit dem Gedanken an Urlaub anzufreunden. Ihr fielen tausend

Dinge ein, die sie vorher noch erledigen musste, aber sie war zu müde, um einen Zettel zu holen. Sie hörte Andy im Arbeitszimmer reden, vermutlich klärte er mit Maik und Aneta den passenden Zeitpunkt. Den es wahrscheinlich nicht gab, genau wie im Café. Aber das durfte kein Kriterium mehr sein. Sie waren beide keine zwanzig mehr.

Hannah zog eine Grimasse. Noch drei Jahre, dann wurde sie sechzig. Sie schob den Gedanken weit von sich. Das Hier und Jetzt war entscheidend. Wer wusste schon, was in drei Jahren war. Die letzten beiden Jahre hatten deutlich gezeigt, dass man nicht zu weit im Voraus planen sollte, denn es kam dann doch anders. Und jetzt dieser scheußliche Krieg!

Sie griff zur Fernbedienung und schaltete den Fernseher ein, zappte sich durch die Programme, blieb an einem Tierfilm hängen, der sie jedoch nicht bis zum Ende reizen konnte. Sie kuschelte sich tiefer in die Kissen und schlief mit der Stimme einer Reporterin im Ohr ein.

Andy weckte sie mit einem Kuss und dem Satz: »In zwei Wochen geht es los.«

Sie wusste im ersten Moment nicht, was er damit meinte. Als es ihr einfiel, schoss sie hoch. »Zwei Wochen? Wie soll ich in der kurzen Zeit alles vorbereiten?«

Andy legte ihr beruhigend die Hand auf die Schulter. »Du schaffst das locker. Ich helfe dir dabei.«

Hannah hatte sich zurück in die Kissen fallen lassen. »Du hast doch selbst genug zu tun«, murmelte sie. In ihr tobten die Gefühle. Natürlich freute sie sich auf den Urlaub, aber schon so bald?

Der Samstag war dem Haushalt vorbehalten. Auch dafür hatten sie einen Plan erstellt. Da Andy an einer leichten Form von Hausstauballergie litt, waren Staubwischen und Staubsaugen Hannahs Aufgaben. Andy musste dafür Küche und Badezimmer putzen.

Während Hannah den Staubsauger über den Teppich schob

und sich zum hundertsten Male vornahm, sich einen Saugroboter anzuschaffen, fielen ihr all die Dinge ein, die sie unbedingt vor dem Urlaub noch regeln musste. Ihr war bewusst, dass das meiste davon auch Zeit bis nach ihrer Rückkehr hatte, dennoch fühlte sie sich vollkommen überfordert.

Sie ließ den Staubsauger stehen und ging in die Küche, wo Andy den Geschirrspüler einräumte, und ließ sich auf einen Stuhl fallen.

»Ich kann das nicht.«

Andy räumte die letzte Tasse ein, klappte die Maschine zu und drückte den Startknopf. Dann kam er zu ihr an den Tisch und setzte sich auf den Stuhl gegenüber.

»Natürlich kannst du das. Du musst es nur wollen.«

Hannah verdrehte die Augen. Genau das hatte sie hören wollen! Er schien zu spüren, dass seine Aussage nicht gut ankam, denn er stand auf und kam um den Tisch herum zu ihr. Er stellte sich hinter sie und legte die Arme um sie.

»Hannah, du musst lernen loszulassen. Du hast es selbst gesagt: Du bist nicht unersetzlich. So leid es mir tut, aber es ist nun mal wahr. Das Café wird auch ohne dich weiterlaufen.«

Hannah knurrte. Das Café war ihr Baby, ihr Lebenswerk, ihr Lebenstraum. Es war so schwer, die Verantwortung dafür in andere Hände zu legen. Dennoch – für die zwei Wochen würde sie es tun müssen. Sie brauchte die Auszeit.

»Okay, okay, ich weiß. Ich werde es tun.«

Zur Belohnung erhielt sie einen leidenschaftlichen Kuss, doch sie wand sich aus Andys Armen, bevor der Kuss zu mehr führte. Es war noch viel zu tun. Für Sex hatten sie im Urlaub ausreichend Zeit.

Zwei Wochen später schob Edi sie mit den Worten »Nun geh schon« Richtung Tür. »Wir schaffen das allein. Nicht wahr?« Sie schaute herausfordernd zu Lilya, die heftig nickte.

Hannah sah sich im Café um und kämpfte gegen das Gefühl an, sie könne es zum letzten Mal sehen.

»Ihr meldet euch, wenn ihr was braucht oder Fragen habt, ja?«

Edi schob kräftiger. »Ja, Herrgott noch mal. Wir haben das jetzt mindestens hundert Mal besprochen. Wir haben Waren vorrätig für mehrere Hundertschaften, die Lieferanten wissen Bescheid, die Aushilfe ist ausnahmsweise mal zuverlässig und Lilya schmeißt den Laden sowieso perfekt.«

Hannah runzelte die Stirn bei dieser Aussage, sagte aber nichts.

»Gute Reise und erhol dich gut. Und wage es nicht, verfrüht zurückzukommen.« Edi hob tadelnd den Finger, lachte aber. »Im Übrigen hat Andy genaue Instruktionen erhalten.«

Hannah wandte sich ein letztes Mal um, dann atmete sie tief durch und verließ das Café. Svenja, die sie zum Flughafen bringen würde, stand neben ihrem Wagen auf dem Gehsteig.

»Du kommst ja wieder«, sagte nun auch sie.

»Ich hoffe es.« Hannah reichte ihrer Nichte die kleine Reisetasche, das große Gepäck war bereits verstaut. Andy saß hinten im Auto, Hannah schlüpfte neben ihn. »Na dann, es kann losgehen.«

»Sicher?« Er grinste.

»Sicher.«

Svenja war ebenfalls eingestiegen, schnallte sich an und startete den Motor. Als sie losfuhren, warf Hannah einen letzten Blick auf das Café in der Erwartung, dass Edi und Lilya ihr nachwinken würden. Aber keine der beiden war zu sehen. Obwohl es sie einen Moment lang schmerzte, war Hannah auch dankbar dafür. Sie nahmen ihren Job wirklich ernst.

Hannah räkelte sich im Liegestuhl und genoss den Ausblick auf die hügelige Landschaft und das satte Grün der Pinienwälder. Sie waren erst seit zwei Tagen hier, irgendwo auf dem Peloponnes, aber sie fühlte sich so erholt wie lange nicht.

Ihre Angst vor dem Moloch Athen war vollkommen unbegründet gewesen. Andy hatte mit dem Hotel eine perfekte Wahl getroffen. Es lag abseits des Verkehrs, dennoch zentral, am Fuße des Lycabettus. Vom Balkon aus hatten sie den perfekten Blick auf die Akropolis. Die erklommen sie am ersten Tag, und obwohl es sehr heiß war und von Touristen wimmelte, konnte Hannah den Tag genießen. Anschließend saßen sie in einem kleinen Restaurant in der Altstadt und ließen sich mit griechischen Köstlichkeiten verwöhnen.

Der zweite Tag war dem Lycabettus gewidmet. Da Hannah vom Vortag noch genug vom Klettern hatte, fuhren sie mit der Furnicular hinauf. Zoi hatte nicht zu viel versprochen: Der Ausblick war atemberaubend, das weiße Athen lag ihnen zu Füßen. Die Akropolis wirkte wie ein Spielzeug, das von einem großen Kind mitten in die Stadt gebaut worden war; Ameisen hatten es erobert und wuselten nun hektisch darauf herum.

Aber auch auf dem Hügel, auf dem sie sich befanden, waren jede Menge Touristen, die sich für das perfekte Foto in Pose warfen. Die Routinierten machten Selfies, die anderen fotografierten sich gegenseitig oder baten jemanden, die ganze Familie aufzunehmen. Man hörte viele Sprachen, allem voran Englisch, Italienisch oder Spanisch, aber auch Deutsch und Griechisch.

Hannah musste lachen, als sie an einem Fahnenmast, an dem die griechische Fahne wehte, einen Aufkleber von 1860 München entdeckte. Sie fragte sich, ob er von einem griechischen Fan stammen könnte.

Am Nachmittag bummelten sie wieder durch die Altstadt, wo sie auf einem Markt Fladenbrot, Feta, Oliven, Tomaten, Gurken, Joghurt und diverse Vorspeisen kauften. Andy besorgte den passenden Wein in einem Supermarkt, und so nahmen sie auf dem Balkon in der untergehenden Sonne ein leckeres Abendessen ein. Als sie später im Bett lagen, fiel Hannah auf, dass sie an den zwei Tagen kaum an das Café gedacht hatte. War das ein gutes oder schlechtes Zeichen? Andy ließ ihr jedoch keine Zeit zum Grübeln, und sie schob den Gedanken energisch von sich.

Den dritten Tag in der griechischen Hauptstadt verbummelten sie und liefen zufällig zur Zeit der Wachablöse am Parlament vorbei. Hannah bewunderte die Ernsthaftigkeit, mit der die jungen Soldaten ihrer Pflicht nachgingen. Vor allem die schwarzen Püschel an den Schuhspitzen hatten es ihr angetan. Auf dem Rückweg ins Hotel plante sie ähnliche Kostüme für Edi und Lilya. »Wir wären der Hit Münchens.«

Beinahe bedauerte sie, dass sie die Stadt bereits verlassen mussten, aber sie wusste, es war ihr eigener Wunsch gewesen, so kurz wie möglich dort zu bleiben. Wer konnte denn ahnen, dass sich Athen so liebenswürdig präsentieren würde?

Auf der Fahrt zum Peloponnes passierten sie den Kanal von Korinth, eine schmale, türkisfarbene Wasserstraße zwischen beeindruckend steilen Felswänden. Auch hier tummelten sich zahlreiche Touristen, die Fotos von sich vor dem türkisblauen Wasser schossen. Von oben sah der Kanal so schmal aus, dass Hannah sich nicht vorstellen konnte, wie ein – zugegeben kleines – Kreuzfahrtschiff hindurchpassen sollte. Allerdings war der Kanal derzeit wegen eines Erdrutsches gesperrt, wie ein Schild in mehreren Sprachen informierte.

Da Hannah immer noch keine Ausgrabungsstätten besuchen wollte, ließen sie Nauplia im wahrsten Sinne des Wortes links liegen und fuhren in die hügelige Landschaft hinein. Die Hügel wurden zu Bergen, die Straßen steiler und enger, die Pinienwälder dichter und dunkler. Nach einer guten Stunde gelangten sie in einen kleinen Ort und fragten nach dem Hotel, das sie gebucht hatten. Man wies sie an, den Ort zu durchqueren, zirka ein Kilometer nach Ortsende würde die Anlage auf der rechten Seite zu finden sein.

Tatsächlich entdeckte Hannah ein Hinweisschild und kurz darauf die Einfahrt. Die Anlage bestand aus zehn doppelstöckigen Steinhäusern mit Ziegeldächern. In jedem Haus schien es vier Wohnungen zu geben, denn so viele Terrassen beziehungsweise Loggias gab es.

Die Wohnung, die man ihnen zuwies, lag im hinteren Teil der Anlage und bestand aus einer geräumigen Wohnküche, einem Wohn- und einem Schlafzimmer. Die Wände waren in gedeckten Farben gestrichen, die Einrichtung einfach, aber geschmackvoll.

Hannah testete die Matratze und war erleichtert, dass sie fest war. Zu weiche Betten waren Gift für ihren Rücken. Sowohl vom Schlafzimmer als auch vom Wohnzimmer aus konnte man die geräumige Loggia betreten. Neben einem robusten Holztisch und vier passenden Stühlen luden zwei Liegestühle zum Entspannen ein.

Der Ausblick war grandios: Vor ihnen lag eine sanfte Hügelkette, dicht bewachsen mit Kiefernwäldern. Wenn sie ans Geländer trat, konnte sie zur Linken die anderen Häuser und den Eingang zur Rezeption sehen. Vor der Tür spielten zwei Kinder im Vorschulalter mit jungen Katzen. Zur Rechten erstreckte sich ein gewaltiger Olivenhain.

Hannah atmete ein und stieß die Luft mit einem tiefen Seufzer wieder aus. Hier würde sie zur Ruhe kommen.

Nachdem sie ausgepackt hatten, liefen sie ins Dorf, um nach Restaurants und Einkaufsmöglichkeiten zu schauen. Tatsächlich gab es nur eine geöffnete Taverne, deren Speisekarte sehr übersichtlich war. Als sie sich nach weiteren Möglichkeiten erkundigten, erfuhren sie, dass dies eigentlich eine Skiregion war. Im Juni war Nebensaison, da durfte man nicht allzu viel erwarten.

»Jeden zweiten Tag Köfte – ich weiß nicht«, sagte Hannah zweifelnd.

Andy legte den Arm um sie. »Wir finden eine Lösung. Notfalls koche ich selbst.«

»Das kommt nicht in Frage, du sollst auch entspannen.«

Auf dem Rückweg kaufte Hannah Honig und Kirschen, die süß und saftig waren, beides aus der Gegend. Sie hielt den Beutel hoch. »Notfalls ernähren wir uns davon.«

Zurück in der Anlage ging Andy zur Rezeption, um das Thema Abendessen zu klären. Er kam zehn Minuten später mit einer guten Nachricht. »Wir essen hier im Haus. Die Mutter kocht.« Er erklärte, dass die Anlage ein Familienbetrieb sei. Christos, der Sohn, manage zusammen mit seiner Frau das Hotel, seine Eltern halfen eher im Hintergrund. Die beiden Familien lebten auf dem Grundstück, es gebe eine Art Schrebergarten, wo sie Gemüse anbauten, und die Mutter koche sowieso jeden Tag für die Familie. Zwei hungrige Mäuler mehr seien also kein Problem.

»Und das Beste ist: Wir dürfen uns was wünschen.«

Hannah wollte nicht zu anspruchsvoll sein und auch erst einmal abwarten, wie das Essen schmeckte. Hausmannskost war schön und gut, aber immerhin waren sie hier in einer anderen Kultur. Sie würden es der Mutter überlassen, was sie kochen wollte.

Während sie auf der Terrasse saß, kühle Limonade schlürfte und träge dem Summen der Insekten zuhörte, dachte sie an zuhause. Edi wäre sofort Feuer und Flamme gewesen und hätte vermutlich die Küche gestürmt, um alles zu lernen. Hannah lachte in sich hinein und freute sich, dass sie es tatsächlich schaffte, nicht permanent an das Café zu denken. Edi hatte ihr zwei Nachrichten geschickt, in denen sie ihr lapidar mitteilte, dass alles in Ordnung sei. Bei der ersten war Hannah versucht gewesen anzurufen, hatte dann aber doch nur ein Daumen Hoch-Emoji zurückgeschickt. Bei der zweiten hatte sie es zufrieden zur Kenntnis genommen und nicht reagiert.

Das Abendessen war ein Traum. Man hatte sie an einen hübsch gedeckten Tisch auf einer Terrasse platziert, die offensichtlich zum Privathaus gehörte. Neben einem großen Swimmingpool befand sich ein Garten, halb mit Blumen und halb mit Gemüse bepflanzt. Die Familie saß zwei Tische weiter. Neben Christos waren seine Frau Aglaja sowie ihre drei Kinder anwesend, außerdem Giorgios und Olympia, Christos' Eltern.

Zunächst hatte Hannah ein schlechtes Gewissen, weil sie

sich in das Familienleben hineingedrängt hatten, aber das Essen war so traumhaft gut, dass sie sehr bald dankbar dafür war. Sie kam aus dem Entzücken nicht mehr heraus und hätte die Köchin am liebsten vom Fleck weg engagiert.

Den Anfang machte ein cremiges Tsatsiki mit einem fluffigen Fladenbrot, das sehr dezent nach Knoblauch schmeckte. Es folgte ein Hirtensalat mit Tomaten, die tatsächlich nach Tomaten schmeckten. Zur Hauptspeise wurden Spieße mit drei verschiedenen Sorten Fleisch gereicht, das so zart war, dass es bei der kleinsten Berührung zerfiel; das Gemüse hingegen war bissfest und perfekt gewürzt. Begleitet wurde das Essen von einem kräftigen Rotwein, laut Christos aus heimischem Anbau. Den Abschluss bildete sahniger Joghurt mit Waldhonig und Walnüssen.

Erschöpft aber glücklich lehnte Hanna sich in dem bequemen Stuhl zurück und seufzte laut und vernehmlich.

»Ich werde mindestens fünf Kilo zunehmen.«

Andy lachte. »Das ist in Ordnung. Je mehr es von dir gibt, desto besser.«

Hannah warf ihm einen anzüglichen Blick zu. Falls sie sich jemals wieder bewegen konnte, würde sie ihn nach allen Regeln der Kunst verführen.

Da nur Christos Englisch sprach, dolmetschte er den Dank von Hannah und Andy an seine Mutter. Die wollte im Gegenzug wissen, ob sie nicht doch einen besonderen Wunsch hätten für die nächsten Abende.

Zehn Tage später hatte Hannah Tränen in den Augen, als sie sich von Christos und der ganzen Familie verabschiedeten. Sie versprachen, spätestens im nächsten Jahr wiederzukommen.

Obwohl Andy ihr versichert hatte, keine Ausgrabungsstätten oder andere touristische Attraktionen zu besichtigen, versuchte er sie davon zu überzeugen, auf dem Weg nach Thes-

saloniki wenigstens bei den Metéora Klöstern vorbeizu-
schauen.

»Du würdest es ewig bereuen«, behauptete er, aber sie
glaubte ihm nicht, sondern beschloss, im Auto oder in einem
Café zu warten, während er auf Heiligenschau ging. Doch als sie
sich den zerklüfteten Felsen näherten, auf denen die einzelnen
Abteien errichtet worden waren, konnte sie sich der Faszination
nicht entziehen.

Während die meisten Klöster nur über endlos steile Treppen
zu erreichen waren, konnte man bei Agios Stéfanos bequem mit
dem Auto vorfahren.

Hannah musste zugeben, dass sie wirklich etwas verpasst
hätte, wäre sie nicht mitgekommen. Das Kloster selbst lag auf
einem breiten Plateau, gab aber den Blick auf schmale Felsna-
deln frei, auf denen wuchtige Gebäude thronten. Sie fragte sich,
mit welchen Hilfsmitteln diese gebaut worden und wie viele
Menschen dabei ums Leben gekommen waren.

Um Agios Stéfanos zu betreten, mussten sie eine tiefe
Schlucht überqueren. Früher war das vermutlich mit Hilfe einer
Zugbrücke geschehen, jetzt trug sie ein massiver Steg aus Beton.
Neben der Kirche gab es ein größeres Gebäude, in dem früher
die Mönche gelebt hatten. Inzwischen wurde das Kloster von
Nonnen betrieben, die sich nicht nur um den Erhalt der Anlage
kümmerten, sondern versuchten, aus der Touristenattraktion
ein wenig Kapital zu schlagen, indem sie in einem kleinen Laden
Selbstgemachtes verkauften. Hannah konnte nicht widerstehen
und erstand zwei Schürzen für Edi und Lilya und eine hübsch
bestickte Decke für Svenja.

Der Innenhof war liebevoll gestaltet, überraschend war
jedoch vor allem der Garten, der an die Gebäude anschloss. Es
blühte in allen Farben und es summte und brummte überall.

Unter ihnen lag in einem breiten Tal die Stadt Kalambaka,
im Hintergrund war das vollkommen ausgetrocknete Bett eines
Flusses zu sehen. Christos hatte ihnen erzählt, dass das für diese

Jahreszeit üblich war. Wasser in Flüssen gab es meist nur in den Wintermonaten.

Als sie nach dem Besuch des Klosters darauf warteten, dass das unerträglich heiße Auto abkühlte, ergriff Hannah Andys Hand.

»Danke.«

Er runzelte die Stirn. »Wofür?«

»Dafür, dass du mich hierhergebracht hast. Und ich meine nicht nur die Klöster hier, sondern das ganze Land. Es hat so gutgetan.«

»Es freut mich, dass du dich erholen konntest.« Er wollte einsteigen, aber sie hielt ihn davon ab.

»Ich möchte dir noch etwa sagen.« Hannah zögerte. Warum nur fiel es ihr so schwer? Ihr war in den letzten Tagen sehr bewusst geworden, was sie für Andy empfand. Und sie wusste jetzt sicher, dass er der Mann war, mit dem sie alt werden wollte.

»Ich liebe dich.« Jetzt war es raus. Es hatte vielleicht nicht so inbrünstig geklungen, wie man sich das landläufig vorstellte, aber es entsprach der Wahrheit.

Als Andy nicht reagierte, griff Hannah nach seiner Hand. »Es tut mir leid, dass ich es erst jetzt sage. Aber es ist wahr: Ich liebe dich. Und ich möchte, dass wir zusammen alt werden.«

Andy starrte in die Ferne und schwieg. Für den Bruchteil einer Sekunde befürchtete Hannah, er könne ihr mitteilen, dass er sie leider nicht mehr liebte und sie nach der Rückkehr verlassen würde. Aber dann dachte sie an die zurückliegenden Tage – und Nächte! – und war beruhigt. So verhielt sich niemand, der jemanden verlassen wollte.

Endlich wandte er sich ihr zu. Zu ihrem Entsetzen sah sie, dass er feuchte Augen hatte.

»Es tut mir leid«, flüsterte sie und beugte sich zu ihm, um ihn zu küssen. Er zog sie an sich, und so standen sie minutenlang eng umschlungen in der brütenden Hitze. Hannah war es egal, dass ihr der Schweiß den Rücken hinunterlief, wichtig war nur der Mann in ihren Armen.

Erst als zwei Kinder, die aus einem nebenan geparkten Wagen stiegen, laut kicherten, lösten sie sich voneinander.

»Danke«, sagte Andy nur.

Sie stiegen ein und er startete den Motor.

Auf dem Weg nach Thessaloniki fiel Hannah ein, dass sie das Thema Hochzeit in den zwei Wochen kein einziges Mal angesprochen hatten. Sie beschloss, es dabei zu belassen. Es war gut, so wie es war.

»Du siehst verdammt gut aus«, begrüßte Svenja sie knapp drei Stunden später am Münchner Flughafen.

»Danke, mir geht es auch verdammt gut.« Hannah umarmte ihre Nichte. »Ich vermute, das Café steht noch?«

»Ach, haben sie dir gar nichts von dem Einbruch erzählt?« Svenja machte eine ernste Miene, konnte aber ein Grinsen nicht ganz verbergen.

»Haha«, machte Hannah gutgelaunt und stieg in den Wagen. »Das hätte ich mit Sicherheit erfahren. Wenn nicht von Edi, dann von jemandem aus dem Haus.«

Svenja lachte. »Natürlich ist alles in Ordnung. Das Café steht und blüht und gedeiht. Aber ich schätze, Edi wird trotzdem froh sein, wenn du wieder da bist.«

»Das will ich doch hoffen.« Hannah griff nach Andys Hand. Noch waren sie im Urlaubsmodus; sie wollte jeden Moment davon auskosten.

Während sie auf der Autobahn Richtung Innenstadt fuhren, erzählte Hannah von den zwei zurückliegenden Wochen.

»Urlaub wäre schon schön«, sagte Svenja.

»Warum macht ihr nicht einfach welchen?«

Ihre Nichte warf ihr über den Rückspiegel einen schnellen Blick zu. »Ben ist nach wie vor damit beschäftigt, Firmen zu retten oder abzuwickeln. Ich habe ihn in den letzten Monaten kaum gesehen. Und ich habe immer noch zwei Monate Sperre. Ich kann erst Urlaub nehmen, wenn die Probezeit vorüber ist.«

»Wie lässt sich der neue Job an?«

Svenja wiegte den Kopf hin und her. »Ich bin froh, dass ich

mich nicht mehr um Scheidungen kümmern muss. Das ist auf Dauer doch sehr frustrierend. Andererseits muss ich mich in so viele Dinge neu einarbeiten.«

»Wie ist das Team?«

»Soweit es meine direkte Umgebung betrifft, ist es super. Die Kollegen und Kolleginnen sind alle sehr nett und hilfsbereit. Über die Chefetage wird viel gelästert, aber ich schätze, das ist in allen Firmen gleich.«

»Da hat sich offenbar nicht viel geändert«, stellte Hannah lakonisch fest. Sie atmete tief ein, als Svenja in die Nymphenburger Straße einbog. Von ihrer Auszeit in Irland vor fünf Jahren abgesehen, war sie nie so lange weggewesen.

Als sie in die Blumengasse fuhren, hielt sie unwillkürlich den Atem an.

Es war Samstagnachmittag, fast alle Läden hatten geschlossen. Nur vor Christines Blumengeschäft verströmten üppige Blumensträuße die übliche einladende Atmosphäre und vermutlich auch einen wunderbaren Duft.

Endlich wagte sie den Blick nach rechts, wo sich das Café befand. Auch hier war geschlossen, es gab wenig zu sehen. Die Außentische und die Stühle waren mit einer Kette gesichert, die Schaufenster waren dunkel.

Das Schild könnte eine Auffrischung vertragen, schoss es ihr durch den Kopf. Die Schmetterlinge, die den Schriftzug umflatterten, hatten über die Jahre ihre Strahlkraft verloren. Hannah machte sich eine gedankliche Notiz.

Svenja fuhr in die Einfahrt zum Hinterhof. Während Andy ihr mit dem Gepäck half, stellte Hannah sich an den Rand des Gehsteigs und betrachtete das Café von außen. Plötzlich erinnerte sie sich an den Moment, als sie vor sieben Jahren zum ersten Mal vor dem Laden gestanden hatte. Der Makler hatte ihr unbedingt ein anderes Geschäft aufschwatzen wollen, aber Hannah hatte vom ersten Anblick an gewusst, dass dies der perfekte Ort für ihren Lebenstraum war.

»Kommst du?« Andy stand in der offenen Haustür, in jeder Hand einen Koffer.

Hannah nickte. »Ich verabschiede mich nur schnell von Svenja.« Sie lief zu ihrer Nichte, umarmte sie und beschwor sie, sie bald zusammen mit Ben zu besuchen. Dann lief sie zurück zur Haustür, die Andy mit einem Prospekt offengehalten hatte.

Bevor sie das Haus betrat, drehte Hannah sich noch einmal um und ließ den Blick über die Blumengasse schweifen. Sie atmete tief ein. Es war schön, wieder zuhause zu sein.

Brigid O'Connor

Angekommen

»Wie das Abenteuer ausgeht, müsst ihr selbst nachlesen. Vielen Dank, dass ihr mir so geduldig zugehört habt.«

Brigid schlug das Buch zu und legte es vor sich auf das Pult. Applaus ertönte, zunächst zaghaft, dann lang und laut. Dazwischen erklangen aber auch ein paar missmutige Stimmen von Kindern, denen es nicht recht war, dass schon Schluss war mit dem Vorlesen.

Sie lächelte und senkte dankend den Kopf. Es war die letzte Lesung vor den Sommerferien, sie fühlte sich ausgebrannt und leer. Drei Wochen Lesereise lagen hinter ihr, sogar in Schottland war sie diesmal gewesen. Es war alles planmäßig gelaufen, dennoch war es stressiger als früher gewesen. Brigid fragte sich, ob sie allmählich zu alt dafür wurde.

Es dauerte noch eine halbe Stunde, bis alle Fragen beantwortet und alle Autogrammwünsche erfüllt waren, dann wurde sie von der Schuldirektorin, deren Namen sie nicht mehr wusste, hinausbegleitet.

Brigid packte den Rollkoffer mit ihren Unterlagen in den Kofferraum, setzte sich ins Auto und atmete ein paar Mal ein und aus. Sie hatte keine Ahnung, in welchem Ort sie sich befand. Alles, was sie wusste, war, dass er in der Nähe ihres Heimatorts lag, denn das war ihre Bedingung gewesen.

In zwei Tagen würde dort ihre Nichte Sophia heiraten.

Brigid hatte ihren Augen kaum getraut, als sie die Einladung erhielt. Nicht nur, dass ihr Patenkind während eines Besuchs in Irland den Mann ihres Lebens gefunden hatte, nein, noch dazu kam er ausgerechnet aus dem Nachbardorf! Nun sollte dort die Trauung stattfinden, und laut Una überlegten Sophia und ihr Zukünftiger ernsthaft, in sein Elternhaus zu ziehen.

»Wie sagt man so schön?«, hatte Una, Sophias Mutter, gesagt. »Sie sind Jobnomaden. Er macht irgendwas mit IT und sie hilft ihm dabei. ›Alles, was wir brauchen, ist Internet‹, hat sie gesagt. Ich sag dir, Brigid, wir werden alt.«

»Werdet ihr in Australien bleiben oder zurückkommen?«

Una hatte geseufzt. »Ich fürchte, ich bekomme Sean nicht dazu, noch einmal umzuziehen. Er sagt, er hat hier alles, was er braucht.«

»Und du? Hast du auch alles, was du brauchst?«

»Na klar, ich habe Sean.« Es hatte bitter geklungen.

Brigid holte ihr Handy aus der Handtasche, schaltete es ein und prüfte, ob sie wichtige Nachrichten verpasst hatte. Ihr Bruder Paddy hatte ihr eine WhatsApp geschickt mit der Bitte, Wein zu besorgen, er selbst sei nicht mehr dazugekommen. Von Hannah hatte sie die üblichen Daumen-hoch-Icons erhalten, von William hingegen nichts.

Während sie den Anweisungen des Navis folgte, um auf die M6 zu gelangen, versuchte sie, den Ärger über William zu verdrängen. Es war ja nicht so, dass es sie überraschte. Dennoch war da ein klitzekleiner Funken Hoffnung gewesen, sie könne sich in dem Mann täuschen.

»Auch gut«, murmelte sie, während sie Richtung Galway fuhr. Sie würde nicht allzu viele Gedanken an William verschwenden. Eigentlich hatte sie sowieso keine Zeit für eine Beziehung.

Belüg dich nur selbst, dachte sie grimmig.

Sie fuhr zum Galway Shoppingcenter, stellte den Wagen im Parkhaus ab, verbrachte eine Stunde damit, neben dem Wein auch noch ein paar Mitbringsel zu kaufen, und fuhr anschließend zu ihrem Elternhaus, in dem ihre Mutter seit dem frühen Tod des Vaters allein lebte.

Brigid hatte immer ein schlechtes Gewissen deswegen. Ihr Cottage lag nur zirka dreißig Meilen entfernt, aber sie nahm sich selten die Zeit, ihre Mutter zu besuchen.

Heute ist das anders, dachte sie, um sich selbst zu beruhigen. Sie wusste, sie würde es irgendwann bereuen, sich nicht mehr um die Eltern gekümmert zu haben, aber ihr Leben war so vollkommen anders und es gab wenig Berührungspunkte. Bei Besuchen fühlte sie sich meist wie ein Alien, der zufällig bei der Familie O'Connor gelandet war.

Als sie am Haus vorfuhr, öffnete sich die Tür und ihre Schwester Katelyn trat heraus. Sie trug eine abgeschnittene Jeans und ein T-Shirt.

»Was machst du denn hier? Ich dachte, du bist irgendwo in Afrika.« Brigid eilte zu Katelyn und umarmte sie. Dann schob sie sie von sich und betrachtete sie. »Gut siehst du aus. Hast etwas zugenommen, oder? Das steht dir.«

Katelyn lachte verlegen. »Ich wohne jetzt hier.« Sie zeigte auf das Haus. »Mutter braucht Unterstützung.«

»Oh«, entfuhr es Brigid. »Aber das ist fantastisch! Nimmt sie die Hilfe an?«

»Nach und nach, ja«, sagte Katelyn und nahm Brigid den Koffer aus der Hand. »Aber natürlich lasse ich sie in dem Glauben, dass sie alles alleine macht.«

»Gute Idee«, pflichtete Brigid ihr bei, während sie ihrer Schwester zum Haus folgte. »Es erspart dir vermutlich viel Streiterei.«

Katelyn seufzte laut und vernehmlich. »Die gibt es sowieso. Seit ich hier wohne, verschwinden ständig Dinge.« Sie verdrehte die Augen. »Natürlich findet sich zwei oder drei Tage später alles wieder, irgendwo im Haus, aber erst einmal wird mir unterstellt, dass ich klaue.«

Brigid musste lachen, obwohl sie wusste, dass es nicht lustig war. Zumindest nicht für ihre Schwester.

»Was ist mit deiner Ordenstracht? Musst du die nicht tragen?«

Katelyn schüttelte entrüstet den Kopf. »Na hör mal, wir leben doch nicht mehr im Mittelalter.« Sie lachte, als sie Brigids fragenden Blick sah. »Okay, die meisten Orden leben tatsächlich noch im Mittelalter, aber wir haben seit drei Jahren eine neue Äbtissin, die sehr modern eingestellt ist. Sie ist der Ansicht, dass es auf die inneren Werte ankomme, nicht auf die äußere Erscheinung.«

»Sehr weise.«

Katelyn nickte. »Sie ist ein wahrer Glücksfall. Nicht, dass alle mit ihren ›revolutionären‹ Ideen einverstanden wären, Gott bewahre. Als ein Aufstand drohte, weil sie die alten Regeln zu schnell abschaffen wollte, stellte sie jeder von uns frei, wie weit wir uns davon lösen wollen. Ich kann dir gar nicht sagen, welche Wohltat es war, in Ghana nicht im Habit herumlaufen zu müssen.« Katelyn grinste verschmitzt. »Wir haben es sowieso kaum getan, es ist dort einfach zu heiß dafür. Musste ja niemand wissen.«

»Katelyn, ich bin entsetzt.«

Ihre Schwester lachte. »Meine Liebe, du bist die letzte, die das stören würde.«

»Stimmt.«

Als sie das Haus betraten, blieb Brigid einen Moment auf der Schwelle stehen. Immer wieder war sie verblüfft, dass es seit ihrer Kindheit gleich roch. Es war eine Mischung aus Essensgeruch, frisch gewaschener Wäsche und dem After Shave ihres Vaters. Vor allem Letzteres war eigentlich ein Ding der Unmöglichkeit, denn ihr Vater war seit zwanzig Jahren tot. Wie konnte es immer noch nach ihm riechen? Spielte ihre Erinnerung ihr einen Streich?

»Na komm schon rein«, sagte Katelyn. »Ich bringe den Koffer nach oben und schaue nach Mamaí.«

Brigid lächelte. Katelyn war die Einzige, die nach wie vor die irische Form von Mama benutzte. Bei ihr klang es sowieso mehr nach Kosenamen.

Während die Schwester in den ersten Stock lief, schaute Brigid sich um. Sie war länger nicht mehr hier gewesen, aber es hatte sich nichts verändert.

Rechts ging es zur Guten Stube, die früher nur genutzt worden war, wenn hoher Besuch kam – also quasi nie. Jetzt schien es das Schlafzimmer ihrer Mutter zu sein, denn neben dem alten Kleiderschrank stand ein Bett. An den Seiten befanden sich Gitter, die gerade nutzlos herunterhingen, das Kopfteil war erhöht, die Bettdecke zurückgeschlagen.

Brigid machte einen Schritt in das Zimmer hinein. Hinter der Tür entdeckte sie eine Kommode, darauf ein Fernseher; neben dem Bett stand ein Sessel, daneben lagen blau bedruckte Tüten. Brigid kniff die Augen zusammen, um die Aufschrift lesen zu können. »Windeln« entzifferte sie. Sie erschrak. So lange war ihr letzter Aufenthalt nicht her, dass sie diese Entwicklung bei ihrer Mutter verpasst hätte.

»Ach, hier bist du.« Katelyn stand in der Tür. »Zieh keine falschen Schlüsse daraus. Mamaí ist immer noch rüstig. Gerade schläft sie.«

»Wem gehört dann das Bett?«, wollte Brigid wissen.

»Es gehörte einer Nachbarin. Sie wollten es entsorgen, aber Mamaí meinte, wir sollten es kaufen, es sei zu schade zum Wegwerfen. Wie übrigens auch die Windeln. Nur nichts verkommen lassen.« Katelyn schwieg einen Moment, starrte ins

Nichts, sammelte sich dann wieder. »Manchmal, wenn sie zu müde ist, schläft sie hier unten. Aber in der Regel geht sie nach oben.«

Sie verließen das Zimmer und gingen in die große Wohnküche, die stets der Mittelpunkt des familiären Lebens gewesen war. Katelyn hielt eine Kanne hoch und schaute Brigid fragend an. Sie nickte und nahm an dem großen Tisch Platz.

»Paddy bat mich, Wein mitzubringen. Wo genau wird die Hochzeit stattfinden?«

Katelyn stellte eine dampfende Tasse Tee vor sie und schob die Zuckerschale näher heran. »Im Nachbarort gibt es seit einigen Monaten wieder einen Pub. Ich selbst war noch nicht dort, aber Sophia sagt, er sei perfekt.«

Brigid nahm einen Schluck Tee. Er war heiß und stark, so, wie sie in liebte.

»Es tut sich ja doch was in dieser ..., ähm, einsamen Gegend.«

Katelyn lachte. »Du kannst ruhig gottverlassen sagen, ich habe kein Problem damit. Ja, es tut sich was. Immer mehr junge Leute kehren zurück aufs Land, weil sie sich die Städte nicht mehr leisten können. Das müsstest du doch besser wissen als ich.«

»Ich habe vor allem mit Kindern Kontakt, nicht mit ›jungen Leuten‹«, erklärte Brigid und stand auf, um sich eine zweite Tasse Tee einzuschenken.

»Wie läuft es mit den Büchern?«

»Nicht allzu schlecht. Ich habe gerade eine dreiwöchige Lesereise hinter mir.« Brigid nahm ihren Platz wieder ein. »Das ist die Zeit, in der ich mein Alter spüre. Es ist anstrengender als früher. Und die Kinder sind nicht mehr so aufmerksam. Zum Glück sind an den meisten Schulen Handys nicht erlaubt. Sie haben natürlich trotzdem welche dabei, aber zum Teil gibt es drastische Strafen, wenn sie damit erwischt werden.« Sie seufzte. »Manchmal frage ich mich, warum sie ausgerechnet mir zuhören sollten. In ihren Augen bin ich uralt.«

Katelyn langte über den Tisch und tätschelte ihren Arm.

»Nun mach mal halblang. Ich bin überzeugt, die Kinder lieben deine Geschichten.«

Brigid lächelte. »Ja, das tun sie. Zumindest die meisten.« Sie trank ihre Tasse aus und brachte sie zur Spüle. »Wo sind denn die anderen?«

»Finn und Maeve reisen morgen an, Braden und Paddy arbeiten, wie es sich für brave irische Bürger gehört, Shannon hilft Una, die Braut vorzubereiten.«

Sie zögerte so lange, dass Brigid stutzig wurde. »Was ist?«

»Es heißt, du hättest einen Freund«, sagte Katelyn.

»Heißt es das?« Brigid zog eine Grimasse. »Dann weißt du mehr als ich.« Sie kehrte zum Tisch zurück, blieb aber stehen. »Offen gestanden, bin ich nicht sicher, ob es da einen neuen Mann gibt. Wir treffen uns seit ein paar Monaten, aber er zeigt wenig Interesse an meinem Leben. Also an dem Leben als Autorin. Kinderbücher seien nicht so seins, hat er mal gesagt.«

»Er wird also nicht kommen.«

Brigid schüttelte den Kopf. »Er weiß nicht mal von der Hochzeit. Ich denke, ich werde Schluss machen.« Sie wandte sich Richtung Tür. »Ich geh mal auspacken. Morgen fahre ich rasch ins Cottage, dort hängt mein Kleid für die Hochzeit.«

»Brigid?«

Etwas an Katelyns Ton alarmierte Brigid. Sie drehte sich um. »Ja?«

»Ich sollte dir vielleicht noch etwas sagen.« Ihre Schwester schaute sie ernst an.

»Was?«

»Colm ist wieder hier. Er wird bei der Hochzeit dabei sein. Er ist mit dem Bräutigam befreundet.«

Brigid spürte, wie ihre Knie weich wurden.

»Was, was …« Sie musste sich räuspern. »Was bedeutet das?«

Katelyn zögerte. »Es gibt Gerüchte, dass er und Lorna getrennt sind.«

Brigid ging die wenigen Schritte zum Tisch zurück und setzte sich. Ihr Herz klopfte bis zum Hals. Sie hatte mit allem gerechnet, aber nicht damit, ihre Jugendliebe, ach was, ihre große und einzige Liebe Colm wiederzusehen.

»Danke, dass du es mir gesagt hast.« Sie griff nach Katelyns Hand und drückte sie. »Hast du etwas Stärkeres als Tee für mich?«

Katelyn stand wortlos auf, verließ die Küche, kehrte nach kurzer Zeit mit einer Flasche Whiskey und zwei Gläsern zurück. Sie schenkte großzügig ein und schob ein Glas in Brigids Richtung.

»Auf was wollen wir trinken?«

Brigid zuckte mit den Schultern. »Keine Ahnung. Nein, ich weiß: auf Sophias Ehe.«

»Gute Idee.«

Sie hielten die Gläser für einen Moment hoch und tranken. Brigid nahm einen großen Schluck, spürte das Brennen in Rachen und Speiseröhre, genoss die Wärme, die sich in ihrem Inneren ausbreitete.

Ihre Schwester nippte nur und verzog das Gesicht. »Das wird nie mein Lieblingsgetränk.«

»Ist auch besser so. So sparst du jede Menge Geld und Ärger.« Brigid spielte gedankenverloren mit ihrem Glas, als ihr plötzlich etwas einfiel. »Woher weißt du überhaupt ...?«

Katelyn lachte. »Das wusste damals jeder. Alle, wirklich alle haben gehofft, Colm hätte endlich den Mumm, Lorna zu verlassen.«

Brigid starrte ihre Schwester mit offenem Mund an. »Das kam bei mir aber anders an. Seine Schwägerin hätte mich am liebsten gevierteilt.«

Katelyn schüttelte den Kopf. »Dann ist sie eine Ausnahme. Paddy hat mir damals erzählt, dass jeder auf eurer Seite stand.«

»Im Endeffekt hat Lorna gewonnen.« Brigid hörte die Bitterkeit in ihrer Stimme. Nach all den Jahren trauerte sie immer noch um diese verlorene Liebe.

»Das würde ich so nicht sagen«, widersprach ihre Schwester. »Wenn man den Gerüchten Glauben schenken darf, sind sie geschieden. Sie hat in Kanada offensichtlich einen anderen Mann kennengelernt. Einen, der ihr mehr bieten kann als Colm.«

Brigid konnte es nicht glauben. Siebzehn Jahre waren seit dem Weggang von Colm vergangen; sie war sich sicher gewesen, dass ihre Gefühle für ihn inzwischen erkaltet waren. Aber kaum hörte sie seinen Namen, brach alles wieder auf. Sie stand auf. »Ich muss ein paar Minuten allein sein.«

Im Hinausgehen hörte sie die sanfte Stimme ihrer Schwester: »Nimm dir so viel Zeit, wie du brauchst.«

Kurz überlegte Brigid, zum Cottage zu fahren, aber sie war aufgewühlt. In Kombination mit dem Whiskey war das keine gute Basis für eine Autofahrt. Also lief sie die Straße, in dem ihr Elternhaus stand, entlang bis zur Hauptstraße. Früher, in ihrer Kindheit, hatte es hier einige Läden gegeben, einen Bäcker, einen Metzger, einen Blumen- und einen Krämerladen, wie ihn Mrs. Kennedy betrieb. Inzwischen war alles tot. Die meisten Schaufenster waren mit Zeitungspapier zugeklebt. In der ehemaligen Bäckerei befand sich jetzt ein Architekturbüro, als Kontaktadresse war eine Telefonnummer in Galway angegeben.

Brigid lief die Hauptstraße entlang bis zu ihrer alten Schule. Die war einige Jahre nach ihrem Weggang aufgegeben worden, die Kinder hatten mit dem Bus in einen benachbarten Ort fahren müssen. Sie war dankbar dafür, dass sie in diese Schule hatte gehen dürfen, mit einer Lehrerin, die die Kinder kannte und förderte. Mit einer Direktorin, die Wert auf eine gut bestückte Schulbibliothek legte. Wer weiß, was aus ihr geworden wäre, hätte sie in eine andere Schule gehen müssen.

Einige Häuser entlang der Straße waren verfallen, es roch modrig, als sie daran vorbeiging. Andere schienen frisch renoviert; ein Name der neuen Besitzer war nirgends zu entdecken. Vermutlich Neureiche, die ihr Geld in eine Immobilie auf dem Land investierten, in der Hoffnung, dass der Wert immer weiter stieg. Dennoch fragte Brigid sich, warum man sich ausgerechnet hier ein Haus kaufen sollte. Seit der Umgehungsstraße war es noch ruhiger im Ort, um nicht zu sagen: gottverlassener.

Hinter der Schule, bereits außerhalb des Dorfrandes, stand ein Cottage, das schon während ihrer Kindheit verlassen gewesen war. Sie erinnerte sich nur zu gut daran, wie Paddy sie als Mutprobe in das verlassene Haus geschickt hatte, in dem es angeblich spukte. Sie hatte die Probe bestanden, wenn auch mit durchnässten Hosen. Zum Glück hatte ihr Bruder das unter ihrem langen Kleid nicht sehen können.

Brigid grinste in Erinnerung daran. Sie hatten eine schöne Kindheit gehabt. Ihre Eltern waren nie reich gewesen, dennoch hatte es ihnen an nichts gemangelt. Zumindest hatten sie nie das Gefühl gehabt.

Sie atmete tief durch und lief am Dorfrand entlang zurück zu ihrem Elternhaus. Auch hier wechselten sich zerfallende, einigermaßen gut erhaltene oder renovierte Häuser ab. Immerhin – das Dorf lebte noch.

Der Spaziergang hatte ihr gutgetan, auch wenn Colm immer noch in ihren Gedanken herumspukte.

Sie sah ihn sofort. Ihr Herz reagierte entsprechend und holperte los. Gut sah er aus. Ach was, er sah blendend aus. Das volle graue Haar stand ihm gut, nach wie vor war er groß und kräftig, ohne dick zu wirken. Dem Anlass entsprechend trug er einen dunklen Anzug über einem weißen Hemd mit einer Krawatte in gedeckten Farben.

Er saß auf der Seite des Bräutigams. Brigid hatte diese Regelung immer für fragwürdig gehalten, heute war sie dankbar dafür. Da sie Sophias Patentante war, musste sie in der vorderen Reihen Platz nehmen. Sie wählte einen am äußeren Rand neben einem ausgesprochen beleibten Herrn. Da er ihr die Sicht auf die andere Seite nahm, hoffte sie, dass Colm sie ebenfalls nicht sehen konnte.

Sie konzentrierte sich auf ihre Nichte, die neben ihrem Mann vor dem Altar stand. Das schlichte, aber elegante weiße Kleid passte perfekt zu ihrer schmalen Statur. Ihre Mutter Una hatte ihr Margeriten in die langen, dunklen Haare geflochten, ihr außerdem eine Art Krone aus Grünzeug und ebenfalls Margeriten angefertigt. Durch Sophias Nervosität saß sie schon ziemlich schief auf ihrem Kopf und würde vermutlich bei einer etwas heftigeren Bewegung herunterfallen.

Den Bräutigam hatte Brigid vor der Trauung nur kurz kennengelernt. Zu mehr als einem schnellen Händedruck und einem »Alles Gute« hatte es nicht gereicht. Zu wenig, um sich einen Eindruck zu machen.

Jetzt stand er steif wie ein Roboter neben ihr. Er war kräftig gebaut, der dunkle Anzug spannte deutlich an den Hüften und den Schultern. Brigid fragte sich, ob sie hatten sparen wollen, oder ob er in der Zeit zwischen Kauf und Hochzeit zugelegt hatte.

Als der Priester den Segen für das Brautpaar sprach, konnte Brigid nicht mehr an sich halten und schaute hinüber zu Colm. Er war leicht zu finden, da er alle anderen um einen halben Kopf überragte. Er schien zu spüren, dass sie ihn beobachtete, denn er drehte den Kopf in ihre Richtung. Schnell schaute sie nach vorne. Ihr Gesicht brannte, und sie hoffte inbrünstig, dass es niemandem auffallen würde.

Sie bereute, William nicht doch mitgebracht zu haben. Auch wenn sie sich inzwischen im Klaren war, dass sie ihm so bald wie möglich den Laufpass geben würde – er wäre der Mann an ihrer Seite gewesen und hätte sie vor unliebsamen Avancen beschützt.

Brigid musste lächeln. Nein, William war ganz sicher kein Held und er wäre vor allem mitgekommen, weil es kostenlose Getränke gab. Sie fragte sich zum x-ten Male, warum sie sich überhaupt auf ihn eingelassen hatte.

»Weil du einsam bist«, hörte sie die Stimme ihrer Freundin Corinna in ihrem Kopf. Hannah würde etwas Ähnliches sagen.

»Kommst du nicht mit?«

Brigid schreckte aus ihren Gedanken hoch. Vor ihr stand Katelyn und schaute sie erwartungsvoll an. Brigid sah sich um. Die Kirche war fast leer. Sie hatte das Ende der Trauung verpasst.

»Na komm schon, sie machen jetzt die Fotos.« Ihre Schwester zog sie mit sich. »Du kannst dich nicht ewig verstecken.«

Brigid wollte etwas sagen, folgte Katelyn schließlich hinaus auf den Vorplatz. Ein Summen hing in der Luft. Sophia und ihr Mann Michael waren umringt von aufgeputzten Leuten, die ihnen alles Gute wünschen wollten. Die Fotografin hatte große Mühe, sich bemerkbar zu machen und die Gästeschar dazu zu bringen, sich für ein Gruppenfoto aufzustellen. Es gab das übliche Chaos, weil jemand lieber hinten als vorne stehen wollte, ein Hut davonflog oder jemand gar nicht mit aufs Foto wollte. Aber irgendwann standen alle so, wie die Fotografin es sich wünschte, und riefen fröhlich: »Cheese«.

Brigid wäre anschließend am liebsten zu ihrem Cottage gefahren, aber sie war Sophias Patentante und damit eine wichtige Person. Zu ihrer Erleichterung nahm Paddy Colm in Beschlag.

Der Weg zum Pub war nicht weit, dennoch wurden Braut und Bräutigam gefahren. Natürlich mit den obligatorischen Dosen an der hinteren Stoßstange.

Der Rest der Gesellschaft ging zu Fuß und wurde vor dem Wirtshaus, das in neuem Glanz erstrahlte, mit Sekt und Häppchen empfangen. Sophias Augen leuchteten; sie umarmte jeden, der in ihre Nähe kam.

»Tante Brigid«, rief sie, als Brigid den Pub betrat.

Brigid ging zu ihr, umarmte sie und wünschte ihr alles Gute für das Leben zu zweit. »Oder natürlich zu mehreren«, fügte sie zwinkernd hinzu.

Sophia kicherte. »Wie findest du Mike?«

»Er hat auf jeden Fall einen guten Geschmack«, sagte Brigid. »Wo werdet ihr wohnen?«

Sophia erklärte ihr, was Katelyn ihr bereits gesagt hatte: Sie würden in Mikes Elternhaus ziehen, da er von überall aus arbeiten könne.

»Und was machst du?«

»Ich unterstütze ihn.«

»Aber du hast doch studiert. Willst du dir nicht selbst etwas aufbauen?« Brigid glaubte, einen Moment lang so etwas wie Trauer oder Verzweiflung im Gesicht ihrer Nichte zu sehen, aber es ging so schnell vorüber, dass sie sich nicht sicher war.

»Wir bauen uns gemeinsam etwas auf.« Es klang wie auswendig gelernt.

»Das ist schön.« Brigid umarmte Sophie noch einmal. »Und ich finde es wunderbar, dass wir dann so nah beieinander wohnen.«

Da ihre Nichte von der Wirtin in Beschlag genommen wurde, weil irgendetwas mit der Tischordnung nicht stimmte, verdrückte Brigid sich in eine ruhige Ecke und beobachtete den Trubel.

»Hier bist du. Ich suche dich schon den ganzen Tag.« Ihre jüngste Schwester Una stand vor ihr. Sie hatte viel Make-up aufgetragen, dennoch sah Brigid die gerötete Haut. Auch die Augen schimmerten verdächtig rot.

»Du weißt, ich kann so einen Rummel nicht ausstehen.« Sie legte eine Hand auf Unas Arm. »Geht es dir gut?«

»Ja, natürlich«, begann Una, sackte dann in sich zusammen und sagte leise: »Nein, es geht mir nicht gut. Ich fürchte, ich werde mich von Sean trennen. Es geht einfach nicht mehr.«

Brigid fragte nicht nach. Sie konnte sich denken, worum es ging. Ihre Schwester war ihrem Mann vor mehr als zwanzig Jahren nach Australien gefolgt, aber sie war dort nie glücklich gewesen. Sie nahm Una in den Arm. »Lass uns morgen darüber reden, ja? Heute ist Sophias Tag, den sollten wir ihr nicht verderben.«

Una schluchzte ein paar Mal leise an ihrer Schulter, richtete sich dann auf, wischte mit den Zeigefingern die Stellen unter den Augen trocken und sagte: »Ja, du hast recht. Es geht heute nicht um mich.« Sie drückte Brigids Hände. »Danke.« Sie wandte sich ab und lief zu einem Paar, das Brigid nicht kannte.

So viel Unglück an einem Ort versammelt, dachte Brigid. Aber war es bei Familienfeiern nicht immer so? Jeder brachte seinen Kummer und seine Sorgen mit, riss sich zusammen, trank zu viel Alkohol, ein Wort ergab das andere und – boom.

Ein Gong ertönte, das Zeichen, sich zu Tisch zu begeben. Brigid hoffte sehr, dass Sophie sie nicht neben Colm platziert hatte. Erleichtert stellte sie im Vorbeigehen fest, dass er am Nebentisch saß, noch dazu mit dem Rücken zu ihr. Wenn ihr Gegenüber jetzt noch groß und breit war, würde sie nichts von ihm mitbekommen.

Tatsächlich bemerkte sie kaum jemanden, denn ihr Nebenmann, ein junger Mann namens Kieran, war ein glühender Fan von ihr und stellte ihr endlos Fragen zu ihrem Beruf und den Büchern. Als er einen Tipp von ihr erbat, wie er ebenfalls Autor werden könnte, sagte sie: »Viel lesen. Und schreiben, schreiben, schreiben. Es ist vor allem ein Handwerk, das gepflegt werden muss.«

Dank des eifrigen Tischnachbarn verging das Mittagessen wie im Fluge. Brigid hätte hinterher nicht sagen können, was sie gegessen hatte. Es folgten die obligatorischen Reden der Väter, danach fuhren Sophie und Mike mit der Fotografin zu einem besonderen Ort, um schöne Fotos zu machen. Die Gesellschaft löste sich auf; manche wollten einen Verdauungsspaziergang machen, andere setzten sich in einem anderen Teil des Pubs zusammen, um Geschäftliches zu bereden, wieder andere zogen sich in ihre Häuser oder auf ihr Zimmer zurück.

Colm war nirgends zu sehen und Brigid wusste nicht, ob sie erleichtert oder traurig darüber sein sollte. Sie fühlte sich wie ein Kind mit einer Wunde, deren Pflaster millimeterweise abgezogen wurde. Mit einem Ruck wäre besser gewesen ...

Sie schloss sich ihrem Bruder Finn und seiner Frau Maeve an. In ihren ersten Jahren in Dublin hatte sie in seinem Haus gewohnt; seine Söhne waren damals im Kindergartenalter gewesen, seine Tochter Naimh noch nicht einmal geboren. Inzwischen hatten sie selbst Familien und lebten auf der Welt verteilt.

Brigid war sich nicht sicher, ob sie Unas Probleme mit ihrem Bruder besprechen durfte, deshalb sagte sie nichts. Stattdessen erzählte sie kleine Anekdoten von der gerade absolvierten Lesereise. Finn berichtete von seinen Plänen, seine Baufirma zu verkaufen, da sich bisher kein Nachfolger gefunden hatte.

»Es hatte zunächst so ausgesehen, als würde Brendan die Firma übernehmen, aber dann hat er diese Frau kennengelernt. Und die hat gesagt, sie will keinen Bauarbeiter.« Er schnaubte wütend. »Als ob wir den ganzen Tag auf der Baustelle wären! Ich wünschte, es wäre so. Dann würde ich mir viel Geld fürs Fitnessstudio sparen.«

Maeve lachte. »Na komm, es macht dir doch Spaß, im Büro zu sitzen und den Ton anzugeben.«

Er verzog das Gesicht. »*Das* macht tatsächlich Spaß«, gab er zu. »Trotzdem – ich würde gerne noch mal richtig mit den Händen arbeiten.«

»Du schon, dein Rücken nicht«, frotzelte Maeve.

Brigid lauschte dem Geplänkel der Eheleute und war froh, dass sich wenigstens ein Paar gut zu verstehen schien.

»Was ist mit dir, Schwesterchen?«, wollte Finn wissen. »Den Traumprinzen immer noch nicht gefunden?«

»Finn!«, sagte Maeve warnend, aber Brigid winkte ab.

»Ist schon okay, ich weiß ja, von wem es kommt.« Sie lachte und hoffte, es würde nicht allzu gekünstelt wirken. »Nein, der Traumprinz ist bisher nicht aufgetaucht. Deshalb schreibe ich Bücher. Da kann ich sie mir basteln, wie ich will.«

»Macht auf Dauer nicht glücklich«, knurrte Finn.

»Die Prinzen nicht, aber die Tantiemen«, erwiderte Brigid lachend. Ihr Bruder schien nichts von William zu wissen, was ihr nur zu recht war. Obwohl sie inzwischen über Fünfzig war, dachte Finn immer noch, als der Älteste müsse er sich um sie kümmern.

Sie kehrten gerade rechtzeitig zum Pub zurück, um die Kuchen und Torten zu bewundern, die Una bei einem Konditor in Galway bestellt hatte.

Fast so schön wie von Edi, dachte Brigid und wünschte sich zu Hannah ins Café. Ihre beste Freundin wüsste, wie sie mit der Situation umgehen sollte. Obwohl – in Beziehungsdingen verhielt sie sich selbst alles andere als vorbildlich.

Sie schoss ein Foto und schickte es an Hannah mit dem Zusatz »Wir können hier auch Kuchen 😊«. Die Antwort kam postwendend: »Das käme auf einen Vergleich an. 🩶«

Brigid fühlte sich sofort besser. Obwohl sie sich seit mehr als zwei Jahren nicht gesehen hatten, waren sie immer noch so vertraut wie in ihrer gemeinsamen Dubliner Zeit.

Nach Kaffee und Kuchen wurden die Tische und Stühle beiseite geräumt, Instrumente herausgeholt und zum Tanz aufgespielt. Das Brautpaar tanzte zunächst miteinander, dann Mike mit Una, seiner Schwiegermutter, Sophia mit ihrem Schwiegervater, die beiden übrigen Partner zusammen. Una schien zu viel getrunken zu haben, sie wirkte unsicher, doch Mike hielt sie fest und wirbelte sie nicht so heftig herum wie vorher Sophia. Beim Partnerwechsel gab es viel Kuddelmuddel und Gelächter, was Una zum Anlass nahm, sich auszuklinken, angeblich, weil ihr nicht gut war. Brigid war klar, dass sie nicht mit Sean tanzen wollte.

Sie wollte ihrer Schwester folgen, als Katelyn sie aufhielt. »Bleib du hier, ich mache das.«

Als Brigid protestieren wollte, deutete Katelyn hinter sie und sagte: »Da ist jemand, der mit dir reden will. Und du solltest es tun. Gib ihm eine Chance.«

Brigid drehte sich um. Colm stand an der Stelle, an der sie sich vor wenigen Minuten befunden hatte. Sie hatte ihn seit der Kirche kaum gesehen – und wenn, dann vor allem seinen Rücken.

Er hielt ihr die Hand hin, als wolle er sie zum Tanz auffordern. Sie wollte ablehnen, dachte an das Pflaster und folgte ihm, seine Hand ignorierend. So leicht würde sie es ihm nicht machen.

Da die Band gerade etwas Langsames spielte, konnte sie nicht umhin, Colms linke Hand zu ergreifen. Die Berührung durchfuhr sie wie elektrischer Strom, aber sie ließ sich nichts anmerken. Die ersten Minuten wiegten sie sich schweigend im Takt, harmonierten perfekt miteinander. Wie schon früher befand sich ihr Gesicht auf Höhe seiner Brust, doch zum Glück hatte er immer noch die Krawatte umgebunden, sodass sie seine Brusthaare nicht sehen konnte. Er schien auch ein anderes Aftershave zu benutzen, er roch anders als früher. Nicht schlechter, aber anders.

Für einen Moment schloss sie die Augen, genoss seine Nähe, die Berührung der Hände, den gemeinsamen Rhythmus.

»Es tut mir leid.«

Er hatte so leise gesprochen, dass sie es wegen der Musik fast nicht gehört hätte. Sie öffnete die Augen. »Was?« Er sollte es wiederholen.

Er beugte sich zu ihr hinunter, sie spürte seinen Atem an ihrem Ohr. »Es tut mir leid. Ich war ein Feigling.«

Brigid schwieg. Was hätte sie dazu schon sagen können? Er war nun mal verheiratet gewesen, sie hatte die Rolle der Geliebten bewusst übernommen.

Er blieb stehen. »Lass uns bitte rausgehen.«

»Es gibt nichts zu sagen.« Brigid zitterte bei dem Gedanken, mit ihm allein zu sein. Sie wollte gar nicht wissen, ob aus Angst vor ihm oder ihren Gefühlen.

»Bitte.«

Es klang so flehentlich, dass sie nachgab. Sie ließ zu, dass er ihre Hand hielt und sie nach draußen führte, wo die Kinder herumtobten.

Ohne darüber zu reden, begannen sie, Richtung Dorfrand zu laufen. Erst, als das Geschrei der Kinder, die Musik und das Gelächter aus dem Pub verstummt waren, blieben sie stehen.

Colm schaute sich um, zog sie dann weiter zu einem Baumstumpf, der bequem genug aussah. Sie setzten sich.

Brigid zog ihre Hand aus seiner und schaute ihn erwartungsvoll an.

»Ich ... ich weiß nicht, wo ich beginnen soll«, sagte er.

»Wie wäre es mit dem Anfang?«, schlug sie vor und gab ihrer Stimme bewusst eine gewisse Schärfe. Sie ignorierte ihr klopfendes Herz und war froh, dass er die meiste Zeit auf den Boden starrte, sodass er ihr hochrotes Gesicht nicht sah.

»Der Anfang ...«, begann er, stockte wieder. Dann schüttelte er den Kopf. »Warum wolltest du mich damals nicht mehr sehen?«, fragte er.

Obwohl Brigid genau wusste, was er meinte, hakte sie nach. »Wann, damals?«

Er schaute sie zum ersten Mal richtig an und sagte ruhig: »Du weißt genau, was ich meine.«

»Ja, ich weiß es, aber ich will es dir nicht zu einfach machen.« Brigid atmete tief durch, versuchte, die aufkommenden Gefühle im Zaum zu halten. Dieser Mann konnte ihr immer noch sehr gefährlich werden, aber sie würde den Teufel tun und sich noch einmal auf ihn einlassen.

»Ich wollte dich nicht mehr sehen, weil es mit jedem Mal schlimmer geworden wäre«, sagte sie. »Du kennst ja den Spruch: Lieber ein Ende mit Schrecken als ...«

»Ja, ja, ja. Du hast ja recht«, unterbrach er sie. »Ich war ein Idiot. Und ein Feigling.« Er schwieg und spielte mit einem Ring an seinem Finger. Er war aus Silber und trug keltische Ornamente.

Brigid hatte ihn vorher nie an seiner Hand gesehen. Erst jetzt fiel ihr auf, dass er keinen Ehering mehr trug.

»Was ist los?«, fragte sie nun doch.

»Ich bin damals nicht freiwillig nach Kanada gegangen. Sie haben mir das Messer auf die Brust gesetzt und gesagt, ich muss mitgehen, sonst wird das ein Riesenskandal.«

Brigid schnaubte. »Das glaubst du doch selbst nicht. Das hätte doch niemanden interessiert. Okay, ein paar Ewiggestrige hätten sich das Maul zerrissen, aber das hätte ein paar Wochen gedauert, dann wäre es vorbei gewesen. Es war nicht in den Sechzigern, sondern 2005. Selbst hier gab es sowas wie Scheidung.«

»Ja, ich weiß.« Er fuhr sich mit der Rechten durch die Haare. »Ich sag ja, ich war ein Idiot.«

»Meine Schwester Katelyn sagte mir, dass alle Bescheid wussten. Angeblich waren alle auf unserer Seite.« Sie beobachtete ihn genau, um die Wirkung ihrer Worte zu sehen. Er zuckte zusammen, als habe sie ihn geschlagen.

»Ich war wie in einem Tunnel.« Er hob die Hände. »Bitte versteh mich nicht falsch. Ich will nichts beschönigen. Aber es gab damals nur drei Dinge, die mich interessierten: der Job, die Familie und vor allem du.« Er schaute sie ernst an. »Bei dir konnte ich ich selbst sein, während ich zuhause immer eine Rolle spielen musste. Der treusorgende Familienvater, ha. Immerhin, die Rolle des liebenden Ehemanns hat sie mir ziemlich schnell erlassen.« Er lachte spöttisch. »Dennoch musste der Anschein nach außen unbedingt gewahrt werden.« Er fuhr sich mit beiden Händen über das Gesicht, verbarg es und senkte den Kopf.

Wieder fiel Brigid die ringlose Rechte auf. »Ist es wahr, dass ihr geschieden seid?«

Er nickte. Dann zog er die Hände vom Gesicht. »Sie hat ziemlich schnell einen anderen gefunden. Mir war es egal, da lief schon seit sehr vielen Jahren nichts mehr. Ich habe es vor allem wegen der Kinder getan. Zumindest dachte ich das. Es war meine Ausrede für meine Feigheit.«

Obwohl Brigid sich geschworen hatte, es ihm nicht zu leicht zu machen, legte sie ihm jetzt eine Hand auf den Arm. »Es ist nun mal geschehen und kann nicht mehr rückgängig gemacht werden. Kein Grund, sich fertig zu machen.«

Er schaute sie an. Ihr Herz galoppierte.

Eine Weile saßen die schweigend auf dem Baumstamm und sahen sich an.

»Gibt es eine zweite Chance für uns?« Seine Stimme war rau.

Am liebsten wäre Brigid die paar Zentimeter zu ihm gerückt, hätte sich an ihn gekuschelt, ihn geküsst und gesagt: Klar gibt es die. Aber sie wusste, dass sie das nicht noch einmal durchstehen würde, auch wenn die Vorzeichen jetzt andere waren als vor siebzehn Jahren. Sie schüttelte traurig den Kopf.

»Nein, tut mir leid. Ich kann das nicht nochmal. Zwei Mal hast du mich verlassen, ein drittes Mal würde ich nicht überleben.«

Er schaute überrascht. »Zwei Mal?«

»Das erste Mal hast du mich nach Dublin geschickt, hast gesagt, das sei meine Chance, die ich unbedingt nutzen müsse.« Brigid atmete tief durch. »Ich gebe zu, ich bin dir sehr dankbar dafür, denn wäre ich damals nicht gegangen, wäre ich heute nicht Autorin. Das zweite Mal – na ja, das weißt du selbst.«

»Aber ich wollte nur dein Bestes!«, rief er und stöhnte im selben Moment auf. »Oh Gott, ich klinge wie ein gottverdammter Macho, der über seine Frau bestimmt.«

Brigid musste wider Willen lachen. »Ja, das tust du. Aber es ehrt dich, dass du damals nicht an dich, sondern an mich gedacht hast.« Sie wurde ernst. »Dennoch – es gibt keine Chance mehr. Die hast du vor siebzehn Jahren endgültig verspielt.« Sie stand auf. »Es tut mir leid. Ich gehe jetzt zurück zur Feier. Es wäre mir lieb, wenn du nicht mehr zurückkämest.«

Er nickte nur. Sie war versucht, ihn zum Abschied zu küssen, aber sie wusste, dass es viel zu gefährlich war. Also strich sie ihm im Vorbeigehen sanft über die Haare und lief zurück zum Pub. Als sie sich umdrehte, saß er gebückt auf dem Baum, die Hände vor dem Gesicht.

Als sie am nächsten Morgen in dem Zimmer erwachte, in dem sie als Kind mit ihren Schwestern geschlafen hatte, entschied sie, statt zum Cottage nach Dublin zu fahren. Sie musste reinen Tisch machen.

Es war ruhig im Haus, irgendwo schnarchte jemand. Vermutlich schliefen die meisten noch ihren Rausch aus. Nur Katelyn war bereits munter und hantierte in der Küche. Überrascht schaute sie auf die Reisetasche, als Brigid eintrat.

»Du willst schon los?«

Brigid nickte. »Ich muss einiges klären.«

»Hast du mit Colm geredet?«

»Ja.« Brigid nahm dankbar die dampfende Tasse Tee und setzte sich an den Tisch. »Er will es noch einmal versuchen.«

Katelyn setzte sich ebenfalls. »Und – was willst du?«

Brigid schaute ihre Schwester nachdenklich an. »Es geht nicht ums Wollen. Es geht darum, was mich am wenigsten zerstört. Ich muss auf *mich* achten, nicht auf andere.«

Obwohl Katelyn nickte, hatte Brigid das Gefühl, dass sie ihr nicht zustimmte. »Hast du jemals bereut, ins Kloster gegangen zu sein?«, fragte sie.

»Was?« Katelyn runzelte die Stirn. »Ja, natürlich. Ich hadere immer wieder mit dieser Entscheidung. Aber ich habe sie nun mal getroffen.«

»Eben.« Brigid schaute sie triumphierend an.

Katelyn brauchte einen Moment, bis sie den Zusammenhang begriff. »Oh nein, das ist etwas ganz Anderes«, rief sie, um sich gleich darauf die Hand vor den Mund zu halten. Sie lauschten auf die Geräusche im Haus, doch niemand schien sie gehört zu haben. »Das kannst du nicht miteinander vergleichen«, sagte sie leiser.

»Warum nicht? Beides sind Verpflichtungen auf Lebenszeit. Was ist an einer weltlichen Scheidung anders als an einer kirchlichen?« Brigid trank die Tasse aus und stellte sie auf den Tisch.

»Ich weiß es nicht«, gab Katelyn zu. »Vermutlich gibt es keinen Unterschied, außer dem moralischen.«

Brigid stand auf, trug die Tasse zur Spüle, kehrte zum Tisch zurück und gab ihrer Schwester einen Kuss auf den Kopf. »Ich würde das gerne mit dir ausdiskutieren, aber ich muss los. Später sind die Straßen verstopft und ich brauche ewig.« Sie nahm ihre Tasche und verließ die Küche.

»Dir ist klar, dass du davonläufst, oder?«, rief Katelyn ihr nach.

»Natürlich«, rief Brigid zurück. »Trotzdem muss ich es tun.«

Als sie ins Auto stieg, tauchte ihre Schwester in der Haustür auf.

»Gute Fahrt«, sagte sie. »Pass auf dich auf.«

Brigid nickte, schloss die Wagentür und fuhr los. In den letzten Jahren hatte sie sich angewöhnt, während langer Fahrten Hörbücher zu hören; auch auf der Fahrt zurück nach Dublin lenkte sie sich mit einem älteren Roman von Claire Keegan ab.

Knapp drei Stunden später parkte sie vor dem Haus in Dublin, in dem sie seit über dreißig Jahren die oberste Etage bewohnte.

»Corinna?«, rief sie, als sie das Haus betrat, aber es kam keine Antwort. Ihre Freundin, die inzwischen auch ihre Agentin war, schien nicht da zu sein.

Der zweite Stock war derzeit nicht bewohnt. Da sie nicht mehr auf die Einnahmen angewiesen war, hatte Corinna beschlossen, nur noch eine Frau einziehen zu lassen, die perfekt zu ihnen passte. Bisher hatte sich keine gefunden.

Brigid stieg die Treppe hoch, betrat ihre Wohnung und stellte die Reisetasche vor den Schrank. Sie würde später auspacken. Zunächst musste sie das Problem William lösen.

Ihr wurde plötzlich bewusst, dass sie den Mann keinesfalls noch einmal sehen wollte, auch wenn sie eigentlich deshalb nach Dublin gefahren war. Sie zog ihr Handy aus der Tasche und wählte seine Nummer. Es war ihr egal, dass es stillos war, die Beziehung per Telefon zu beenden.

Es war Sonntagmorgen, kurz vor dem Mittagessen. Sie wusste, er hing in irgendeinem Pub herum. In der Beziehung war er ganz traditioneller Ire, auch wenn er sich für aufgeschlossen und modern hielt.

Als er sich meldete, hörte sie im Hintergrund Stimmengewirr und eine Fiddle.

»Hallo William. Kannst du bitte für einen Moment rausgehen? Ich muss dir etwas sagen.«

Sie musste die Bitte zweimal wiederholen, bevor er ihr nachkam. »Was ist los? Ich dachte, du bist bei deiner Familie.«

»Es gab eine Planänderung.« Brigid schloss die Augen. »Ich will dir nur sagen, dass das mit uns keinen Sinn hat. Wir sollten uns nicht mehr sehen.« Atemlos wartete sie auf seine Reaktion.

»Oh«, sagte er. Und dann: »Okay. Kein Ding.« Dann legte er auf.

Sprachlos starrte Brigid ihr Handy an. Sie hatte nicht mit allzu großem Widerstand gerechnet, mit so einer Reaktion allerdings auch nicht. Es tat weh.

Spontan wählte sie Hannahs Nummer. Die Freundin meldete sich nach dem zweiten Klingeln. »Was ist los?«

Brigid grinste. Sie hatten es sich leider zur Angewohnheit gemacht, vor allem anzurufen, wenn es ihnen nicht gut ging.

Anstelle einer Antwort seufzte sie laut ins Telefon.

»Na komm schon, erzähl es mir.«

Brigid begann mit Sophias Hochzeit, den Namen Colm erwähnte sie nicht, berichtete dann von dem kurzen Telefonat mit William.

»Autsch«, sagte Hannah. »Aber das ist nicht alles, oder?«

Brigid verdrehte die Augen. Das war typisch Hannah. Sie erkannte jede Schwachstelle und legte gnadenlos den Finger in die Wunde. Aber genau deswegen war sie ihre beste Freundin.

Also erzählte sie von ihrem Aufeinandertreffen mit Colm. Zunächst war ihr Ton locker und lustig, doch je mehr sie sich die Bilder des vergangenen Tages vors innere Auge holte, desto trauriger wurde sie. Am Ende heulte sie Rotz und Wasser.

»Du liebst ihn immer noch«, stallte Hannah trocken fest.

»Natürlich«, rief Brigid aufgebracht. »Er ist die Liebe meines Lebens.«

»Wo ist dann das Problem?«

»Was, wenn er mich erneut sitzen lässt?«

»Brigid, Liebes, du bist viel stärker als du denkst. Außerdem glaube ich nicht, dass er es noch einmal wagen wird, dich zu verlassen. Es klingt, als habe er seine Lektion gelernt.«

Hannah klang so überzeugt, dass Brigid versucht war, ihr zu glauben. Dennoch – etwas in ihr sperrte sich dagegen, erneut eine Beziehung mit Colm einzugehen.

»Ich muss darüber nachdenken«, sagte sie.

»Mach das. Hat noch nie geschadet.« Hannah lachte ihr dunkles Lachen. »Aber denk nicht zu viel. Verlass dich auf dein Herz.«

Sie redeten noch eine Weile über Belangloses, dann musste Hannah runter ins Café. »Kopf hoch. Du wirst die richtige Entscheidung treffen«, sagte sie zum Abschied.

»Ich hoffe es«, murmelte Brigid.

Als sie ihre Reisetasche auspackte, fiel ihr ein, dass sie mit ihrer Schwester Una hatte reden wollen. Sie griff erneut zum Handy und wählte die Nummer der Schwester, aber es meldete sich nur die Mailbox.

»Hi Una, sorry, dass ich so Knall auf Fall weg bin, vielleicht kannst du es verstehen. Ich musste da raus. Ich will dich aber nicht hängen lassen. Komm doch für ein paar Tage nach Dublin. Du weißt, wir haben eine ganze Wohnung zur Verfügung. Du könntest shoppen gehen und wir können in aller Ruhe reden. Gib mir einfach kurz Bescheid.«

Am Abend kehrte Corinna von einer Tagung zurück. Brigid erzählte noch einmal von der Hochzeit und ihrer Begegnung mit Colm. Das Ende ihrer Beziehung mit William erwähnte sie nur mit einem Halbsatz, Corinnas Kommentar dazu war ein »Sehr gut«.

Als sie später im Bett lag, fiel ihr das Bild mit dem Pflaster wieder ein. Sie hatte es letztendlich abgerissen, aber ob es nun heilsam war, wusste sie nicht.

Brigid beschloss, noch eine Woche in Dublin zu bleiben und dann zum Cottage zu fahren, wo sie am aktuellen Manuskript weiterarbeiten würde. Una hatte sich nur kurz per SMS gemeldet, ihr für das Angebot gedankt und gesagt, dass sie erst einmal bei Katelyn bleiben würde.

Zwei Tage später stand Brigid in der Küche und bereitete sich ein schnelles Mittagessen zu, als ihr Handy klingelte. Erfreut sah sie, dass es sich um Sybil handelte.

»Welche Freude!«, rief sie als Begrüßung ins Telefon. »Ich hätte mich ...« Erst dann spürte sie die seltsame Spannung, die in der Leitung hing. »Was ist los?«, fragte sie voller Panik.

»Er ist tot«, sagte Sybil beinahe tonlos.

»Nein!« Brigid schrie es fast. Sie griff sich ans Herz, das plötzlich auszusetzen schien. »Das kann nicht sein«, stammelte sie fassungslos.

»Herzinfarkt. Es war der dritte. Er wusste, dass er tödlich sein könnte. Trotzdem hat er immer so weiter gemacht.« Sybil weinte.

»Soll ich zu dir kommen? Ich bin in Dublin.«

»Das ist lieb, aber ich bin jetzt lieber allein. Ich gebe dir Bescheid, wenn die Beerdigung ist.«

»Es tut mir so leid«, konnte Brigid noch sagen, bevor Sybil auflegte.

Erinnerungen stürzten auf sie ein. Barry war einer der wichtigsten Männer in ihrem Leben gewesen. Er hatte sie gefördert, aber auch gefordert, hatte ihr mehr als einmal eine Chance gegeben, immer an sie geglaubt. Sie erinnerte sich an sein röhrendes Lachen, an seinen liebevollen Umgang mit Sybil, an die nur schlecht verborgene Verzweiflung, weil sie keine Kinder hatten haben können. Sie war zu einer Art Ersatzkind auserkoren worden, genauso wie Mary, die Nichte einer entfernten Cousine.

Barry war tot. Sie wollte es nicht glauben, aber am nächsten Tag sah sie es schwarz auf weiß in der Zeitung. Er war viele Jahre lang eine Persönlichkeit in Dublin und über die Stadtgrenzen hinaus gewesen. Die Beerdigung war für den folgenden Montag angesetzt.

Brigid verschob ihre Rückkehr in den Westen; um nichts auf der Welt hätte sie Barrys Beisetzung verpasst.

Die Trauerfeier hätte Barry gefallen. Sie war laut und lebensfroh, so wie er selbst. Hinterher erfuhr Brigid, dass er sie bis ins kleinste Detail geplant hatte. Am Grab wurden viele Tränen geweint, aber danach wurden Anekdoten erzählt und es wurde wieder gelacht.

Sybil hielt sich aufrecht, weinte kaum, schien kaum anwesend zu sein. An ihrer Seite stand Mary, die vor vielen Jahren im Hause der Colemans gearbeitet hatte. Sie sah älter aus als Sybil und ging leicht gebeugt, aber sie hielt Sybils Arm eisern fest und stützte sie.

Auch Betty Walsh war gekommen. Sie wirkte rüstig und immer noch so streng wie damals, als sie Brigids Vorgesetzte in der Bank gewesen war. Überhaupt waren viele bekannte Gesichter unter den Trauergästen, auch wenn Brigid nicht mehr alle Namen einfielen. Dafür war sie zu lange weg gewesen.

Viele gratulierten ihr zu ihrem Erfolg als Autorin, manche behaupteten, sie hätten alles von ihr gelesen, was Brigid mit einem freundlichen Danke quittierte. Wie schon bei Sophias Hochzeit nervte der Trubel sie schon nach kurzer Zeit. Sie wünschte, sie könnte zusammen mit Sybil in deren wunderbarer Bibliothek sitzen und über ein Buch sprechen, das sie gerade lasen.

Sie wollte sich von Sybil verabschieden, konnte sie nirgends finden. Als sie Betty Walsh fragte, sagte ihr diese, dass Sybil bereits vor mehr als einer Stunde gegangen war. »Es wurde ihr zu viel.«

Brigid entschied, dass auch sie gehen durfte. Sie leistete sich ein Taxi nach Hause, wollte nicht endlos im Bus sitzen.

In ihrer Wohnung fühlte sie sich rastlos. Zu viele Eindrücke und Erinnerungen waren auf sie eingestürmt; die musste sie erst einmal verarbeiten. Auf einmal hatte sie Sehnsucht nach ihrem Cottage. Dort würde sie Ruhe finden.

Entgegen allen Gewohnheiten packte sie ihre Sachen zusammen, schrieb einen kurzen Brief an Corinna, in dem sie ihr alles erklärte, warf die Reisetasche in den Kofferraum ihres Wagens und fuhr gegen neunzehn Uhr los.

Sie startete den Rest des Hörbuchs, konnte sich aber nicht konzentrieren und schaltete den Player wieder aus. Auch Musik konnte sie nicht ertragen, und so fuhr sie in der Stille Richtung Westen. Dank Sommerzeit war es immer noch relativ hell, sie fuhr nicht gerne im Dunkeln.

Je weiter sie sich von Dublin entfernte, desto mehr schwanden die Bilder und Erinnerungen der letzten Tage. Doch je näher sie dem Cottage kam, desto mehr erfasste sie eine innere Unruhe. Brigid beschloss, dass es die Vorfreude auf das Haus und die Lichtung war, die beide etwas Magisches in sich trugen und sie immer wieder neu inspirieren konnten. Immerhin war sie mehrere Wochen nicht dort gewesen.

Als sie ins Dorf fuhr, an dessen Rand ihr Cottage lag, war es bereits dunkel, aber den Weg kannte sie auswendig. Viele Häuser waren hell erleuchtet, aus dem Pub erklangen laute Musik und das übliche Stimmengewirr.

Brigid atmete auf. So wohl sie sich in ihrer Dubliner Wohnung fühlte – nur hier war sie wirklich zuhause.

Sie stutzte, als sie den Wagen vor dem Haus stehen sah. Sie kannte ihn nicht und dachte spontan an Einbrecher. Ein Blick zum Cottage zeigte ihr, dass es dunkel war. Aber würden Einbrecher ihren Wagen so offensichtlich abstellen?

Ihr Herz schien schneller zu begreifen, was vor sich ging, denn es begann zu rasen. Mit zitternden Händen parkte Brigid neben dem fremden Auto. Wer immer im Haus oder in der Nähe war, musste den Motor gehört haben; dennoch schob sie die Fahrertür so leise wie möglich zu. Einen Moment lang lauschte sie. Es war nichts zu hören als das übliche Rascheln der Tiere im Wald. Irgendwo in der Ferne röhrte ein Motorrad.

Langsam ging Brigid auf das Haus zu. Obwohl sie immer noch an Einbrecher glaubte, dachte sie nicht im Traum daran, die Polizei zu rufen. Da sah sie ein rötliches Flackern im rechten Fenster. Jemand hatte Feuer im Kamin gemacht.

Sie steckte den Schlüssel ins Schloss und war nicht überrascht, dass die Tür nicht verschlossen war. Vorsichtig drückte sie die Klinke hinunter, öffnete die Tür einen Spalt breit und schaute hinein. Vor dem Kamin saß eine Gestalt im Sessel, als gehöre sie dorthin. Sie war groß und breit, ohne dick zu wirken. Der Schein des Feuers ließ immer wieder das graue Haar aufleuchten.

Brigid öffnete die Tür ganz und betrat ihr Haus. Colm stand auf, kam wortlos auf sie zu und nahm sie in die Arme. Sie roch den vertrauten Geruch, spürte seine Wärme und seinen Körper und wusste, sie war angekommen.

Marlene Mannhart

Hab Geduld!

Marlene zuckte zusammen, als es neben ihr hupte. Der Fahrer fragte sie mit Handzeichen, ob sie die Parklücke freigeben würde. Sie zögerte, schüttelte dann den Kopf. Sie war noch nicht so weit.

Der Fahrer runzelte die Stirn, fuhr aber weiter.

Marlene zupfte ein Taschentuch aus der Verpackung und schnäuzte sich. Der Schock über den Zustand ihrer Mutter saß immer noch tief. Wie hatte aus der energischen – und ja, oftmals nervigen – Frau so ein Häufchen Elend werden können? Sie fühlte die Tränen schon wieder aufsteigen. Seit einer halben Stunde saß sie im Wagen und rührte sich nicht von der Stelle.

Marlene kurbelte das Fenster herunter, um frische Luft hereinzulassen, aber es machte keinen Unterschied, denn draußen war es heiß und stickig. Erst für den Freitag hatte der

Wetterdienst Abkühlung versprochen. Sie wischte sich mit dem Arm über das Gesicht. Sie war versucht, Florian anzurufen und ihn zu bitten, sie abzuholen, aber sie verwarf den Gedanken sofort wieder. Das war doch lächerlich! In nicht mal zwei Wochen würde sie fünfzig Jahre alt werden! Sie würde diese Situation alleine meistern.

Marlene atmete ein paar Mal tief durch, schloss das Fenster und startete den Motor. Sofort bildete sich auf der rechten Fahrspur eine Schlange. Da lauerte schon wieder einer auf ihren Parkplatz. Zum Glück hatte sie genügend Platz zum Ausparken, sonst hätte sie das noch mehr unter Druck gesetzt. Artig bedankte sie sich mit einem Handzeichen bei dem Fahrer und fädelte in den fahrenden Verkehr ein. Erleichtert stellte sie fest, dass es half, sich auf das Fahren konzentrieren zu müssen.

Obwohl es einen Umweg bedeutete, fuhr sie zum Mittleren Ring. Wie sie gehofft hatte, war dort viel los, aber es gab keinen Stau. Sie passte sich dem Tempo der anderen Fahrzeuge an und kam schnell voran. Auf der Landshuter Allee fuhr sie, einem Impuls folgend, nicht in den Tunnel, sondern folgte dem rechten Fahrstreifen. Sie bog links in die Nymphenburger Straße ein und ein paar Kreuzungen weiter rechts in die Blumengasse.

Der übliche Trubel fehlte, es war Sommer und damit Ferienzeit. Viele Geschäftsinhaber nutzten die Zeit, um selbst Urlaub zu machen. Das hatte zur Folge, dass es freie Parkplätze gab. Marlene wählte den erstbesten und ging die paar Schritte zum Café.

Draußen waren alle Tische besetzt. Marlene wollte mit Hannah sprechen und betrat das Café. Wie immer wurde sie von der wohltuenden Atmosphäre überwältigt, die sie empfing. Es war angenehm kühl und Marlene war dankbar, dass Hannah die Corona-Zwangspause dazu genutzt hatte, eine Klimaanlage einbauen zu lassen.

Die Frau, die lächelnd auf sie zukam, musste Lilya sein, die neue Bedienung aus der Ukraine.

»Herzlich willkommen«, sagte sie mit Akzent. Sie zeigte auf die leeren Tische und fügte hinzu: »Sie haben freie Wahl.«

»Vielen Dank. Ist Hannah da? Ich bin eine Freundin. Marlene Mannhart.«

Lilyas Lächeln wurde eine winzige Spur frostiger. »Ich schaue gerne nach, ob sie Zeit hat«, sagte sie und deutete auf den nächsten Tisch. »Bitte nehmen Sie Platz.«

Marlene schmunzelte, während sie der Frau nachschaute, die Richtung Küche ging. Da hatte Hannah sich einen richtigen Zerberus angelegt. Sie setzte sich auf einen Stuhl, sprang aber auf, als sich die Küchentür öffnete und Hannah erschien.

»Meine Liebe!«, rief die Freundin und nahm sie in die Arme. »Wie geht es dir?« Sie hielt sie auf Armeslänge von sich und musterte sie ungeniert. »Gut siehst du aus. Geht es um die Feier? Setz dich doch.«

Marlene befreite sich und nahm wieder Platz.

»Cappuccino?«, fragte Hannah und war schon auf dem Weg hinter die Theke.

»Nein, keinen Kaffee bitte«, rief Marlene ihr nach. »Nur ein Glas Wasser bitte, für den Anfang. Es ist heiß draußen.«

Hannah musste etwas in ihrer Stimme gehört haben, denn sie drehte sich um und betrachtete sie aufmerksam.

Alles gut, wollte Marlene sagen, aber wenn sie nicht mal einer Freundin sagen konnte, wie es ihr ging, dann war ihr nicht mehr zu helfen.

Hannah brachte ein Glas Wasser und für sich einen Espresso.

»Ich habe leider nicht viel Zeit. Edi hat Urlaub, und ich bin für die Küche verantwortlich. Na ja, du siehst es selbst, es ist nicht viel los. Trotzdem muss ich ein bestimmtes Angebot vorhalten.«

»Es dauert nicht lang.« Marlene nahm einen großen Schluck und genoss das kühle Wasser.

»Deine Mutter?« Wie immer wusste Hannah sofort, was los war.

Marlene nickte. »Ich war im Krankenhaus. Sie ist vollkommen desorientiert. Sie beschimpft die Schwestern, einen türkischstämmigen Arzt hat sie beleidigt, mich hat sie erst nach zehn Minuten erkannt.«

»Das sind vermutlich die Auswirkungen der Narkose«, sagte Hannah. »Ich habe erst neulich wieder einen Artikel gelesen, dass Operationen bei alten Menschen sehr schwierig sind, da man vorher nicht weiß, wie sie auf die Anästhesie reagieren.«

»Das hat mir die Ärztin auch erklärt. Sie meinte auch, dass es in neunzig Prozent aller Fälle eine vorübergehende Erscheinung sei.« Marlene schaute Hannah ernst an. »Was, wenn Hannelore, wenn meine Mutter zu den restlichen zehn Prozent gehört?«

Die Freundin legte ihr eine Hand auf den Arm. »Nun mal nicht gleich den Teufel an die Wand. Deine Mutter war doch bisher robust und hat immer alles gut überstanden.«

»Andy hat dir sicher gesagt, dass sie in den letzten Wochen massiv abgebaut hat.«

An Hannahs Reaktion erkannte sie, dass sie ins Schwarze getroffen hatte.

»Ja, natürlich hat er mir das erzählt«, gab Hannah zu. »Marlene, deine Mutter ist zweiundachtzig. Was erwartest du? Selbst für heutige Zeiten ist das ein gutes Alter.«

Marlene senkte den Kopf. »Ich weiß«, flüsterte sie. »Trotzdem ist es schwer.«

Hannah ergriff ihre Hand und drückte sie. »Natürlich ist es schwer. Sie ist deine Mutter. Und auch wenn es nicht immer gut zwischen euch lief, hast du zu ihr ein besonderes Verhältnis. Du hast dich in den letzten Jahren viel um sie gekümmert, das kommt noch dazu. Du fühlst dich verantwortlich.«

Marlene nickte, um dann sofort den Kopf zu schütteln. »Andy hat sich um sie gekümmert.«

»Den du dafür bezahlst«, erwiderte Hannah trocken. »Marlene, schau mich an.«

Sie hob den Kopf und schaute der Freundin in die Augen.

»Du hast mit Andy dafür gesorgt, dass deine Mutter in ihrer vertrauten Umgebung bleiben kann. Andere hätten sie längst in irgendein Heim abgeschoben. Du bist eine gute Tochter, hörst du?« Hannah drückte mehrmals ihre Hand.

Marlene nickte. Natürlich, es stimmte, was Hannah sagte. Warum fühlte sie sich dennoch so schlecht?

Die Freundin schien zu spüren, was in ihr vorging, denn sie fuhr fort: »Marlene, rede dir um Himmels willen nicht ein, du seist keine gute Tochter! Deine Mutter ist weiß Gott kein einfacher Mensch und sie war selten nett zu dir, vor allem nicht in den letzten Jahren. Dennoch hast du dich immer um sie gekümmert. Niemand kann dir einen Vorwurf machen, am allerwenigsten du.«

»Ja, ich weiß«, sagte Marlene. »Trotzdem sind da diese Gefühle.«

Hannah lachte kurz auf. »Die kenne ich auch. Du weißt, ich hatte kein gutes Verhältnis zu meinem Vater. Eigentlich war es sogar besonders schlecht. Gleichwohl hatte ich permanent Schuldgefühle, weil ich mich in den letzten Jahren so gut wie nie in Hamburg hab blicken lassen und meinen Geschwistern die Pflege überließ. Bei meiner Mutter habe ich es ein bisschen besser gemacht, habe immerhin regelmäßig mit ihr telefoniert, solange das möglich war. Aber ich habe noch heute das Gefühl, ich hätte mehr tun müssen. Als Kind hat man das nun mal, egal, wie alt man ist.«

Marlene seufzte. »Sollte ich meine Geburtstagsfeier absagen?«

Hannah ließ ihre Hände los und fuhr zurück. »Was? Das kannst du mir nicht antun!« Sie lachte. »Nein, natürlich nicht.« Sie beugte sich wieder nach vorne. »Das klingt jetzt furchtbar philosophisch, was ich sage. Das Leben geht weiter, auch wenn es deiner Mutter schlecht geht, auch wenn sie stirbt. Der Tod gehört nun mal dazu, damit müssen wir leben.« Wieder ergriff sie eine Hand. »Du musst loslassen, Marlene.«

Marlene spürte die Tränen aufsteigen. Hannah reichte ihr

eine Serviette aus dem Spender. »Hier. Sollen wir kurz nach oben gehen?«

»Danke.« Marlene ergriff die Serviette und wischte sich über die Augen. Dann schüttelte sie den Kopf. »Danke, aber nein, es geht schon wieder. Du hast viel zu tun, ich halte dich nur auf.«

»Das kann warten. Lilya kann einspringen. Sie ist wirklich ein Schatz.«

Marlene dachte an deren Reaktion, als sie nach Hannah gefragt hatte. Sie lächelte. »Sie schirmt dich gut ab.«

»Ja, das tut sie, und dafür bin ich sehr dankbar, vor allem, da Edi nicht da ist.« Hannah stand auf. »Hör zu, warum kommst du nicht mit in die Küche? Wir können weiterreden, während ich die Sandwiches vorbereite.«

Marlene war versucht, das Angebot anzunehmen. Andererseits wollte sie so schnell wie möglich nach Hause. Sie hatte nur sehr kurz mit Florian telefoniert und wollte mit ihm das weitere Vorgehen besprechen.

Sie erhob sich ebenfalls. »Danke, das ist lieb, aber ich denke, ich fahre nach Hause.« Sie umarmte die Freundin. »Wie immer hat es sehr geholfen, mit dir zu reden.« Sie zögerte, fügte dann hinzu: »Und du hast recht, was die Feier angeht. Sie wird stattfinden.«

»Puh.« Hannah wischte sich imaginären Schweiß von der Stirn, woraufhin Marlene ihr einen sanften Stoß in den Arm gab.

»Nun mach mal halblang. Du tust gerade so, als hinge das Café von dieser Feier ab.«

Hannah lachte. »Nein, tut es nicht. Dennoch bin ich dankbar dafür. Die Kosten der Pandemie sind bei weitem noch nicht ausgeglichen.«

»Ich weiß, tut mir leid.« Marlene strich ihr über die Stelle, an die sie vorher gestoßen hatte. »Danke für deine Hilfe und das Wasser.«

»Wasser, pah. Das nächste Mal trinkst du was Ordentliches.«

»Versprochen.«

Sie umarmten sich ein letztes Mal, dann verließ Marlene das Café mit sehr viel leichterem Herzen, als sie es betreten hatte.

Marlene war dankbar, dass Florian immer noch an vier Tagen in der Woche von zuhause aus arbeitete.

Er musste sie gehört haben, denn er stand schon im Flur, als sie die Tür öffnete. Wortlos lief sie zu ihm und ließ sich von ihm umarmen. Nach ein paar Minuten sagte er: »Na komm, lass uns ins Wohnzimmer gehen, und du erzählst mir alles.«

Marlene folgte ihrem Mann, ging dann aber doch erst ins Badezimmer, um die Hände zu waschen und sich frisch zu machen. Als sie ins Wohnzimmer kam, stand ein Glas mit einer braunen Flüssigkeit auf dem Couchtisch.

»Willst du mich betrunken machen? Am helllichten Tag?«

»Ich denke, du kannst das jetzt gebrauchen.« Er klopfte auf das Polster neben sich.

Marlene setzte sich, nahm das Glas, roch daran und verzog das Gesicht. Cognac. Sie war kein Fan von Spirituosen. Als Hannelore vor Jahren das erste Mal gestürzt und sich das Bein gebrochen hatte, hatte sie zur Beruhigung drei Gläser Cognac getrunken. Seither gab es im Schrank immer eine »Marlenes-Mutter-braucht-Hilfe«-Notflasche.

»Es ist Medizin«, sagte Florian.

»Hm.« Sie nahm einen winzigen Schluck und zog erneut eine Grimasse. Der Cognac brannte in ihrem Mund und ihrer Kehle. Gleichzeitig wurde ihr warm. Als ob sie das gebraucht hätte, ihr war eh so heiß! Doch im selben Moment spürte sie auch die entspannende Wirkung des Alkohols. Widerwillig nahm sie noch einen Schluck und noch einen, bis das Glas leer war.

»Sehr brav. Und jetzt erzähl.«

Sie berichtete ihrem Mann von den Vorkommnissen im Krankenhaus, auch er versuchte sie mit ähnlichen Aussagen wie Hannah zu beruhigen.

»Rede mit Andy«, schlug er vor. »Er kennt sich bei dem Thema am besten aus. Schlimmstenfalls müssen wir sie eben doch in ein Heim geben.«

»Ich habe ihr versprochen, sie in der Wohnung zu lassen.«

»Ich weiß. Aber was nicht geht, geht nicht. Frag Andy.«

Sie wusste, er hatte recht. Andy kannte Hannelore inzwischen besser als sie, immerhin besuchte er sie mindestens zwei Mal täglich, meistens sogar häufiger. Andy war auch der einzige Mensch, mit dem sie keine Spielchen spielte.

Während Florian sich in sein Arbeitszimmer zurückzog, holte Marlene ihr Handy aus der Handtasche und wählte Andys Nummer. Da nur die Mailbox dranging, bat sie ihn um einen baldigen Rückruf.

Rastlos wanderte sie durch das Haus. Die Fenster hätten durchaus eine Reinigung vertragen, aber sie konnte sich nicht dazu aufraffen. Außerdem war es viel zu heiß dafür.

Immer mal wieder bereute Marlene es, dass sie ihren Job als Innenarchitektin vorübergehend aufgegeben hatte, um sich mehr um ihre Mutter zu kümmern. Jetzt hätte sie wenigstens etwas zu tun. Aber sie war so realistisch zu erkennen, dass sie sich in dieser Situation nicht auf die Einrichtung eines Hauses oder Büros konzentrieren könnte. Ihre Gedanken würden immer wieder zu Hannelore abschweifen; das konnte sie keinem Kunden zumuten.

In der Küche überprüfte sie die Spülmaschine und beschloss, dass sie voll genug war für einen Spülgang. Ihr Blick fiel durch das Fenster in den Garten. Auch da gäbe es genug zu tun. Das Unkraut hatte sich schon wieder massiv ausgebreitet, abgeblühte Blumen lagen in den Beeten und vergammelten. Das war an sich nichts Schlechtes, da sie gleich als Dünger dienen konnten, aber es sah nicht hübsch aus.

Was interessiert's mich!

Marlene wandte den Blick ab.

Es war kurz vor eins, und sie hatte seit dem Frühstück nichts mehr gegessen. Sie verspürte keinen Hunger und beschloss, das

Mittagessen ausfallen zu lassen. Der Cognac hatte sie schläfrig gemacht. Sie ging zurück ins Wohnzimmer und legte sich auf das Sofa.

Als ihr Handy klingelte, schreckte sie hoch. Sie wusste nicht, wie lange sie geschlafen hatte, aber ein Blick auf das Handy sagte ihr, dass es später Nachmittag war.

»Andy?«, sagte sie anstelle einer Begrüßung.

»Hallo Marlene, wie geht es dir?«

Sie mochte Andys dunkle Stimme, dessen Akzent man nicht zuordnen konnte, wenn man nicht wusste, dass er gebürtiger Pole war, fast zwanzig Jahre in Irland gelebt hatte und vor sechs Jahren nach München gezogen war, um ihre Mutter zu pflegen. Zumindest war das die offizielle Version. Alle außer Hannah hatten damals gewusst, dass er nur ihretwegen gekommen war.

»Mir geht es gut«, antwortete sie mechanisch, um sich dann zu verbessern: »Das ist natürlich Blödsinn. Es geht mir nicht gut. Ich mache mir Sorgen um meine Mutter.« Zum dritten Mal an diesem Tag schilderte sie die Situation im Krankenhaus und zum dritten Mal hörte sie dieselben Antworten darauf. Doch diesmal kamen sie aus berufenem Munde, und sie konnte sie endlich glauben.

»Ich weiß, es ist schwer, aber du musst Geduld haben. Gibt es schon eine Prognose, wann sie entlassen wird?«

»Nein. Die Ärztin meinte, sie werde mindestens noch bis Mitte nächster Woche dableiben müssen. Eventuell sogar länger.«

»Ich vermute, sie wollen selbst abwarten, wie sich Hannelores Verhalten verändert. So eine Operation ist kein Zuckerschlecken. Haben sie was von Reha gesagt?«

Marlene seufzte. »Wir müssen abwarten. Ich hasse diese Ungewissheit.«

Andy lachte leise. »Das kann ich gut verstehen, aber es hilft nichts. Wir müssen uns in Geduld üben. Ich hatte schon viel hoffnungslosere Fälle. Wie sagt ihr hier in Bayern: A bissl was geht immer.«

Marlene musste lachen. »Seit wann kannst du bayerisch?«

»Das hat mir einer unserer Patienten beigebracht. Er ist ein – wie sagt man? – ein Urbayer. Zu Beginn habe ich ihn fast nicht verstanden, inzwischen klappt es ganz gut. Er bringt mir immer mal wieder ein paar bayrische Sprüche bei.«

»Was sagt Hannah dazu? Ich schätze, sie wird nie Bayrisch lernen, egal, wie lange sie hier lebt.«

»Sie wirft mir irgendwelche seltsamen amerikanischen Ausdrücke an den Kopf, die ich noch nie gehört habe. Es ist schon eigenartig, wie unterschiedlich die gleiche Sprache sein kann.«

Sie redeten noch ein paar Minuten über Belangloses und verabschiedeten sich. Marlene spürte, wie gut ihr das Gespräch getan hatte. Sie machte sich kurz im Badezimmer frisch und ging auf die Suche nach ihrem Mann. Der war gerade dabei zusammenzuräumen.

»Na, ausgeschlafen?« Er gab ihr einen Kuss.

Marlene nickte. »Danke, es hat wirklich gutgetan. Ich hatte einiges aufzuholen.« Sie erzählte ihm vom Telefonat mit Andy. »Dieser Mann ist wirklich Gold wert. Ich bin so froh, dass ich ihn damals engagiert habe.«

Florian grinste. »Habe ich Grund zu Eifersucht?«

Marlene lachte. »Ganz sicher nicht, sonst wäre ich längst tot. In dieser Hinsicht ist mit Hannah nicht zu spaßen. Zum Glück.«

Ihr Mann gab ihr erneut einen Kuss. »Ja, auch zum Glück für mich.« Er zeigte auf seinen Schreibtisch. »Gib mir noch fünf Minuten, dann bin ich fertig.«

Sie stand schon in der Tür, als er ihren Namen rief.

»Was hältst du davon, wenn wir später zum Italiener gehen? Wir sollten das schöne Wetter ausnutzen. Morgen soll es schon wieder kühler werden.«

»Gerne«, sagte Marlene und verließ das Zimmer. Während sie eine kurze Dusche nahm, um den letzten Rest Müdigkeit zu vertreiben, dachte sie darüber nach, wie unterschiedlich Menschen waren. Sie machte in der Regel sofort schlapp, wenn es wärmer als siebenundzwanzig Grad wurde, während Florian erst bei dreiunddreißig Grad so richtig aufblühte.

Das brachte sie unweigerlich zu ihrer Mutter. Diese war schon immer eher unnahbar gewesen, ganz im Gegensatz zu ihrem Vater. Mit dem hatte sie herumalbern können oder er hatte sie einfach in den Arm genommen. Hannelore war das selten in den Sinn gekommen. Ihr war es auch immer darum gegangen, den Schein zu wahren. Was würden die Nachbarn denken?

»Bist du eingeschlafen?« Florian stand lachend vor der Duschkabine und hielt ihr ein Handtuch hin. »Beeil dich, sonst bekommen wir keinen Platz mehr. Obwohl … ich wüsste da auch eine Alternative für zuhause.«

»Nichts da, ich bin halb verhungert. Fünf Minuten«, rief Marlene, rubbelte sich trocken und zog sich rasch an, bevor er auf dumme Gedanken kommen konnte.

Sie ergatterten den letzten Zweiertisch im Garten. Inzwischen war die Temperatur gefallen, eine angenehme Brise wehte und brachte betörenden Duft nach blühenden Blumen und leckerem Essen mit.

Nachdem sie ausgesucht hatten, bestellte Florian das Essen und eine Flasche Rotwein. Als Marlene protestieren wollte, sagte er, er sei als Schlafmittel gedacht.

Die Geräusche der anderen Gäste, der Rotwein, das Essen halfen Marlene, sich zu entspannen. Als sie zwei Stunden später den Heimweg antraten, fühlte sie sich leicht betrunken. Sie kicherte.

»Was ist so lustig?«

»Mir fiel gerade ein, dass ich erst trinke, seit meine Mutter ständig krank ist. Das heißt dann wohl, dass sie schuld ist, wenn ich zur Alkoholikerin werde.«

»Definitiv.«

Marlene fand das zum Brüllen komisch. Sie blieb stehen und lachte und lachte, bis ihr die Tränen kamen. Ihr Lachkrampf ging nahtlos in einen Weinkrampf über.

Florian legte den Arm um ihre Schultern und zog sie mit sich. »Na komm, wir sind gleich zuhause.«

Trotz ihrer Proteste steckte er sie sofort ins Bett. »Schlaf«, sagte er und drückte ihr einen Kuss in die Haare. »Solltest du irgendwann aufwachen und dich fit genug fühlen, kannst du das Zähneputzen nachholen. Aber jetzt schlaf.«

Am nächsten Morgen fühlte Marlene sich trotz des ungewohnten Alkoholkonsums fit und munter. Tatsächlich hatte sie durchgeschlafen und nicht, wie befürchtet, stundenlang wachgelegen.

Ein Blick auf ihr Handy zeigte ihr, dass das Krankenhaus nicht angerufen hatte. Es gab also keine Katastrophen. Wie schon so häufig nahm sie sich vor, künftig nicht mehr so kopflos zu reagieren. Aber sie wusste, sie würde nicht ruhig bleiben können, wenn etwas mit Hannelore wäre, schwieriges Verhältnis hin oder her.

In der Küche fand sie einen Zettel von Florian, auf dem er ihr mitteilte, dass er ins Büro fahren musste, da ein wichtiges Meeting angesetzt war. Der Tisch war liebevoll gedeckt, mit Blumen aus dem Garten als Herzstück. Die Kaffeemaschine war einsatzbereit, sie musste sie nur einschalten.

Während sich Kaffeeduft ausbreitete, rief sie im Krankenhaus an. Die Schwester erzählte ihr, dass Hannelore in der Nacht auf Wanderschaft gegangen war. Allen war schleierhaft, wie sie es ohne Hilfe in den Rollstuhl und aus dem Zimmer geschafft hatte. Die Nachtschwester hatte sie noch rechtzeitig erwischt, bevor sie die Station verlassen konnte, wer weiß, wo sie sonst gelandet wäre.

Was die Krankenschwester offensichtlich sehr lustig fand, beunruhigte Marlene. Was, wenn ihre Mutter wieder zuhause war und nachts die Wohnung verließ? Sie bedankte sich und rief Andy an, der sich nach dem ersten Klingeln meldete. Sie berichtete ihm von dem Telefonat und bat um seinen Rat. Und wieder sagte er ihr, sie müsse Geduld haben. Solange die Gefahr bestand, dass Hannelore sich selbst schädigte, in welcher Form auch immer, würde sie nicht entlassen werden.

Marlene fürchtete immer mehr, dass es auf ein Altenheim hinauslaufen würde. Hannelore traute niemandem über den Weg; eine Pflegerin, die rund um die Uhr bei ihr wohnte, käme daher nicht in Frage. Das hatten sie alles schon probiert.

Um sich abzulenken, beschloss sie, sich nun doch dem Garten zu widmen. Zwei Stunden später schloss sie die Gartenwerkzeuge verschwitzt aber glücklich in den Schuppen und bestaunte die getane Arbeit. Der Garten war wieder vorzeigbar; nicht, dass es jemanden gegeben hätte, dem sie Rechenschaft schuldig war. Aber sie hatten sich damals, als sie nach Solln gezogen waren, vorgenommen, Haus und Garten zu pflegen.

Marlene war gerade dabei, sich nach einer ausgiebigen Dusche anzuziehen, als ihr Handy klingelte. Das Krankenhaus! Sofort war sie alarmiert.

»Ja?«

»Schwester Hildegard hier. Können Sie bitte so schnell wie möglich kommen, Frau Mannhart? Ihre Mutter ist außer Rand und Band und lässt sich nicht beruhigen. Wir wollen ihr keine Beruhigungsmittel geben, soweit es sich vermeiden lässt.«

»Ich bin in zirka zwanzig Minuten da.« Zitternd drückte Marlene den roten Knopf, warf das Handy aufs Bett, schlüpfte in die restliche Kleidung, lief die Treppe hinunter, schnappte sich ihre Handtasche und den Autoschlüssel, ging in die Garage und setzte sich in ihren Wagen.

Außer Rand und Band – was das wohl heißen mochte?

Sie ließ den Motor an und fuhr rückwärts hinaus zur Straße, als es furchtbar krachte.

»FUCK!«

Marlene erschrak über sich selbst. Sie fluchte normalerweise nie. Mit klopfendem Herzen und zitternden Knien stieg sie aus dem Wagen aus, um nachzuschauen, was den Krach verursacht hatte. Ein Besen war offenbar umgefallen, der Stiel lag nun in Einzelteilen unter ihrem Auto.

Marlene atmete auf. Der Besen war ein geringer Schaden, ganz im Gegensatz zu ihrem Nervenkostüm. Ihre Hände zitterten so stark, und die Vorstellung, sie müsse jetzt durch die halbe Stadt zum Krankenhaus fahren, löste fast eine Panikattacke in ihr aus.

Sie zog ihre Tasche aus dem Auto, fischte nach ihrem Handy und suchte die Nummer der Taxizentrale. Als sich eine Frau meldete, bestellte sie einen Wagen. Es würde ein kleines Vermögen kosten, war aber definitiv billiger als ein Unfall, den sie in ihrem Zustand womöglich verursachte.

Das Taxi kam wenige Minuten später, Marlene stieg hinten ein und nannte dem Fahrer das Schwabinger Krankenhaus als Ziel.

»Ich möchte nicht reden.«

»Okay, kein Problem. Stört Sie die Musik?«

»Nein.« Sie lehnte sich zurück in die Polster und schloss die Augen.

»Du musst loslassen«, hörte sie Hannahs Stimme. Leichter gesagt als getan. Wie ließ man seine Mutter los? Vor allem, wenn sie noch lebte?

Sie war offensichtlich kurz eingenickt, denn plötzlich sagte der Fahrer: »Wir sind da. Zahlen Sie bar oder mit Karte?«

Marlene reichte ihm einen Fünfzigeuroschein und sagte: »Stimmt so.«

»Aber das ist viel zu viel.«

»Nein, ist es nicht. Sie haben mir sehr geholfen und vermutlich etlichen Menschen das Leben gerettet.« Sie zwang sich zu einem Lachen, stieg aus und sagte: »Ich wünsche Ihnen einen schönen Tag.«

»Danke, das wünsche ich Ihnen auch«, hörte sie noch, bevor sie die Tür zuwarf.

Als sie die Klinik betrat, atmete sie ein paar Mal tief durch. Den Weg zur Station hätte sie inzwischen vermutlich blind gefunden. Dort angekommen, ging sie direkt zum Stationszimmer. Es war nur eine junge Schwester da, die sie nicht kannte.

Marlene stellte sich kurz vor und fragte, was los sei.

Die Schwester zuckte mit den Schultern. »Ich kenne Ihre Mutter nicht, Sie müssen warten, bis jemand kommt, der Ihnen helfen kann.«

Marlene lag eine wütende Antwort auf der Zunge, aber sie hielt sich zurück. Es half nichts, sich mit dem Krankenhauspersonal anzulegen. Die waren alle überarbeitet und selbst am Limit.

»Ah, Frau Mannhart, schön, dass Sie so schnell kommen konnten.«

Marlene wandte sich um und stand Schwester Hildegard gegenüber.

»Was ist denn los?«

Die Schwester nahm sie behutsam am Ellbogen und führte sie vom Stationszimmer weg. Irgendwo klingelte es, an der Decke neben dem Stationszimmer blinkte rhythmisch ein gelbes Licht, aber es schien niemanden zu kümmern.

»Ihre Mutter war sehr unruhig. Dass sie uns alle beschimpft und sich nicht behandeln lassen will, sind wir inzwischen gewohnt. Leider kam jetzt zusätzlich diese Ruhelosigkeit hinzu. Sie will nicht im Bett liegen bleiben. Der Arzt hat ihr erlaubt, sich in den Rollstuhl zu setzen, aber das will sie auch nicht. Sie will unbedingt herumlaufen.« Die Schwester zögerte. »Bitte verstehen Sie das, was ich Ihnen jetzt sage, nicht falsch. Wir hatten alles unter Kontrolle. Es ging nicht anders.«

Marlenes Kehle wurde eng. Was war passiert?

»Da wir es ihr nicht anders klarmachen konnten, hat der Arzt angeordnet, sie ein paar Schritte laufen zu lassen.«

»Aber sie kann doch gar nicht ...«

Die Schwester hob die Hand. »Ja, das wissen wir natürlich. Aber Ihre Mutter kann sehr – wie soll ich sagen?«

»Stur sein?«

Schwester Hildegard lachte. »Ja, das trifft es wohl am besten.

Wir standen zu viert um sie herum, der Arzt sagte ihr dann, sie könne aufstehen und herumlaufen. Zunächst wollte sie nicht, dann tat sie es doch und klappte beim zweiten Schritt zusammen. Sie fiel auf den Boden, das war nicht zu vermeiden, aber sie ist nicht schwer gefallen, wir hatten zuvor eine Decke hingelegt.«

»Hat sie sich verletzt?«

Schwester Hildegard schüttelte den Kopf und sah Marlene eindringlich an. »Aber sie wird es behaupten. Denn natürlich hat sie jetzt wieder mehr Schmerzen als zuvor.« Sie lächelte müde. »Immerhin bleibt sie momentan im Bett.«

Marlene wusste nicht, ob sie dankbar oder wütend sein sollte. Wieso machten sie Experimente mit alten Leuten? Andererseits wusste sie, dass Hannelore oftmals tatsächlich nur durch eigene Erfahrung überzeugt werden konnte.

»Kann ich zu ihr?«

Die Erleichterung war Schwester Hildegard deutlich anzusehen. »Natürlich. Der Arzt hat ihr ein leichtes Beruhigungsmittel verordnet, sie könnte also etwas schläfrig sein.«

»Dann stellt sie wenigstens nichts an«, versuchte Marlene zu scherzen.

»Ja.« Die Schwester zog eine Grimasse und fasste sie erneut kurz am Arm. »Es tut mir leid. Das ist nicht unser normaler Umgang mit Patienten, aber manchmal muss man eben zu besonderen Methoden greifen.«

»Ich verstehe das«, versicherte Marlene und versuchte, es wirklich zu tun. Sie würde später Andy fragen, was er davon hielt. »Ich würde jetzt gerne zu meiner Mutter gehen.«

»Natürlich, ich will Sie nicht länger aufhalten. Falls Sie Fragen haben ...«

»Danke, ich melde mich, wenn etwas ist.«

Marlene wartete, bis die Schwester davongeeilt war, und wandte sich dem Krankenzimmer zu. Sie desinfizierte sich die Hände, klopfte an die Tür und öffnete diese.

»Hallo«, sagte sie laut, als sie das Zimmer betrat, aber es

schien niemanden zu interessieren. Im vordersten Bett lag eine alte Frau auf dem Rücken und schlief mit offenem Mund. Ihre Mutter lag im Bett nahe dem Fenster, auch sie schien zu schlafen. Doch als Marlene näherkam, sah sie, dass sie die Augen offen hatte.

»Hallo Mutti.« Sie beugte sich hinunter und hauchte ihr einen Kuss auf die runzligen Wangen.

Hannelore reagierte, indem sie den Kopf leicht drehte und versuchte, den Blick auf sie zu fokussieren. Als es ihr gelungen war, erschien ein kaum sichtbares Lächeln auf ihrem Gesicht.

»Marlene?«

»Ja, Mutti. Ich bin's, Marlene.«

»Schön, dass du da bist.«

Marlene versuchte, den Kloß im Hals wegzuschlucken. Wann hatte sie diesen Ausspruch zum letzten Mal gehört? Sie konnte sich nicht erinnern. Und auch wenn Hannelore durch das Beruhigungsmittel nicht Herrin ihrer Sinne war, tat es doch gut, es zu hören.

Sie zog einen Stuhl ans Bett, setzte sich und ergriff die Hand ihrer Mutter. Die ließ es zu, auch das ungewöhnlich. Marlene ertappte sich bei dem Gedanken, dass man Hannelore vielleicht regelmäßig Beruhigungstabletten geben sollte, weil sie dann wesentlich umgänglicher war. Sofort schämte sie sich dafür. Sie wollte schließlich nicht, dass ihre Mutter zum Zombie mutierte.

Über eine Stunde blieb sie geduldig an Hannelores Bett sitzen, während diese immer wieder in einen leichten Schlaf abdriftete. Doch sobald sie die Augen öffnete, schaute sie sie an und murmelte etwas wie »Schön.« Marlene war gerührt.

Sie verabschiedete sich mit einem Kuss auf Hannelores Wange und spürte, wie weich und zart deren Haut war.

»Ich komme morgen wieder«, sagte sie leise und strich ihr leicht über das Gesicht und die dünnen Haare.

Vergeblich versuchte sie, noch mit einem Arzt zu sprechen, aber alle waren beschäftigt. Wie üblich wurde sie damit beschieden anzurufen.

Sie verließ das Krankenhaus mit gemischten Gefühlen. In diesem Zustand fiel es ihr leicht, ihre Mutter zu lieben. Aber sie wusste, sobald die Wirkung des Beruhigungsmittels nachließ, würde die alte, störrische Hannelore zum Vorschein kommen und der Welt um sie herum das Leben zur Hölle machen.

Marlene seufzte. Warum musste alles so kompliziert sein?

Sie beschloss, mit den Öffentlichen nach Hause zu fahren. Es würde ihr Zeit zum Nachdenken geben.

»Bist du fertig?« Florian stand in der Schlafzimmertür und schaute sie fragend an.

Marlene starrte in den Spiegel, ohne etwas zu sehen.

»Was? Ja, ich bin fertig. Aber ich bin nicht bereit.«

Ihr Mann kam zu ihr und nahm sie in die Arme. Sie war dankbar, dass er nicht Sätze sagte wie: »Aber das haben wir doch tausendmal besprochen« oder: »Nun stell dich nicht so an, es ist nur eine Geburtstagsfeier«.

Ein paar Minuten standen sie schweigend da, dann machte Marlene sich los.

»Danke. Du bist der beste Mensch, den es gibt.« Sie küsste ihn und ging zum Bett, wo ihre Handtasche und eine dünne Jacke lagen. Das Wetter war mit leichter Bewölkung und 25° Celsius perfekt.

Da beide etwas trinken wollten, fuhren sie mit S- und U-Bahn in die Blumengasse. Vor dem Café stand ein Aufsteller, der eine geschlossene Gesellschaft ankündigte, im Café selbst legten Hannah und Lilya letzte Hand an.

»Da seid ihr ja schon.« Hannah kam auf sie zu und umarmte Marlene. »Alles Gute nachträglich zum Geburtstag.«

Lilya tauchte mit einem Tablett auf, auf dem mit einer perlenden Flüssigkeit gefüllte Sektgläser standen.

»Es ist kein Sekt«, betonte Hannah. »Lass dich überraschen.«

Hannah reichte ihr und Florian zwei Gläser, ergriff selbst eines und bedeutete Lilya, ebenfalls eines zu nehmen.

»Wo ist Edi?«, fragte Marlene. »Sie ist doch längst zurück, oder? Oder hast du etwa gekocht?«

Hannah gab ihr einen sanften Stoß in die Seite. »He, nur weil du Geburtstag hast, musst du nicht so frech sein. Ich kann dich beruhigen. Edi ist in der Küche und verbessert ihre eh schon perfekten Speisen.« Sie verdrehte die Augen und lachte. »Du kennst sie ja.« Sie stellte ihr Glas auf einen Tisch. »Ich werde sie holen. Du hast natürlich recht, sie darf nicht fehlen.«

Hannah ging in die Küche, sie hörten Stimmen, dann tauchte sie wieder auf, mit ihrer Angestellten im Schlepptau.

»Hallo Edi, schön, Sie zu sehen«, sagte Marlene und reichte ihr ein Glas. »Wir wollen auf mich anstoßen, da müssen Sie dabei sein.«

Jeder stieß mit jedem an, Hannah sagte nochmals: »Herzlichen Glückwunsch«, dann tranken sie.

»Und? Was sagst du?«

Da Marlene keine Schaumweine vertrug, hatte Hannah ihr versprochen, sich um eine Alternative zu kümmern.

»Es schmeckt nach …« Marlene nahm einen kleinen Schluck und ließ ihn im Mund herumrollen, um den Geschmack noch intensiver zu erforschen. »Apfel«, sagte sie, um sich gleich darauf zu verbessern: »Nein, Birne.«

»Sehr gut«, lobte Hannah sie. »Es ist ein alkoholfreier Birnenwein. Oder Sekt, denn er perlt ja. Wie immer der Winzer das anstellt, es ist genial.«

Edi murmelte etwas von »letzte Vorbereitungen« und verabschiedete sich in die Küche, Lilya tat ebenfalls geschäftig, obwohl Marlene fand, dass alles perfekt war.

Auf der rechten Seite des Cafés waren lange Tische mit weißen Tischdecken aufgebaut. Auf ihnen befanden sich silberne Behälter für das Essen. Links und rechts davon standen Teller, außerdem Körbe mit Brot sowie Besteck. Alle Tische waren mit kleinen Blumensträußen dekoriert,

Marlene fühlte einen Kloß im Hals. Ihre Freundin hatte sich so viel Mühe gegeben, und sie hatte eigentlich keine Lust zu feiern. Die Situation mit ihrer Mutter belastete sie einfach zu sehr. Hannelore war immer noch im Krankenhaus, ihr Zustand hatte sich nur wenig gebessert. Die Ärzte hatten beschlossen, ihr dauerhaft ein Beruhigungsmittel zu verabreichen, da ein permanenter Erregungszustand ihr mehr schaden würde als die Tabletten.

Es gab gute und schlechte Tage. An den guten erkannte sie Marlene, ließ sich die Hand halten und war ansprechbar, wenn auch eingeschränkt. An den schlechten schlief sie die meiste Zeit und wirkte verwirrt und desorientiert, wenn sie aufwachte. Eine Ärztin hatte Marlene erklärt, dass das die Nebenwirkungen des Mittels seien, es dauere, bis sich der Körper daran gewöhne.

Marlene war sich nicht sicher, ob ihr die alte, störrische Hannelore nicht doch lieber war, aber die Ärzte beharrten darauf, dass sie nicht nur körperliche Schäden davontragen würde. Was war besser: Das authentische Selbst, das sich selbst schadete, oder ein gesunder, aber schläfriger Zombie?

In langen Gesprächen hatte Andy ihr geraten, die Betreuung für ihre Mutter zu beantragen.

»Sie kann nicht mehr selbst entscheiden, was gut für sie ist, das musst du jetzt übernehmen.«

Vor drei Tagen hatte sie sich endlich dazu aufgerafft, den Antrag zu stellen. Man hatte ihr gesagt, dass es dauern könne, bis darüber entschieden sei.

»Hallo, meine Liebe, alles Gute nochmal zu deinem Runden.« Ihre Freundin Vivien stand vor ihr und riss sie aus ihren trüben Gedanken.

Marlene ließ sich von ihr und Viviens Mann Rolf umarmen. Sektgläser wurden verteilt, sie stieß mit den Freunden an, trank einen Schluck. Und schon standen Jolande und Joachim vor ihr, von allen nur die JoJos genannt. Erneutes Anstoßen und Trinken, was sich in den folgenden zwanzig Minuten ständig wiederholte.

Als Andy auftauchte, hätte sich Marlene am liebsten in seine Arme geworfen und losgeheult, aber sie war sich nicht sicher, wie Hannah darauf reagieren würde, weshalb sie sich zusammenriss und seine Umarmung wie eine erwachsene Frau entgegennahm.

Obwohl sie kaum Alkohol trank, lief die Feier an ihr vorbei, als befände sie sich in einem Rausch. Reden wurden gehalten, lustige und weniger lustige. Irgendwer hatte alte Fotos ausgegraben und fühlte sich bemüßigt, sie in einem langatmigen Vortrag zu zeigen.

Zwischendurch gab es Essen, das köstlich war. Zumindest behaupteten das alle Gäste. Marlene aß und schmeckte kaum etwas, ihr Hals war wie zugeschnürt. Ab und zu drückte Florian ihre Hand oder flüsterte ihr aufmunternde Worte zu, woraufhin sie nickte und lächelte.

Fühlte es sich so an, wenn man Beruhigungsmittel intus hatte? Eigentlich kein allzu schlechter Zustand. Man bekam zwar kaum etwas mit vom Leben, musste sich aber auch um nichts kümmern.

Irgendwo in ihren Gehirnwindungen war Marlene klar, dass dies ein Trugschluss war. Natürlich musste sie sich um alles kümmern, allem voran um Hannelore. Aber nicht heute. Heute feierte sie ihren fünfzigsten Geburtstag. All die Menschen, die sich im Café versammelt hatten, waren ihretwegen gekommen – oder wegen des kostenlosen Essens. Ihre Gäste hatten ein Recht darauf, dass sie für sie da war.

»Ich bin gleich wieder da«, sagte sie zu ihrem Mann, stand auf und ging zur Toilette. Zwei ihr unbekannte Frauen standen davor, wollten ihr bereitwillig Platz machen.

»Nein, nein, ist schon in Ordnung, es ist nicht so dringend. Vielen Dank.« Marlene wandte sich ab, bevor die beiden versuchen konnten, Konversation zu machen. Sie schaute sich um und fand Hannah hinter der Theke. Die Freundin schien ihren Blick zu spüren, denn sie wandte sich ihr zu. Sie lächelte, um im nächsten Moment die Stirn zu runzeln. Sie hob eine Hand, um zu signalisieren, Marlene solle warten. Als sie die Gläser, die vor ihr standen, gefüllt und für Lilya auf ein Tablett gestellt hatte, kam sie und fragte: »Was ist los? Geht's dir nicht gut? Du siehst aus wie ein Geist.«

»Kann ich für ein paar Minuten in deine Wohnung gehen? Ich brauche etwas Ruhe.«

»Aber natürlich! Soll ich mitkommen?«

Marlene schüttelte den Kopf. »Das ist nicht notwendig. Ich brauche nur ein paar Minuten für mich.«

»Klar. Warte, ich hole die Schlüssel.« Hannah verschwand in der Küche, um gleich darauf mit einem Schlüsselbund wiederzukommen. »Bist du sicher, dass du allein sein willst? Soll ich Florian Bescheid sagen? Oder Andy?«

Marlene kämpfte mit sich, schüttelte erneut den Kopf, sagte dann aber doch: »Wenn es dir nichts ausmacht, würde ich gerne mit Andy reden.«

Hannah schaute sie überrascht an. »Warum sollte es mir etwas ausmachen? Warte, ich hole ihn.« Wieder verschwand sie, diesmal in die andere Richtung. Marlene widerstand der Versuchung, sich umzudrehen. Sie hatte Angst, jemand könnte sie ansprechen und sie würde vor allen Gästen in Tränen ausbrechen.

»Lass uns hochgehen.« Andy stand neben ihr und fasste sie sanft am Ellbogen. Er führte sie zum Nebeneingang, öffnete die Tür und zog sie hindurch ins Treppenhaus.

Marlene musste plötzlich an die Nacht vor sieben Jahren denken, als es nachts in der Küche gebrannt und Hannah wie betäubt im Café gestanden hatte. Damals war sie diejenige gewesen, die beruhigt und Zuversicht verbreitet hatte. Das Café war noch nicht eröffnet gewesen, zum Glück war auch kein allzu großer Schaden entstanden.

Jetzt war sie diejenige, die Hilfe brauchte. Aber konnte man eine Mutter mit einem Café vergleichen?

Marlene schüttelte den Kopf, um diese wirren Gedanken in ihrem Kopf loszuwerden.

Andy führte sie in die Wohnung und weiter ins gemütliche Wohnzimmer.

»Willst du einen Drink?«

Marlene setzte sich auf das bequeme Sofa. »Nein, ich habe schon genug getrunken. Ich brauche einfach nur ein paar Minuten zum Durchschnaufen.«

Andy zog einen der Sessel heran und setzte sich ihr gegenüber.

»Wenn du reden willst – jederzeit. Ich höre dir zu.«

Marlene lächelte. »Ich weiß.« Aber sie wollte nicht reden, sie wollte nur, dass das Gedankenkarussell aufhörte, sich zu drehen.

»Ich schaffe das nicht«, sagte sie nach ein paar Minuten des Schweigens.

»Doch, du schaffst das«, erwiderte Andy, als sei vollkommen klar, wovon sie sprach. Er konnte es sich sicher denken. »Du musst nur auch auf dich achtgeben. Es nützt niemandem, am wenigsten deiner Mutter, wenn du schlapp machst.«

Marlene schaute ihn fragend an. »Wie kann ich auf mich achtgeben? Was muss ich tun?«

»Du musst dir vor allem Zeit nehmen für dich selbst. Auszeiten vom Alltag. Am besten planst du sie fest ein. Zum Beispiel jeden Tag zwanzig Minuten Musik hören. Ein Buch lesen oder ein Bad nehmen.« Er lachte. »Okay, letzteres vielleicht nicht jeden Tag, das ist nicht sehr umweltfreundlich. Aber ein- bis zweimal pro Woche.« Er schaute sie prüfend an. »Wie stehst du zu Yoga? Oder generell Entspannung?«

»Hm. Yoga. In meinem Alter?«

Andy lachte. »Man ist nie zu alt, um damit zu beginnen. Du musst ja nicht gleich die schwierigsten Übungen machen. Wichtig ist vor allem, dass du es für dich tust.«

Marlene blieb skeptisch, wusste aber, dass es so nicht weiter- gehen konnte. In diesem Zustand war sie kaum zu etwas nütze.

»Sollen wir es einfach mal ausprobieren?«

Marlene starrte Andy an. »Was, jetzt?«

Er lächelte sie an. »Warum nicht? Je früher du damit

beginnst, desto besser. Ich bin kein ausgebildeter Trainer, aber ich habe ein paar Übungen, die ich meinen Patienten früher gezeigt habe, damit sie entspannen können, wenn sie Schmerzen haben.« Er stand auf. »Warte, ich hole eine Decke, auf die du dich legen kannst.«

Marlen blieb verwirrt zurück. Sie fühlte sich überrumpelt, wollte Andy aber auch nicht vor den Kopf stoßen. Als er mit einer zusammengerollten Decke unter dem Arm zurückkam, sagte sie: »Ich weiß nicht, ob ich jetzt dafür bereit bin.«

Andy blieb ein paar Schritte vor ihr stehen. »Ich will dich zu nichts zwingen. Es war nur ein Angebot.« Er wollte die Decke weglegen, da sagte Marlene: »Ach was, es ist kindisch. Lass es uns probieren.« Sie stand auf und schlüpfte aus den Schuhen, während Andy die Decke auf dem Boden ausbreitete.

»Du kannst das auch abends im Bett machen. Du musst vermutlich ein bisschen experimentieren, was dir guttut und was nicht.«

Marlene nickte, trat auf die Decke und ging in die Knie. Sie kam sich dämlich vor, wollte sich aber keine Blöße geben.

Dass Andy wieder auf dem Sessel Platz nahm und damit Abstand zwischen sie beide brachte, beruhigte sie. Sie war sich sicher, dass er ihr nichts tun würde, in welcher Form auch immer, aber sie fühlte sich entsetzlich verloren und verletzlich.

»Leg dich am besten auf den Rücken«, sagte Andy leise. »Auch da musst du ausprobieren, welche Lage für dich am entspannendsten ist. Lieg erstmal nur da und suche eine bequeme Position. Es wäre gut, die Augen zu schließen, damit du dich ganz auf dich konzentrieren kannst. Lass sie aber ruhig offen, wenn du dich nicht sicher fühlst.«

Marlene wollte etwas sagen, aber er unterbrach sie. »Nein, sag jetzt nichts. Ich weiß, wie du dich gerade fühlst. Ich verspreche dir, dass du vollkommen sicher bist. Und du kannst jederzeit abbrechen, wenn es dir nicht gutgeht.«

Marlene rutschte hin und her und suchte eine bequeme Lage, bei der der Rücken nicht zwickte.

Fünfzig Jahre und schon so unbeweglich, schoss es ihr durch den Kopf. Sie musste unwillkürlich kichern und schämte sich im selben Moment dafür. Was musste Andy nur von ihr denken!

Aber der schien sich nicht darum zu kümmern, sondern wartete geduldig ab, bis sie ruhig dalag.

»Konzentriere dich erstmal nur auf deinen Atem«, hörte sie ihn sagen. Sie atmete ein und versuchte, dem Luftstrom in ihrem Körper zu folgen. Mund, Luftröhre, Bronchien, Lunge und zurück. Marlene atmete ein und aus und spürte, wie sie allmählich ruhiger wurde. Sollte sie es wagen, die Augen zu schließen? Sie machte die Augen zu, riss sie aber sofort wieder auf. Nein, das ging nicht.

»Leg deine Hände locker auf den Bauch und spüre, wie er sich hebt und senkt.«

Marlene gehorchte. Irgendetwas piekte sie im Rücken, aber sie beschloss, es zu ignorieren. Wieder schloss sie die Augen und diesmal geriet sie nicht in Panik. Statt auf ihre Atmung konzentrierte sie sich jetzt auf ihre Hände, die sich rhythmisch auf und ab bewegten.

Marlene spürte, wie sie wegdriftete, Andys ruhige, dunkle Stimme drang nur noch schwach an ihr Ohr. Erschrocken öffnete sie die Augen.

»Lass es zu. Wenn du einschläfst, ist das die beste Entspannung, die du haben kannst.«

»Aber ...«

»Kein Aber. Lass es einfach zu. Ich wecke dich, bevor die Feier zu Ende ist.«

Marlene musste lächeln. Wie Hannah wusste Andy genau, was in ihr vorging. Die beiden waren wirklich magisch.

Folgsam schloss sie die Augen und spürte ihrem Atem nach. Ein Bild von Hannelore blitzte in ihrem Kopf auf, aber es war schnell wieder weg. Dann war da nur noch Leere ...

Jemand berührte sie sacht an der Schulter.

»Marlene? Es ist Zeit aufzuwachen.«

Nur widerwillig kehrte sie zurück in die Realität, öffnete die

Augen und sah Andy neben sich knien. Als er sah, dass sie wach war, rutschte er sofort zurück. Sie war gerührt über so viel Fürsorge.

»Lass dir Zeit«, sagte er.

»Wie lange habe ich geschlafen?«

»Keine zwanzig Minuten. Aber die dürften sehr erholsam gewesen sein.«

Marlene horchte in sich und fühlte sich tatsächlich erholter als zuvor.

»Bewege zuerst deine Hände und Füße, dann die Beine und Arme. Wenn du bereit bist, setze dich langsam auf. Strecke dich ruhig, mach dich lang, wenn dir danach ist. Die Hauptsache, du fühlst dich wohl dabei.«

Marlene folgte seinen Anweisungen und war erstaunt, wie frisch sie sich fühlte. War das das sogenannte Powernapping?

Sie räkelte sich und setzte sich dann auf.

»Wie geht es dir?«

»Wunderbar. Ich kann es kaum glauben. Ist es wirklich so einfach?«

Andy lachte. »Im Prinzip ja. Du musst es nur regelmäßig tun. Am besten jeden Tag, zum Beispiel am Abend, vor dem Schlafengehen. Oder eben gleich im Bett. Du wirst Tage haben, an denen es leicht ist, und du wirst Tage erleben, an denen dich dein Kopf nicht zur Ruhe kommen lässt.«

»Kann ich dich buchen?«, fragte sie und wurde rot dabei. »Deine Anleitung hat sehr geholfen.« Beinahe hätte sie »deine Stimme« gesagt, es sich aber gerade noch rechtzeitig verkniffen. Es hätte doch zu anzüglich geklungen.

Andy schien es nicht zu merken oder er sagte nichts dazu, lachte stattdessen. »Ich bin mir nicht sicher, ob Hannah das so gut fände. Es gibt jede Menge Apps, die so etwas anbieten. Du musst mehrere ausprobieren, um die für dich passende zu finden. Oder du fragst deinen Mann.«

Er stellte sich vor sie und reichte ihr die Hand. »Ich schätze, jetzt musst du dich wieder um deine Gäste kümmern.«

Sie nahm die angebotene Hand und ließ sich von ihm hochziehen. Seine Nähe verwirrte sie, noch mehr jedoch die Tatsache, dass sie sich davon irritieren ließ. Sie mochte Andy, aber er war absolut nicht ihr Typ. Außerdem hatte sie mit Florian die Liebe ihres Lebens gefunden.

Was war nur los mit ihr?

»Du wirst am Anfang vielleicht ein bisschen verwirrt sein«, sagte Andy, als habe er gespürt, was in ihr vorging. »Das ist normal, denn es ist eine ungewohnte Situation für dich. Die wenigsten Menschen können wirklich loslassen, nicht einmal nachts, im Schlaf. Wenn du regelmäßig übst, wirst du schnell Fortschritte feststellen. Du wirst ruhiger und ausgeglichener und hast mehr Kraft für den Alltag.« Er schaute sie ernst an. »Es hilft nicht nur dir, sondern auch Hannelore.«

Marlene nickte. Sie hatte verstanden.

»Danke für deine Hilfe. Du und Hannah, ihr seid unglaubliche Menschen.«

Überrascht hörte sie Andys lautes Lachen.

»Halte nicht zu viel von uns. Wir sind völlig normale Menschen, mit all den Problemen, die jeder von uns hat. Anderen zu helfen ist immer einfacher, als bei sich selbst anzufangen.«

»Da ist etwas Wahres dran«, sagte Marlene und schlüpfte in ihre Schuhe, während Andy die Decke zusammenfaltete und auf das Sofa legte. »Na dann, auf in den Kampf.« Sie reichte ihm die Hand und fühlte sich plötzlich nicht mehr befangen. »Jetzt feiern wir meinen Geburtstag.«

Svenja Wahls

Ich hasse diesen Job!

Schon den ganzen Tag fühlte Svenja sich schlecht. Vermutlich hing es mit den Temperaturen zusammen. Sie hatte Hitze noch nie gut vertragen. Dabei war es gar nicht mal so heiß. Dreißig Grad und mehr waren durchaus üblich für August.

»Entschuldigung. Was sagten Sie?« Sie musste sich zusammenreißen und dem Mandanten zuhören.

Der Mann gab sich keine Mühe, seinen Umut zu verbergen.

»Wenn Sie überfordert sind, wäre es vielleicht besser, ich werde von einem Ihrer Kollegen vertreten.«

Svenja lag eine scharfe Erwiderung auf der Zunge, aber sie schluckte sie hinunter. Es war den Streit nicht wert. Der Mandant war von Anfang an gegen sie gewesen, weil sie eine Frau war. Ihr Chef hatte ihr den Fall gegeben, damit sie sich bewähren konnte. Noch zwei Wochen bis zum Ende der Probezeit. Es wäre doch gelacht, wenn sie die nicht auch noch schaffen würde.

»Es tut mir leid«, sagte sie und schenkte dem Mandanten ein Lachen, das entwaffnend wirken sollte. »Tatsächlich fühle ich mich heute nicht gut. Würde es Ihnen etwas ausmachen, wenn wir den Termin verschieben?«

»Das ist doch ...« Der Mann schnaufte, sah aber wohl ein, dass sie an diesem Tag zu keinem für ihn günstigen Ergebnis kommen würden. »Meinetwegen. Aber das nächste Mal sind Sie besser vorbereitet.«

»Selbstverständlich. Wie gesagt, es tut mir wirklich leid. Es muss am Wetter liegen«, schob Svenja nach.

Der Mandant erhob sich und raffte seine Papiere zusammen. »Vielleicht sind Sie ja schwanger. Meine Frau war da auch so wehleidig.«

Svenja schnappte nach Luft und schluckte erneut eine böse Bemerkung hinunter. So ein Idiot!

Freundlich lächelnd begleitete sie den Mann hinaus, bat die Sekretärin, einen neuen Termin zu vereinbaren, verabschiedete sich und zog sich in ihr Zimmer zurück.

Zum Glück hatte sie das heute für sich, ihr Kollege war bei einem Gerichtstermin, der sich offensichtlich den ganzen Tag hinzog.

Sie öffnete das Fenster, doch es strömte nur warme Luft herein. Svenja seufzte, ließ das Fenster trotzdem offen und ging zur Toilette, um sich mit kaltem Wasser Abkühlung zu verschaffen.

Ihr Spiegelbild verriet nicht, wie schlecht sie sich fühlte. Sie hielt ein Papierhandtuch unter den Wasserhahn, wrang es aus und betupfte vorsichtig ihre Stirn und die Wangen, um ihr Makeup nicht zu zerstören. Tadelloses Aussehen war eine Grundvoraussetzung dieses Jobs.

Einerseits verstand Svenja, dass sie Mandaten gegenüber gut aussehen sollten, andererseits nervte es sie, dass Frauen schon wieder die Arschkarte zogen. Männer hatten hier eindeutig

Vorteile, obwohl ein langärmliges Hemd und eine Krawatte bei diesen Temperaturen sicher auch kein Zuckerschlecken waren. Bei den Frauen mussten es Makeup, hochhackige Schuhe und selbstverständlich Kostüm mit Bluse sein. Hosen waren nicht gern gesehen.

Svenja warf das Papierhandtuch weg, wusch sich die Hände, ließ lange kaltes Wasser über die Handgelenke laufen und trocknete sie anschließend ab. Sie fühlte sich etwas besser.

Zum Glück stand heute nur noch ein Termin in ihrem Kalender. Auf den freute sie sich sogar, denn es ging um eine Scheidung. Das war viele Jahre ihr Spezialgebiet gewesen, bis ihr Leben zu turbulent geworden war und auf den Kopf gestellt wurde.

Während sie zurück in ihr Büro stöckelte, gestand sie sich ein, dass sie diesen Job eigentlich hasste. Warum noch mal hatte sie Jura studiert? Natürlich: Wie alle hatte sie mehr Gerechtigkeit in die Welt bringen und diese damit retten wollen.

Sie zog eine Grimasse, schloss im Büro das Fenster und setzte sich an den Schreibtisch, um sich auf die nächste Mandantin vorzubereiten.

Wie in dieser Kanzlei üblich, ging es um mehrere Häuser und Autos, eine Ferienwohnung in St. Tropez, eine Finca auf Mallorca, eine Yacht und sehr viel Geld.

Während sie durch die Akte blätterte, fragte Svenja sich, warum Ben so ganz anders war als die Klienten dieser Kanzlei. Er war nicht milliardenschwer, hatte in den letzten zwei Jahren auch viel Geld verloren, aber es war immer noch genug vorhanden, um ihm ein angenehmes Leben ohne Arbeit zu ermöglichen. Dennoch arbeitete er mindestens fünfzig bis sechzig Stunden in der Woche, war viel unterwegs und leistete sich als einzigen Luxus das Loft.

Dass er ihr nie angeboten hatte, nicht zu arbeiten, da er sie locker beide ernähren könne, rechnete sie ihm hoch an. Im Gegensatz zu vielen ihrer Mandanten war es für ihn selbstverständlich, dass sie ihr eigenes Geld verdienen wollte.

Ihr Telefon summte. Als sie sich meldete, teilte die Sekretärin ihr mit, dass die Klientin den Termin abgesagt hatte. Svenja war selbst erstaunt, wie erleichtert sie darüber war. Sie bedankte sich und klappte die Akte zu. Minutenlang saß sie da und starrte auf ihren Schreibtisch, ohne etwas zu sehen. In ihrem Kopf überschlugen sich die Gedanken.

Ein freier Nachmittag. Ich könnte heimfahren und etwas Vernünftiges machen.

Dein Job ist etwas Vernünftiges.

Ach ja? Das hier ist doch ein Kindergarten.

Wenn du jetzt gehst, riskierst du den Job.

Na und? Dann ist es eben so. Ich hasse ihn sowieso.

Warum bist du dann noch hier?

Das fragte sich Svenja ernsthaft. Seit fünfeinhalb Monaten quälte sie sich morgens aus dem Bett, fuhr mit Bauchschmerzen ins Büro und abends mit Kopfschmerzen nach Hause. Ja, sie wollte einen eigenen Beruf haben, mit dem sie Geld verdiente, und nein, sie wollte nicht von Bens Geld leben.

Svenja dachte an die Zeit, in denen sie eine Art Lotterleben geführt hatte. Sie war gerade in München angekommen, hatte eine kaputte Beziehung hinter sich und mangels Wohnung bei Hannah gelebt. Es war herrlich gewesen, aber irgendwann hatte es sie wieder zu einem Job gedrängt. Nichtstun war auf Dauer nichts für sie.

Sie fasste einen Entschluss. Nach einer kurzen Überprüfung ihrer Akten ergriff sie eine leere Hülle und stopfte ein paar unbedruckte Seiten hinein, um ihr etwas Volumen zu verleihen. Sie fuhr den Computer hinunter, nahm ihre Handtasche, schloss die Zimmertür hinter sich und teilte der Sekretärin am Empfang mit, dass sie einen Außer-Haus-Termin wahrnehmen würde.

»Wie kann ich Sie erreichen, wenn etwas Wichtiges ist?«

»Natürlich über Handy.« Bevor weitere Nachfragen kamen, verließ Svenja das Büro, fuhr mit dem Aufzug in die Tiefgarage und setzte sich in ihren Wagen. Vor Erleichterung kamen ihr die Tränen.

Nachdem sie sich wieder beruhigt hatte, fragte sie sich, seit wann sie so eine Heulsuse war. Bei der kleinsten Aufregung stiegen ihr die Tränen in die Augen. Hing das mit ihrer Erkrankung zusammen? Aber sie konnte sich nicht daran erinnern, dass das eines der Symptome war.

Und überhaupt: Sie war nicht krank. Sie trug nur die Veranlagung für ADPKD in sich.

Svenja schnäuzte sich, wechselte die unbequemen Pumps mit Sneaker, die sie zum Fahren trug, ließ den Motor an, drehte die Klimaanlage auf kalt und fuhr aus der Tiefgarage. Sie fühlte sich wie ein Häftling, der aus dem Gefängnis entlassen wurde.

Das ist doch absurd! Ich habe mich freiwillig für diesen Job entschieden.

Aber da hatte sie noch nicht gewusst, mit welchen Kolleginnen und Kollegen sie es zu tun bekommen würde, vor allem aber, mit welcher Klientel. Was auch nur die halbe Wahrheit war, denn sie hatte zu viele Gerüchte über die Kanzlei gehört, als dass nicht mindestens ein Körnchen Wahrheit dabei war.

Zähneknirschend gab Svenja vor sich selbst zu, wie sehr es ihr geschmeichelt hatte, dass diese renommierte Kanzlei sie als Mitarbeiterin wollte.

»Es wird Zeit, dass ich aufräume«, sagte sie zu sich, während sie Richtung Schwabing fuhr. Als sie in die Straße zum Loft einbog, klopfte ihr Herz. Vor gut einem Jahr hatte sie ihre eigene Wohnung aufgegeben und lebte seither mit Ben zusammen. Sie hatte auch vorher schon vorwiegend bei ihm gewohnt, hatte ihre Wohnung aber behalten als Rückzugsort, für den Fall, dass sie streiten oder sich gar trennen würden.

Streit hatte es nicht gegeben, nur Meinungsverschiedenheiten, wie auch vorher schon. Sie bemühten sich beide, diese auszuhalten und eine gemeinsame Lösung zu finden. Und obwohl es seit einigen Monaten wirklich hervorragend lief, hatte Svenja immer noch Angst, dass die Beziehung in die Brüche gehen könnte.

Ben war nicht Magnus und auch nicht Frank, dennoch war

da immer dieses vage Gefühl, es würde etwas Unvorhergesehenes passieren, das ihr Verhältnis unumstößlich ruinierte.

Svenja fuhr in die Tiefgarage und parkte ihren Wagen neben Bens E-Auto. Immer, wenn sie seinen Wagen sah, packte sie das schlechte Gewissen, weil sie weiterhin Gifte in die Umwelt schleuderte. Aber sie hatte momentan nicht das Geld, um sich ein neues Auto zu kaufen. Außerdem nutzte sie so oft wie möglich öffentliche Verkehrsmittel.

Sie fuhr mit dem Aufzug direkt ins Loft, ohne Zwischenhalt in der Lobby. Die Post konnte sie später holen.

»Ben?«, rief sie, als sie die Tür öffnete.

Es kam keine Antwort, was ihr ganz recht war. Er würde sich nur unnötig Sorgen machen, wenn sie am helllichten Tag aus dem Büro nach Hause kam.

Svenja ließ die Pumps fallen, stellte die Handtasche auf die Kommode und lief über den Umweg Bad ins Schlafzimmer, um sich etwas Bequemes anzuziehen. In der Küche füllte sie kalte Limonade in ein Glas und wanderte damit durch das Loft.

Als Ben sie vor zwei Jahren aus Hamburg zurück nach München geholt hatte, hatte er ihr gestanden, dass es immer sein Traum gewesen war, gemeinsam mit ihr abends vor einem Feuer zu sitzen. Im letzten Jahr hatte er einen Fake-Kamin einbauen lassen, denn die Emissionen eines echten waren nicht mehr zu verantworten.

Jetzt standen das breite Sofa und die passenden Sessel davor und luden zum Lesen, Weintrinken, Kuscheln oder auch nur Lümmeln ein, egal ob Sommer oder Winter.

Svenja war zu unruhig, um sich zu setzen, und wanderte weiter.

Andys früheres Apartment stand seit seinem Umzug zu Hannah leer und wurde vor allem als Abstellraum genutzt. Es roch muffig und nach abgestandener Luft. Svenja öffnete zwei Fenster und sicherte die Türen.

Die beiden Zimmer waren inzwischen als Rückzugsort gedacht, den man notfalls hinter sich abschließen konnte. Bisher hatten sie ihn noch nicht benötigt, aber allein das Wissen darüber war unendlich wertvoll.

Die Küche wurde weiterhin wenig genutzt. Sie war keine gute Köchin und würde vermutlich nie eine werden. Ihrer beider Arbeitstage waren eng durchgetaktet, da blieb keine Zeit für Kochen. Sie nutzte mittags ein Restaurant in der Nähe der Kanzlei, wo ein Businesslunch angeboten wurde. Ben hatte einen Liefervertrag mit einem nahen Italiener abgeschlossen, der ihn täglich mit leckeren Köstlichkeiten versorgte. Abends gab es dann deren Reste, einen Salat oder – wenn auch sehr selten – den deutschen Klassiker: Brot, Wurst und Käse.

Svenja öffnete die Kühlschranktür und verzog das Gesicht. Der Inhalt war mehr als überschaubar. Statt hier herumzuhängen, könnte sie einkaufen gehen. Oder online bestellen und liefern lassen.

Wie faul wir doch geworden sind.

Sie musste an ihre Tante denken. Ihr letzter Besuch im Café war schon wieder Monate her. Spontan beschloss Svenja, dies auf der Stelle zu ändern. Sie stellte das leergetrunkene Glas in die Spülmaschine, lief ins Schlafzimmer, schlüpfte in immer noch bequeme, aber vorzeigbare Kleidung, suchte im Flur die passenden Sandalen, schnappte sich ihre Handtasche und verließ das Loft.

Da sie laufen wollte, fuhr sie bis zur Lobby, wo Nadja Dienst hatte.

»Hallo Frau Wahls«, grüßte die Securityfrau. »Wie geht es Ihnen?«

»Gut, danke. Und selbst?«

Nadja nickte mit dem Kopf, dass ihr Pferdeschwanz heftig schaukelte. »Auch gut, danke. Sie haben keine Post, tut mir leid.«

Svenja lachte. »Sie können ja nichts dafür. Und immerhin sind dann keine Rechnungen zu bezahlen.« Sie fragte sich, ob sie die junge Frau nach Petér fragen sollte, entschied sich dagegen. Es ging sie nichts an, auch wenn es sie brennend interessierte, ob die beiden nun endlich ein Paar waren, nachdem sie sich während Corona monatelang angeschmachtet hatten.

Hannah wusste da sicher mehr.

»Ich wünsche Ihnen einen schönen Tag«, sagte Nadja.

Svenja gab den Wunsch zurück und verließ das Haus.

Sie lief am Siegestor vorbei Richtung Odeonsplatz. Es war ein Umweg, aber die Fußgängerzone war definitiv spannender als die Schelling- oder Theresienstraße.

In der Kaufingerstraße waren endlich wieder Fremdsprachen zu hören; zur Freude der Geschäfte waren die Touristen zurückgekehrt. Svenja ließ sich treiben, schaute sich verschiedene Waren an, ohne etwas zu kaufen. Sie genoss es, an einem Wochentag nachmittags durch die Stadt bummeln zu können, ohne Zeitdruck, ohne Verpflichtung. Sogar ihre Kopfschmerzen waren verschwunden, obwohl es immer noch heiß war.

Vom Stachus aus sah sie die Baustelle auf der gegenüberliegenden Seite und fragte sich, wann das neue Hotel endlich fertiggestellt würde. Der legendäre Königshof hatte einem neuen Gebäude weichen müssen.

Am Bahnhof beschloss sie, für die letzte Strecke die U-Bahn zu nehmen. Sie war vollkommen verschwitzt und hatte Durst. Je schneller sie zu Hannah kam, desto besser.

Die Blumengasse lag wie ausgestorben da. Es war Urlaubszeit. Svenja war erleichtert, als sie die besetzten Außentische des Cafés sah. Sie war gar nicht auf die Idee gekommen, Hannah könnte geschlossen haben.

»Was für eine schöne Überraschung!« Ihre Tante hatte gerade einen der Tische bedient und sie beim Hineingehen entdeckt. Sie wartete, bis Svenja vor ihr stand, und umarmte sie. Dann schob sie sie von sich und betrachtete sie ausführlich.

»Was ist los?« Svenja lachte unsicher. »Habe ich Spinat zwischen den Zähnen?«

Hannah schüttelte den Kopf. »Komm mit rein, hier draußen ist eh kein Platz. Drinnen ist es außerdem angenehmer.«

Svenja staunte, als sie das Café betrat. Überraschend viele

Tische waren besetzt, trotz des schönen Wetters draußen. Erst jetzt merkte sie, dass es sehr viel kühler war als draußen. Sie schaute sich suchend um. »Hast du eine Klimaanlage?«

Ihre Tante drehte sich tadelnd zu ihr um. »Wie lange warst du schon nicht mehr hier?«

Svenja gab sich zerknirscht. »Zu lange.«

Hannah drohte ihr mit dem Finger, lachte aber. »Du arbeitest zu viel.«

»Da könntest du recht haben.«

»Setz dich. Was kann ich dir bringen?«

»Etwas Kaltes, bitte. Und etwas zu essen. Ich bin am Verhungern.« Svenja wählte den nächsten freien Tisch und nahm Platz.

»Wird gemacht. Du musst regelmäßig essen und trinken, hörst du?«

Svenja runzelte die Stirn. »Ich weiß, das mache ich auch. Okay, manchmal fällt das Mittagessen aus, aber das ist auch gut für die schlanke Linie.«

»Damit ist jetzt Schluss. Du musst wirklich darauf achten. In deinem Zustand.«

Hannah wandte sich ab, aber Svenja rief sie zurück. »Was meinst du?«

Hannah zögerte, musterte sie nochmals so ausführlich, dass Svenja sich unbehaglich fühlte.

»Hm, komisch, ich hätte schwören können«, murmelte ihre Tante.

»Was schwören?«

»Dass du schwanger bist.«

»WAS?« Es war ihr lauter herausgerutscht als beabsichtigt, einige Gäste drehten sich neugierig nach ihr um. Sie hob entschuldigend die Hände und warf Hannah einen bösen Blick zu. »Was redest du da?«

»Ich hol uns erstmal was zu trinken.« Ihre Tante flüchtete und ließ sie fassungslos zurück.

Zwei Mal an einem Tag wurde ihr unterstellt, dass sie

schwanger war. Das war doch ausgemachter Blödsinn! Sie nahm die Pille, sie konnte gar nicht schwanger sein.

Ganz hinten in ihrem Kopf meldete sich ein Gedanke, der aber so flüchtig war, dass sie ihn nicht zu fassen bekam.

Hannah kam mit einem Tablett zurück, auf dem zwei Gläser mit einer orangefarbenen Flüssigkeit standen, außerdem zwei Teller mit diversen Canapés.

»Was sollte das?«, fragte Svenja, nachdem sie einen Schluck genommen hatte. »Ah, das tut gut. Was ist das?«

»Maracuja-Mango-Schorle mit einem Hauch Minze«, erklärte Hannah. »Tut mir leid, ich dachte, du bist deshalb da, um mir die frohe Botschaft zu verkünden.«

»Frohe Botschaft? Willst du mich auf den Arm nehmen? Du weißt, dass ich keine Kinder bekommen sollte.«

»So ein Quatsch. Zum einen hast du nur die Veranlagung der Krankheit, nicht die Krankheit selbst. Zum anderen stehen die Chancen fifty-fifty, dass deine Kinder sie gar nicht bekommen. Und drittens entwickelt sich die Medizin laufend weiter. Bis das bei ihnen ausbricht, gibt es längst ein Mittel dagegen.«

»Das sind alles nur Vermutungen. Und jetzt zum Mitschreiben: Ich bin nicht schwanger. Punkt.«

Hannah hob abwehrend die Hände. »Okay, okay. Ich habe mich getäuscht. Ich bin auch nur ein Mensch.« Aber sie schien nicht überzeugt.

Da Lilya ihren freien Tag hatte, musste Hannah immer wieder aufspringen, um die Gäste zu bedienen. Ein vernünftiges Gespräch kam so nicht zustande. Deshalb verabschiedete Svenja sich nach gut einer Stunde und versprach, nicht wieder so viel Zeit verstreichen zu lassen.

Auf dem Weg zur U-Bahn kam sie an einer Apotheke vorbei. Spontan betrat sie den Laden und kaufte einen Schwangerschaftstest.

Natürlich nur, um Hannah Lügen zu strafen.

Zuhause angekommen, warf sie ihn auf ihr Bett und nannte sich eine Närrin. Wie konnte sie sich nur von ihrer Tante so aus dem Konzept bringen lassen? Da fiel es ihr ein. Hatte sie nicht vor einigen Wochen diese leichte Magenverstimmung gehabt, die dann in Durchfall und Erbrechen resultiert hatte?

Svenja wurde heiß und kalt, sie ließ sich auf die Bettkante sinken. War es etwa doch möglich? Hektisch rechnete sie nach. Wann war das gewesen? War es vor oder nach dem furchtbar anstrengenden Gerichtsprozess gewesen, der sie beinahe ihre letzte Kraft gekostet hätte? Sie versuchte sich zu erinnern und war sich nach kurzer Überlegung sicher, dass es vorher gewesen war. Der Prozess hatte Anfang Juni stattgefunden, also vor zirka acht Wochen.

Natürlich hatten sie in der Zwischenzeit miteinander geschlafen.

Wann war ihre letzte Periode gewesen?

Zu ihrem Entsetzen stellte Svenja fest, dass sie sich nicht erinnern konnte. Dank der Pille war ihr Zyklus so regelmäßig geworden, dass sie nicht mehr darauf achtete.

Mit zitternden Händen zog sie den Test zu sich und starrte auf die Verpackung. Sie war blau und rosa, als wollte der Hersteller sich neutral verhalten. Langsam öffnete sie die Schachtel und zog den Beipackzettel und das Teststäbchen heraus. Sie wusste, wie er anzuwenden war, dennoch las sie den Zettel durch, ohne etwas zu verstehen.

Morgenurin war das einzige Wort, das hängenblieb. Sie würde also bis morgen warten müssen. Oder sie ließ eine Blutprobe untersuchen. Aber würde sie so schnell einen Termin bekommen?

Das war doch alles Quatsch! Svenja warf alles aufs Bett und ließ sich danebenfallen. Sie war nicht schwanger! Punkt. Aber wenn sie ehrlich war, deutete alles darauf hin: Ihre ständige »Unpässlichkeit«, der ständige Hang zum Weinen, die Hitzewallungen in der Nacht, obwohl sie normalerweise eine echte Frostbeule war.

Ruckartig setzte sie sich auf. Sie durfte nicht schwanger sein!

Sie kam selbst kaum klar mit dieser vermaledeiten Erbkrankheit; wie sollte sie das einem Kind antun?

Das kannst du nicht allein entscheiden!

Einen irrwitzigen Moment lang dachte Svenja daran, Ben zu verlassen und das Kind – sollte sie tatsächlich schwanger sein – abzutreiben.

»Du spinnst«, rief sie laut und erschrak über ihre eigene Stimme.

»Na, das ist ja eine tolle Begrüßung.«

Svenja schoss hoch. Sie hatte nicht gehört, dass Ben nach Hause gekommen war. Sie war versucht, die Bestandteile des Tests zusammenzuraffen und unter das Bett zu werfen, aber sie wusste, Ben würde ihr das sofort ansehen. Sie war eine furchtbar schlechte Schauspielerin.

Ben erschien in der Tür, die Anzugjacke in der Hand, das weiße Hemd aufgeknöpft. Es musste ein sehr wichtiger Termin gewesen sein, denn er trug sonst nie Anzug. »Hallo. Hast du hitzefrei bekommen?«

Svenja stand auf und ging zu ihm, um ihn mit einem Kuss zu begrüßen. »Meine Termine wurden abgesagt.«

»Schön, dann können wir den Nachmittag gemeinsam verbringen.« Er schlängelte sich an ihr vorbei Richtung Kleiderschrank, blieb nach einem Blick auf die Unordnung auf dem Bett abrupt stehen. »Hab ich was verpasst?«

Svenja beschloss, sofort mit der Wahrheit rauszurücken. »Ein Mandant warf mir heute an den Kopf, ich sei so mies drauf, weil ich schwanger sei. Nachdem mein letzter Termin gecancelt wurde, bin ich nach Hause, hab mich umgezogen und bin zu Hannah gelaufen. Übrigens liebe Grüße.« Svenja wurde schwindlig. Sie ging die paar Schritte zum Bett und setzte sich. Sie atmete ein paar Mal tief durch. »Sie dachte, ich komme vorbei, um ihr mitzuteilen, dass ich schwanger bin.« Sie schaute Ben an. »Sehe ich schwanger aus?«

Ben zuckte mit den Schultern und wirkte dabei ziemlich hilflos. »Keine Ahnung. Woran erkennt man sowas?«

»Wenn ich das wüsste!« Svenja ließ sich rücklings aufs Bett fallen. »Offensichtlich gibt es Menschen, die das sehen können. Egal. Ich habe den Test gekauft, aber wir müssen bis morgen warten. Es geht nur mit dem Morgenurin.«

Ben setzte sich neben sie und nahm ihre Hand. »Wärst du gerne schwanger?«, fragte er so leise, dass sie es kaum verstehen konnte.

Svenja richtete sich auf und schmiegte sich an ihn. »Offen gestanden, ich weiß es nicht. Bisher war mir immer klar, dass ich keine Kinder möchte, weil ich ihnen das Risiko vererbe. Aber jetzt ...«

Er legte eine Hand auf ihren Bauch. »Ich fände es schön.«

»Ich werde dick und hässlich sein und launisch.« Svenja schaute ihn von unten an.

Ben lachte. »Ach, an das Dicksein werde ich mich auch noch gewöhnen.«

Svenja brauchte ein paar Sekunden, bis sie den Sinn des Satzes verstand. Sie sprang auf, nahm ein Kissen und schleuderte es in seine Richtung. »Du Mistkerl.«

»Du wärst eine gute Mutter«, sagte Ben, jetzt wieder ernst.

»Woher willst du das wissen?«

»Ich weiß es einfach.« Er hielt ihr die Hand entgegen. »Komm her.«

Sie nahm die Hand und ließ sich neben ihn aufs Bett ziehen.

»Egal, wie du dich entscheidest – ich akzeptiere es. *Du* musst dich damit wohlfühlen.«

Svenja schaute ihn überrascht an. »Du hättest keine Probleme mit einer Abtreibung?«

Ben wiegte den Kopf hin und her. »Das habe ich nicht gesagt. Du weißt, ich liebe Kinder und ich hätte nichts dagegen, eigene zu haben. Ich hätte sie auch gerne mit dir.« Er schwieg einen Moment, fuhr dann fort: »Aber wenn du dich nicht wohlfühlst damit, werde ich das akzeptieren. Du bist mir wichtiger als alles andere.«

Svenja kämpfte schon wieder mit den Tränen. Wütend wischte sie sie weg. »Ich bin so eine Heulsuse.«

Ben reichte ihr ein Taschentuch. »Das sind vermutlich die Hormone.«

Svenja schniefte, trocknete ihr Gesicht und schnäuzte sich. »Es kommt so überraschend. Und ausgerechnet in einem neuen Job.«

»Ich dachte, du hasst den Job?«

Svenja schaute ihn verblüfft an. »Wie kommst du denn da drauf?«

Ben lachte. »Na hör mal. Alles, was ich darüber höre, sind Beschwerden. Seit du dort arbeitest, geht es dir nicht gut. Denkst du, ich merke das nicht?«

Sie ließ den Kopf hängen. »Warum hast du denn nie etwas gesagt?«

»Ich wollte abwarten.« Er nahm erneut ihre Hand und strich sanft über ihren Handrücken. »Ich dachte, du merkst es selbst früh genug und ziehst die Reißleine.« Wieder lachte er leise. »Ich muss zugeben, ich habe mich in dir getäuscht. Ich dachte, du würdest viel früher klein beigeben.«

Svenja schnaubte. »Das sind vermutlich die Wahl'schen Gene. Du weißt, wie stur wir sein können.«

»Oh ja, das weiß ich nur zu gut.« Er zog ihr Gesicht zu sich und küsste sie. »Du weißt, ich will dir nicht reinreden. Es ist dein Leben und du musst selbst darüber entscheiden. Andererseits sind wir ein Paar und ich will nicht länger mit ansehen, wie schlecht es dir in diesem Büro geht.« Er zeigte auf das Teststäbchen, das hinter ihnen auf dem Bett lag. »Solltest du tatsächlich schwanger sein, sind die Karten sowieso komplett neu gemischt. Die Frage ist: Wie willst du dann weitermachen?«

»Ich werde definitiv nicht nur Hausfrau und Mutter sein!«

Ben lachte. »Das würde ich auch nicht zulassen. Zumindest nicht Hausfrau.«

Svenja gab ihm einen Schlag auf den Oberarm. »Du bist wirklich gemein.« Sie musste selbst lachen.

»Nein, nur ehrlich.«

»Ich sollte keine Kinder bekommen«, stellte Svenja kurz darauf fest.

»Warum?«

»Sie würden verhungern. Bei meinen Kochkünsten.«

Ben tätschelte ihre Hand. »Ach, auch dafür finden wir eine Lösung.« Er sprang auf. »Ich muss endlich aus diesem Zeug raus.« Er hob die Anzugjacke auf, die er hatte fallen lassen, und hängte sie über den stummen Butler. Das Hemd warf er in den Wäschekorb, die Anzughose faltete er ordentlich zusammen und hängte sie unter die Jacke.

Svenja betrachtete ihn ungeniert. Er hatte kein Sixpack, eher ein paar Kilo zu viel, aber sie fand ihn ziemlich sexy, wie er dastand, in Boxershorts und Socken.

»Ich geh kurz in die Dusche«, sagte er.

Svenja sprang auf. »Ich komme mit.«

In der Nacht träumte Svenja von Babys mit zu großen Köpfen und aufgeblähten Bäuchen. Schweißgebadet wachte sie auf.

Ben schlief wie üblich tief und fest. Der Wecker auf ihrem Nachttisch zeigte drei Uhr vierundfünfzig. Sie stand auf und ging in die Küche, um sich ein Glas Wasser zu holen. Anschließend ging sie ins Bad, um zu pinkeln. Der Schwangerschaftstest lag griffbereit neben der Toilette.

Was bedeutete Morgenurin? Konnte sie den Test jetzt schon machen oder erst, wenn sie aufstand?

Svenja beschloss, nicht länger warten zu wollen. Sie zog das Teststäbchen aus der Verpackung, ging über dem Klo in die Hocke und hielt es wie empfohlen in den Urinstrahl. Danach legte sie es auf dem Waschbecken ab. Soweit sie sich erinnern konnte, musste sie nun drei Minuten warten.

Sie wusch sich die Hände, hockte sich auf den Klodeckel und starrte auf das Stäbchen. Sie hatte erwartet, dass wie bei einem Covid-Schnelltest ein Streifen auftauchen würde. Stattdessen blinkte das Wort »Warten« rhythmisch vor sich hin.

Wie lange drei Minuten sein konnten!

Svenja stand auf und wanderte im Bad umher. Sobald sie am Waschbecken vorbeikam, schaute sie auf das Stäbchen. Es wollte nicht einfach aufhören zu blinken. Das war doch zum Haare raufen!

Als sie das nächste Mal vorbeikam, hatte das Blinken aufgehört. Erschrocken trat sie zurück.

Sie zögerte. Sollte sie Ben dazu holen? Sie stand mitten im Bad und wippte hin und her. Dann entschied sie, dass dieser Moment ganz ihr gehören sollte, und machte die zwei Schritte zum Waschbecken.

Schwanger, stand da, darunter 3+. Wenn sie sich richtig erinnerte, bedeutete das, dass sie vor mehr als drei Wochen empfangen hatte. Das passte zu dem, was sie am Vortag ausgerechnet hatte.

Minutenlang starrte sie das Ergebnis an und wusste nicht, ob sie sich freuen oder in Panik verfallen sollte.

Hannah wird zufrieden sein, weil sie recht hatte, schoss ihr durch den Kopf. Sofort schämte sie sich für den Gedanken. Ihre Tante war vor allem um sie besorgt.

Allmählich erwachte Svenja aus ihrer Starre. Sie legte das Teststäbchen neben die Verpackung auf die Kommode.

Die ist zu schmal zum Wickeln.

Das ist ja interessant! Du denkst schon ans Wickeln?

Nein! Na ja, das fiel mir halt so ein. Ist naheliegend bei einer Kommode.

Also wirst du das Kind behalten?

Woher soll ich das wissen?

Du hast dich doch längst entschieden!

Svenja wollte ihrer inneren Stimme widersprechen, aber sie wusste, es war die Wahrheit. Sie hatte sich inzwischen für das Kind entschieden. Tatsächlich wäre sie sehr enttäuscht gewesen, wäre das Ergebnis ein anderes gewesen.

Sie schaute ihr Spiegelbild an, suchte nach Hinweisen, die andere sahen, sie aber offensichtlich nicht. Sie konnte auch jetzt nichts erkennen. Obwohl – war da nicht ein gewisses Leuchten in ihren Augen?

Nun red dir mal nichts ein. Du bist immer noch die alte, chaotische Svenja.

Ach, halt die Klappe!

Sie streckte sich die Zunge raus, knipste das Licht aus und ging zurück ins Schlafzimmer, wo sie sich eng an Ben kuschelte. Als er reagierte, flüsterte sie: »Ich bin schwanger.«

Er küsste sie, murmelte »Ich liebe dich« und schlief weiter.

Männer!

Sie rollte sich auf ihre Seite und versuchte ebenfalls zu schlafen. Aber die Gedanken in ihrem Kopf ließen sie nicht zur Ruhe kommen.

Sie musste die Familie informieren, Federico, Hannah, die Firma. Svenja grinste. Ihr Chef würde sich sicher freuen, wenn sie ihm kurz vor Ablauf der Probezeit erklärte, dass sie schwanger war. Damit war sie unkündbar.

Ich lasse mich krankschreiben, dann kann ich die ganze Schwangerschaft über zuhause bleiben und muss mich nicht mit blöden Mandanten herumärgern.

Es war eine verlockende Idee, aber Svenja wusste, dass sie das nicht machen würde. Sie war nicht so erzogen worden und sie war auch nicht der Typ dafür.

Ihr wurde klar, dass sie kündigen würde. Aber was kam danach? Die Vorstellung, den ganzen Tag mit dem Kind im Loft zu verbringen, machte ihr Angst.

Sie fragte sich, was sie inzwischen wohl machen würde, wenn sie Magnus vor sieben Jahren nicht verlassen hätte und nicht mit Ben nach München gefahren wäre. Vermutlich säße sie jetzt mit drei oder vier Kindern in einem großen Haus, umgeben und umsorgt von Angestellten, die sich das Maul über den untreuen Ehemann und seine ahnungslose Frau zerrissen. Die Kinder würde sie höchsten ein, zwei Stunden pro Tag zu

Gesicht bekommen, den Rest der Zeit würden sie mit ihrer Nanny verbringen. Ihre Aufgabe wäre die Repräsentation der Familie, während Magnus die wichtigen Entscheidungen traf und über ihr Leben bestimmte, das er mit seiner Arbeit finanzierte.

Wie gut, dass alles anders gekommen war. Magnus war inzwischen mit Mara verheiratet. Sein Vater hatte ihm mit Enterbung gedroht, aber Magnus hatte von sich aus auf das Erbe verzichtet; er hatte mit seinen Immobiliengeschäften genug Geld verdient und war nicht auf das Geld der Familie angewiesen. Wenn sie ihre Mutter richtig verstanden hatte, hatten er und Mara eine Firma gegründet, es war aber nicht klar, welcher Art diese war. Es hatte irgendetwas mit den sozialen Medien zu tun.

Ich könnte auch eine Firma gründen.

Ach ja? Und was willst du anbieten? Solltest du dich nicht auf das Kind konzentrieren?

Ich bin nicht zur Hausfrau geboren!

Mit einem Kind wirst du zwangsläufig Hausfrau werden müssen.

Svenja warf sich im Bett hin und her und hielt es irgendwann nicht mehr aus. Sie stand auf und ging in den Raum, der landläufig als Wohnzimmer bezeichnet wurde. Nur, dass ihres vermutlich größer war als manche Wohnung.

Als sie ganz zu ihm gezogen war, hatte Ben ihr erklärt, dass man jederzeit weitere Räume schaffen könnte, indem man Wände in den großen Hauptraum einbaute. Überhaupt sei ein Loft extrem flexibel, man könne alles jederzeit umbauen.

Bisher hatte sie kein Bedürfnis danach gehabt, aber es war klar, dass sich das mit einem Kind ändern würde.

Die Nanny könnte in Andys Apartment wohnen.

Kommt nicht in Frage. Mein Kind wächst nicht mit einer Nanny auf.

Svenja öffnete die Schiebetür und trat auf die Terrasse hinaus. Es war angenehm kühl, die Schwüle des vorhergehenden Tages war vorbei. Sie lauschte auf den Gesang der Vögel und schaute Richtung Englischer Garten, wo sich am Horizont ein hellroter in einen orangefarbenen, dann in einen gelben Streifen verwandelte. Die Sonne ging auf.

Wütend verließ Svenja das Büro ihre Chefs, nein, falsch, ihres Ex-Chefs. Dass die Tür etwas lauter ins Schloss fiel, ließ sie grimmig, aber auch zufrieden lächeln.

Sie hatte nicht erwartet, dass er ihr um den Hals fallen würde. Aber mit dieser Reaktion hatte sie auch nicht gerechnet.

Wortlos verließ sie das Büro, sagte auch nichts mehr zu der Empfangssekretärin, die ihr verblüfft nachschaute. Da der Aufzug irgendwo steckte, nahm Svenja die Treppe und atmete auf, als sie das Erdgeschoss erreichte.

Auf der Straße holte sie ihr Handy aus der Tasche und drückte die Kurzwahl für Ben.

»Und?«

»Er hat doch glatt behauptet, er hätte mir sowieso gekündigt, weil sie nicht zufrieden waren mit meiner Arbeit!«

»Ach, lass ihn doch. Vermutlich musste er nur das letzte Wort haben.«

Svenja schnaubte. »Kann sein. Trotzdem ist es eine Frechheit. Wehe, er schreibt mir ein schlechtes Zeugnis.«

»Das darf er gar nicht.«

»Ja, ich weiß. Ach, ich könnte ihn ...«

Ben lachte. »Komm nach Hause. Wir machen eine schöne Kissenschlacht, dann kannst du Dampf ablassen.«

Svenja lächelte. »Darf ich vorher noch shoppen gehen? Ich brauche das jetzt.«

»Solange du nicht meine schwarze American Express benutzt, ist mir alles recht. Du sollst dich wohlfühlen. Sorry, ein Kunde ruft an, da muss ich rangehen. Ich liebe dich.« Er hauchte einen Kuss durch die Leitung und war weg.

Svenja wollte ein Taxi rufen, beschloss dann, doch lieber

Straßenbahn und Bus zu fahren. Gemütlich durch die Stadt zu zuckeln, war genau das, was sie jetzt brauchte.

In der Innenstadt angekommen, schlenderte sie Richtung Marienplatz. War es verfrüht, Umstandskleidung zu kaufen? Noch konnte sie das Kind verlieren ... Daran wollte sie nicht denken. Und auch nicht daran, dass es womöglich mit demselben Gendefekt geboren würde wie sie selbst.

Svenja wandte sich einer Boutique zu, um sich abzulenken. Ben und sie hatten inzwischen Stunden darüber diskutiert; er hatte ihr geraten, sich nicht verrückt machen zu lassen. Man konnte niemals alle Risiken sehen und ausschließen.

Zwei kichernde Teenager liefen an ihr vorbei, jede mit einer Tüte der Modekette in der Hand. Die eine trug eine Zahnspange und hielt sich immer wieder die Hand vor den Mund. Svenja schaute ihnen nach, bis sie in der Menschenmenge verschwunden waren.

Nochmal Teenager sein und sich um nichts kümmern müssen ... Sie schüttelte den Kopf. Nein, das wollte sie keinesfalls. Sie hatte keine schlechte Kindheit und Jugend gehabt, dennoch war sie froh, diese Zeit hinter sich zu haben.

Während sie ein T-Shirt nach dem anderen von links nach rechts schob, ohne es wirklich wahrzunehmen, fragte sie sich, warum ihr Ben damals nie aufgefallen war. Obwohl er ein Mitglied von Christians Clique gewesen war, hatte sie ihn nie bemerkt. An die meisten anderen konnte sie sich erinnern, an ihn nicht. Dabei hätte er durchaus dem Bild entsprochen, das sie damals von ihrem Traummann gehabt hatte: blond, sportlich, nein, durchtrainiert, und natürlich reich.

Wie dumm wir damals waren!

»Darf ich mal?« Eine weibliche Stimme riss sie aus ihren Gedanken. Neben ihr stand eine kleine, ältere Frau mit voluminösen Busen.

»Äh, Entschuldigung«, sagte Svenja und machte ihr Platz.

Die ist doch viel zu alt für die T-Shirts!

Sofort schämte sie sich für den Gedanken. Vielleicht kaufte

die Frau für ihre Tochter oder Enkelin ein. Sie entschuldigte sich noch einmal, aber die Frau beachtete sie gar nicht, sondern zog wahllos Kleidungsstücke von den Ständern.

Irritiert wandte Svenja sich ab und lief durch die Kaufingerstraße Richtung Stachus. War sie nicht erst vor einer Woche hier gewesen? Es kam ihr viel länger vor. Und was war in der Zwischenzeit nicht alles geschehen!

Plötzlich hatte sie das dringende Bedürfnis, mit Hannah zu reden. Sie verließ die Fußgängerzone Richtung Promenadeplatz, stieg vor dem Bayerischen Hof in ein Taxi und ließ sich zur Blumengasse fahren.

Die Straße war immer noch wie ausgestorben, nur in dem Laden neben dem Café werkelten zwei Handwerker.

Svenja betrat das Café und wurde von Lilya begrüßt.

»Ist meine Tante da?«, fragte sie, da sie Hannah nirgends sehen konnte.

»Sie ist oben.« Lilya zeigte mit dem Finger an die Decke.

»Danke. Ich komme später noch einmal, um etwas zu essen.« Svenja verließ das Café und wandte sich nach rechts zum Hauseingang. Der Summer ertönte kurz nach ihren Klingeln. Als Svenja die Treppe hochstieg, kam ihr Andy entgegen.

»Hallo Svenja. Wie geht's? Alles okay?«

Sie nickte. »Ist Hannah oben?«

»Ja, sie telefoniert gerade, aber das sollte nicht mehr allzu lange dauern. Geh ruhig hoch.«

Svenja bedankte sich. »Und bei dir? Auch alles okay?«

Andy grinste und hob den Daumen. »Könnte nicht besser sein. Sorry, ich muss los. See you.«

Svenja erklomm die letzten Stufen und öffnete die Wohnungstür, die angelehnt war. Sofort hörte sie Hannahs Stimme. Offensichtlich stritt sie mit jemandem über eine zu hohe Rechnung.

Svenja schloss die Tür und ging ins Wohnzimmer, um dort zu warten. Als diese das Telefonat beendete, rief sie: »Hannah, ich bin's«, da sie nicht wusste, ob ihre Tante ihre Ankunft mitbekommen hatte.

»Svenja?« Hannahs Gesicht tauchte auf, noch leicht gerötet vom Streit am Telefon. »Welch nette Überraschung.« Sie kam auf sie zu und umarmte sie. »Ich habe nicht viel Zeit, ich muss gleich wieder runter. Lilya ist allein.«

»Kein Problem, ich will sowieso etwas essen.«

Hannah hielt sie an den Armen fest und schob sie von sich. »Wie geht es dir?«

Svenja lächelte. »Du hattest recht.«

Ihre Tante runzelte die Stirn. »Klar, ich habe meistens recht, aber was genau mei...« Dann schien ihr plötzlich einzufallen, wovon Svenja sprach. »Du bist schwanger?«

Svenja nickte.

Hannahs Mimik spiegelte innerhalb weniger Sekunden all die Gefühle wider, die Svenja in den letzten Tagen durchlebt hatte: Überraschung, Schock, Freude, Sorge.

»Und? Wie geht es dir damit. Wirst du es behalten? Was sagt Ben dazu?«

Svenja lachte. Das war typisch Hannah.

»Es geht mir gut. Und ja, wir werden es behalten. Wir freuen uns.«

»Wunderbar! Ich freue mich mit euch.« Sie wurde stürmisch umarmt und erhielt einen feuchten Kuss auf die Wange. Als Hannah sich anschließend verstohlen über die Augen wischte, fragte Svenja: »Du heulst doch nicht etwa?«

Hannah richtete sich auf. »Doch! Und es ist mir egal. Ich finde es einfach so schön, dass alles ein gutes Ende gefunden hat.«

»Na ja, das werden wir erst noch sehen. Noch ist die schwierigste Phase nicht überstanden.«

Hannah tätschelte ihre Hand. »Es wird alles gut, du wirst sehen. Ich glaube ganz fest daran.« Sie schniefte ein letztes Mal. »Sieht man was?«

Svenja schüttelte den Kopf. »Nein, man sieht nichts.«

»Gut, dann auf ins Gefecht.« Ihre Tante nahm die Schlüssel vom Haken und schob sie zur Tür hinaus. »Sorry, dass ich so ungastlich bin, aber solange Edi weg ist, muss ich die Stellung halten.«

Sie liefen die Treppe hinunter und betraten das Café durch die Seitentür. Es war kurz vor der Mittagszeit, fast alle Tische waren besetzt.

»Ach du liebes Bisschen«, rief Hannah. »Wie soll ich das denn schaffen?«

»Das ist ganz einfach: Du gehst in die Küche und spielst Edi, Lilya und ich übernehmen den Service.«

»Wird dir das denn nicht zu viel?« Hannah schaute sie zweifelnd an.

Svenja zog eine Grimasse. »Na hör mal, ich habe während meines gesamten Studiums gekellnert. Und wärst du nicht in der Weltgeschichte unterwegs gewesen, wüsstest du das.«

»Ja, ja, gib's mir nur.« Hannah grinste. »Aber wenn es dir zu viel wird, hörst du sofort auf, ja?«

»Ja, Mama.« Sie schob ihre Tante hinter die Theke. »Nun geh schön in die Küche und mach dort, was immer du tun musst. Ich komme schon zurecht.«

Zwei Stunden später war das Café bis auf wenige Tische leer. Svenja ließ sich seufzend auf einem der Kissen im Schaufenster nieder und streckte die Beine von sich.

Wenige Sekunden später stand Lilya vor ihr. »Was kann ich Ihnen bringen?«

»Wir bleiben doch beim Du«, sagte Svenja. Sie waren während der größten Hektik einfach dazu übergegangen. Es gab keinen Grund, das wieder rückgängig zu machen. Sie mochte die Ukrainerin.

»Danke, vielen Dank.«

»Nicht der Rede wert.« Svenja lächelte sie an. »Ich nehme, was übrig ist. Und ein Wasser. Oder nein, lieber eine Schorle. Rhabarber, wenn noch was da ist.«

Lilya lächelte ebenfalls. »Kommt sofort.«

Svenja aß bereits, als ihre Tante zu ihr stieß. Sie zog einen Stuhl heran und setzte sich.

»Auf die Kissen traue ich mich nicht mehr. Wer weiß, ob ich da noch hochkomme.«

Ein paar Minuten aßen sie schweigend, dann sagte Svenja: »Ich habe heute gekündigt.«

»Oh. Warum?«

»Es hat einfach nicht gepasst.«

»Und was machst du jetzt?«

»Ehrlich gesagt: keine Ahnung. Hausfrau und Mutter jedenfalls nicht.« Svenja hob die Hände. »Okay, Mutter muss ich natürlich sein, das lässt sich kaum vermeiden. Aber Hausfrau?« Neugierig schaute sie ihre Tante an. »Wie hast du eigentlich kochen gelernt? Ihr hattet doch auch jede Menge Personal, oder?«

Hannah lachte laut heraus, woraufhin sich die wenigen Gäste umdrehten. Sie hob beschwichtigend die Hände und murmelte ein »Sorry«.

»Ein bisschen was hat uns unsere Köchin beigebracht, allerdings konnte ich zu wenig, um in der Ehe zu bestehen. Der arme Johann. Er musste am Anfang wirklich grausame Dinge zu sich nehmen.« Sie grinste. »Tatsächlich habe ich es erst in Amerika richtig gelernt. Ausgerechnet. Ich glaube, das meiste hat mir Marilyn beigebracht.«

»Oh, wie geht es ihr? Hast du mal wieder was von ihr gehört?«

»Ich müsste dringend anrufen. Aber ich denke, es geht ihr gut.«

»Sag ihr liebe Grüße von mir, wenn du sie sprichst. Ich erinnere mich immer gern an meine Zeit bei euch.«

Ein paar Minuten verbrachten sie schweigend in Erinnerung an Queens und Hannahs Nachbarin und Freundin Marilyn.

Für einen Moment zog Svenja ernsthaft in Erwägung, nach New York zu ziehen und von Marilyn kochen zu lernen. Doch als sie es Hannah gegenüber laut aussprach, klang es nur noch verrückt.

»Ob Ben damit einverstanden wäre?«

»Wenn er hinterher immer ein ordentliches Essen auf dem Teller hat, kann er eigentlich nichts dagegen haben, oder?« Svenja seufzte. »Ich werde wohl einen Kochkurs machen müssen.«

»Warum fragst du nicht Edi?«

»Was?«

Hannah zuckte mit den Schultern. »Es ist auf jeden Fall naheliegender als New York. Frag sie, wenn sie zurück ist. Sie kommt nächste Woche wieder. Vielleicht überfällst du sie nicht gleich am ersten Tag, aber du hast ja noch etwas Zeit.«

Svenja dachte darüber nach. Der Vorschlag gefiel ihr. Sie mochte Edi, auch wenn die sich manchmal als unnahbar und ruppig zeigte. Aber Svenja war sicher, dass unter der rauen Schale ein weicher Kern steckte. Außerdem war sie schwer beeindruckt, wie Edi die letzten Jahre gemeistert und sogar eine neue Liebe gefunden hatte.

»Okay, ich werde sie fragen. Gute Idee. Danke.«

Hannah lachte wieder, diesmal leiser. »Nur, damit das klar ist: Das Café steht an erster Stelle. Dann kommst du.«

»Klar.«

Als sie am Abend Ben von ihrem Plan erzählte, war er zunächst skeptisch. Nicht, weil er bezweifelte, sie könne das Kochen erlernen, sondern weil er sich Sorgen machte, dass sie sich übernahm.

»Ich passe auf mich auf«, versicherte Svenja ihm. »Und auf das Baby. Versprochen. Aber irgendetwas muss ich tun, sonst drehe ich durch.«

»Aber du wolltest nicht nur Hausfrau und Mutter sein.«

»Ich werde etwas finden. Ich weiß es.«

Ben küsste sie. »Ich weiß es auch. Und ich liebe dich.«

Safaa Gedi

Das Buch

Safaa saß stumm da und starrte auf das Buch vor ihr. »Safaa Gedi« stand da, darunter »Zwölf Wochen Angst«, ganz unten waren Logo und Name des Verlags aufgedruckt.

»Gefällt es Ihnen?«, fragte Herr Hohenstein freundlich.

Sie nickte, unfähig, etwas zu sagen. Wie lange hatte sie davon geträumt, ein Buch zu veröffentlichen. Und nun lag es vor ihr. Safaa musste schlucken, um nicht loszuheulen.

Das Cover zierte die Zeichnung, die JJ als ihre beste bezeichnet hatte: Die Szene, in der sich ein Kind vor dem großen, schwarzen Mann wegduckt.

Sie hätte lieber eine fröhlichere Szene auf dem Buch gehabt, zum Beispiel die, wo sie in Wien von einer wildfremden Frau umarmt wurde und etwas zu essen und trinken bekam. Oder die, wo sie das erste Mal nach drei Wochen wieder in einem richtigen Bett schlafen konnte.

Aber die Marketingabteilung des Verlags hatte sich für das düstere Bild entschieden, weil es sich so ganz sicher besser verkaufen würde.

»Dies ist Ihr erstes Exemplar«, sagte Herr Hohenstein. »Die anderen schicken wir Ihnen zu. Ab morgen liegt es in allen Buchhandlungen, damit es verfügbar ist, wenn wir Sie der Öffentlichkeit vorstellen.«

Safaa musste erneut schlucken, diesmal jedoch aus Angst. Worauf hatte sie sich da nur eingelassen?

Der Rest des Gesprächs rauschte an ihr vorbei. Wann immer der Verleger das Wort an sie richtete, nickte sie. Sie wusste, sie müsste besser aufpassen, immerhin ging es um den Ablauf des morgigen Tages, aber sie konnte sich einfach nicht auf die Worte konzentrieren.

»Wenn ich richtig informiert bin, haben Sie in Berlin gelebt?«

Das Wort »Berlin« ließ Safaa aufhorchen. Wieder nickte sie.

»Gut, dann können wir uns eine Führung sparen.« Herr Hohenstein erhob sich. »Man wird Sie jetzt ins Hotel fahren. Ruhen Sie sich aus, der morgige Tag wird anstrengend. Wenn Sie etwas benötigen, lassen Sie es uns wissen.« Er reichte ihr eine Visitenkarte, auf der sein Name und die Kontaktdaten standen. Darunter standen handschriftlich der Name einer Frau und eine Handynummer. Vermutlich seine Sekretärin.

»Wir treffen uns dann heute Abend zum Essen. Ich hole Sie um sieben im Hotel ab.«

Er reichte Safaa die Hand und brachte sie zur Tür, wo sie von einer älteren Frau empfangen wurde. Safaa erinnerte sich, dass sie sie beim Reinkommen gesehen hatte. Das war wohl die Sekretärin.

»Danke«, brachte sie endlich hervor.

»Geht es Ihnen gut?«, fragte die Frau und nahm ihre Hand. »Sie sind ganz blass.«

»Es ist ein bisschen viel.«

Die Frau tätschelte ihre Hand. »Das kann ich gut verstehen. Das erste Buch ist immer das Aufregendste. Und bis man erstmal den Ablauf verstanden hat.«

Safaa nickte dankbar.

»Setzen Sie sich einen Moment. Ich bringe Ihnen ein Glas Wasser. Obwohl – Sekt wäre vermutlich besser für den Kreislauf.«

»Nein, nur Wasser!« Es kam lauter als beabsichtigt. »Bitte«, fügte Safaa leiser hinzu.

»Natürlich, kein Problem.« Die Frau verschwand in einem Nebenraum und kam Sekunden später mit einem Glas und zwei Flaschen wieder. »Mit oder ohne Sprudel?«

»Ohne bitte.« Sie schaute zu, wie die Frau die Flasche öffnete und einschenkte. »Es tut mir leid, ich habe Ihren Namen vergessen.«

Die Frau lachte. »Nein, haben Sie nicht. Wir wurden uns noch nicht vorgestellt. Ich bin Heidi Willmers, ich organisiere hier im Haus die Veranstaltungen. Hat Herr Hohenstein Ihnen meine Nummer gegeben?«

Der Name stand auf der Visitenkarte. Safaa nickte. Dankbar nahm sie das Glas entgegen und trank es in einem Zug aus. Das tat gut! Das Rauschen in ihren Ohren wurde leiser.

»Haben Sie Pläne für heute Nachmittag?« Frau Willmers nahm ihr das leere Glas ab und füllte es erneut.

Safaa schüttelte den Kopf. »Vermutlich werde ich ein bisschen schlafen. Ich bin sehr erschöpft.«

»Das ist eine gute Idee. Die letzten Wochen waren vermutlich sehr anstrengend.«

Frau Willmers schien sich gut auszukennen. Tatsächlich hatte es in den Tagen, bevor das endgültige Layout stand und das Manuskript zur Druckerei geschickt wurde, noch massive Änderungen gegeben. Manche Szenen musste sie komplett neu zeichnen, weil sie zu schwach für den Druck waren, andere musste sie umgestalten, weil sie nicht richtig in die Story passten.

»Ich weiß, Sie erzählen hier Ihre Geschichte«, hatte Herr Hohenstein gesagt. »Dennoch müssen wir ein paar Dinge ändern.«

Sie war kurz davor gewesen, das ganze Projekt abzusagen. Tage- und nächtelang hatte sie mit JJ diskutiert. Er hatte sie schließlich überzeugt weiterzumachen.

»Diese Chance bekommst du so schnell nicht wieder.«

Safaa trank noch einen Schluck Wasser, weniger aus Durst, sondern weil sie Frau Willmers einen Gefallen tun wollte. Sie stellte das Glas auf den Tisch, erhob sich und sagte: »Vielen Dank, das hat sehr geholfen. Ich gehe jetzt ins Hotel.«

»Ich sage unserem Fahrer Bescheid.« Frau Willmers wandte sich dem Schreibtisch zu und hob den Telefonhörer ab.

»Nein, bitte nicht. Ich muss ein paar Schritte gehen. Ich kenne mich aus in Berlin, ich habe einige Jahre hier gewohnt.«

»Ja, wenn das so ist.« Frau Willmers lachte. »Es ist ziemlich warm heute. Geben Sie auf sich acht.« Sie begleitete Safaa bis zum Aufzug. »Wir sehen uns heute Abend.«

Safaa fuhr nach unten, nickte dem Pförtner grüßend zu und verließ das Gebäude. Es war tatsächlich warm, aber sie war Schlimmeres gewohnt. Allerdings war sie da nicht schwanger gewesen.

Instinktiv strich sie sich über den Bauch. Sie war erst im zweiten Monat, man konnte weder etwas sehen noch etwas fühlen. Das heißt, sie fühlte schon etwas, sie wusste nur noch nicht, was.

Safaa schüttelte den Kopf, orientierte sich kurz und lief dann Richtung U-Bahnstation. Es war seltsam, nach dem Umzug nach Lübeck wieder in Berlin zu sein. Knapp ein Jahr wohnten sie jetzt im Haus von JJs Vater, das jetzt sein Haus war. Nein, ihr Haus, darauf beharrte JJ.

»Was mir gehört, gehört auch dir.«

Safaa war sich nicht so sicher, ob das die richtige Entscheidung war. Sie lebte lange genug in Deutschland, um schon mal von einem Ehevertrag gehört zu haben. Sie hatte im Internet recherchiert und beschlossen, dass sie einen mit JJ abschließen wollte. Im Falle einer Trennung – was hoffentlich nie passieren würde! – könnten sie einen sauberen Schnitt machen.

Sie war so in ihre Gedanken versunken, dass sie beinahe ihre Station verpasst hätte. Im letzten Moment wischte sie durch die sich schließenden Türen. Fünf Minuten später durchschritt sie den Eingangsbereich des Hotels. Der Verlag hatte darauf bestanden, sie in diesem vornehmen Haus unterzubringen, dennoch kam sie sich wie eine Betrügerin vor. Die Rezeptionistin nickte ihr freundlich zu, Safaa lächelte erleichtert zurück.

Dennoch – es erhöhte den Druck.

Ihr Zimmer war angenehm kühl. Es war riesig, hatte ein separates Schlafzimmer mit einem Doppelbett. Und das Bad war größer als JJs Zimmer damals bei Chris.

Safaa schlüpfte aus den Schuhen und ließ sich auf das Bett fallen. Es war gerade mal früher Nachmittag, aber sie fühlte sich wie nach einem sehr langen Tag. Sie schloss die Augen und dachte: *Ich muss JJ anrufen, ich habe es ihm versprochen.* Dann schlief sie ein.

Plötzlich war es Nacht. Um sie herum aufgeregte Stimmen, außerdem ein Plätschern ... Sie war in einem Boot. Es war klein, überfüllt und schaukelte bedrohlich in den immer höher werdenden Wellen umher. Ihre Füße waren kalt. Als sie nach unten blickte, stand sie knöcheltief in Wasser. Der Mann neben ihr versuchte hektisch, das Wasser aus dem Kahn zu schöpfen. Er rief einem Mann am Heck etwas zu, der antwortete ruhig mit tiefer Stimme, dass alles gut werde.

Safaa drehte sich um. Wo war Faris? Wo war Enis? Erleichtert entdeckte sie Freund und Bruder hinter sich. Auch sie waren damit beschäftigt, Wasser zu schöpfen. Es schien ein hoffnungsloses Unterfangen zu sein, das Wasser reichte schon bis zu ihren Waden.

Einer der Männer zog seinen Pullover aus und stopfte das Leck im Boden des Schiffs. Zwei andere Männer taten es ihm nach. Als auch eine Frau ihre Jacke ausziehen wollte, versuchten die Männer, sie daran zu hindern. Aber die Frau sagte etwas von Gleichberechtigung und reichte ihnen ihre Jacke. Daraufhin zogen alle ihre Jacken, Mäntel oder Pullover aus. Nach und nach schafften sie es, das Leck dicht zu bekommen und das Boot weitestgehend leer zu schöpfen.

Es war so kalt! Noch nie in ihrem Leben war ihr so kalt gewesen. Safaa drehte sich nach ihrem Bruder Enis um, aber er war nicht mehr da. Panisch wandte sie sich nach allen Seiten, aber sie war allein im Boot. Es fuhr immer weiter, sie wusste nicht, wohin.

»Ihr müsst immer geradeausfahren«, hatten die Schlepper gesagt. »Dort vorne, wo die Lichter sind. Da ist Griechenland.«

Sie wusste nicht, wie man ein Boot steuerte. Und warum war es so verdammt kalt? Sie erinnerte sich an das Loch im Boden, aber da waren keine Kleidungsstücke. Hatten sie nicht ...? Und woher kam plötzlich dieses Klingeln? Sie griff in ihre Hosentasche, zog das Handy heraus, aber es war stumm. Irgendetwas klingelte ... Safaa schaute auf und sah etwas Dunkles, Massives direkt vor sich. Ein Schiff? Ein Felsen? Ein Eisberg? Was immer es war, es kam viel zu schnell auf sie zu. Safaa schloss die Augen und schrie.

Mit klopfendem Herzen schreckte sie hoch. Es dauerte eine Weile, bis sie wusste, wo sie war. Sie war in Sicherheit, in einem Hotel, in Berlin.

Safaa ließ sich zurück in die Kissen fallen. Sie hatte schon lange keinen Albtraum mehr gehabt. Vermutlich hatte das Buch diesen ausgelöst.

Ihr Handy klingelte und vibrierte auf dem Nachttisch. Es war JJ.

»Wo steckst du denn? Ich habe mir solche Sorgen gemacht.« Er klang aufgebracht.

»Es tut mir leid. Ich bin im Hotel. Ich bin eingeschlafen.« Sie spürte, wie kalt ihr war und schlüpfte unter die Decke. »Es ist alles gut gelaufen. Heute Abend geht es weiter.«

»Ist es sehr anstrengend?«

»Ja und nein. Ich muss mich sehr konzentrieren, sie reden viel und schnell.« Sie lachte, um das Gesagte zu entschärfen. Inzwischen konnte sie so gut Deutsch, dass sie kaum Probleme hatte, einem Gespräch zu folgen, auch wenn mehrere Personen sprachen.

»Wie sieht das Buch aus? Hast du es schon gesehen?«

»Ja, ich habe ein Exemplar bekommen. Es sieht gut aus, es gefällt mir.«

»Trotz des düsteren Covers?«

Safaa wusste, sie konnte JJ nichts vormachen. »Trotz des düsteren Covers. Ich hätte das andere lieber gehabt, aber sie sind die Experten.«

»Hoffen wir es.« JJ machte eine kurze Pause. »Geht es dir wirklich gut?«

»Aber ja, mach dir keine Sorgen. Ich war nur müde. Du weißt, ich habe in den letzten Tagen nicht viel geschlafen.«

»Das ist es ja, was mir Sorgen bereitet. Du kannst normalerweise immer und überall schlafen. – Du sagst es mir, wenn irgendwas ist, oder?«

»Natürlich.« Das schlechte Gewissen nagte an ihr. Sie hatte ihm ihre Schwangerschaft bisher nicht mitgeteilt, sie wusste selbst nicht, warum. Sie wollten Kinder haben, darüber waren sie sich einig, mindestens zwei, am besten drei. Es war auch kein Problem, dass die Hochzeit erst in ein paar Wochen stattfinden würde. Sie wäre dann im vierten Monat, man würde nichts sehen. Und wenn schon! Sie lebte jetzt in Deutschland, da sah man das nicht so eng wie in Syrien.

»Hast du was von Enis gehört?«, wollte JJ wissen.

Safaa schüttelte den Kopf, verneinte dann laut. »Er ist wahrscheinlich vollkommen kaputt von diesem Praktikum.«

JJ lachte. »Ja, vermutlich.«

Safaa schaute auf die Uhrzeit auf ihrem Handy. Es war kurz nach vier, sie hatte noch ausreichend Zeit.

»Ich vermisse dich«, sagte JJ leise.

»Ich vermisse dich auch. Ich wünschte, du könntest hier sein. Mit dir wäre es lustiger.«

»Es tut mir so leid.« Er klang verzweifelt.

»Kein Problem. Ich bin ein großes Mädchen und schaffe das auch allein.«

»Daran habe ich nie gezweifelt. Dennoch wäre ich lieber mit dir in Berlin als hier.«

»Das nächste Mal.« Es klingelte. Safaa runzelte die Stirn. Dann fiel ihr ein, dass sie an der Zimmertür einen Knopf gesehen hatte. »Warte mal, es hat gerade geklingelt.« Sie legte das Handy weg, schlüpfte aus dem Bett und lief zur Tür. Durch den Spion sah sie einen jungen Mann in Uniform.

»Ja?«, sagte sie laut.

»Ich bringe Ihnen eine Kleinigkeit vom Hotel, Miss.«

Safaa musste kichern. Sie öffnete die Tür. Der junge Mann, der Livree nach zu schließen ein Page, hielt ihr einen riesigen Obstkorb entgegen. »Im Namen des Hauses.«

»Oh, vielen Dank, das ist wunderbar.« Safaa nahm den Korb entgegen und erinnerte sich rechtzeitig daran, dass sie dem Jungen ein Trinkgeld geben musste. »Warten Sie bitte einen Moment.« Sie stellte den Korb auf einen der vielen Tische, holte ihre Tasche aus dem Schlafzimmer und zog einen Fünfeuroschein aus dem Geldbeutel.

»Hier, bitte schön.«

Der Page errötete. »Das ist zu viel, Miss.«

»Nein, ist es nicht. Nochmals danke und einen schönen Tag.«

»Das wünsche ich Ihnen auch, Miss. Vielen Dank.« Er hob den Schein kurz hoch, steckte ihn dann in die Jackentasche, tippte an seine Mütze und verschwand.

Safaa schloss die Tür, nahm den Korb mit ins Schlafzimmer und naschte ein paar Weintrauben. Das Obst war frisch, gekühlt und köstlich. Von weit weg hörte sie ein »Hallo? Safaa? Alles gut?«

JJ war immer noch am Telefon. Sie nahm es, entschuldigte sich und berichtete von dem Obstkorb.

»Es ist unglaublich, wie freundlich alle Menschen sind.«

»Ich freue mich, dass du das so siehst. Ich fürchte, ich muss Schluss machen, die anderen winken schon. Es geht weiter. Pass auf dich auf, ja? Und ruf mich heute Abend an, egal, wie spät es ist. Versprochen?«

Safaa musste lachen. »Ja, versprochen, mein Gebieter. Lass dich nicht unterkriegen.«

Sie schickten sich Küsse durch die Leitung und legten auf.

Das Abendessen verlief angenehmer als erwartet. Niemand wunderte sich, dass sie keinen Alkohol trank, immerhin kam sie aus einem muslimischen Land. Dass sie es damit normalerweise nicht so genau nahm, musste nicht jeder wissen.

Gegen elf Uhr war sie zurück im Hotel, telefonierte kurz mit JJ und schlief gut und traumlos bis zum nächsten Morgen durch. Sie zwang sich, gut zu frühstücken, obwohl sie keinen Hunger verspürte. Aber der Tag würde lang und anstrengend werden.

Um 14 Uhr würde bei Dussmann zunächst eine Art Präsentation stattfinden. Aus einer Graphic Novel konnte man schlecht vorlesen. Danach war eine Signierstunde angesetzt. Verlag und Kulturkaufhaus hatten kräftig Werbung dafür gemacht, dennoch konnte niemand sagen, wie viele Menschen sich für sie beziehungsweise für das Buch interessieren würden. Zumindest Faris hatte versprochen zu kommen.

Safaa liebte Dussmann und ging etwas früher hin, um Zeit für einen Bummel durch die Etagen zu haben. Sie widerstand der Versuchung, ein paar Bücher zu kaufen, beschloss aber, dem Laden einen zweiten Besuch abzustatten, bevor sie zurück nach Lübeck fuhr.

Als sie im Erdgeschoss in den Bereich kam, der für die Präsentation reserviert war, traute sie ihren Augen kaum. Alle Stühle waren besetzt. Noch wurde wegen der Pandemie ein gewisser Abstand eingehalten, was bedeutete, dass nicht alle

Platz finden würden, egal, wie viele Sitzgelegenheiten die Mitarbeiterinnen noch anschleppten.

Neben den Stuhlreihen standen Tische, auf denen ihr Buch lag. Nur ihr Buch. Stapelweise.

Safaa war überwältigt. Sie hatte mit allem gerechnet, nur nicht damit. Wow!

Frau Willmers winkte ihr zu. Safaa ging zu ihr und begrüßte sie und die anderen Leute vom Verlag.

»Geht es Ihnen gut?«, wollte Frau Willmers wissen.

»Ja, danke. Heute ist es besser als gestern.«

»Ich habe Ihnen eine Flasche kaltes Wasser auf den Tisch gestellt. Falls Sie mehr benötigen, sagen Sie es bitte.«

Safaa war gerührt. Sie war sich nicht sicher, ob Frau Willmers nicht etwas von ihrem Zustand ahnte. Ältere Frauen schienen ein Gespür dafür zu haben. Ihre Mutter hatte zumindest immer früher als manche Nachbarin Bescheid gewusst, dass diese schwanger war.

»Vielen Dank, Sie sind sehr aufmerksam.«

Herr Hohenstein trat zu ihnen. »Ein schöner Erfolg«, sagte er nach der Begrüßung. »Ich freue mich sehr für Sie. Und natürlich für unser Haus«, fügte er schmunzelnd hinzu.

»Ich freue mich auch.« Safaa schaute sich suchend um, vielleicht war Faris in der Zwischenzeit gekommen. Sie konnte ihn jedoch nirgends entdecken. Enttäuschung machte sich in ihr breit. Er hatte es nicht direkt versprochen, aber sie hatte fest mit ihm gerechnet. War er nicht ihr bester Freund?

Sie hatte nicht viel Zeit zum Grübeln. Pausenlos wurden ihr Menschen vorgestellt, die meisten von einer Zeitung oder dem Radio, alle wollten ein Interview mit ihr. Die Präsentation wurde sehr wohlwollend aufgenommen. Danach kam die Signierstunde. Geduldig warteten die Leute, bis sie an die Reihe kamen. Zu Beginn fügte Safaa jeder Widmung noch eine kleine Zeichnung bei, doch dann bat Frau Willmers sie, das zu lassen, sonst kämen sie nicht vor Mitternacht nach Hause. Ihre zuhause zigfach geübte Unterschrift wurde immer kringeliger, nur bei den Namen gab sie sich noch Mühe. Nach einer Stunde schmerzte ihr Handgelenk und sie bat um eine kurze Pause. Nach drei Stunden war endlich ein Ende abzusehen. Safaa fühlte sich ausgelaugt und müde, ihre Hand tat höllisch weh, sie hatte Hunger und Durst. Die Flasche Wasser war längst leer, aber sie wagte nicht, nach einer weiteren zu fragen aus Angst, die Pause könnte sie in ihrem Flow unterbrechen und sie würde keinen einzigen Buchstaben mehr schreiben können.

»Für Jonathan bitte«, sagte eine ihr vertraute Stimme.

Ihr Kopf schoss hoch. JJ stand vor ihr und lächelte sie liebevoll an. Er hielt ein aufgeschlagenes Buch in der Hand.

»Du bist da«, stammelte sie.

»Ja, ich bin da. Ich lass dich doch nicht allein mit der Meute.«

Safaa musste lachen. »Sie sind alle sehr nett.« Sie fühlte sich auf einmal so erleichtert, dass ihr ganz schwindlig wurde.

»Das will ich ihnen auch geraten haben.« Er hielt ihr das Buch hin. »Bekomme ich ein Autogramm?«

»Du musst das Buch nicht kaufen, wir bekommen jede Menge davon.«

»Ich weiß. Ich möchte es aber kaufen, denn ich möchte eine äußerst talentierte Zeichnerin unterstützen.«

»Ich liebe dich.«

»Ach, nur, weil ich dein Buch kaufe?« Er lachte.

»Ja. Warum sonst?« Sie nahm ihm das Buch ab, malte ein Herz hinein, schrieb »Für Jonathan, den besten Mann der Welt« darunter, unterschrieb und reichte ihm das Buch.

»Wow«, sagte er, als er es las. »Ich hoffe, du hast das nicht bei allen Männern geschrieben.«

»Nur bei den ersten, dann hat mich Frau Willmers nicht mehr gelassen.«

Diese war neben den Tisch getreten. »Das war der letzte«, sagte sie mit Blick auf JJ.

»Aber er ist der Beste«, erwiderte Safaa und schüttelte ihre Hände und Arme aus. »Darf ich Ihnen meinen Mann vorstellen?

Frau Willmers, die das alles hier organisiert hat, Jonathan Jensen.«

Die beiden nickten sich zu und murmelten: »Freut mich«.

»Steht heute noch etwas auf der Agenda?«, wollte Safaa von der Verlagsfrau wissen.

»Nein, jetzt sind Sie erlöst. Das war eine tolle Leistung. Wir haben weit über hundert Bücher verkauft. Das ist für einen Erstling erstaunlich viel. Herzlichen Glückwunsch.«

Safaa stand der Mund offen. »Das ist ja unglaublich! Ich weiß gar nicht, was ich sagen soll.«

»Am besten, Sie feiern das mit Ihrem Mann. Ruhen Sie sich aus, auch morgen, am Montag wird es nochmal stressig. Sie haben sieben Interviewtermine. Ich werde das noch so koordinieren, dass wir sie möglichst am Montag abarbeiten können. Dann können Sie am Abend nach Hause fahren.«

Safaa war aufgestanden und hatte sich neben JJ gestellt, der den Arm um ihre Schultern legte.

»Das wäre wundervoll«, sagte er. »Ich habe sie nämlich sehr vermisst.«

»Das kann ich mir gut vorstellen.« Frau Willmers lächelte. »Ich wünsche Ihnen einen schönen, entspannten Abend.«

»Vielen Dank! Und danke für all das hier.« Safaa umschrieb mit einer Handbewegung den Raum.

»Keine Ursache. Es ist mein Job.« Frau Willmers lächelte erneut. »Wobei es Autorinnen gibt, für die mache ich es besonders gern.«

Safaa spürte, wie sie rot wurde. So ein Kompliment hatte sie schon sehr lange nicht mehr erhalten.

»Na komm, lass uns gehen.« JJ zog sie hinter sich her. »Du musst mir alles bis ins kleinste Detail erzählen.«

Es war später Nachmittag, die Temperaturen waren angenehm, weshalb sie beschlossen, zu Fuß zum Hotel zu gehen. Berlin war zwar eine Großstadt, dennoch lag alles fußläufig beisammen.

»Vermisst du die Stadt?«, wollte Safaa wissen.

JJ schüttelte den Kopf. »Ich hätte es nie geglaubt, nach New York und Berlin, aber ich fühle mich wohl in unserem Haus. Aber nur, wenn du auch da bist. Ohne dich ist es sehr einsam.« Er zog sie an sich und küsste sie.

In einer Bäckerei kaufte Safaa sich ein Sandwich und eine Flasche Wasser. Sie schlang das Essen hinunter und spülte mit dem Wasser nach. »Uff. Jetzt geht es mir besser.«

»Du hättest auch im Hotel etwas essen können. Sie haben eine Obstschale gebracht und Süßigkeiten.«

»Ich war am Verhungern! Bis zum Hotel hätte ich es nicht mehr geschafft.« Safaa verzog das Gesicht. Dann stutzte sie. »Woher weißt du überhaupt, wo ich wohne? Und wie bist du ins Zimmer gekommen?«

JJ lachte. »Das ist mein Geheimnis. Übrigens nett, dass du mich als deinen Mann vorgestellt hast, obwohl wir noch gar nicht verheiratet sind.«

»Ach, in unserem Alter ›Freund‹ zu sagen, klingt blöd, finde ich.«

»Stimmt natürlich, wir sind ja schon so alt!«

Safaa stieß ihn in die Seite. »Du machst dich über mich lustig! Das ist nicht nett. Und natürlich habe ich dir gesagt, in welchem Hotel ich wohne.«

JJ gab ihr einen Nasenstüber. »Na siehst du. Geheimnis gelüftet.«

»Das verrät mir aber noch nicht, wie du ins Zimmer gekommen bist.« Sie schaute ihn fragend an.

»Ich war im Verlag und habe darum gebeten, dass sie dem Hotel bestätigen, dass ich zu dir gehöre.«

»Hm«, machte Safaa. »Da muss ich wohl mal ein ernstes Wort mit dem Verlag sprechen.« Sie küsste ihn. »Aber schön, dass du da bist.«

Einige Minuten später betraten sie die Hotellobby. Sie wollten zum Aufzug gehen, aber ein Mitarbeiter von der Rezeption rief nach ihr.

»Frau Gedi? Ich habe eine Nachricht für Sie.« Er hielt einen Umschlag hoch.

Sie lief hin, um ihn in Empfang zu nehmen, und kehrte zu JJ zurück, der gewartet hatte.

»Willst du sie gleich lesen?«

»Nein. Ich mache das lieber im Zimmer.«

»Was könnte es sein?«

»Keine Ahnung. Ich hoffe nur, es ist nichts Schlimmes.«

JJ legte den Arm um sie und führte sie zum Aufzug. Im Zimmer angekommen, schlüpfte Safaa aus den Schuhen und dem Hosenanzug und zog den flauschigen Bademantel über. Den Umschlag hatte sie auf den Tisch gelegt. Jetzt saß sie davor und betrachtete ihn wie ein giftiges Insekt.

»Du musst reinschauen, um zu sehen, was es ist.«

»Ich weiß.« Zaghaft nahm sie den Brief in die Hand. Er war zugeklebt und zeigte auf der Vorderseite das Hotellogo und ihren Namen. Sie riss den Umschlag auf und fand einen handgeschriebenen Zettel. Zu ihrer Überraschung war es Arabisch.

»Er ist von Faris«, sagte sie. »Du weißt schon. Er war in meiner Gruppe.«

JJ war im Bad verschwunden und rief: »Ja, ich weiß, wer Faris ist.«

Mit zitternden Händen faltete Safaa den Zettel auseinander und begann zu lesen.

Liebste Safaa,

es tut mir sehr leid, aber ich kann an deinem großen Tag nicht bei dir sein. Ich habe ein paar Schwierigkeiten, nichts Schlimmes, mach dir bitte keine Gedanken. Aber ich kann hier nicht weg. Ich wünsche dir allen Erfolg dieser Erde, du hast ihn verdient. Ich umarme und küsse dich

Dein Faris

Safaa seufzte. »Ach Faris.«

»Und? Was Schlimmes?«

»Nein, er hat sich nur entschuldigt, dass er nicht kommen kann. Ist vielleicht ganz gut so. Ich hätte eh keine Zeit für ihn gehabt.«

»Du bist enttäuscht.« JJ setzte sich neben sie und nahm sie in die Arme.

»Klar bin ich enttäuscht. Andererseits kann ich nicht erwarten, dass er alles stehen und liegen lässt und aus Hamburg anreist, nur um mich beim Signieren zu sehen.«

»Es wird andere Gelegenheiten geben. Spätestens, wenn du dein Buch in Hamburg vorstellst.« Er ließ sie los, stand auf und ging zum Telefon. Er nahm den Hörer ab und drückte eine Taste. »Hallo Room Service?«

»Was machst du da?«

JJ hielt die Muschel zu. »Ich wollte uns ein bisschen was zum Feiern bestellen. – Ja, einen Moment bitte. – Hast du was dagegen?«

Natürlich hatte sie nichts dagegen, aber sie wollte nicht, dass er womöglich teuren Champagner bestellte, den er dann allein trinken musste.

»Leg bitte noch mal auf.«

»Ich melde mich gleich noch mal, Entschuldigung«, sagte JJ ins Telefon und legte auf. »Was ist denn los?«

»Ich, ich muss dir was sagen.«

»Okay.« Er schaute alarmiert. »Du verlässt mich.«

»Das ist nicht witzig.«

»Es war auch nicht witzig gemeint.«

Safaa schaute ihn entsetzt an. »Du rechnest ernsthaft damit, dass ich dich verlasse?«

JJ stand da wie ein kleiner Junge, den man beim Klauen erwischt hatte. Sie klopfte auf das Polster neben sich. »Komm mal her zu mir.«

Langsam kam er zu ihr, sie nicht aus den Augen lassend. Als er neben ihr saß, sagte sie: »Wie kommst du nur auf so eine absurde Idee?«

Er zuckte mit den Schultern. »Ich weiß es nicht. Aber ich

fürchte mich schon davor, seit du deine Genehmigung erhalten hast. Jetzt brauchst du mich nicht mehr.«

»Was? Glaubst du allen Ernstes, ich bin nur mit dir zusammen, damit ich nicht ausgewiesen werde?«

JJ schaute sie verzagt an. »Na ja, immerhin war das mal der Grund für unsere Spontanverlobung, oder nicht?«

Safaa schloss die Augen. Seit drei Jahren waren sie nun ein Paar, aber sie kannten sich noch immer nicht. Sie waren beide keine großen Redner, obwohl Hannah ihnen immer wieder predigte: »Sprecht miteinander.« Leichter gesagt als getan.

Sie ergriff seine Hand. »JJ, hör mir jetzt bitte genau zu. Ich liebe dich. Ich liebe dich von ganzem Herzen und ich will den Rest meines Lebens mit dir verbringen. Mit dir und unseren Kindern.« Sie ließ den Satz im Raum stehen, spürte dem Klang nach und fügte hinzu: »Ich sollte besser sagen: mit unserem Kind. Für's erste.«

JJ riss die Augen auf. »Will... willst du damit sagen, du bist schwanger?«

Safaa nickte.

»Aber das ist ja der Wahnsinn!« Er sprang auf und tanzte durch das Zimmer. »Ich werde Vater. Du gütiger Himmel.« Er kam zu ihr, zog sie hoch und wirbelte sie umher. »Gott, das ist eine der besten Nachrichten, die ich je in meinem Leben erhalten habe.« Er küsste sie lange und innig. »Ich liebe dich. Ich liebe dich, ich liebe dich. Du wirst eine so verdammt gute Mutter sein.«

Safaa lachte. »Warten wir's ab.«

»Dann gibt es ja noch einen Grund zu feiern!«

»Ja, aber ohne Alkohol.«

»Oh. Stimmt. Daran habe ich nicht gedacht.« JJ blieb stehen und zog sie an sich. »Wir können gut auch ohne Alkohol feiern.«

»Du kannst natürlich welchen trinken.«, bot sie ihm an.

Er schüttelte den Kopf. »Nein. Ich verzichte.« Er schaute sie ernst an. »Wir ziehen das gemeinsam durch, ja?«

»Ja.«

Das Wochenende ging viel zu schnell vorbei für Safaas Geschmack. Am Sonntagabend brachte sie JJ zum Bahnhof und weinte, als der Zug losfuhr. Es war nur noch ein Tag, dennoch fühlte sie sich einsam und verlassen.

Spontan beschloss sie, ins Kino zu gehen, um sich abzulenken. Als sie das Kino wieder verließ, wusste sie nichts mehr vom Inhalt des Films. Sie hatte mehrmals gelacht, also musste es eine Komödie gewesen sein. Immerhin fühlte sie sich nicht mehr so traurig.

Sie ging zurück ins Hotel, nahm ihr Buch und legte sich in das breite Bett. Langsam blätterte sie durch die Seiten, blieb an einigen Zeichnungen hängen, fühlte die Erinnerungen hochkommen. Um einen weiteren Albtraum zu vermeiden, klappte sie das Buch energisch zu und griff nach ihrem Handy.

Fünf Nachrichten hatte sie Faris geschickt, aber er hatte sie offensichtlich noch nicht einmal gelesen. Sie machte sich ernsthaft Sorgen um ihn. Dabei hatte alles so gut geklungen: Voller Stolz und Freude hatte er ihr vor einigen Wochen von der neuen Stelle berichtet. Er würde zwei Monate zur Probe arbeiten; wenn er sich geschickt anstellte, würde er einen Ausbildungsplatz bekommen.

»Ich habe das schriftlich, so, wie du es mir gesagt hast!«

Safaa seufzte. Faris war ihr bester Freund schon seit Kindertagen, sie waren als Nachbarskinder zusammen aufgewachsen. Sie hatten sogar das berühmte erste Mal miteinander, was aber nicht besonders aufregend gewesen war. Hinterher hatte er ihr gebeichtet, dass er eigentlich auf Männer stand. Und dann waren sie gemeinsam aus Syrien geflohen. Statt in Paris waren sie in München gelandet, aber sie waren dankbar gewesen, überhaupt in Sicherheit zu sein. Sie waren weiter nach Berlin gefahren, aber da hatte Faris sich nicht wohlgefühlt, weshalb er sich einer Gruppe angeschlossen hatte, die nach Hamburg ging.

»Ach Faris, was hast du nur wieder angestellt?« Safaa seufzte.

Sie drückte die Kurzwahltaste und lauschte den endlosen Klingeltönen. Wenn Faris nicht ans Telefon ging, stimmte etwas nicht. Er war praktisch verheiratet mit seinem Handy.

Sie legte auf und rief stattdessen ihren Bruder Enis an. Er meldete sich sofort.

»Tut mir leid, dass ich gestern nicht da war«, begann er ohne Begrüßung auf Arabisch.

»Deshalb rufe ich nicht an.«

»Weshalb dann? Lass mich raten: Faris.«

»Ja. Er meldet sich nicht.«

»Safaa, er ist erwachsen. Du kannst ihn nicht ein Leben lang bemuttern. Er muss selbst klarkommen. Und wenn er wieder Scheiße gebaut hat, muss er sie auch selbst wegräumen.«

»Du hast ja recht.«

»Aber?«

»Aber ich mache mir trotzdem Sorgen um ihn.«

»Dieser Typ wird nie erwachsen werden.« Enis klang wütend. »Bist du noch in Berlin?«

»Ja. Ich habe morgen noch einige Interviews, dann fahre ich wieder nach Hause.« Safaa lachte. »Es klingt immer noch seltsam, wenn ich das sage.«

»Es ist jetzt dein Zuhause.«

»Ist es auch. Dennoch verbinde ich mit dem Wort immer noch unser Haus in Al Taybah.«

Enis schwieg. Im Hintergrund hörte Safaa Musik und Stimmengewirr.

»Wo steckst du denn?«, fragte sie.

»Ich bin mit ein paar Freunden in einer Kneipe. Wir glühen sozusagen vor, später gehen wir noch auf ein Konzert.«

»Wer spielt?«

Enis lachte. »Ehrlich gesagt habe ich keine Ahnung. Sie haben mich eingeladen, ich habe zugesagt.«

»Ist es nicht seltsam, wie sehr wir ihnen gefallen wollen?«

»Ich weiß nicht, ob das der richtige Ausdruck ist. Ich habe nur einfach die Nase voll, immer allein und der Außenseiter zu sein. Aber erzähl doch mal vom Buch. Wie sieht es aus? Wie ist die Präsentation gelaufen?«

Safaa berichtete von dem Erfolg bei Dussmann. Kurz überlegte sie, ob sie ihm von der Schwangerschaft erzählen sollte, entschied sich dann dagegen. Es war noch zu früh, sie lief immer noch Gefahr, das Kind zu verlieren.

Nach dem Telefonat mit ihrem Bruder probierte sie es noch ein paar Mal bei Faris, hatte aber weiterhin kein Glück.

Da JJ versprochen hatte, sich sofort bei seiner Ankunft in Lübeck zu melden, zappte sie sich durch die Fernsehkanäle, blieb bei einem arabischen Sender hängen und hörte sich ein Konzert einer ihr unbekannten Pop-Diva an. Offensichtlich war sie darüber eingeschlafen, denn der Klingelton ihres Handys weckte sie.

»Ich bin angekommen, das Haus steht noch«, sagte JJ. »Geht es dir gut?«

»Ja, mir geht es gut. Morgen Abend komme ich auch nach Hause.«

»Das klingt verdammt gut. Ich vermisse dich nämlich schon wieder.« Er hauchte einen Kuss durch die Leitung.

Da sie beide sehr müde waren, redeten sie nicht mehr viel und legten bald auf.

Entgegen ihrer Befürchtung war Safaas Nacht traumlos und sie erwachte ausgeruht und munter. Der erste Blick galt dem Handy, doch Faris hatte sich weder via App noch via Telefon gemeldet.

Sie schob den Gedanken an den Freund weit nach hinten, sie musste sich auf die Interviews konzentrieren.

Nach einer kalten Dusche und einem schnellen Frühstück im Zimmer fühlte Safaa sich gestärkt für die Herausforderungen des Tages. Sie packte den Koffer, steckte die Graphic Novel in ihre Umhängetasche, verließ das Zimmer und checkte an der Rezeption aus. Da alle Kosten vom Verlag übernommen wurden, war das ein schneller Prozess. Kaum saß sie in einem der Sessel in der Eingangshalle, kam schon ein Page und teilte ihr mit, dass ihr Wagen vorgefahren sei. Er nahm ihren Koffer und eilte davon, Safaa hinterher. Eine schwarze Limousine mit abgedunkelten Fenstern stand vor dem Hotel, und Safaa wollte erst nicht glauben, dass sie für sie bestimmt war. Sie war doch kein Rockstar!

Doch der Chauffeur versicherte ihr, dass er sie zum Verlag und weiter zu den Zeitungen und Radiostationen fahren sollte.

Safaa fühlte sich ein bisschen wie eine Prinzessin, als sie sich in die weichen Polster fallen ließ. Der Passagierraum war unglaublich geräumig und mit einer Trennscheibe vom Fahrerbereich abgetrennt. Zu ihren Füßen stand ein Kühler mit Eis und diversen Flaschen, darunter auch Champagner.

Der Chauffeur hatte ihren Koffer verstaut und stieg ein.

»Ist alles in Ordnung bei Ihnen? Sitzen Sie bequem?«

Safaa lachte. »Es könnte nicht besser sein, danke.«

»Sehr schön. Wir fahren zunächst zum Verlag«, sagte der Mann und ließ die Trennscheibe hochfahren.

»Könnten Sie sie bitte unten lassen?«

Wenn er sich über den Wunsch wunderte, ließ er es sich nicht anmerken. Mit einem »Selbstverständlich« ließ er die Scheibe wieder nach unten fahren.

»Danke.«

»Keine Ursache. Wir wollen, dass sich unsere Gäste wohlfühlen.« Er startete den Motor, was Safaa nur an einem leichten Vibrieren erkannte. Leise glitten sie hinaus auf die Straße. Der Chauffeur fuhr sehr rücksichtsvoll, es war beinahe, als schwebten sie durch Berlin.

Sie gelangten viel zu schnell ans Ziel, aber Safaa wusste, dass sie an diesem Tag noch mehrere Mal mit diesem Wagen fahren durfte.

Frau Willmers nahm sie in Empfang und überraschte sie mit der Nachricht, dass zwei Talkshows ihre Teilnahme an einer Talkrunde angefragt hatten.

»Sie müssen das nicht machen, wenn es Ihnen zu viel wird. Es wäre aber eine sehr gute Gelegenheit, Sie einem größeren

Publikum bekannt zu machen. Es ist Ihre Entscheidung. Wir wollen Sie zu nichts zwingen.« Es klang ehrlich.

»Muss ich sofort entscheiden oder kann ich es mir noch überlegen?«

»Nein, Sie haben ausreichend Zeit. Die Runden haben längere Vorlaufzeiten, zum Glück ist das Thema nicht mehr so aktuell.« Frau Willmers schlug sich erschrocken die Hand auf den Mund. »Das klang jetzt nicht wirklich politisch korrekt.«

Safaa lachte. »Keine Bange, ich weiß, was Sie meinten.«

»Puh, da bin ich aber froh. Man redet manchmal, ohne nachzudenken.«

»Das geht uns allen so«, versicherte Safaa.

Der Tag verlief weit angenehmer als befürchtet. Die Interviewer waren alle sehr nett und zuvorkommend. Meistens wollten sie wissen, wie sie zum Zeichnen gekommen war, wie autobiografisch die Geschichte sei oder wie gut sie inzwischen in Deutschland angekommen war.

Obwohl Frau Willmers ihr versichert hatte, dass sie keine Frage beantworten müsse, die ihr zu persönlich sei, erzählte Safaa offen und ehrlich von ihrem Leben in Syrien und dem in Deutschland. Auf Anraten von Frau Willmers vermied sie es, allzu dankbar zu erscheinen, sondern stellte sich als selbstbewusste, starke Frau dar, auch wenn sie sich nicht immer so fühlte.

Gegen vier Uhr waren alle Interviews beendet. Sie verabschiedete sich von allen Verlagsmitarbeitern, bedankte sich bei Herrn Hohenstein, aber besonders bei Frau Willmers, und bestieg ein letztes Mal die Limousine, um zum Bahnhof gefahren zu werden.

Sie bedankte sich bei Robert, dem Chauffeur, der im Laufe des Tages zu einem Freund geworden war, nahm ihren Koffer und fuhr hinunter in die Tiefen des Hauptbahnhofs, um den Zug nach Lübeck zu nehmen.

Als sie auf der Anzeige sah, dass der Zug nach Hamburg fuhr, wo sie umsteigen musste, beschloss sie, einen Zwischenstopp einzulegen und Faris zu besuchen. JJ würde Verständnis dafür haben. Hoffte sie zumindest.

Er hatte Verständnis, machte sich aber auch Sorgen.

»Soll ich dich abholen? Es ist nur eine Stunde Fahrt?«

»Nein, ich weiß nicht mal, ob ich ihn antreffe. Ich melde mich, sobald ich Näheres weiß. Mach dir bitte keine Gedanken, ich passe auf mich auf. Auf uns«, fügte sie leiser hinzu.

»Ich bitte sehr darum. Ich vermisse dich und ich liebe dich.«

»Ich liebe dich auch.« Safaa lächelte, als sie das Gespräch beendete.

Sie war erst einmal in Hamburg gewesen und konnte sich nur vage daran erinnern, wo Faris wohnte. Sie war sich nicht sicher, ob er überhaupt noch dieselbe Adresse hatte. Er hatte sich immer noch nicht gemeldet, was sie immer mehr beunruhigte.

Um beweglicher zu sein, packte sie den Koffer in ein Schließfach. Einer Eingebung folgend steckte sie auch das Buch dazu. Immerhin war es ihr erstes Exemplar, das wollte sie keinesfalls verlieren.

Auf dem Bahnhofsvorplatz herrschte totales Chaos. Drei Typen boten ihr diverse Drogen an, einer fragte, wieviel ein Blowjob bei ihr kosten würde.

Safaa war zunächst schockiert, dann fand sie es lustig. Sie reckte das Kinn in die Höhe und sagte: »Das kannst du dir nicht leisten.«

Sie erhielt ein »Fick dich« als Antwort und einen Schwall Spucke, der direkt vor ihren Füßen landete. Kurz zweifelte sie an ihrem Vorhaben, aber sie hatte weit Schlimmeres überstanden als die durchgeknallten Typen. Mit hocherhobenem Kopf und durchgestrecktem Rückgrat durchschritt sie die Menschenmenge und wurde nicht mehr angesprochen.

Da sie sich mit den öffentlichen Verkehrsmitteln nicht auskannte, beschloss sie, sich ein Taxi zu leisten. Sie nannte dem Fahrer die Adresse, die sie von Faris kannte. Der Mann maulte, dass es nicht so weit sei, aber sie sagte ihm, sie zahle den doppelten Preis, wenn er sie hinbrächte.

Tatsächlich hielten sie nach wenigen Minuten vor einem Haus, das schon bessere Tage gesehen hatte. Wie versprochen, gab Safaa dem Fahrer den doppelten Betrag und legte noch ein ordentliches Trinkgeld drauf. Dann stand sie vor dem Haus und blickte an der löchrigen Fassade hoch. Faris wohnte unterm Dach, zusammen mit einem syrischen Kumpel, den er im ersten Jahr im Lager kennengelernt hatte. Der hatte leider keinen guten Einfluss auf ihn, aber Faris hatte alle Warnungen in den Wind geschlagen.

»Du klingst wie meine Mutter! Mir passiert schon nichts, ich kann gut selbst auf mich aufpassen.« Er hatte richtig verärgert geklungen. Dabei machte sie sich doch nur Sorgen um ihn.

Safaa ging zur Haustür, suchte die richtige Klingel und drückte sie. Dass niemand reagierte, überraschte sie nicht. Sie drückte ein paar andere Knöpfe, bis der Türöffner ertönte.

»Danke, Post«, rief sie. Sie hatte das in einem Film gesehen. Sie klapperte ein bisschen mit den Briefkästen, lauschte gleichzeitig auf Geräusche aus dem Haus, wartete, bis alles ruhig war, und stieg in den fünften Stock hinauf. Sie klingelte Sturm, aber niemand reagierte.

Und jetzt? Safaa ließ sich auf der obersten Treppenstufe nieder und überlegte. Wenn er nicht ans Telefon ging, hatte sie keine Chance, ihn zu finden. Sie wusste nichts über seine Freunde, seine Arbeit, sein Leben.

Ihr wurde plötzlich bewusst, dass sie ihren besten Freund verloren hatte. Es war ein schleichender Prozess, der schon lange vor diesem Tag eingesetzt hatte. Hatten sie kurz nach Ankunft in Deutschland noch beinahe stündlich miteinander gesprochen – sie waren in getrennte Auffanglager gebracht worden –, war es nach und nach weniger geworden. Es hatte so viel gegeben, worum sie sich kümmern mussten: Lebensmittel besorgen, kochen, das eigene Leben beschützen, einen Sprachkurs organisieren, später einen Job finden, einen Mann, der einem den Aufenthalt in Deutschland ermöglichte.

Safaa schloss die Augen. Sie hatte sich tatsächlich beim

ersten Anblick in JJ verliebt. Es war wie ein Blitzschlag gewesen. Hätte sie nicht gespürt, dass er ebenfalls etwas für sie empfand, hätte sie ihn nie gefragt. Niemals würde sie ihm etwas antun, das ihm schaden könnte. Es war wie ein Wunder für sie, dass er sie ebenfalls liebte.

Mit einem Ruck stand sie auf. Zum Teufel mit Faris. Er war wirklich alt genug, um sich um sich selbst zu kümmern. Wie oft sie ihm ihre Hilfe auch angeboten hatte, er hatte immer abgelehnt. Nun musste er selbst sehen, wie er zurechtkam.

So schnell sie konnte, rannte sie die Treppe hinunter. Da weit und breit kein Taxi zu sehen war, beschloss sie zu laufen. Sie fragte eine Frau, die beladen mit Einkaufstüten vorbeikam, nach dem Weg zum Bahnhof. Die Frau schob den Kopf in eine Richtung und murmelte etwas von »links« und »zweimal rechts«.

Safaa bedankte sich und ging in die angezeigte Richtung. Zunächst zweifelte sie an den Angaben, stand dann aber tatsächlich vor dem Hauptbahnhof.

Sie holte ihren Koffer aus dem Schließfach, steckte das Buch zurück in ihre Tasche, suchte auf dem Abfahrtsplan nach dem nächsten Zug nach Lübeck. Er fuhr in sieben Minuten. Sie rannte zum Bahnsteig und erreichte die Bahn kurz vor Abfahrt.

Als sie saß, rief sie JJ an.

»Hast du ihn gefunden?«

»Nein. Er muss sich um sich selbst kümmern. Ich komme jetzt nach Hause.«

Marilyn Booker

Wiedersehen

Marilyn warf einen letzten Blick in alle Zimmer, bevor sie entschlossen den Koffer in die Hand nahm und die Tür hinter sich zuzog. Viv würde sich hoffentlich um die Wohnung kümmern, wie sie es versprochen hatte.

Der Taxifahrer wartete geduldig am Straßenrand und scrollte auf seinem Handy herum.

»Guten Tag, Ma'am«, sagte er und tippte sich an die Baseballkappe.

»Hallo.« Marilyn konnte nur schlecht verbergen, dass sie aufgeregt war. Noch nie war sie so lange von zuhause weggewesen, und jetzt würde sie sogar nach Europa reisen!

»Wo soll es hingehen, Ma'am?« Der Fahrer hatte den Koffer eingeladen und hielt ihr die Tür auf.

»JFK, bitte«, erwiderte Marilyn und fühlte plötzlich Stolz. »Ich fliege nach Deutschland.«

»Deutschland? Wow, da würde ich auch gerne mal hinfliegen. Angeblich gibt es dort Straßen ohne Geschwindigkeitsbegrenzung. Das wäre mein Traum.«

Marilyn lachte. Die amerikanischen Autofahrer und die deutschen Autobahnen – Hannah hatte ihr so manche Geschichte darüber erzählt. Niemand sagte den Amerikanern, dass man auf den Autobahnen mehr im Stau stand als freie Fahrt hatte. Und sie würde sicher nicht damit beginnen.

»So etwas habe ich auch gehört«, erwiderte sie deshalb nur und ließ sich zufrieden ins Polster sinken. Der Wagen war gepflegt und roch gut. Da hatte sie schon ganz andere Taxis erlebt.

Während der Fahrt zum Flughafen plauderten sie über das Reisen und waren sich schnell einig, dass es viel zu teuer war für ihre Gehaltsklasse. Marilyn verschwieg, dass sie auch diesen Trip nicht selbst bezahlt, sondern von ihrer besten Freundin Hannah geschenkt bekommen hatte. Sie hatte ihr das Ticket quasi aufgezwungen.

Marilyn lächelte, als sie daran dachte. Als JJs Einladung zu seiner Hochzeit ins Haus geflattert kam, hatte sie sich für ihn gefreut, aber ihr war sofort klar gewesen, dass sie sich den Flug nach Deutschland niemals würde leisten können. JJ war enttäuscht, hatte aber Verständnis gezeigt und versprochen, ihr seine Frau so bald wie möglich in New York vorzustellen.

Hannah hatte jedoch wie üblich ihre eigenen Pläne.

»Du kannst doch nicht die Hochzeit deines Ziehsohns verpassen!«

»Hannah, wie oft soll ich es dir noch sagen: Das Ticket ist viel zu teuer.«

»Dann schenke ich es dir.«

»Nein, tust du nicht. Du weißt genau, dass ich das nicht will.«

Sie stritten eine Weile, dann gab Hannah plötzlich klein bei.

Sie hätte sich denken können, dass die Freundin nicht so schnell aufgab und etwas ausheckte. Tatsächlich brachte FedEx zwei Tage später ein Flugticket New York – München – New York. Das Rückflugdatum war offen. Marilyn wurde kurz schlecht, als sie den Preis sah. Natürlich hatte Hannah die Business Class gebucht.

Als sie sie deswegen schimpfte, sagte diese nur: »Dann wirf es weg. Deine Entscheidung.«

»Du bist unmöglich!«

»Ich weiß.« Hannah lachte ihr unwiderstehliches Lachen, was Marilyn einen tiefen Seufzer entlockte. »Und nur, damit das klar ist: Du bist während deines Aufenthalts mein Gast.«

Sie hatte schließlich eingewilligt, wohl wissend, dass sie gegen Hannah keine Chance hatte.

Sie waren am Flughafen angelangt. Sie zahlte und gab dem Fahrer ein ordentliches Trinkgeld. Der bedankte sich, stieg aus und holte den Koffer aus dem Kofferraum.

»Ich wünsche Ihnen eine schöne Zeit.«

»Vielen Dank.«

Marilyn sah dem Wagen nach, bis er um eine Kurve verschwunden war, und betrat das Anfluggebäude. Zum Glück war sie vorher schon ein paar Mal geflogen, sodass ihr die Prozedur bekannt war. Dennoch war sie nervös. Es war noch nie eine so lange Strecke gewesen. Was, wenn sie plötzlich Panik bekam?

»Trink einen Whisky oder ein Glas Wein, das beruhigt die Nerven«, hatte Hannah ihr geraten. Die hatte gut reden, sie hatte früher quasi in Flugzeugen gelebt.

Viv hatte ihr geholfen, vorab einen Sitzplatz zu reservieren.

»Business ist gut, da hast du viel Platz und es sind weniger Sitze um dich herum. Willst du ans Fenster? Die meiste Zeit wird es dunkel sein.«

Marilyn hatte ihrer Tochter gesagt, sie solle ihr den Platz buchen, den sie für richtig hielt. Sie wollte so wenig Aufwand wie möglich haben.

Der Koffer war aufgegeben, die Sicherheitskontrolle passiert. Marilyn schlenderte durch die zahlreichen Duty Free-Shops auf der Suche nach ein paar Mitbringseln. Natürlich hatte sie bereits Geschenke für Hannah und das Brautpaar, dennoch hatte sie das Gefühl, noch etwas kaufen zu müssen. Schließlich erstand sie für Hannah ein Parfüm, von dem sie wusste, dass sie es mochte. Für JJ und seine Verlobte hingegen wollte ihr nichts gefallen.

Hannahs Rat befolgend, trank sie an einem Stand einen vollkommen überteuerten Rotwein, der noch dazu scheußlich schmeckte. Aber immerhin erledigte er seine Aufgabe: Sie entspannte sich merklich. Sie schlenderte zum Gate, suchte sich einen Platz und vertiefte sich in den Krimi, den sie – ebenfalls auf Anraten von Hannah – schon vor zwei Tagen begonnen hatte.

»Nimm ein Buch mit, das dir gefällt. Es gibt nichts Schlimmeres als eine Lektüre, die langweilt. Fang schon ein paar Tage vorher damit an, damit du sicher sein kannst, dass du es spannend genug findest.«

Tatsächlich war sie so vertieft in die Lektüre, dass sie den ersten Aufruf zum Boarding überhörte. Erst als es um sie herum hektisch wurde, wurde sie darauf aufmerksam.

Mit einem Business-Ticket durfte sie vor den anderen Passagieren einsteigen. Sie spürte die neidischen Blicke und drückte das Rückgrat durch. Zum Glück sah man ihr nicht an, dass sie das Ticket nicht selbst bezahlt hatte.

Der Steward war sehr freundlich und half ihr, ihre Tasche zu verstauen. Viv hatte ihr einen Gangplatz reserviert, aber der Steward sagte ihr, der Fensterplatz sei frei, sie könne sich aussuchen, wo sie sitzen wolle.

Marilyn rutschte auf den anderen Platz und schaute hinaus. Draußen wuselte es: Autos fuhren herum, Koffer wurden verladen, eine Frau mit gelber Warnweste machte seltsame Zeichen zu jemandem, den Marilyn nicht sehen konnte. Nach und nach trudelten die anderen Passagiere ein, es gab eine kurze Diskussion zwischen zwei Männern, die sich offensichtlich nicht einigen konnten, wer auf welchem Platz saß.

Marilyn lehnte sich zurück und schloss die Augen. Gute acht Stunden Flug lagen vor ihr. Sie wünschte, Hannah wäre bei ihr. Sie würde sie mit irgendwelchen lustigen Geschichten ablenken.

»Alles in Ordnung?«

Sie schreckte hoch. Eine junge Stewardess stand freundlich lächelnd vor ihr und schaute sie fragend an. Marilyn wollte nicken, schüttelte dann den Kopf.

»Offen gestanden, bin ich sehr nervös. Ich bin schon lange nicht mehr geflogen. Und noch nie so lang.«

»Was kann ich tun, damit Sie entspannen?«

Am liebsten hätte Marilyn gesagt, sie würde gerne aussteigen und nach Hause fahren, aber das war vermutlich nicht möglich. Sie würde den gesamten Ablauf vollkommen durcheinanderbringen, von den nachfolgenden Problemen ganz zu schweigen. Womöglich hielte man sie für eine Terroristin, die eine Bombe versteckt hatte und das Flugzeug verließ, um nicht selbst mit draufzugehen.

Marilyn erschrak bei diesem Gedanken. Was war nur los mit ihr? Sie war eigentlich kein Angsthase.

»Können Sie mir einen Whisky bringen? On the rocks?"

Die Stewardess lächelte. »Natürlich, ich bringe ihn sofort.«

Ich werde auf diesem Flug zur Alkoholikerin. Marilyn musste lachen und fühlte sich etwas besser.

Die junge Frau brachte den Whisky und einen Kopfhörer.

»Hier, setzen Sie den mal auf. Auf Kanal sieben können Sie Entspannungsmusik hören. Das hilft Ihnen sicher.« Sie zeigte auf den Knopf über Marilyns Kopf, auf dem eine Figur abgebildet war. »Wenn irgendetwas ist, läuten Sie. Wir sind für Sie da.«

»Vielen Dank, Sie sind sehr nett.«

Wie geheißen, stülpte Marilyn den Kopfhörer über, stöpselte ihn in die Buchse und suchte den siebten Kanal. Leise Musik ertönte. Sie lehnte sich erneut zurück, nahm das Glas, das vor ihr auf dem Tischchen stand, und genoss den Whisky in kleinen Schlucken.

Musik und Getränk halfen ihr tatsächlich, sich zu entspannen, und als die Maschine Richtung Europa abhob, schlief sie tief und fest.

»Ich kann es immer noch nicht glauben! Du bist tatsächlich hier.« Hannah fasste sie immer wieder an, wie um sich zu vergewissern, dass sie aus Fleisch und Blut war.

Sie hatten sich lange umarmt und auch ein paar Tränen verdrückt.

»Wie lange ist das jetzt her?«, fragte Hannah, während sie Richtung Ausgang gingen.

»Viel zu lang.« Marilyn musste die Freundin immer wieder anschauen. »Gut siehst du aus. Die Liebe tut dir gut.«

»Ja, das tut sie.« Hannah strahlte. »Ich bin gespannt, was du zu Andy sagst. Und zum Café. Und natürlich zu JJ und Safaa. Sie sind ein so entzückendes Paar.« Sie seufzte. »Ich bin so froh und dankbar, dass JJ erkannt hat, wie gut ihm diese Frau tut.«

Obwohl sie den halben Flug verschlafen hatte, fühlte Marilyn sich müde und erschöpft. Sie hörte nur mit halbem Ohr dem Geplapper der Freundin zu. In New York war es jetzt mitten in der Nacht, während es hier helllichter Morgen war. Sie kniff die Augen zusammen, als sie durch eine Tür ins Freie traten.

»Kannst du dich noch an Svenja erinnern? Sie hat uns damals ein paar Mal in New York besucht.«

Vor ihnen stand eine junge Frau mit einem blonden Pferdeschwanz und lächelte sie an.

»Hallo Marilyn, wie schön, Sie nach all der Zeit wiederzusehen. Es ist Ewigkeiten her.«

»Natürlich kann ich mich an dich erinnern, aber du warst damals ein Teenager, oder? Schön, dich zu treffen.«

»Svenja lebt jetzt auch in München. Sie kommt eigentlich

aus Hamburg, so wie ich.« Hannah lachte unsicher. »Na, das ist eine sehr lange Geschichte.«

Marilyn musste wider Willen lachen. Ihre Freundin war mindestens genauso nervös wie sie. Deswegen redete sie ohne Punkt und Komma.

»Hannah, tu mir einen Gefallen. Halt einfach den Mund. Ich bin müde und kann nicht alles aufnehmen, was du mir erzählst. Ich muss erstmal schlafen.«

Hannah schaute sie erschrocken an. »Tut mir leid. Ich freu mich nur so, dich zu sehen. Und nicht nur via Monitor, sondern leibhaftig.« Sie hob abwehrend die Hände. »Okay, okay, ich bin ja schon ruhig.«

Svenja schüttelte lachend den Kopf, nahm Marilyns Koffer und verstaute ihn im Wagen.

»Ihr wollt sicher zusammen hinten sitzen, oder?«

Hannah nickte sofort, Marilyn schließlich auch. Svenja hielt ihnen die Türen auf und versicherte sich, dass sie angeschnallt waren. Dann setzte sie sich ans Steuer, startete den Motor und fuhr los.

Marilyn sah sich neugierig um. Die Gegend war überraschend ländlich. Wo war die Stadt?

Hannah hatte ihre Hand ergriffen, sagte aber nichts mehr.

Nach gut zwanzig Minuten tauchten höhere Häuser auf, aber richtig städtisch sah es trotzdem noch nicht aus. Das änderte sich ein paar Minuten später. Obwohl die Häuser ähnlich hoch waren wie in Flushing, gab es sonst keine Ähnlichkeit. Auch die Straßen waren nicht so breit wie in den USA, es herrschte allerdings mindestens genauso viel Verkehr.

Marilyn fuhr nicht viel mit dem Auto, da sie so gut wie alles fußläufig erledigen konnte. Wenn sie mal den Wagen benutzen musste, war sie unsicher und hielt den Verkehr auf, weil sie viel zu langsam fuhr. Inzwischen ließ sie sich lieber von Sam oder Viv kutschieren.

Svenja hingegen schien kein Problem zu haben, sich im Münchner Verkehr zurechtzufinden.

»Schau, das Olympiastadion«, sagte Hannah und deutete nach draußen. »Das schauen wir uns mal in aller Ruhe an.«

Marilyn erkannte das berühmte Dach, das als eines der Wahrzeichen Münchens galt. Sie war damals, bei den Olympischen Spielen, zehn Jahre alt gewesen und hatte für den gut aussehenden Mark Spitz geschwärmt, wie vermutlich die meisten Mädchen und Frauen.

»Wir sind da. Herzlich willkommen in München«, sagte Svenja und stellte den Motor ab.

Neugierig schaute Marilyn hinaus. »Café Hannah« stand auf einem Schild über einem Laden. Um den Schriftzug rankten sich Blumen und flatterten Schmetterlinge. Vor dem Laden standen Tische und Stühle, die alle besetzt waren.

»Das ist also dein berühmtes Café?«

»Das ist es«, bestätigte Hannah. »Na komm, ich zeige es dir kurz, dann gehen wir nach oben und du kannst dich hinlegen.«

Sie stiegen aus. Svenja kümmerte sich wieder um den Koffer und sagte, sie würde ihn schon mal in die Wohnung bringen.

»Danke, Svenja, du bist ein Schatz.«

Hannah zog Marilyn an der Hand hinter sich her. Sie winkte einem Mann zu, der an einem der Tische saß, und sagte etwas auf Deutsch. Der Mann hob anerkennend den Daumen und nickte ihnen freundlich lächelnd zu.

»Das ist einer meiner treuesten Gäste«, erklärte Hannah. »Ich habe ihm gesagt, dass du meine beste Freundin bist.«

Marilyn war gerührt.

»Tataa.« Hannah hielt beide Arme ausgestreckt vor sich, um das Café zu präsentieren. »Was sagst du?«

Marilyn war beeindruckt. Sie hatte bereits unzählige Fotos gesehen, auf denen das Café gemütlich und einladend wirkte. In natura wirkte es viel lebendiger. Vor allem spürte man Hannahs Seele.

»Schön, wirklich schön«, murmelte sie.

»Na komm, du klappst mir ja fast zusammen. Wir gehen durch die Seitentür hinaus. Das Café läuft uns nicht davon.«

Hannah zog sie wieder mit sich und steuerte auf eine Tür zu, die in ein Treppenhaus führte. Sie stiegen in den ersten Stock, wo sie von Svenja erwartet wurden.

Hannah führte sie durch einen Flur hindurch in ein Zimmer, wo ihr Koffer stand.

»Das ist jetzt erstmal dein Reich. Leg dich hin und schlaf eine Runde, auspacken kannst du später. Oh, das Badezimmer ist gleich hier nebenan.« Hannah zeigte nach links. »Und erschrick nicht, wenn du einen Mann siehst. Das ist Andy.«

Marilyn lächelte müde. Sie sehnte sich danach zu schlafen. Hannah schien es zu spüren, denn sie gab ihr links und rechts einen Kuss auf die Wangen und schob sie Richtung Bett. »Schlaf schön.« Sie winkte ihr noch einmal zu und schloss leise die Tür.

Marilyn sah sich um. Das Zimmer diente vermutlich als Abstellkammer, aber Hannah hatte sich bemüht, es gemütlich wirken zu lassen. Auf dem Fensterbrett standen Kerzen, in einem Regal ein paar Keramikfiguren, auf einem kleinen Tisch frische Blumen.

Sie war versucht, den Koffer auszupacken, schob ihn dann doch nur zur Seite, schlüpfte aus Rock und Bluse und legte sich ins Bett, das wunderbar nach Sommer roch. Sie lauschte auf die Geräusche aus der Wohnung, konnte Hannahs und Svenjas leise Stimmen hören und schlief ein.

Als sie erwachte, wusste sie nicht, wo sie war. Verwirrt richtete sie sich auf, entdeckte ihren Koffer und erinnerte sich. Sie war in Deutschland, in München, bei Hannah. Ein Blick auf ihre Armbanduhr zeigte ihr, dass sie gut zwei Stunden geschlafen hatte. Sie wusste aber nicht, wie spät es in München war, sie hatte die Uhr noch nicht umgestellt.

»Ist egal, ich bin jetzt da«, murmelte sie. Sie stand auf, zog Rock und Bluse an und ging zur Tür. Bevor sie sie öffnete, lauschte sie, ob sie Stimmen vernahm. Es war alles ruhig.

Sie ging ins Bad, das so eindeutig Hannahs Stil hatte, dass sie es unter hundert anderen erkannt hätte. Gerne hätte sie geduscht, aber sie wusste nicht, wo sie Handtücher fand.

Als sie das Bad verließ, rief sie: »Hallo? Ist jemand da?«

Svenja kam aus einem der anderen Zimmer. »Oh, Sie sind wach. Geht es Ihnen gut?«

Marilyn nickte. »Wie spät ist es?«

Svenja schaute auf ihre Uhr. »Kurz nach Mittag. Wollen wir hinuntergehen und etwas essen? Edi hat sicher etwas vorbereitet.«

»Kann ich zuerst duschen? Ich fühle mich etwas – na ja, verschwitzt.«

»Aber natürlich! Tut mir leid, wir haben gar nicht daran gedacht.« Sie verschwand in einem anderen Zimmer und kam kurz danach mit einem Stapel Handtücher zurück. »Die hat Hannah schon für Sie bereitgelegt.« Sie schaute sich unschlüssig um. »Ich fürchte, für drei Erwachsene ist die Wohnung doch etwas zu klein.«

Marilyn lachte. »Findest du? Kannst du dich noch an meine Wohnung in Flushing erinnern? Sie war etwas größer als Hannahs. Wir haben darin zu sechst oder manchmal sogar zu siebt gelebt. Und das war auch kein Problem.«

Svenja zog eine Grimasse. »Ehrlich gesagt, kann ich mich kaum an etwas aus New York erinnern. Dabei ist es nicht mal zwanzig Jahre her. Aber es ist einfach viel zu viel passiert in der Zwischenzeit. Wie geht es Ihren Kindern? Sind alle wohlauf und glücklich?«

Marilyn war überrascht, dass Hannahs Nichte nach ihren Kindern fragte. »Wohlauf sind sie, glücklich nicht unbedingt. Das haben sie vermutlich von mir geerbt: Sie haben die falschen Partner gewählt. – Nicht alle, zum Glück. Sam, der jüngste, hat eine wunderbare Frau.«

»Das ist schön. Ja, das mit dem falschen Partner kenne ich leider auch.« Svenja stieß einen Seufzer aus. Dann strahlte sie. »Aber jetzt habe ich auch einen wunderbaren Mann. Sie werden ihn bald kennenlernen.« Sie drückte ihr die Handtücher in die Hand und sagte: »Machen Sie sich in aller Ruhe frisch, ich warte.«

Marilyn ging ins Gästezimmer, öffnete den Koffer, zog frische Wäsche und ihren Morgenmantel heraus und ging in das Bad, um eine ausgiebige Dusche zu nehmen. Danach fühlte sie sich erfrischt und unternehmungslustig. Außerdem hatte sie Hunger.

Svenja lachte. »Das wird Edi freuen. Sie mag hungrige Menschen.«

Marilyn folgte der jungen Frau nach unten, wo sie das Haus verließen und das Café betraten.

Diesmal schaute Marilyn sich ausführlich um. Sie wusste, dass Hannah die Hilfe einer Innenarchitektin in Anspruch genommen hatte, dennoch war ihr Einfluss deutlich sichtbar. Der Raum wirkte einladend und warm. Kein Wunder, dass das Café so gut florierte. Fast alle Stühle waren besetzt, nur im hinteren rechten Eck, abgetrennt durch eine Stufe, war eine Sitzgruppe mit Sofa und Sessel frei.

Svenja war hinter der Theke verschwunden und kam mit einer Frau in Marilyns Alter wieder.

»Das ist Edi, die Meisterköchin. Edi, das ist Marilyn, Hannahs Freundin aus New York.«

»Freut mich«, sagte Edi. »Es tut mir leid, aber mein Englisch ist nicht so gut.«

»Freut mich auch. Ihr Englisch ist auf jeden Fall besser als mein Deutsch«, erwiderte Marilyn. »Ich habe schon sehr viel von Ihnen gehört und ich freue mich sehr darauf, Ihre Speisen zu probieren.«

Eine feine Röte überzog Edis Gesicht. Abwehrend hob sie die Hände. »Ach, so toll bin ich nun auch nicht.«

Svenja lachte. »Nun stellen Sie mal nicht Ihr Licht unter den Scheffel.« Sie zeigte zu der Sitzgruppe. »Wir setzen uns und Sie bringen uns ein paar Köstlichkeiten, ja?« Und zu Marilyn gewandt: »Gibt es irgendetwas, was Sie nicht mögen oder essen können?«

Marilyn schüttelte den Kopf. »Ich probiere gerne alles, vielen Dank. Aber bitte keine Umstände meinetwegen.«

»Keine Bange, Sie bekommen, was alle anderen Gäste auch bekommen.« Svenja ging voran zur Sitzgruppe und nahm ein Schild vom Tisch, das vermutlich als Reservierung gedacht war.

Marilyn nahm auf dem Sofa Platz und hatte von dort den perfekten Überblick. Ein leises Summen lag in der Luft von den Gästen, die sich unterhielten, außerdem das Kratzen von Besteck gegen Teller, eine Frau rief: »Zahlen bitte«, woraufhin eine Bedienung, die sie bisher nicht gesehen hatte, hinter der Theke hervorkam und abkassierte.

»Das ist Lilya. Sie ist seit ein paar Monaten hier. Sie kommt aus der Ukraine«, erklärte Svenja.

»Oh. Ist sie geflohen?«

Svenja nickte. »Sie und ihre beiden Kinder. Ihr Mann ist noch dort, er darf nicht ausreisen.«

»Eine furchtbare Sache, dieser Krieg.«

»Allerdings. Was möchten Sie trinken?«

Marilyn bat um ein Glas Wasser, das Svenja ihr brachte. Für sich selbst hatte sie ein Glas mit gelber Flüssigkeit dabei. »Apfelschorle«, erklärte sie. Hinter ihr erschien Hannah mit einem vollen Tablett in den Händen.

»Geht es dir gut? Konntest du schlafen?«

Marilyn nickte. »Es geht mir gut, danke. Aber ich habe Hunger.« Wie zum Beweis knurrte ihr Magen.

Hannah lachte. »Na, ich bin ja eine tolle Gastgeberin. Ich lasse meinen Gast verhungern. Aber hier ist so viel Essen, dass du sicher satt wirst.«

Sie stellte unzählige Teller auf den Tisch und erklärte jeden einzelnen. Die meisten Speisen kannte Marilyn nicht, sie kamen ihr arabisch vor. Sie rochen auf jeden Fall köstlich.

»Kannst du mit dem Reden aufhören, damit ich endlich essen kann?«, knurrte sie.

»Natürlich, natürlich.« Hannah reichte ihr und Svenja einen leeren Teller, nahm selbst einen und setzte sich zu ihnen. »Das ist erst der Anfang. Wir müssen alles aufessen, sonst ist Edi böse. Na dann: guten Appetit.«

Marilyn ließ sich das nicht zweimal sagen. Sie nahm von jedem Teller ein bisschen und begann zu essen. Es schmeckte so köstlich wie es roch. Als der erste Hunger gestillt war, lehnte sie sich zurück und schloss für einen Moment die Augen. Sie konnte immer noch nicht glauben, dass sie tatsächlich in Deutschland war.

Sie spürte Hannahs Hand in ihrer. »Es ist so schön, dass du da bist.«

»Wie lange habt ihr euch nicht mehr gesehen?«, wollte Hannahs Nichte wissen.

»Ich war das letzte Mal in Amerika, als ich in Frankfurt gearbeitet habe. Ich weiß noch, dass ich einmal in Kalifornien war, da war keine Zeit, dich in New York zu besuchen, aber meistens gingen die Trips eh nach NYC. Aber wann genau der letzte war, weiß ich nicht mehr. Du?«

Marilyn schüttelte den Kopf, obwohl sie es sehr wohl wusste. Aber was machte es für einen Unterschied? Sie hatten sich zu viele Jahre nicht mehr gesehen, außer über Skype.

»Wie geht es JJ?«, wollte sie stattdessen wissen.

»Dem geht es gut.« Hannah lachte. »Vermutlich ist er wahnsinnig aufgeregt wegen der bevorstehenden Hochzeit. Du weißt, wie pedantisch er sein kann.«

»Sie heiraten hier, in München?«

Hannah schüttelte den Kopf. »Es ist kompliziert. JJ ist nicht in der Kirche, Safaa ist Muslimin. Sie ist aber genauso wenig an Religion interessiert wie JJ. Es wird also keine kirchliche Trauung geben. Die standesamtliche findet nächste Woche in Lübeck statt. Hier in München wird es eine sogenannte freie Trauung geben.« Sie lachte. »JJ hat mich gefragt, ob ich das übernehmen kann, aber ich habe dankend abgelehnt. Ich würde entweder herumstottern oder heulen wie ein Schlosshund. Oder beides. Soweit ich weiß, haben sie einen professionellen Trauredner engagiert.«

Marilyn schluckte. Das musste sie erst einmal verdauen. Sie hatte fest mit einer kirchlichen Hochzeit gerechnet. Mit fast sechzig hatte sie sich immer noch nicht von ihrer streng katholischen Erziehung befreit. Aber natürlich war es die Entscheidung des Brautpaares.

»Und die Feier wird hier stattfinden?«, fragte sie.

Hannah nickte. »Ursprünglich sollte sie an dem Ort der Zeremonie sein, aber aus einem mir nicht bekannten Grund geht das nicht. Deshalb feiern wir hier.« Sie beugte sich vor und flüsterte: »Edi ist schon ganz aus dem Häuschen. Wir hatten schon viele Geburtstagspartys, aber noch keine Hochzeit. Halim und Bassam werden ihr helfen.« Sie ergriff Marilyns Hand. »Ach, du musst so viele Menschen kennenlernen.«

Schon jetzt schien Marilyn der Kopf zu platzen von all den neuen Eindrücken und Namen, die in der kurzen Zeit auf sie eingeprasselt waren. Beinahe bereute sie ihre Entscheidung, nach München gekommen zu sein. Doch dann schaute sie Hannah an und nannte sich eine Närrin. Sie musste es eben langsam angehen lassen. Dank Hannahs Großzügigkeit hatte sie genügend Zeit.

Die ersten Tage vergingen rasend schnell. Hannah schleppte sie jeden Tag zu einer anderen Sehenswürdigkeit, keine Ausrede wurde akzeptiert. Und natürlich wäre es dumm gewesen, wenn sie den Aufenthalt nicht dazu genutzt hätte, zumindest München besser kennenzulernen.

Inzwischen hatte sie Hannahs und Svenjas Männer, Andy und Ben, getroffen und beide als ausgesprochen angenehm empfunden. Auch mit Hannahs Nachbarn – und offensichtlich auch Freunden – Illy und Hubertus hatte sie bereits kurzen Kontakt gehabt. Man würde sich bei der Hochzeitsfeier sicher näher kennenlernen, hatte Hannah gemeint.

Dass die Freundin sie durch alle Läden der Blumengasse schleppte und sie wie ein Wunder präsentierte, fand Marilyn maßlos übertrieben. Andererseits konnte sie nun besser nachvollziehen, warum Hannah immer so begeistert war von »ihrer« Straße.

Nach vier Tagen hatte sie sich an die deutsche Zeit gewöhnt und auch an den Tagesrhythmus. Hannah hatte ihr gesagt, dass sie ihr zuliebe später im Café beginnen würde; sie wollte so viel Zeit wie möglich mit ihr verbringen. »Wer weiß, wann wir uns wiedersehen.«

Gut eine Woche nach ihrer Ankunft kamen JJ und Safaa. Sie hatte den Jungen seit fünf Jahren nicht mehr gesehen und war mindestens genauso aufgeregt wie bei Hannah.

JJ wollte sie gar nicht mehr loslassen, und auch er verdrückte ein paar Tränen. Schließlich lösten sie sich voneinander und JJ stellte ihr seine Frau vor.

»Marilyn, das ist Safaa, meine wunderbare Frau. Safaa, das ist Marilyn, meine ›zweite‹ Mutter sozusagen. Sie hat auf mich aufgepasst, als Mom zurück nach Europa ist.«

Safaa gefiel ihr auf Anhieb, und sie konnte verstehen, warum Hannah das Gefühl hatte, sie tat JJ gut. Die beiden gaben das perfekte Paar ab.

Marilyn musste plötzlich an Barney denken. Er war spät in ihr Leben getreten, zu einem Zeitpunkt, als sie sich sicher war, nie wieder einen Mann in ihr Leben zu lassen. Sie hatten fast elf sehr gute Jahre zusammen gehabt, bevor ihr die Liebe ihres Lebens von einer unheilbaren Leukämie genommen wurde.

Marilyn schob die Erinnerungen weg und versuchte, sich auf die Gegenwart zu konzentrieren. Das war nicht einfach, denn gerade mit Hannah und JJ verband sie Unmengen an gemeinsam Erlebtem.

»Wie geht es Sarah?«, wollte JJ wissen, als sie ein paar Minuten allein in Hannahs Küche waren.

»Soweit ich weiß, geht es ihr gut.« Marilyn kämpfte mit den Tränen.

JJ legte seine Hand auf ihren Arm. »Es tut mir leid, ich wollte dich nicht verletzen. Offensichtlich gibt es keine Besserung in eurer Beziehung.«

Marilyn schüttelte traurig den Kopf. »Du hast wohl auch keinen Kontakt zu ihr?«

JJ verneinte. »Ich habe es mehrmals versucht, aber sie ist nicht in den sozialen Medien zu finden, und auf meine Anrufe, SMS oder WhatsApp reagiert sie nicht.« Er schwieg, schien mit sich zu ringen, ob er weiterreden sollte. »Ist sie immer noch mit Jason zusammen?«

»Ja. Das weiß ich von Viv. Sie hat die beiden vor ein paar Wochen zusammen in einem Supermarkt gesehen.«

»Hat sie mit ihnen gesprochen?«

»Nein, sie wollte keinen Ärger heraufbeschwören.« Marilyn schaute JJ an. »Du weißt, wie Jason austicken kann, wenn ihm etwas nicht passt.«

JJ seufzte. »Und wie ich das weiß. Wie geht es den anderen Rabauken?«

»Oh, es geht allen gut, soweit ich das weiß.« Marilyn lachte erleichtert. »Vivs Scheidung ist endlich durch, sie lebt jetzt wieder in Queens, ganz in meiner Nähe. Sie hütet auch meine Wohnung, während ich hier bin. Zumindest hoffe ich es. Bob ist nach wie vor in Chicago. Neulich erwähnte er mal einen Connor, mit dem er wohl zusammen ist. Ich bin gespannt, ob er sich jemals outen wird. Toby lässt sich nach wie vor von Trish aushalten.« Sie hob die Schultern. »Ich finde es immer noch nicht gut, aber es geht mich nichts an, also halte ich meinen Mund. Und für die beiden scheint es das Richtige zu sein. Becky ist inzwischen wieder auf Wanderschaft mit einer Theatertruppe. Ich hatte gehofft, sie würde sesshaft werden, als sie zurück nach New York kam, aber sie hat Ameisen im Hintern, hält es nirgends länger als ein paar Monate aus. Die zwei Jahre in Queens waren leider die Ausnahme, nicht die Regel.« Marilyn seufzte. Es tat immer noch weh, über ihre Sorgenkinder zu reden, obwohl die Kinder längst erwachsen waren und ihr eigenes Leben führen sollten. Man blieb eben für immer Mutter.

»Und wann wird Sam den Nobelpreis erhalten?« JJs Stimme klang scherzhaft.

Marilyn lachte. »Ich weiß es nicht. Er hat das Studium in Rekordzeit als jüngster Teilnehmer aller Zeiten abgeschlossen, natürlich mit Summa cum laude. Und ja, ich bin verdammt stolz auf ihn. Er ist derzeit am MIT, aber er könnte wohl jederzeit an jede andere renommierte Uni wechseln. Er wird mit Angeboten nur so überhäuft.«

»Das freut mich so sehr.« Er grinste. »Und sogar aus mir ist etwas geworden, wenn auch nur ein normaler Lehrer. Ich bin jetzt seit zwei Tagen verheiratet mit einer Frau, die womöglich eine steile Karriere als Autorin vor sich hat. Was will man mehr?«

»Du hast doch hoffentlich kein Problem damit, dass Safaa erfolgreicher sein könnte als du?«

»Aber nein. Hallo? Ich bin Hannahs Sohn, schon vergessen? Ich habe den Feminismus praktisch mit der Muttermilch eingesogen. Und den Rest hast du mir beigebracht.«

Sie lachten. Marilyn zog ihn zu sich und umarmte ihn.

»Ich freue mich sehr für dich. Safaa scheint eine sehr nette Frau zu sein.«

»Das ist sie. Sie hat ihre Probleme, natürlich, bei diesem Lebenslauf.« Er schaute sie fragend an. »Mom hat dir von der Flucht erzählt?«

Marilyn nickte. »Sie hat auch das mit dem Buch erwähnt. Ich finde es sehr mutig, das so zu verarbeiten.«

»Das ist es. Es gab viele Tränen und manchmal auch Wutausbrüche. Vor allem, als es darum ging, das Buch in einen druckreifen Zustand zu bringen. Safaa hatte eine bestimmte Vorstellung davon, der Verlag teilweise eine andere. Es war sehr schwer für sie, sich von manchen Zeichnungen trennen zu müssen, weil sie zu düster oder brutal waren.«

»Es steckt eben ihr Herzblut darin. Es sind ihre ureigensten Erfahrungen, die sie gemacht hat. Sie wird lernen müssen, zwischen Realität und Marketing zu unterscheiden.«

JJ nickte. »Das sage ich ihr auch immer wieder. Ich denke,

sie hat es verstanden. Aber verstehen und akzeptieren sind zwei unterschiedliche Dinge.«

»Sprecht ihr über mich?« Safaa stand im Türrahmen und schaute sie neugierig an.

»Ja, mein Schatz«, sagte JJ, ging zu ihr und gab ihr einen Kuss. »Du weißt, wie gerne ich über dich rede.«

»Er hat mir von deinem Buch erzählt«, sagte Marilyn. »Ich würde mich freuen, wenn ich eines bekommen könnte. Ich werde zwar kein Wort verstehen, aber dafür gibt es ja die Bilder, nicht wahr? Und natürlich bezahle ich es.«

»Das kommt gar nicht in Frage«, rief Safaa. »Ich gebe es Ihnen später, wir haben ein paar Exemplare mitgenommen.«

»Wo schlaft ihr eigentlich? *Ihr* solltet hier bei Hannah sein. Ich habe euch das Zimmer weggenommen.«

»Blödsinn!«, widersprach JJ. »Es war mein Wunsch, dass du Moms Gästezimmer bekommst. Ich sehe sie viel häufiger als du. Ihr habt euch sicher viel zu erzählen.«

Marilyn lachte. »Na ja, wir telefonieren beziehungsweise skypen regelmäßig, wir sind eigentlich auf dem aktuellen Stand. Dennoch ist es schön, dass wir so viel gemeinsame Zeit haben.«

»Wir sind bei Ben und Svenja untergekommen«, beantwortete Safaa Marilyns Frage. »Sie haben eine sehr große Wohnung – wie heißt das gleich noch mal?«, wandte sie sich an JJ. »Ach ja, Loft. Sie wohnen in einem Loft. Ich habe das bisher nicht gekannt. Aber es gibt ein Apartment in diesem Loft, da hat früher Andy gewohnt. Ja?« Sie wandte sich fragend an JJ, der nickte. »Da wohnen wir jetzt. Es ist schön, ganz nahe am Englischen Garten.«

»Wie schön, ich bin froh, dass ihr nicht in einem seelenlosen Hotel wohnen müsst.«

Marilyn genoss auch die Gesellschaft von JJ und seiner Frau sehr. Aus dem ruhigen, nachdenklichen Jungen war ein selbstbewusster Mann geworden. Safaa war eindeutig der lebhaftere Teil der Beziehung, ihr Lachen war ansteckend. Nur manchmal, wenn sie dachte, niemand beachte sie, wurde sie ernst und verschlossen.

Marilyn hatte inzwischen das Buch angeschaut und mochte sich gar nicht vorstellen, welchen Horror die junge Frau auf ihrer Flucht erlebt haben musste. Umso beeindruckender war es, welch positive Ausstrahlung sie hatte.

Hannah hatte kurzfristig beschlossen, dass sie am Abend vor der Zeremonie eine Party schmeißen würde. Inzwischen waren JJs bester Freund Tom aus New York sowie Safaas Bruder Enis aus Berlin gekommen. Sie wollte allen die Gelegenheit geben, sich zwanglos besser kennenzulernen.

Marilyn wollte die Freundin davon abhalten, aber Widerspruch war bei Hannah zwecklos. »Deine Mitarbeiterinnen sind sowieso schon überlastet, tu ihnen das nicht auch noch an.«

»Wir feiern bei Bassam, sie müssen also nichts tun.« Hannah setzte ein triumphierendes Lächeln auf, und Marilyn gab klein bei.

Tatsächlich war es eine nette Runde, die sich in dem libanesischen Restaurant *Litani* traf. Neben Tom, Enis, Andy, Svenja und Ben waren auch der Maler Hubertus von Waldhausen, vor dem Marilyn sich immer noch ein bisschen fürchtete, sowie seine Lebensgefährtin Illy anwesend.

Marilyn fand es etwas seltsam, dass JJ und Safaa ihre Hochzeit vor allem mit Hannahs Freunden feierten, aber es schien den beiden nichts auszumachen.

Tom war der Jetlag noch deutlich ansehen, dennoch schien er sich gut zu unterhalten. Aber er war schon immer aufgeschlossen gewesen. Dass er und Laney kein Paar mehr waren, hatte Marilyn genauso geschockt wie JJ. Auch für sie waren die beiden ein Traumpaar gewesen.

Safaas Bruder Enis war eher der zurückhaltende Typ. Sein Englisch war bei weitem nicht so gut wie das seiner Schwester, aber Marilyn wartete geduldig, bis er die richtigen Worte gefunden hatte. Er lebte inzwischen in Berlin und bedauerte es sehr, dass Safaa nach Lübeck gezogen war.

Das konnte Marilyn gut verstehen. Safaa war das einzige Familienmitglied in der Nähe. »Immerhin kann so wenigstens einer aus der Familie mitfeiern«, versuchte sie ihn zu trösten.

Enis nickte betrübt. »Unsere Eltern wären so gerne dabei, schließlich ist Safaa die einzige Tochter. Aber es ist einfach zu riskant. Sie können vielleicht ausreisen, aber ob man sie wieder einreisen lässt ...? Mein Vater könnte nirgends anders leben als in Syrien.« Er zog sein Handy aus der Hosentasche und hielt es hoch. »Aber ich werde ihnen alles damit zeigen. Indirekt sind sie also dabei.«

»Das ist eine hervorragende Idee! Zum Glück gibt es so ein neumodisches Zeug. Ich kann damit ja gar nicht umgehen.« Marilyn lachte.

Später kam sie im Gespräch mit Safaa auf das Thema Freunde. Das Gesicht der jungen Frau verdunkelte sich für den Bruchteil einer Sekunde, doch sofort kam wieder ihr sonniges Gemüt zum Vorschein.

»Ich habe einen Jugendfreund, der zusammen mit mir und Enis geflohen ist. Er heißt Faris und lebt immer noch in Hamburg. Dort waren wir in einer Art Lager, das deutsche Wort dafür ist furchtbar kompliziert und ich habe es auch schon wieder vergessen.« Sie schüttelte den Kopf, als wolle sie die Erinnerung daran vertreiben. »Wir sind zusammen aufgewachsen, und er hat auch zuerst von Flucht gesprochen. Seit ein paar Wochen kann ich ihn nicht mehr erreichen. Ich denke, er ist mit den falschen Leuten zusammen, sie haben keinen guten Einfluss auf ihn.«

»Das tut mir sehr leid«, sagte Marilyn.

»Enis sagt, ich kann nicht immer auf ihn aufpassen. Aber er ist doch mein bester Freund. Was für eine Freundin wäre ich, wenn ich mich nicht um ihn kümmern würde?« Safaa war sehr aufgebracht.

»Das verstehe ich sehr gut. Aber dein Freund ist ein erwachsener Mann, er kann tun und lassen, was er will.« Marilyn seufzte. »Ich spreche aus leidvoller Erfahrung. Ich habe sechs Kinder und nicht alle leben das Leben, das ich mir für sie vorgestellt habe. Dennoch darf ich mich nicht einmischen, so sehr ich es möchte. Jeder muss seine eigenen Erfahrungen machen.«

Safaa nickte und senkte den Kopf. »Ich weiß das, aber es ist so schwer. Wir haben so viel miteinander durchgemacht. Und ich rede nicht nur von der Flucht. – Er ist wie ein Bruder für mich.«

Marilyn ergriff Safaas Hand und drückte sie. »Es klingt abgedroschen, aber ich bin fest überzeugt, dass alles gut wird. Es ist schade, dass er nicht mit euch feiern kann, aber er wird sich sicher melden.«

Safaa schaute sie dankbar an.

Trotz der ernsten Themen wurde es ein fröhlicher Abend. Sogar der Maler taute auf und legte seine Brummbär-Attitüde ab. Seine Lebensgefährtin Illy schien sich nicht daran zu stören.

Als sie zurück in der Wohnung waren, fragte Marilyn nach Brigid. »Kommt sie nicht zur Hochzeit? Sie kennt JJ doch auch sehr gut, oder?«

»Sie kann leider nicht kommen, es ist schon seit Monaten eine Lesereise geplant, die sie nicht absagen kann. Und es wäre zu stressig für sie, nur für diesen einen Tag zu kommen.« Hannah lächelte plötzlich geheimnisvoll. »Sie hat übrigens endlich einen Mann in ihrem Leben. Kannst du dich noch an die Geschichte mit Colm erinnern? Ich habe mich damals furchtbar aufgeregt, als er sie so einfach sitzenließ und nach Kanada gegangen ist.«

»War er nicht verheiratet? Also mit einer anderen?«

»Ja, war er, aber das war nur eine Mussehe, weil er die Frau geschwängert hat.« Hannah rollte mit den Augen. »Er ist endlich zur Vernunft gekommen. Seine Frau hat in Kanada einen anderen Mann kennengelernt und Colm damit die Möglichkeit gegeben, sich scheiden zu lassen. Er ist zurück in Irland und hat Brigid neu erobert.«

Marilyn lächelte. »Schön, endlich mal wieder ein Happy End.«

Ein weiteres Happy End erwartete sie am nächsten Tag. Andy, Hannah und Marilyn fuhren morgens mit dem Wagen zu Ben und Svenja, wo sie bereits erwartet wurden. Tom und Enis hatten in einem nahegelegenen Hotel übernachtet und waren zum Frühstück ins Loft gekommen.

Es herrschte eine ausgelassene Stimmung, was vermutlich am Champagner lag. In einem Kühler stand eine angebrochene Flasche, benutzte Gläser standen überall herum. Marilyn lehnte dankend ab, sie vertrug das prickelnde Getränk schon seit Jahren nicht mehr.

Ihr und Tom zuliebe sprachen alle Englisch, Safaa half ihrem Bruder, wenn er etwas nicht verstand.

Staunend sah Marilyn sich in dem Loft um. So etwas hatte sie noch nie gesehen. In den USA befanden sich Lofts meist in ehemaligen Fabrikhallen, die zu Wohnräumen umgebaut worden waren. Dieses hier lag im obersten Stock eines Neubaus, verfügte über eine Terrasse und zwei Balkone und bot einen traumhaften Ausblick über einen Park.

»Das ist der berühmte Englische Garten.« Hannah war neben sie auf die Terrasse getreten. »Quasi die grüne Lunge der Stadt. Dort wird auch die Zeremonie stattfinden.« Sie deutete hinter sich. »Beeindruckend, oder? Ben hat es damals gekauft, obwohl er keine Ahnung hatte, ob das mit Svenja jemals etwas werden würde.« Sie seufzte. »Ach, das ist eine lange Geschichte, die ich dir erspare. Jetzt sind sie zusammen und das ist gut so.« Sie nahm Marilyn bei der Hand. »Komm, lass uns wieder reingehen, es müsste bald losgehen.«

Tatsächlich mahnte Svenja zum Aufbruch. Nach einer

kurzen hektischen Phase, in der alle noch mal die Toilette benutzten und die Kleidung richteten, fuhren sie mit dem Aufzug hinunter, wo vor dem Haus fünf Rikschas warteten.

Alle Gefährte waren festlich geschmückt, eines davon mit weißen Rosen, passend zu Safaas schlichtem, weißem Kleid. Nur die Blumen in ihrem dunklen Haar ließen auf den festlichen Anlass schließen. Ein ungewöhnlicher Anhänger war der einzige Schmuck. Er war ein Geschenk Hannahs, angefertigt von Illy.

JJ machte in seinem dunklen Anzug eine sehr gute Figur, obwohl er sich beklagte, dass er sich verkleidet fühle. Hannah raunzte ihn an, er solle sich nicht so haben. Immerhin sei das ein besonderer Tag. Hinterher würde er dankbar sein.

»Ist es okay, wenn ich mit Andy fahre?«, fragte Hannah. »Du hättest eine Rikscha für dich allein. Der Fahrer spricht Englisch.«

»Aber natürlich, ich bin doch kein kleines Kind, das an die Hand genommen werden muss.« Marilyn lachte und stieg in das Gefährt, das man ihr zuwies.

Sie genoss die Fahrt durch den Park. Obwohl die Sonne schien, war es kühl. Der Fahrer hatte ihr eine Decke angeboten, die Marilyn dankbar über ihre nackten Beine legte. Zunächst fuhren sie an einem Bach entlang und bogen schließlich auf einen breiteren Weg ein. Der Fahrer machte sie auf den berühmten Chinese Tower und den beergarden zu dessen Füßen aufmerksam, bevor sie wieder auf einen schmaleren Pfad einbogen und kurz darauf anhielten. Sie befanden sich auf einer Art Lichtung, auf der acht mit weißem Stoff überzogene Stühle standen. Neben einem festlich geschmückten Tisch stand eine junge Frau in einem Dirndl. Sie begrüßte alle Anwesenden und sprach dann ein paar Minuten mit dem Hochzeitspaar. Irgendwo im Hintergrund plätscherte ein Bach. Es war sehr romantisch.

Die Stühle waren in zwei Viererreihen aufgestellt. Marilyn war unschlüssig, wo sie Platz nehmen sollte. Die erste Reihe war für die Familie bestimmt, also Hannah, Andy und Enis. Tom als JJs best man musste ebenfalls vorne sitzen.

Sie wollte sich in die zweite Reihe setzen, aber Hannah hielt sie davon ab. »Du bist seine zweite Mutter, du gehörst zur Familie. Lass mich das kurz regeln.«

Sie ging zur Rednerin und sprach mit ihr. Diese nickte, woraufhin Hannah zu Andy ging, ihm etwas sagte und auf die Stühle zeigte. Er nahm jeweils zwei Stühle aus der zweiten Reihe und stellte sie neben denen der ersten Reihe auf, sodass es am Ende nur eine Reihe gab.

»Problem gelöst«, sagte Hannah zufrieden, nahm Platz und klopfte auf den Stuhl neben sich. Marilyn setzte sich. Neben ihr saßen Ben und Svenja und hielten sich an den Händen. Da würde vermutlich bald eine weitere Hochzeit anstehen.

Die Traurednerin klopfte gegen einen silbernen Becher vor ihr auf dem Tisch, um die Aufmerksamkeit aller zu erlangen.

Safaa und JJ standen bereits vor dem Tisch und wandten sich nun einander zu.

Marilyn bekam von der Rede und den Eheversprechen kaum etwas mit, sie war viel zu aufgeregt. Aus den Augenwinkeln heraus sah sie, dass auch Hannah sich immer wieder verstohlen über das Gesicht wischte. Marilyn wurde bewusst, dass es erst die dritte Hochzeit eines ihrer sieben Kinder war, an der sie teilnahm – wenn sie JJ dazurechnete. Sie hoffte inbrünstig, dass er mehr Glück hatte als ihre beiden Töchter. Vivs Ehe war geschieden, Sarah war zwar noch verheiratet, aber sicher nicht glücklich. Ihre Jungs und Becky hatten es bisher nicht vor den Traualtar geschafft.

Sie dachte an ihre Hochzeit mit Barney. Acht Jahre hatten sie »wild« zusammengelebt, weil Barney seine Frau nicht hatte verlassen wollen. Nach deren Tod und ihrer Heirat waren ihnen noch zwei gemeinsame Jahre vergönnt gewesen.

Ein sanfter Rempler von Hannah riss sie aus ihren Erinnerungen.

»Es ist vollbracht.« Hannahs Stimme klang gewollt fröhlich. Ihre Augen schimmerten feucht.

Marilyn nahm die Freundin in den Arm. »Es wird sich nichts ändern. Er ist immer noch unser Junge.«

Ein kurzer Umtrunk schloss die Zeremonie ab, dann ging es mit den Rikschas zurück zu Ben und Svenja und von dort aus mit den Autos gleich weiter zum Café.

Der Laden war traumhaft schön geschmückt. Hannah hatte ihr verraten, dass ihre Innenarchitektin Marlene sich darum kümmern würde. Sie wurden von Edi, Lilya, Halim, Bassam und dessen Frau Petra erwartet.

Marilyn wunderte sich, dass beinahe alle Tische gedeckt waren, sie waren doch nur zu neunt. Doch das Geheimnis wurde rasch von Hannah gelüftet: »Ich habe mir – mit Genehmigung des Brautpaars, versteht sich – erlaubt, weitere Gäste einzuladen. Wir wären sonst ein sehr kleines Häufchen.«

Die Gäste strömten nach und nach herein. Marilyn erkannte die Frauen vom Blumenladen und vom Nagelstudio und natürlich den Maler und seine Lebensgefährtin. Sie selbst empfand die Gesellschaft als zu groß und unübersichtlich, aber JJ und Safaa schienen sich wohlzufühlen. Hannah war als Gastgeberin sowieso in ihrem Element. Sie schwirrte von Tisch zu Tisch, stets ein Lachen im Gesicht und einen freundlichen Spruch auf den Lippen.

Marilyn wollte sich gerade für eine Weile zurückziehen, als JJ auf sie zukam und sie umarmte. »Ich bin so froh, dass du da bist.«

»Das freut mich. Es war eine schöne Zeremonie. Mal etwas anderes.«

Er lächelte. »Wir haben lange darüber nachgedacht. Du weißt, dass ich nie viel von der Kirche gehalten habe, und Safaa geht es ähnlich.«

»Ja, deine Mutter sagte so etwas.« Sie schaute auf seine ringlose Hand. »Von Eheringen haltet ihr offensichtlich auch nichts.«

JJ lachte. »Nein, das ist nicht unser Stil. Wir brauchen keinen Ring, um zu wissen, dass wir zueinander gehören.«

Marilyn seufzte, lachte aber. »Moderne Zeiten. Das ist nichts für Alte wie mich.«

JJ umarmte sie erneut. »Du bist doch nicht alt! – Übrigens, es gibt noch eine Überraschung.« Er machte ein geheimnisvolles Gesicht, tätschelte ihre Schulter und wandte sich einem anderen Gast zu.

Marilyn musste nicht lange warten, bis das Geheimnis gelüftet wurde. JJ stieß mit einem Löffel gegen ein Glas, bis er die Aufmerksamkeit aller hatte. Zunächst bedankte er sich, auch im Namen von Safaa, für die Anwesenheit der Gäste und die Geschenke. Dann wandte er sich an seine Mutter.

»Mom, ich weiß, es kommt vielleicht als Schock für dich, aber ich wollte dir mitteilen, dass du bald Oma wirst.«

Marilyn schien schneller als Hannah zu begreifen, was JJ damit sagen wollte. Safaa war schwanger!

Hannah schlug eine Hand vor den Mund, dann griff sie nach Andys Hand, als suche sie Halt, schließlich lief sie zu ihrem Sohn und umarmte ihn, anschließend auch Safaa.

Es war lauter geworden im Café, jeder wollte einen Kommentar abgeben. Die meisten liefen zu JJ und Safaa, um sie zu beglückwünschen.

Als wieder ein heller Ton durch den Laden erklang, kam er von Hannah.

»Leute! Leute, seid doch bitte noch für einen Moment ruhig.« Sie wartete, bis das Raunen und Flüstern abgeebbt war, sagte dann: »Wow, was für ein Tag! Mein Junge heiratet eine wunderbare Frau und dann teilt er mir mal eben mit, dass ich Oma werde.« Sie wischte sich über die Wange. »Wenn ihr jetzt glaubt, das macht mich zu einer alten Frau, dann habt ihr euch aber getäuscht. Ich bin immer noch dieselbe Hannah!«

Alle lachten und applaudierten, ein Gast rief: »Ein Hoch auf Hannah!« und alle stimmten ein. Hannah ließ es mit einem Lächeln über sich ergehen. Aber Marilyn kannte die Freundin gut genug, um zu wissen, dass die Nachricht sie getroffen hatte. Sie selbst war vor zehn Jahren zum ersten Mal Großmutter geworden, aber da Sarah keinen Kontakt mit ihr wollte, hatte sie ihre Enkelkinder kaum gesehen. Sie wusste, das würde bei JJ und Safaa anders sein.

Als sie Hannah am nächsten Tag darauf ansprach, gab die Freundin unumwunden zu, dass es ein eher negativer Schock gewesen war.

»Nenn mich altmodisch, aber ich finde, sie hätten noch etwas warten können.«

»Safaa ist nicht mehr die jüngste«, widersprach Marilyn. »Je später sie schwanger wird, desto riskanter ist es für sie.«

»Ja, ja, ja, ich weiß, du hast recht.« Hannah seufzte tief. »Kannst du dir mich als Oma vorstellen? Omas sind alt und grau und faltig.«

Marilyn lachte. »Hannah, du bist alt und grau. Okay, faltig bist du nicht. Noch nicht.« Sie bekam dafür einen Schlag mit der Hand auf ihren Arm. »Aua.«

»Ich muss mich erst an den Gedanken gewöhnen.«

»Das wird schneller gehen als du denkst. Und spätestens, wenn das Kind da ist, wirst du an nichts anderes mehr denken.«

Hannah zog eine Grimasse. »Immerhin bin ich weit genug weg, um nicht als Ersatz einspringen zu müssen.«

»Na, das warten wir mal ab. Du bist vermutlich die erste, die springt, wenn die beiden Hilfe brauchen.«

Hannah schmunzelte. »Du kennst mich einfach zu gut, Marilyn Booker. Ich bin froh, dass du meine Freundin bist.«

Alexandra »Alex« Steiner

Wie soll es weitergehen?

Alex schlug den Mantel enger um sich. Es war kalt. Zu kalt für die Jahreszeit. Sollte im Oktober nicht der goldene Herbst stattfinden? Und überhaupt – wie war das mit der Erderwärmung?

Sie lachte über ihre dummen Gedanken. Ein kalter Tag im Oktober widersprach nicht der Klimakrise, die unweigerlich auf sie zukam.

Ihr Wagen stand nicht weit weg; Alex stieg erleichtert ein, startete den Motor und drehte die Heizung hoch.

Noch eine Woche, dann waren Herbstferien. Eine Woche Freizeit und Freiheit. So sehr sie sich gewünscht hatte, wieder als Lehrerin zu arbeiten – so hatte sie sich das nicht vorgestellt. In allen Bundesländern wurde über den Lehrermangel geklagt, aber bot man sich als Lehrkraft an, hieß es: »Was, Sie kommen aus Schleswig-Holstein? Nein, diesen Abschluss können wir nicht anerkennen. Er entspricht nicht unseren hohen Ansprüchen.«

Hohe Ansprüche, ha! Alex drückte auf die Hupe, weil der Fahrer vor ihr einfach nicht losfahren wollte, obwohl die Ampel auf Grün stand. Zum Glück gab es auch Schulen, bei denen der bayerische Staat nichts zu sagen hatte, weshalb sie seit Schulbeginn zeitweise als Grundschullehrerin in einer privaten Schule arbeitete. Dass sie von Nonnen geführt wurde, machte die Situation nicht einfacher.

Nach ihren privaten Verhältnissen gefragt – was eigentlich nicht zulässig war –, hatte sie geantwortet, dass sie zusammen mit einer Freundin, übrigens Polizistin, in einer WG wohne. »Die Mietpreise, Sie verstehen?« Dieser biestigen Obernonne, wie immer man sie offiziell nannte, die die Schule leitete, hätte sie niemals die Wahrheit gesagt. Obwohl es spannend gewesen wäre, deren Reaktion zu sehen.

Nadja hatte sie ausdrücklich davor gewarnt, von ihrer Beziehung zu erzählen. »Wir sind hier nicht in München. Coburg ist um einiges konservativer. Ich will keinen Ärger.«

Den wollte Alex auch nicht, dennoch wollte sie nicht glauben, dass man hier wegen seiner sexuellen Orientierung angefeindet wurde.

»Du scheinst bisher wirklich Glück gehabt zu haben. Hat dich noch nie jemand beschimpft deswegen?«

»Nein. Okay, meine Mutter war nicht sehr erbaut bei meinem Outing. Theo hat sich dann mit ihr unterhalten, da hat sie es zumindest akzeptiert. Aber sonst? Nein, ich hatte kaum Probleme deswegen.«

Nadja hatte sich skeptisch gezeigt.

»Vielleicht liegt es daran, dass ich es nicht an die große Glocke hänge?«, hatte Alex vorgeschlagen.

»Das tue ich auch nicht. Nur meine Familie und meine engsten Freunde wissen davon.«

Alex fuhr zum Supermarkt, um für das Abendessen einzukaufen. Nadja hatte Spätschicht und würde einen Bärenhunger mitbringen. Zuhause angekommen, verstaute Alex die Lebensmittel, machte sich einen Cappuccino und setzte sich im Wohnzimmer auf das neue Sofa, das sie sich erst kürzlich geleistet hatten.

Sie schaute die Post durch, warf die Werbung in den Müll und legte Nadjas Briefe zur Seite. Sie selbst hatte nur einen Brief von einer Versicherung bekommen. Schon wieder eine Rechnung! Immerhin hatte sie jetzt einen anständigen Job, wenn auch nur in Teilzeit. Aber vielleicht ergab sich mehr daraus. Sie war zu ungeduldig.

Der Freundin in den letzten Monaten auf der Tasche liegen zu müssen, war nicht einfach gewesen. Nadja hatte sich nie beschwert, aber Alex wusste, dass sie sich ebenso große Sorgen gemacht hatte wie sie selbst. All ihre Ersparnisse waren bei ihrer Flucht aus Kiel draufgegangen, der Verdienst bei Hannah war nicht gut genug gewesen, um etwas zur Seite zu legen.

Auch jetzt war ihr eigenes Gehalt lächerlich, unterm Strich blieben nicht einmal tausend Euro übrig. Aber es war ein Anfang, das musste sie sich immer vor Augen halten.

Ihr Handy klingelte, es war Theo. Selbst auf diese Entfernung schien er zu spüren, dass es ihr nicht gut ging.

»Na, was gibt es Neues aus der Provinz?«

»Das sagt der Richtige. Du lebst selbst in einem Kaff.«

»Aber immerhin in Nähe einer Großstadt. Im Ernst: Wie geht es dir?«

»Mal so, mal so«, wich Alex aus.

»Hast du dich schon wieder an den Schulalltag gewöhnt?«

»Ja und nein. Manches ist wohl an allen Schulen gleich, manches ist anders. Zumindest die Kinder sind überall gleich.« Alex lachte.

»Bereust du es?«

Alex antwortete nicht sofort auf die Frage. Theo war ihr bester Freund seit Kindertagen, niemand kannte sie besser als er. Niemand wusste besser als er, wenn es ihr schlecht ging.

»Nicht so sehr, dass ich Nadja verlassen würde«, sagte sie schließlich. »Es ist nicht leicht.«

»Das wusstest du vorher.« Es war eine Feststellung, kein Vorwurf. »Ich könnte am Wochenende kommen.«

Alex zögerte. Sie hatte Theo seit ihrem Umzug in die fränkische Provinz nicht mehr gesehen, ein Wochenende mit ihm wäre wunderbar. Aber sie hatten bereits Pläne.

Er schien es zu ahnen, denn er sagte: »Kein Problem, ich kann auch wann anders kommen.«

»Es tut mir leid. Es ... es ist momentan etwas ungünstig.«

»Wie gesagt, kein Problem. Du solltest dir mal eine weniger komplizierte Beziehung aussuchen.«

»Haha!«

»Halt die Ohren steif, okay? Und ruf mich an, wenn was ist. Ich gebe auch telefonische Beratung.« Er lachte, um seine Worte abzuschwächen, aber Alex wusste, er meinte es ernst.

»Danke. Ich weiß das zu schätzen. Ich melde mich.« Sie legte auf und schob das Handy zur Seite.

Seit wann war ihr Leben so schwierig geworden? Nun, diese Frage war schnell beantwortet: Seit sie vor ihrer rasend eifersüchtigen Ex-Partnerin Raffaela von Kiel nach München geflohen war. Nicht einmal Theo war eingeweiht gewesen, sie hatte damals niemandem mehr vertraut.

Nun lebte Theo in Freising und sie in Nordbayern. Die Entfernung war nicht ganz so weit wie in den hohen Norden, aber zu weit, um sich mal eben Rat zu holen. Und solche Dinge besprach man nicht am Telefon.

Solche Dinge!

Alex schnaubte. Konnte man Überlegungen, die Frau, die man liebte, zu verlassen, weil man kreuzunglücklich war, »solche Dinge« nennen? Wohl kaum.

Sie wusste, sie musste mit Nadja reden. Auf die Gefahr hin, dass ihre Beziehung daran zerbrach, aber so konnte es nicht mehr weitergehen.

Mit dem festen Entschluss, spätestens am Wochenende das Gespräch zu suchen, ging sie in die Küche und bereitete das Abendessen vor. Normalerweise sagte die Freundin Bescheid, wenn sie auf dem Heimweg war, doch heute blieb das Handy stumm.

Alex lenkte sich ab, indem sie aufräumte, eine Trommel Wäsche anwarf, den Boden saugte. Nadja hatte ihr von vornherein gesagt, dass sie keine perfekte Hausfrau war, aber ein bisschen mehr hätte sie sich schon einbringen dürfen.

Alex gestand sich ein, dass sie Nadjas Hang zu Schlamperei ärgerte. Immer musste sie ihr hinterherräumen.

Musst du?

»Ach, halt die Klappe!«, fauchte sie ihre innere Stimme an. »Ich will eben nicht in einer Müllhalde leben.«

Als sie gegen elf immer noch nichts gehört hatte, begann Alex, sich Sorgen zu machen. Gerade, als sie bei der Station anrufen wollte, ploppte eine WhatsApp-Nachricht auf.

»Ich komme. 🫢«

Sie war so erleichtert, dass sie Nadja um den Hals fiel, kaum war sie in der Wohnung.

»Tut mir leid, aber wir hatten einen speziellen Einsatz. Ich konnte mich nicht früher melden.«

»Ich hatte solche Angst um dich.«

»Musst du nicht.« Nadja strich ihr beruhigend über den Rücken. »Ich bin nicht an vorderster Front, sondern nur Backup. Trotzdem gilt auch für uns ein absolutes Handyverbot.«

Da Alex bereits gegessen hatte, schlang Nadja ihre Portion hastig hinunter.

»Lass dir Zeit. Niemand nimmt dir was weg.«

»Ich bin völlig ausgehungert. Und todmüde.« Nadja zögerte.

»Was ist?« Alex war alarmiert.

»Wäre es sehr schlimm, wenn wir am Wochenende hierbleiben? Ich brauche Ruhe.«

Alex war tief enttäuscht, aber sie bemühte sich, es nicht zu zeigen. Klar, die Freundin hatte den stressigeren Job, sie war froh um jeden freien Tag, an dem sie nichts tun musste. Sie hingegen war dankbar für jede Ablenkung.

»Nein, kein Problem. Wir machen es uns hier gemütlich.«

Nadja beugte sich vor und gab ihr einen Kuss. »Du bist die Beste. Danke für das Essen, es war sehr lecker.« Sie dehnte und streckte sich. »Ich geh duschen und dann ins Bett.«

»Ich räum nur schnell auf und komme dann auch.«

Später lag sie neben Nadja im Bett mit dem nagenden Gedanken, dass Theo doch hätte kommen können.

Das Wochenende verging, ohne dass Alex das Gespräch suchte. Jede Ausrede war ihr recht, um sich dahinter zu verstecken.

Am Mittwoch teilte ihr Nadja mit, dass sie den geplanten Trip nach Berlin nicht machen konnten. Wegen des speziellen Einsatzes, über den sie nicht reden durfte, war ein Urlaubsverbot verhängt worden.

»Ihr seid wirklich Marionetten des Staats«, fauchte Alex.

Nadja ließ die Schultern hängen. »Ich kann nichts dafür. Es tut mir leid. Ich weiß, wie sehr du dich darauf gefreut hast.«

Jetzt tat es Alex leid, dass sie so aus der Haut gefahren war. Natürlich konnte Nadja nichts dafür. Sie umarmte die Freundin und entschuldigte sich. Doch in ihrem Inneren brodelte es weiter.

Die Zeit an der Schule war nicht eben förderlich für ihre Stimmung. Die letzten Tage vor den Ferien waren kaum zu ertragen. Die Kinder waren außer Rand und Band, die Kollegen mindestens ebenso unleidlich. Alex war dankbar, dass ihre Stunden zusammenhingen und sie nur wenig Zeit im Lehrerzimmer verbringen musste. Die Mehrheit der Kollegen – wobei es hauptsächlich Kolleginnen waren – hatte sie freundlich aufgenommen, aber es gab zwei Kollegen, die sich immer wieder abfällig und anzüglich über die Frauen unterhielten, oftmals in deren Anwesenheit.

Alex war oft versucht, sie zur Rede zu stellen, aber sie hatte sich vorgenommen, nicht aufzufallen. Also schluckte sie ihren Ärger hinunter.

Normalerweise hatte sie freitags frei, doch eine Kollegin hatte sie gebeten, für sie einzuspringen. Irgendein privates Problem, das nur an diesem Tag gelöst werden konnte.

»Es ist nur für eine Stunde. Im Prinzip musst du nur anwesend sein, Unterricht hätte ich eh keinen gemacht. Einen Tag vor den Ferien ist mit den Kindern nichts anzufangen.«

Natürlich sagte Alex zu. Wer sich bei anderen beliebt machte, hatte womöglich größere Chancen, eine Vollzeitstelle zu ergattern. Sie war sich zwar nicht sicher, ob sie diese wirklich wollte, aber sie wollte mehr – sie musste mehr – zum gemeinsamen Leben beitragen.

Der November zeigte sich von seiner kalten, ungemütlichen Seite. Während Nadja nach eigenen Worten in irgendeiner Kaserne auf Abruf saß, hockte Alex in ihrer Wohnung und langweilte sich. Es hätte jede Menge zu tun gegeben, aber sie hatte auf nichts Lust.

Stundenlang zappte sie durch das Fernsehprogramm, blieb an blödsinnigen Soaps hängen und verdrängte zunächst den Sog, den diese auslösten. Erst, als sie beinahe ausrastete, weil sie eine Folge einer Soap verpasst hatte, beschloss sie, dass sich etwas ändern musste.

»Ich fahre für ein paar Tage nach München«, schrieb sie Nadja und schickte die Nachricht los, bevor sie es sich anders überlegte. Dann buchte sie ein Zugticket und rief Theo an, um ihm ihren Besuch mitzuteilen.

»Du bist immer willkommen.«

Sie packte eine Reisetasche, checkte zwischendurch immer wieder ihr Handy, aber Nadja hatte die Nachricht noch nicht gelesen.

»Auch recht«, brummte Alex, zog entschlossen den Reißverschluss der Tasche zu, überprüfte alle Elektrogeräte und verließ die Wohnung.

Erst, als der Zug losfuhr, atmete sie auf. Insgeheim hatte sie gehofft und befürchtet, Nadja würde sie in einer Art Nacht- und Nebelaktion abhalten wollen. Doch die Nachricht war immer noch ungelesen. Was lief nur schief?

Am Münchner Hauptbahnhof stand ein grinsender Theo mit einem riesigen Strauß roter Rosen. Alex musste lachen

»Du bist so ein Idiot«, sagte sie und brach in Tränen aus.

Theo drückte den Strauß einer jungen Frau in die Hand, die so überrascht war, dass sie ihn ohne Widerrede annahm, und schloss Alex in seine Arme.

»Hey, es wird alles gut.«

Er nahm ihre Tasche in die linke Hand und ihre Hand in seine Rechte und zog sie mit sich zur S-Bahn. Trotz ihrer zwiespältigen Gefühle genoss Alex das Chaos, das am Bahnhof herrschte. Es war beinahe wie Heimkommen.

Theos Wohnung war klein, aber gemütlich.

»Du kannst auf dem Sofa schlafen, es ist recht bequem. Für ein großes Bett war leider kein Platz.«

Er stellte ihre Tasche in das winzige Schlafzimmer, in dem nicht einmal ein Schrank stand.

»Kriegst du hier nicht Klaustrophobie?«

Theo zuckte mit den Schultern. »Es geht. Am Anfang war es schwierig, aber inzwischen habe ich mich daran gewöhnt. Im Endeffekt ist es auch nicht viel kleiner als dein Gartenhäuschen. Und im Gegensatz zu dem hat es wenigstens eine richtige Küche, auch wenn sie voll ist, sobald ich drinstehe.«

Alex ließ sich aufs Sofa fallen. »Gut. Dann musst du kochen.«

Theo ließ sich zu ihren Füßen auf den Boden nieder. »Willst du jetzt darüber reden oder später?«

Alex zögerte. Eigentlich wollte sie gar nicht reden, sondern nur die Zeit mit ihrem besten Freund genießen, aber sie wusste, dass die Vogel-Strauß-Methode nicht half. Also lieber gleich.

»Okay. Erzähl.«

Und Alex berichtete von den alltäglichen Problemen, die man zu Beginn einer Beziehung hatte, wenn man sich noch nicht wirklich gut kannte.

»Wir waren gerade mal sechs Monate zusammen, als Nadjas Versetzungsschreiben eintrudelte. Und dann ausgerechnet Coburg! Hätte es nicht etwas Näheres sein können? Ich wollte nicht weg aus München, aber sie meinte, wir würden eine so lange Fernbeziehung nicht durchstehen. Sie muss mindestens zwei Jahre dortbleiben. Dann hat sie mich gefragt, ob ich mitkäme, und ich habe spontan Ja gesagt, ohne groß zu überlegen, was das für mich bedeutet. Ich dachte, einen Job wie bei Hannah finde ich überall.«

»Aber du hast doch jetzt einen Job.«

Alex wiegte den Kopf hin und her. »Ja, aber eigentlich hasse ich ihn. Ich habe mich so gefreut, als ich die Zusage erhielt. Endlich wieder als Lehrerin arbeiten, das war wunderbar. Aber ehrlich gesagt, ist es die Hölle.« Sie schaute den Freund fragend an. »Waren Kinder früher auch schon so schlimm?«

Theo lachte. »Keine Ahnung. Ich habe nie wirklich als Lehrer gearbeitet, höchstens mal eine Stunde Kunstunterricht gegeben. Und das ist eine Ewigkeit her. – Sind es wirklich die Kinder?«

Alex senkte den Kopf. Sie hätte wissen müssen, dass Theo sie durchschaute.

»Nein, natürlich nicht. Sie sind ein Teil des Problems, aber sicher nicht das hauptsächliche.« Sie hob die Hände. »Es sind so viele Baustellen, dass ich nicht weiß, mit welcher ich anfangen soll. Zu Beginn hatten wir das Problem, dass ich kein Geld verdient habe. Dann hatte ich endlich den Job, aber seither scheint Nadja nur noch im Dienst zu sein. Ich kann mich schon gar nicht mehr erinnern, wann wir zuletzt etwas unternommen haben.«

»Habt ihr darüber gesprochen?«

»Am Anfang ja, aber da ging es vor allem um das Thema

Geld. Ich hatte permanent ein schlechtes Gewissen, Nadja sagte immerzu, dass wir es schaffen würden, auch wenn es immer verdammt knapp war. Wir schwimmen zwar immer noch nicht in Geld, aber wir kommen etwas besser über die Runden. Ich will ...« Alex spürte die Tränen aufsteigen, wollte sie zunächst zurückdrängen, ließ ihnen dann doch freien Lauf.

Theo reichte ihr wortlos eine Packung Taschentücher.

»Danke.« Sie trocknete ihr Gesicht und schnäuzte sich. »Ich will seit Wochen mit ihr reden, aber sie ist immer so müde, wenn sie nach Hause kommt.« Sie schaute Theo an. »Manchmal habe ich das Gefühl, sie täuscht das nur vor, um nicht reden zu müssen.«

»Es ist ja auch nicht einfach. Denn womöglich kommt ihr am Ende zu dem Schluss, dass es aus ist.«

»Ich weiß.« Die Tränen flossen erneut. Schweigend saßen sie da und hielten sich an der Hand. Alex tat es gut, dem Freund ihr Herz auszuschütten.

»Liebst du sie noch?«, fragte er eine ganze Weile später.

»Ich denke ja.« Alex stockte. War sie sich nicht immer sicher gewesen, in Nadja ihre große Liebe gefunden zu haben? Aber das hatte sie damals auch bei Raffaela gedacht.

Theo tätschelte sanft ihre Schulter. »Mach dir nicht allzu viele Gedanken darüber. In deinem Kopf geht gerade zu viel um, da ist es schwer, seine wahren Gefühle zu spüren.«

Alex wollte etwas antworten, als ihr Handy aufleuchtete. Erleichterung durchflutete sie. Sie drückte auf das grüne Hörerzeichen. »Hallo Nadja.«

»Bist du gut angekommen?«

»Ja, bin ich. Wir sitzen gerade beisammen und trinken Tee. Hier ist es genauso kalt wie bei uns.« Sie schnitt eine Grimasse, die Theo erwiderte. Er erhob sich und verschwand in seiner winzigen Küche, vielleicht, um tatsächlich Tee zuzubereiten.

»Es tut mir leid. Ich habe mich in den letzten Tagen zu wenig um dich gekümmert.«

»Das ist doch Blödsinn! Du bist doch nicht dazu da, mich zu bespaßen.«

»Aber ich weiß, wie frustriert du bist wegen der blöden Schule. Wir hätten mehr reden sollen.« Nadja machte eine kurze Pause, fuhr dann fort: »Aber ich bin seit Wochen einfach so erschöpft.«

»Klingt, als hätten wir beide den Traumjob ergattert.« Alex versuchte, ihre Stimme flapsig klingen zu lassen.

»Ja, klingt wirklich so. Dabei liebe ich es, Polizistin zu sein.«

»Und ich Lehrerin. Woran liegt es also?«

»Womöglich an der Umgebung?«

»Dann sollten wir daran etwas ändern.«

»Leichter gesagt als getan. Du weißt, dass ich zwei Jahre absitzen muss.«

»Ich weiß.« Alex seufzte. »Hör zu, Nadja. Ich weiß, wir müssen dringend miteinander reden. Aber wir sollten das nicht am Telefon tun. Lass uns nach deinem Einsatz irgendwohin fahren, wo es ruhig ist, dann reden wir. Okay?«

»Klingt vernünftig.«

»Vernünftig. Na ja, du hast vermutlich recht.« Alex versuchte ein Lachen, das ihr im Hals stecken blieb. »Ich komme bald zurück, versprochen. Gib mir ein paar Tage.«

»Wenn ich sicher sein kann, dass du zurückkommst ...«

Alex schluckte. »Ich verspreche es.«

»Gut. Sag Theo liebe Grüße. Und Hannah auch. Sag ihr, ich vermisse das Flair ihres Cafés. – Du wirst Hannah doch auch sehen, oder?«

»Ja, natürlich. Sie würde mich umbringen, wenn ich es nicht täte.«

»Eben. – Ich liebe dich.«

»Ich liebe dich auch.« Alex legte auf.

Wie auf Kommando tauchte Theo mit zwei dampfenden Tassen auf. »Ich dachte mir, Tee kann nie schaden.«

Alex nahm ihm eine Tasse ab und roch daran. »Puh was ist

das denn für eine Mischung?«, jammerte sie und verzog das Gesicht.

»Irgendetwas Biodynamisches. Ich habe leider keinen ordentlichen Tee zuhause. Ich trinke Kaffee oder Wasser.«

»Dann müssen wir dringend einkaufen gehen. – Grüße von Nadja.«

»Ist alles gut?«

Alex nickte. »Zumindest für den Moment. Wir werden reden, wenn ich zurück bin.«

»Gut.«

Schweigend tranken sie ihren Tee, der zu Alex' Erleichterung besser schmeckte als er roch.

»Ich muss zu Hannah«, sagte sie nach einer Weile.

»Eh klar. Du kannst nicht nach München kommen, ohne sie zu sehen.«

Nachdem das auch geklärt war, schlug Theo vor, zum nahegelegenen Inder zum Essen zu gehen. Sie vermieden alle heiklen Themen und verbrachten einen lustigen Abend, fast wie in alten Zeiten.

Das Sofa war tatsächlich bequem, und am nächsten Morgen sah die Welt etwas besser aus.

Theo zeigte ihr Freising und das Museum, für das er arbeitete und in dem er sogar eigene Werke präsentieren durfte.

»Es klingt perfekt.«

Theo wiegte den Kopf hin und her. »Perfekt ist es nicht, aber für den Moment ist es gut so, wie es ist.«

Am zweiten Tag fuhren sie nach München, um Hannah zu besuchen. Alex hatte sie ursprünglich überraschen wollen, aber Theo hatte ihr davon abgeraten.

»Es ist sehr viel los. Du solltest dich anmelden, damit sie auch Zeit für dich hat.«

Alex war überrascht, dass das Café bis auf den letzten Platz besetzt war. Es war tatsächlich wie in Vor-Corona-Zeiten. Neben Edi, die hinter der Theke hantierte und ihr freudig zuwinkte, waren eine Frau in ihren Vierzigern und ein junger Mann anwesend, die bedienten.

»Das ist Lilya aus der Ukraine. Sie ist quasi deine Nachfolgerin«, erklärte Theo. »Und das ist Marco, ein Student. Er hilft zusätzlich in den Spitzenzeiten.«

»Dann scheint es ja wirklich wieder normal zu laufen.«

Theo nickte. »Hannah ist jedenfalls recht zufrieden.«

Alex schaute ihn forschend an. »Das klingt, als hättest du regelmäßig Kontakt zu ihr.«

»Wäre das ein Problem?«

Alex war versucht, den Kopf zu schütteln, dachte dann an den Eifersuchtsanfall, den sie bei Theos erstem Besuch im Café erlitten hatte. Sie wusste bis heute nicht, warum sie damals so seltsam reagiert hatte.

»Nein«, sagte sie entschieden. »Es ist kein Problem. Ihr seid beide meine besten Freunde, warum solltet ihr euch nicht gut verstehen und euch regelmäßig sehen?«

»Eben.« Theo nickte, doch er schien nicht von der Echtheit ihrer Gefühle überzeugt zu sein.

Alex war es ebenso wenig. Was war nur los mit ihr, dass ihre Gefühle permanent Achterbahn fuhren? War sie reif für den Psychiater?

»Da bist du ja!« Hannah kam mit ausgestreckten Armen auf sie zu und lenkte sie damit von ihren Gedanken ab. »Du siehst gut aus.« Nach einer heftigen Umarmung wurde sie auf eine Armeslänge Abstand gehalten. »Na ja, die Ringe unter den Augen erzählen etwas anderes.«

Dass Hannah und Theo sich mit Küssen links und rechts begrüßten, versetzte ihr einen Stich. Sie schienen sich wirklich gut zu verstehen.

Hannah nahm ihre Hand, wandte sich um und suchte Edi. »Ich bin oben, falls was sein sollte«, rief sie ihr zu und deutete mit dem Daumen gegen die Decke. Edi nickte und winkte ihnen zu.

»Lass uns erstmal raufgehen, hier ist gerade viel los. Später

kannst du Edi begrüßen und die anderen kennenlernen.«
Hannah ging vor und lotste sie durch die besetzten Tische
vorbei zur Seitentür.

»Erzähl«, forderte Hannah sie auf, als sie mit Getränken
versorgt im Wohnzimmer saßen. »Wie ist das Leben in der
Provinz?«

Alex war versucht, ihren Alltag zu beschönigen, aber dann
kam sie sich schäbig vor. Hannah hatte ihr so sehr geholfen, als
sie wegen Raffaelas Stalking nicht mehr weiterwusste. Es wäre
mehr als unfair, ihr jetzt etwas vorzumachen, nur weil sie ihre
Gefühle nicht im Griff hatte. Außerdem würde Hannah es
vermutlich sowieso spüren, dass sie nicht die Wahrheit sagte. In
der Beziehung hatte sie ähnliche Antennen wie Theo.

Also erzählte sie von ihrem Schulalltag und den Problemen,
mit Coburg warm zu werden. »Es ist einfach nicht meine Stadt.«

»Ich war noch nie da, deshalb kann ich nichts dazu sagen. Ich
dachte, es ist nur für einen begrenzten Zeitraum?«

Alex nickte. »Für zwei Jahre. Sieben Monate haben wir schon
geschafft. Mir graut, wenn ich an die restlichen siebzehn
Monate denke.«

»Was sagt Nadja dazu?«

Alex lachte bitter. »Wenig. Sie ist bei einer ›speziellen Operation‹, oder wie sich das nennt, eingesetzt. Sie kommt jeden Tag
todmüde nach Hause und geht sofort ins Bett. Dabei ist sie
angeblich nur Backup, was immer das heißt.«

»Du bist ziemlich wütend.« Hannah griff nach ihrer Hand.

»Ja, ich bin verdammt wütend.« Ein Gedanke schoss durch
Alex' Gehirn, so ungeheuerlich, dass sie ihn zunächst selbst
nicht wahrhaben wollte. »Was, wenn sie gar nicht im Einsatz
ist?«

»Das glaubst du doch selbst nicht«, warf Theo ein.

Alex hob die Schultern. »Ehrlich gesagt, ich weiß nicht mehr,
was ich glauben soll und was nicht. Es würde jedenfalls vieles
erklären.«

»Nun mal nicht gleich den Teufel an die Wand.« Hannah

tätschelte beruhigend ihre Hand. »Ich bin das beste Beispiel: Man kann alles klären.«

»Das wollen wir auch, so bald wie möglich.«

»Na siehst du.«

Alex nickte und biss die Zähne zusammen. Andere taten sich leicht, einen Ratschlag zu erteilen. »Können wir bitte von etwas anderem reden?«

Hannah lachte. »Aber natürlich! Ich kann dich mit einem Reisebericht unserer Griechenlandtour langweilen. Da wüsste ich übrigens einen tollen Ort für dich und Nadja.« Sie hob abwehrend die Hände. »Entschuldige, ich kann es einfach nicht lassen.«

Alex musste wider Willen lachen. »Nein, ist schon okay. Ich fürchte allerdings, dass wir uns einen Trip ins Ausland nicht leisten können.«

Hannah gab ihnen einen kurzen Überblick über ihre Reise und zeigte auf ihrem Handy ein paar Fotos. Alex hörte nur mit halbem Ohr hin, überlegte stattdessen, wo sie und Nadja hinfahren könnten, um ungestört miteinander zu reden.

»Ich fürchte, ich muss wieder runter.« Hannah stand auf. »Edi kann nicht mehr so lange stehen, ich muss sie ablösen.«

»Aber es geht ihr gut?«

»Ja, aber sie jetzt fast siebenundsechzig, sie muss allmählich etwas kürzertreten.« Hannah seufzte. »Offen gestanden graut mir vor dem Tag, an dem sie verkündet, in Rente zu gehen. Was soll ich nur ohne sie anfangen?«

»Ich dachte, Halim denkt darüber nach, für dich zu kochen«, warf Theo ein.

Alex spürte wieder diesen Stich, sagte aber nichts.

»Ich bin mir nicht sicher, ob das die richtige Lösung ist«, erwiderte Hannah. »Ich schätze Halim sehr und er kocht ausgezeichnet. Das Backen kann ihm Edi sicher auch noch beibringen. Aber ich finde, er hat etwas Besseres verdient als in einem Café zu kochen.«

»Was gibt es Besseres als das Café Hannah?«, sagte Alex zu

ihrer eigenen Überraschung. »Okay, ihr habt keine drei Sterne, aber das Café ist äußerst beliebt, es ist also immer gut zu tun. Und bei dir wäre er sein eigener Herr und müsste sich nicht einem anderen Koch unterordnen.«

Hannah lachte. »Ich weiß, ich weiß. Ich denke auch tatsächlich darüber nach. Da, wo er gerade ist, fühlt er sich nicht sehr wohl. Er sagt, er kann seine Kreativität nichts ausleben, weil sein Chef immer die gleichen Essen anbieten will.«

»Na also, Problem gelöst«, sagte Theo.

»So einfach ist es leider nicht.« Hannah räumte die Gläser weg und gab damit das Zeichen für den Aufbruch. »Ich weiß, es ist unhöflich, aber ich muss euch zumindest hier rausschmeißen. Ihr könnt natürlich unten noch etwas essen und trinken. Auf Kosten des Hauses, versteht sich.«

Sie gingen hinunter ins Café, wo Alex Edi begrüßte, die ihr Lilya und Marco vorstellte.

Alex wäre am liebsten sofort nach Hause gefahren, aber Theo überredete sie, noch zu bleiben und Hannahs Angebot anzunehmen. »So gutes Essen wie hier bekommst du bei mir nicht.«

Während sie Edis wie immer ausgezeichnete Küche genossen, beobachtete Alex die Leute im Café. Bedienen war nie ihr Traumjob gewesen, dennoch sehnte sie sich in die Zeit zurück. Da war ihre Welt noch in Ordnung gewesen.

Spinnst du? Und was ist mit Raffaela?

Alex schüttelte sich.

»Was ist los?« Theo schaute sie alarmiert an.

»Nichts. Ich musste nur gerade an die Zeit denken, als Raffaela mich gestalkt hat.«

Er griff nach ihrer Hand. »Das ist endgültig vorbei. Schau nach vorn.«

Alex zog eine Grimasse. »Weil's da so viel besser aussieht.«

»Du musst an euch glauben.«

Als Alex zwei Tage später in den Zug Richtung Coburg stieg, fühlte sie sich gestärkt und gewappnet für die Diskussionen mit Nadja.

Dass diese sie vom Bahnhof abholte, überraschte und freute sie sehr. Sie umarmten sich lange und küssten sich immer wieder, auch wenn ein älterer Mann sich abschätzig darüber äußerte.

»Ich habe dich vermisst«, flüsterte Nadja ihr ins Ohr.

»Ich dich auch.«

»Der Einsatz ist vorbei, ich habe jetzt wieder mehr Zeit für dich.« Nadja strahlte sie an. »Und wir bekommen vier Tage zusätzlichen Urlaub. Wir können jederzeit los.«

Alex seufzte. »Ich muss ab Montag wieder in die Schule. Bis zu den Weihnachtsferien habe ich keine Möglichkeit mehr wegzufahren.«

»Oh. Daran habe ich nicht gedacht.«

Alex spürte die Enttäuschung der Freundin. »Was wäre, wenn wir trotzdem fahren? Ich melde mich einfach krank?«

Nadja schaute sie erstaunt an. »Und wenn das rauskommt?«

»Bin ich meinen Job los. Dann finde ich etwas anderes. Notfalls bediene ich wieder.« Alex ergriff Nadjas Hände. »Unserer Beziehung ist mir wichtiger als alles andere.« Sie lachte leise. »Okay, wir sollten auch genug zu essen haben, aber du weißt, was ich meine, oder?«

Nadja nickte. »Und wenn wir gar nicht wegfahren, sondern versuchen, es zuhause zu klären?«

Alex schüttelte den Kopf. »Ich halte das für keine gute Idee. Zuhause verfallen wir zu leicht in alte Verhaltensmuster.«

»Klingt nach Theo«, sagte Nadja trocken.

Alex musste lachen. »Ja, das stammt tatsächlich von ihm. Aber ich denke, er hat recht.«

Schweigend liefen sie Hand in Hand zum Auto und fuhren nach Hause. Alex war gerührt, als sie den Blumenstrauß sah, den Nadja gekauft hatte. Noch mehr überwältigte sie die Tatsache, dass die Freundin aufgeräumt und offensichtlich auch geputzt hatte.

»Ich habe mich bemüht«, sagte sie verlegen.

»Es ist perfekt.« Alex schmunzelte. Provozierend strich sie einen Finger über das Bücherregal und hielt ihn hoch. Staub klebte daran. »Na ja, fast.«

Nadja gab ihr einen Klaps auf den Arm. »Ich habe nie behauptet, perfekt zu sein.«

Alex nahm sie in den Arm. »Ich weiß. Und auch wenn mich das manchmal nervt, liebe ich dich so, wie du bist.«

Den Sonntag verbrachten sie damit, nach einer günstigen Unterkunft zu suchen. Alex' Gewissen nagte an ihr, aber sie sagte sich immer wieder, dass es wichtiger war, die Beziehung zu retten als den Job.

Sie hatten drei potenzielle Orte zur Auswahl und diskutierten gerade über deren Vor- und Nachteile, als Theo anrief.

Als Alex ihm von ihrer Suche berichtete, schlug er vor, nach Freising zu kommen. »Ich finde etwas Passendes für euch. Und ich könnte euch helfen.«

Alex zögerte. Nadja und Theo waren sich nicht besonders grün. Sie akzeptieren sich, aber darüber hinaus waren sie glücklicher ohne die Nähe des anderen.

»Dein Angebot klingt verlockend, aber ich denke, wir müssen es allein schaffen.«

»Ja, vermutlich hast du recht. Ich drücke euch die Daumen.«

Sie und Nadja einigten sich schließlich auf eine Blockhütte ganz in der Nähe. Während Nadja beim Vermieter anfragte, bereitete Alex das Abendessen vor. Sie fragte sich, ob es richtig war, Theos Angebot auszuschlagen. Er hätte sicher die richtigen Fragen gestellt. Aber konnte sie das nicht auch allein?

Nadja kam zu ihr in die Küche. »Wir können kommen, wann immer wir wollen. Es ist keine Saison. Klar, wer fährt auch im November in eine Blockhütte?«

»Wir offensichtlich.« Alex ließ sie die Soße kosten.

»Hmm, lecker. – Die Hütten haben Zentralheizung und zwei

davon zusätzlich eine Art Feuerstelle. Frieren sollten wir also nicht. Und wenn, machen wir uns warme Gedanken.« Sie schaute Alex anzüglich an.

Die grinste. »Was geht nur in deinem Kopf vor?«

»Wann es endlich Essen gibt«, erwiderte Nadja lachend, holte Teller und Besteck aus dem Küchenschrank und deckte den Tisch.

Zwei Wochen später trugen sie frühmorgens ihre Reisetaschen zum Auto und fuhren die gut fünfzig Kilometer zur Hütte. Sie lag in einem kleinen Tal, versteckt hinter einem Wald. Nebelschwaden hingen tief in den Bäumen und verliehen der Gegend etwas Unheimliches.

»Wäre der perfekte Ort für ein Verbrechen«, sagte Nadja grinsend.

»Na, vielen Dank auch.« Alex schüttelte sich. »Vermutlich sind wir die Einzigen weit und breit. Kein Mensch wird unsere Hilferufe hören.«

Nadja schaute sie grinsend an. »Seit wann hast du so eine blühende Fantasie?«

»Seit du mich in abgelegene Holzhütten schleppst.«

Insgesamt standen acht Hütten auf dem Gelände, das durch einen Zaun von der Umgebung abgetrennt war. Der Vermieter hatte ihnen per Mail den Code für das Tor geschickt, das nun träge aufschwang.

Während Nadja langsam weiterfuhr, schaute Alex sich um. »Sieht ein bisschen wie in Shining aus.«

»Jetzt übertreibst du aber!« Aber Nadjas Stimme hatte einen unsicheren Unterton.

Ihnen gehörte die Hütte Nummer Vier. Nadja stellte den Wagen ab und holte die Taschen aus dem Kofferraum, während Alex sich in der Schule krankmeldete. Sie versprach, auf sich achtzugeben und zum Arzt zu gehen, sollte es länger dauern.

»Mist, ich habe die Krankschreibung vergessen«, sagte sie nach dem Telefonat zu Nadja.

»Ach was. Die ist einfach nicht angekommen.« Nadja las die Mail des Vermieters durch, in der auch die Anweisungen bezüglich der Schlüssel standen. »Da vorne gibt es ein Schließfach.« Sie deutete in die Richtung, aus der sie gekommen waren.

»Okay, ich warte.« Alex trat auf die Straße und versuchte herauszufinden, ob außer ihnen noch weitere Gäste anwesend waren. Es waren keine Autos zu sehen, die konnten aber so neben den Häusern geparkt sein, dass sie sich ihrem Blick entzogen. Sie glaubte, in der letzten Hütte Licht zu sehen, war sich aber nicht sicher.

Nadja kam nur wenige Minuten später zurück und hielt triumphierend den Schlüssel hoch. Sie schlossen das Haus auf und trugen die Taschen hinein.

Die Hütte war sehr gemütlich eingerichtet. Nach einem kleinen Eingangsbereich gelangte man ins Wohnzimmer, das Platz für ein großes Sofa samt drei dazugehörige Sessel bot sowie einen Esstisch mit sechs Stühlen. An der Wand gegenüber dem Sofa hing ein riesiger Flachbildschirm. Neben dem Esstisch stand im Eck ein schmiedeeiserner Ofen mit einem Fenster, durch das man das Feuer beobachten konnte – wenn denn eines brannte. Daneben waren Holzscheite gestapelt.

»Kannst du Feuer machen?«, wollte Nadja wissen.

Alex hob die Schultern. »Keine Ahnung. Ich war noch nie in der Verlegenheit.«

»Egal. Zur Not geht es auch ohne.« Nadja legte eine Hand auf den Heizkörper. »Lauwarm.« Sie drehte das Thermostat höher.

Im Anschluss an das Wohnzimmer folgte ein schmaler Flur, zu dessen Rechten sich die Küche und zur Linken das Bad befanden. Dahinter lagen zwei Schlafzimmer, eines mit einem klassischen Ehebett, das andere mit zwei Stockbetten.

Sie entschieden sich für das klassische und legten ihre Sachen in den Schrank.

»Wir sollten bald Einkaufen fahren«, sagte Alex.

»Vorne liegt eine Mappe, da steht sicher alles Nützliche drin.«

Sie gingen zum Eingang zurück, wo Nadja die Mappe aufschlug und unter E wie Einkaufen nachschlug. »Der nächste Supermarkt ist vier Kilometer entfernt. Dann lass uns mal fahren.«

Alex überprüfte zuvor die Küchenschränke und fand Grundnahrungsmittel wie Salz, Pfeffer, Zucker sowie ein angebrochenes Glas Instantkaffee. Sie zog einen Zettel aus der Tasche, auf dem sie bereits zuhause die wichtigsten Lebensmittel notiert hatte, und strich das Vorhandene durch. Den Instantkaffee warf sie in den Mülleimer, der neben dem Küchenschrank stand.

Der Supermarkt entpuppte sich als eine Art Krämerladen, in dem es nur das Nötigste gab. Als Alex die alte Frau, die hinter dem Tresen stand und sie argwöhnisch beäugte, fragte, ob es einen Metzger oder Bäcker in der Nähe gebe, erhielt sie einen missbilligenden Blick und ein Kopfschütteln. Nadja gab ein Geräusch von sich, als müsse sie sich das Lachen verkneifen.

»Notfalls fahren wir zurück nach Coburg und kaufen dort ein«, schlug sie vor.

»Es wird hier sicher auch einen Ort in der Nähe geben, wo man vernünftige Dinge bekommt. Oder wir ernähren uns eine Woche lang von Nudeln mit Tomatensoße.«

»Ist mir auch recht«, brummte Nadja. »Die Hauptsache, wir haben eine gute Zeit.«

Es dauerte zwei Tage, bis sie sich an all die Geräusche gewöhnt hatten, die nachts zu hören waren. Es knackte und quietschte – »das ist sicher nur das Holz, das arbeitet« – und heulte – »ein Wolf, hier?« – und raschelte – »Vermutlich ein Marder, der nach Essen sucht.«

Nach der ersten Nacht war Alex versucht vorzuschlagen, dass sie abreisten, aber dann schalt sie sich eine Närrin. Die Hütten hatten im Netz eine hervorragende Bewertung erhalten, niemand war bisher offensichtlich zu Schaden gekommen. Wenn sie mitten im November hierherkommen mussten, war das ihre eigene Schuld.

Am Nachmittag kamen weitere Gäste an und bezogen die Hütten eins bis drei. Die Erleichterung war auch Nadja deutlich anzusehen.

Nachts kam nun ein lautes Schnarchen hinzu, was Alex und Nadja zu Lachkrämpfen provozierte. »So viel zur Idylle«, bemerkte Nadja.

Am dritten Tag fühlten sie sich bereits heimisch, und gerade, als Alex befürchtete, sie würden die Woche beenden, ohne geredet zu haben, schlug Nadja vor, einen Spaziergang zu machen.

»Ich kann beim Gehen besser denken. Und man sitzt sich nicht gegenüber und schaut den anderen vorwurfsvoll an.«

»Gute Idee.«

Sie schlüpften in feste Schuhe und dicke Jacken, stülpten sich Mützen auf den Kopf und zogen los. Zunächst liefen sie schweigend nebeneinanderher, dann fragte Nadja: »Was würdest du tun, wenn du alle Möglichkeiten hättest? Also keine Geldsorgen, keinen nervigen Job, keine Beziehungsprobleme.«

Alex dachte nach, bevor sie antwortete. Natürlich hatte sie sich, wie vermutlich jeder irgendwann einmal, Gedanken darüber gemacht, was sie machen würde, wenn sie zum Beispiel im Lotto gewänne. Aber war es das, was Nadja wissen wollte? Egal, irgendwo mussten sie schließlich beginnen.

»Ich würde zunächst mal verreisen.«

»Wohin?«

»Da ich Zeit und Geld habe – warum nicht eine Weltreise?«

Nadja nickte. »Okay. Aber hast du Prioritäten? Gibt es Länder, die du unbedingt sehen willst?«

Alex überlegte. Bei allen Ländern, die sie gerne gesehen hätte, gab es gerade einen triftigen Grund, nicht hinzufahren. Meist war es Krieg oder auch nur die umstrittene Politik vor Ort.

»Die USA will ich unbedingt bereisen«, sagte sie. »Und ich

sollte es tun, bevor wieder so ein Idiot an die Macht kommt und alles noch schlimmer macht.«

Nadja lachte. »Ja, das wäre eine gute Idee.«

»Warst du schon mal dort?«

Nadja nickte. »Ich war ein Jahr auf Austausch, in der zehnten Klasse.«

Alex blieb stehen und schaute sie an. »Davon hast du noch nie erzählt.«

»Weil es nichts zu erzählen gibt.« Nadja zog die Schultern hoch, als müsse sie sich vor etwas schützen. »Ich bin bei einer dieser fundamental-christlichen Familien gelandet, irgendwo im Nirgendwo. Nach drei Monaten Bibeldrill hatte ich die Schnauze voll und bat um eine andere Familie. Es hat dann nochmal zwei Monate gedauert, bis ich wirklich in eine andere Familie kam. Es war die Hölle auf Erden.« Sie ließ die Schultern fallen und richtete sich auf. »Aber ich habe es durchgestanden. So schnell schüchtert mich nichts mehr ein.«

Alex nahm sie spontan in den Arm. »Das tut mir so leid.«

Nadja befreite sich. »Muss es nicht. Wirklich nicht. Die zweite Familie war zwar nicht so bibelversessen wie die erste, dafür stiegen mir der Vater und der älteste Sohn permanent nach. Ich hatte erst Ruhe, als ich mit Martial Arts anfing. Ich schätze, auch deshalb bin ich nach dem Abitur zur Polizei gegangen. Ich wollte andere vor so etwas beschützen.«

»Haben sie dich ...?« Alex schaffte es nicht, das Wort »vergewaltigt« auszusprechen.

Zu ihrer großen Erleichterung schüttelte die Freundin den Kopf. »Als ich es merkte, sorgte ich dafür, dass ich möglichst nie mit einem der beiden allein war.«

»Wusstest du schon vorher, dass du auf Frauen stehst?«

»Ich habe es geahnt, gewusst habe ich es nicht. Das kam erst später, als ich wieder hier war.« Nadja lachte. »Immerhin hat es mich davor bewahrt, mich wie die anderen Girls in den größten Idioten aller Zeiten zu verlieben.«

Alex schaute sie ratlos an. »Muss ich den kennen?«

»Nein. Das war nur allgemein gesprochen. An der zweiten High School gab es da diesen Typen, der alles hatte, was Mädchenherzen erträumen: Super Body, blonde Haare, die im Wind fliegen, blaue Augen, die dich zum Dahinschmelzen bringen, etcetera pp. Alle waren in ihn verknallt, nur ich nicht. Das hat ihn so geärgert, dass er mich unbedingt zur Freundin wollte.«

»Und? Hat er es geschafft?«

Nadja lachte wieder. »Ja, für zwei Tage. Dann habe ich erkannt, was für ein Idiot er war. Er erfüllte komplett das Klischee des dummen Sportlers. Als ich ihm den Laufpass gegeben habe, konnte er es nicht fassen. Es hatte noch nie jemand mit ihm Schluss gemacht. Zum Glück konnte ich ein paar Wochen später wieder nach Hause fahren.«

»Okay, Amerika steht dann wohl eher nicht mehr auf deiner Liste«, schloss Alex aus dem Gehörten. »Wo würdest du hinfahren, wenn du könntest?«

Sie waren stehengeblieben, aber jetzt wandte Nadja sich um und lief langsam weiter. Alex folgte ihr.

»Offen gestanden, weiß ich es nicht. Es gibt so viele Länder, die ich bereisen möchte, dass es mich komplett blockiert.«

»Dann müssen wir die Weltreise eben zusammen machen.« Alex hatte in lockerem Ton gesprochen, aber als Nadja sich umdrehte, sah sie mit Schrecken, dass sie Tränen in den Augen hatte.

»Was ist los?«

»Werden wir jemals gemeinsam verreisen?« Nadjas Stimme klang plötzlich wie die eines kleinen Mädchens.

»Aber natürlich!« Alex ging die paar Schritte zu der Freundin und nahm sie erneut in den Arm. »Zweifelst du etwa daran? Zweifelst du an uns?«

Sie spürte, wie Nadja die Schultern hob und wieder fallen ließ. »Du bist nicht glücklich mit mir«, stieß sie hervor.

Alex hielt sie auf Armeslänge von sich. »Was ist das denn für ein Quatsch? Ich bin nicht glücklich, ja, das stimmt. Aber es liegt doch nicht an dir. Es liegt an den Umständen.«

»Wirklich?«

»Wirklich. Ich bin unglücklich mit dem Job und weil ich nicht mehr zu unserem gemeinsamen Leben beitragen kann. Ich fühle mich in Coburg nicht wohl, keine Ahnung, warum. Vielleicht hängt alles miteinander zusammen. Aber ich bin *nicht* unglücklich wegen dir.«

»Aber wir müssen es noch einige Zeit dort aushalten.«

»Ich weiß.« Alex seufzte. »Ich gebe es ehrlich zu: Es macht mir Angst. Andererseits geht die Zeit so schnell vorbei. Gibt es gar keine Möglichkeit, in eine andere Stadt oder gar zurück nach München versetzt zu werden?«

Nadja schüttelte unglücklich den Kopf. »Nein. Als Single können sie dich überallhin versetzen.«

Alex wurde stutzig. »Was heißt ›als Single‹?«

»Na ja, wenn man Familie hat, nehmen sie schon Rücksicht darauf.« Nadja beäugte sie misstrauisch. »Worauf willst du hinaus?«

Alex schüttelte den Kopf. Sie musste nachdenken. »Das heißt also, wenn du verheiratet wärst und dein Partner zum Beispiel in München leben würde, könntest du die Rückversetzung beantragen?«

»Ja, im Prinzip. Das heißt aber nicht, dass es auch klappen würde.«

»Schon klar, ein Restrisiko ist immer dabei.« Alex atmete tief durch, nahm Nadjas Hände in ihre und sagte ernst: »Lass uns heiraten.«

»WAS?«

»Lass uns heiraten. Ich meine es ernst. Es hätte nicht nur steuerliche Vorteile, sondern wir könnten womöglich wieder nach München zurück.«

»Aber du lebst mit mir in Coburg«, erinnerte Nadja sie.

»Ja, ich weiß. Das müssen wir eben ändern. Ich muss zurück nach München, dann kannst du den entsprechenden Antrag stellen.«

»Puh!« Nadja schaute sie skeptisch an. »Bis wir das alles organisiert haben, sind die Monate rum.«

»Aber wer garantiert dir, dass du danach nicht wieder in
irgendeinem Kaff landest?«

»Niemand«, sagte Nadja langsam.

Alex sah, wie sie sich allmählich mit dem Gedanken anfreun-
dete. Sie wollte sie nicht drängen, aber sie zog sie zu sich und
küsste sie.

»Lass dir Zeit damit, es kommt für mich genauso überraschend. Aber lass uns ernsthaft darüber reden. Ich denke, es
könnte die Lösung sein.«

Kerstin Wahls

Die liebe Familie

Nicht einmal mehr sechs Wochen bis Weihnachten. Kerstin ging die Checkliste durch und nickte beruhigt. Sie hatte an alles gedacht. Die Einladungen waren verschickt, die Säle gebucht, der Baum bestellt, der Schmuck dafür aus dem Keller geholt und gereinigt, die Geschenke gekauft oder geordert. Zufrieden legte sie die Liste in die Schublade und schob diese zu.

Schon als junge Ehefrau hatte sie sich im sogenannten Salon eine private Ecke mit einem hübschen Schreibtisch einrichten lassen. Von dort aus organisierte sie alle sozialen Events, erledigte ihre Korrespondenz – früher per Hand, heute meist per E-Mail – oder bezahlte die Rechnungen, die für den Haushalt anfielen. Letzteres hatte sie einen harten Kampf mit den Männern der Familie gekostet, allen voran ihrem Schwiegervater Knud.

»Das macht die Buchhaltung«, hatte er gesagt.

»Ich möchte einen Überblick darüber haben, wie viel dieser Haushalt kostet.«

Wenn sie schon nicht selbst bestimmen durfte, was eingekauft wurde, wollte sie wenigstens ein Auge darauf haben, wofür und wohin das Geld floss. Am Ende hatte sie sich, auch dank Rasmus' Unterstützung, durchgesetzt.

Sie holte die Liste erneut aus der Schublade, setzte hinter den Punkt »Menu mit der Köchin besprechen« ein Ausrufezeichen und legte sie zurück.

Heiligabend gehörte dem engsten Familienkreis, am ersten Feiertag gab die Familie Wahls traditionell in der Firma ein großes Fest für alle Angestellten, am zweiten traf man sich in einem Hotel mit Freunden und Geschäftspartnern.

Zwei Jahre hatten sie auf die großen Feiern verzichten müssen, hatten sich nur mit der Familie getroffen – mit dem nötigen Abstand, der manchen durchaus willkommen gewesen war. In diesem Jahr sollte alles wieder wie früher sein. Ob das gut oder schlecht war, wollte Kerstin nicht entscheiden. Immerhin lenkte sie die Organisation von trüben Gedanken ab.

Sie wusste, sie konnte das Gespräch mit Rasmus nicht mehr lange vor sich herschieben. Natürlich könnten Hannah und ihr Partner auch in einem Hotel unterkommen – wahrscheinlich wäre es ihnen sogar lieber. Aber es war ein guter Grund, um Rasmus endlich dazu zu bewegen, wieder ins eheliche Schlafzimmer zurückzukommen.

Kerstin lachte leise in sich hinein. Wie oft hatte sie ihren Mann nächtens verflucht, weil er schnarchte wie ein ganzer Waldarbeitertrupp. Aber seit er vor drei Jahren in Hannahs ehemaliges Kinderzimmer umgezogen war, vermisste sie ihn.

Es gab keinen Grund mehr für getrennte Betten. Sie hatten sich dank Svenjas Intervention endlich ausgesprochen und verstanden sich besser denn je. Dennoch war er nicht in ihr gemeinsames Schlafzimmer zurückgekehrt.

Zu Beginn hatte Kerstin sich gefragt, ob ihr Mann nun auch

eine außereheliche Affäre begonnen hatte, um sie zu ärgern. Aber so sehr sie auch suchte, es gab keinerlei Hinweis darauf. Seit Hendrik mehr Aufgaben in der Firma übernahm, hatte Rasmus mehr Zeit. Diese verbrachte er zumeist in seinem Arbeitszimmer, und egal, wie oft sie unangemeldet hineinplatzte, er war immer für sie da. Er nutzte auch keine Sexseiten, um sich dort auszutoben; Kerstin dachte mit großer Scham daran, wie sie vor Monaten seinen Computer nach verdächtigen Links und seine Kreditkartenabrechnungen nach Beträgen durchsucht hatte.

Auch Faulheit konnte nicht der Grund sein. Seine Kleidung hing nach wie vor in seinem Schrank, der im ehelichen Schlafzimmer stand. Er zeigte keine Scheu, sich nackt vor sie zu stellen und sie zu bitten, sich eine verdächtige Hautstelle anzuschauen.

Bei Einladungen war er ganz der aufmerksame Ehemann, der sich um das Wohl seiner Gattin sorgte. Morgens begrüßte er sie mit einem flüchtigen Kuss, wie er es schon seit vielen Jahren getan hatte, abends wünschte er ihr wie immer eine gute Nacht. Während sie meist gegen elf Uhr ins Bett ging, folgte er so gut wie nie vor Mitternacht.

Es gab keine Anspielungen, keine Bemerkungen, nichts, was darauf hindeuten würde, dass er sie nicht mehr liebte. Außer, dass sie seit drei Jahren keinen Sex mehr gehabt hatten.

Kerstin wusste nicht, ob sie Federico Galvani für den schicksalhaften Anruf hassen oder dankbar sein sollte. Dankbar dafür, dass er sie über die rätselhafte Erbkrankheit aufgeklärt hatte. Hassen, weil er ihr Eheleben einmal mehr gestört hatte.

Wenn du ehrlich bist, warst du beim ersten Mal auch nicht ganz unschuldig.

Ja, natürlich hatte sie sich damals bewusst auf das Werben des Italieners eingelassen. Und trotz aller Widrigkeiten, die daraus resultiert waren, hatte die Liaison etwas sehr Wertvolles zuwege gebracht: Svenja.

Kerstin verspürte das Bedürfnis, ihre Tochter anzurufen. Sie griff zum Handy und war dabei, die Kurzwahltaste zu drücken, als es zaghaft an der Tür klopfte.

»Herein!« Sie rechnete mit einer der Angestellten, die etwas geklärt haben wollte. Doch zu ihrer Überraschung stand ihr Ehemann in der Tür.

»Rasmus! Was kann ich für dich tun?«

Er zögerte, zog eine Grimasse, trat ins Zimmer, schloss die Tür und vergewisserte sich, dass sie auch wirklich zu war.

Kerstin schaute ihn aufmerksam an. Dass Rasmus sie am helllichten Tag im Salon aufsuchte, konnte eigentlich nichts Gutes heißen. Seiner Miene war nichts zu entnehmen.

»Setz dich bitte«, forderte sie ihn auf, als er mitten im Raum stehen blieb. Sie deutete auf einen Stuhl in ihrer Nähe, den er ergriff, in nicht allzu großem Abstand neben ihren stellte und darauf Platz nahm. Der Stuhl ächzte ein wenig, was sie beide dazu veranlasste zu lachen.

»Ich sollte wohl abnehmen.«

Kerstin war versucht, dies zu bestätigen, überlegte es sich in letzter Sekunde anders. »Ich mag dich so, wie du bist.«

Rasmus zog erstaunt die Stirn hoch.

»Was denn? Ich habe nie ein Hehl daraus gemacht, dass ich dich mag.« Kerstin ärgerte sich, dass sie das Bedürfnis hatte, sich zu verteidigen, noch dazu für eine positive Aussage.

»Nein, das ist es nicht«, erwiderte Rasmus. »Ich dachte immer, du hältst mich für zu dick.«

Jetzt war es an Kerstin, die Stirn zu runzeln. »Habe ich das jemals gesagt? Klar, du hast ein paar Kilos zu viel auf den Rippen, aber du bist nicht zu dick.« Verwundert schüttelte sie den Kopf. »Du bist doch nicht gekommen, um mit mir über dein Gewicht zu reden, oder?«

»Nein, natürlich nicht.« Rasmus wollte noch etwas sagen, schwieg aber mit leicht geöffnetem Mund. Dann seufzte er und sagte: »Es ist nicht leicht. Aber unsere Tochter hat uns schließlich beigebracht, dass reden wichtig ist, also reden wir.«

Kerstins Magen verknotete sich augenblicklich. *Er will sich scheiden lassen*, fuhr ihr durch den Kopf.

»Ja, reden ist immer gut«, antwortete sie vorsichtig. Da Rasmus jedoch nichts sagte, fuhr sie fort: »Was immer es ist – raus damit.«

»Warum ist es so schwer, über Gefühle zu sprechen?«, fragte er stattdessen. »Immerhin sind wir Mann und Frau, wir sollten keine Geheimnisse voreinander haben, oder?«

Kerstin schüttelte nur den Kopf. Sie hatte keinen blassen Schimmer, worauf dieses Gespräch hinauslaufen würde. Ihr blieb nichts anderes, als geduldig abzuwarten.

»Okay, raus damit«, sagte Rasmus mehr zu sich selbst als zu ihr. Dann hob er den Kopf. »Ich, ich würde gerne wieder in unser Schlafzimmer zurückkommen.«

Kerstin konnte nicht anders, sie lachte schallend. Als sie seine erstaunte und leicht beleidigte Miene sah, musste sie noch mehr lachen.

»Tut mir leid, entsch... entschuldige bitte, ich ...« Sie wischte sich die Tränen aus den Augenwinkeln und bemühte sich, den Lachkrampf unter Kontrolle zu bekommen. »Es ist nur, weil ...« Sie griff nach seiner Hand und hielt sie fest. »Warte ... bitte ... einen ... Moment. Ist ... gleich ... vorbei.«

Endlich bekam sie sich in den Griff. Sie suchte nach einem Taschentuch und wischte sich noch einmal die Tränen aus den Augen. Die schwarzen Streifen zeigten ihr, dass ihr Make-up ruiniert war, aber das war jetzt nebensächlich.

Sie atmete zwei Mal tief durch, schaute Rasmus ernst an und sagte: »Es tut mir leid, wirklich. Das war sicher nicht die Reaktion, mit der du gerechnet hast. Es ist nur so: Ich sitze seit einer geschlagenen Stunde hier und überlege, wie ich dich davon überzeugen kann, wieder ins eheliche Schlafzimmer zurückzukehren.«

Rasmus starrte sie an, Sekunden später brach er in Gelächter aus. »Du wolltest ... du hast ... du ...?«

Kerstin lachte und nickte.

Sie hielten sich an beiden Händen und standen wie von Fäden gezogen zur selben Zeit auf. Kerstin trat auf ihn zu und schaute ihm von unten in die Augen.

»Ich will, dass du wieder zurückkommst, dass du wieder neben mir liegst. Ich vermisse dich jede Nacht.«

Als Antwort nahm Rasmus ihr Gesicht in beide Hände und küsste sie so zärtlich wie seit Jahren nicht mehr. Der Kuss wurde stürmischer und wilder, Kerstin spürte ein Verlangen in sich, das sie schon sehr lange nicht mehr empfunden hatte.

Als Rasmus an ihrer Bluse zupfte und die Knöpfe öffnen wollte, flüsterte sie: »Sollten wir nicht nach oben gehen?«

Rasmus knurrte, ließ aber von ihr ab, zog sie mit sich, öffnete die Tür, lauschte einen Moment und trat hinaus in die Halle.

»Keiner da«, flüsterte er verschwörerisch, was Kerstin ein Kichern entlockte.

»Pssst«, machte Rasmus, musste aber selbst lachen.

Leise, wie Verbrecher, schlichen sie die Treppe hinauf, überstiegen die Stufe, die immer so verräterisch laut knarzte, und liefen zu ihrem Schlafzimmer. Rasmus schloss die Tür und drehte den Schlüssel um.

»Nur für alle Fälle.« Er grinste und schob Kerstin vor sich her, bis sie mit den Beinen am Bett anstieß. Ohne sie aus den Augen zu lassen, knöpfte er ihre Bluse auf, zog sie ihr aus und warf sie achtlos zu Boden.

»Du bist immer noch eine verdammt schöne Frau«, flüsterte er und warf sie aufs Bett. Dann schlüpfte er aus seiner Hose, zog in einem Rutsch sein Hemd über den Kopf und legte sich neben sie.

Als Kerstin später aufwachte, war sie im ersten Moment irritiert. Wieso lag sie am helllichten Tag im Bett? War sie krank? Der Druck in ihrer Magengegend ließ darauf schließen.

Doch dann hörte sie das Atmen neben sich und realisierte, dass Rasmus' Arm über ihrem Bauch lag.

Rasmus lag auf dem Rücken und schlief, das Gesicht ihr zugewandt, der Mund leicht offen. Sie lächelte und strich ihm vorsichtig eine Strähne aus der Stirn. Drei Jahre waren eine verdammt lange Pause gewesen, aber das Warten hatte sich definitiv gelohnt. Rasmus hatte ihr zum ersten Mal seit langem wieder das Gefühl gegeben, begehrt und schön zu sein.

Ein Blick auf ihren Wecker ließ sie zusammenzucken. Sie hatte noch eine knappe Stunde Zeit bis zu ihrer Verabredung mit Silvia. Kurz war sie versucht, diese abzusagen, aber sie brannte auch darauf, jemandem die Neuigkeiten zu erzählen. Svenja war garantiert nicht am Liebesleben ihrer Eltern interessiert, auch wenn sie sich sicher über die Wendung freuen würde. Den Rest der Verwandtschaft konnte sie getrost ausschließen. Sie stand niemandem so nah, dass sie ihm so intime Details erzählt hätte. Einzige Ausnahme wäre vielleicht Hannah gewesen. Aber obwohl sie sich seit Svenjas Zusammenbruch vor drei Jahren besser mit ihrer Schwägerin verstand, hatten sie noch lange kein ich-möchte-dir-etwas-anvertrauen-Verhältnis. Es blieb also nur ihre Freundin Silvia, die ihr zwar manchmal einen Tick zu sarkastisch war, ihr aber in den letzten Jahren treu zur Seite gestanden und sie getröstet hatte, wenn ihr alles zu viel geworden war.

Vorsichtig legte sie Rasmus' Arm zur Seite, stand leise auf und ging ins Bad, um zu duschen. Beim Abtrocknen stellte sie sich vor den wandhohen Spiegel und betrachtete sich.

Für ihre 65 Jahre war sie noch ziemlich gut in Form. Der Bauch war trotz dreier Schwangerschaften flach, die Orangenhaut hielt sich in Grenzen, ebenso die Krampfadern. Die Brüste hingen, das ließ sich nach dreimal Stillen nicht vermeiden; dennoch konnte sie sich gut vorstellen, dass sie einen Mann reizten. Langsam drehte sie sich um die eigene Achse. Okay, der Hintern war in den letzten Jahren etwas breiter geworden, aber in einer Jeans konnte er immer noch knackig wirken.

Kerstin konnte sich ein Lachen nicht verkneifen. Kaum hatte sie mal wieder Sex gehabt, führte sie sich auf wie ein Teenager. Aber warum auch nicht? Das Leben war zu kurz, um Trübsal zu blasen.

Sie wandte sich ab, cremte sich ein und schlüpfte in den dunkelblauen Kimono, der neben der Tür hing. Er war ein Mitbringsel von Rasmus von einer seiner früheren Japan-Reisen. Sie liebte das Gefühl der Seide auf ihrer Haut. Am liebsten hätte sie ihn den ganzen Tag getragen.

Als sie das Bad verließ, stand Rasmus in voller Pracht vor ihr.

»Ach, hier bist du.« Er zog sie an sich und küsste sie.

»Hast du mich etwa schon wieder vermisst?«

Er brummte etwas Unverständliches und versuchte, unter ihren Kimono zu greifen.

Sie hinderte ihn sanft daran. »So gerne ich würde, aber ich muss in einer halben Stunde auf dem Golfplatz sein.«

»Golf im November?« Er klang eher enttäuscht als überrascht.

»Wir üben Abschlag. Du könntest es auch einmal versuchen. Es hält fit, ohne sich wie Sport anzufühlen. Außerdem kann man jede Menge Kontakte knüpfen.«

»Ach ja?« Er schaute sie misstrauisch an.

Kerstin lachte und tippte ihm mit dem Zeigefinger auf die grau behaarte Brust. »Nicht das, was du meinst. Geschäftliche Kontakte.«

»Die sind jetzt Hendriks Aufgabe.«

»Trotzdem. Es würde dir nicht schaden.«

»Mal sehen.«

»Ich würde mich sehr freuen. Immer nur mit Silvia zu spielen, ist auf Dauer langweilig.« Sie wandte sich ab, drehte sich aber noch einmal zu ihm um, küsste ihn und sagte leise: »War schön mit dir. Ich würde das gerne bei nächster Gelegenheit wiederholen.«

»Dito.«

Sie lachte, gab ihm einen sanften Klaps auf den Po und ließ ihn stehen, um sich anzuziehen.

Gute dreißig Minuten später stand sie etwas atemlos neben ihrer Freundin Silvia in der Driving Range.

»Du bist zu spät«, klagte diese, wollte einen Ball abschlagen, hielt inne und betrachtete Kerstin genauer. »Du strahlst regelrecht. Ist was passiert?«

Kerstin grinste. »Könnte man so sagen.« In knappen Worten schilderte sie ihr Gespräch mit Rasmus und das Resultat daraus.

Die Freundin tat schockiert »Mitten am Tag? Das macht man doch nicht!«

Sie lachten beide so laut, dass sich die anderen Golfer nach ihnen umdrehten.

»Wir fallen mal wieder negativ auf«, meinte Kerstin, nachdem sie sich beruhigt hatten.

»Ist mir egal.« Silvia zuckte mit den Schultern. »Sie sind auf unsere Spenden angewiesen.«

Sie versuchten, sich auf ihren Abschlag zu konzentrieren, aber es wollte beiden nicht so recht gelingen. Nach zwanzig Minuten gaben sie auf und gingen in die Bar, wo sie sich einen alkoholfreien Longdrink gönnten.

»Denkst du, dass jetzt alles wieder gut wird?«, wollte Silvia wissen.

Kerstin zuckte mit den Schultern. »Ich hoffe es sehr, aber ich weiß es nicht. Vielleicht war es auch nur ein letztes Aufbäumen. Als er heute zu mir in den Salon kam, dachte ich im ersten Moment, er wolle sich scheiden lassen.« Kerstin schüttelte sich in Erinnerung daran. »Die Wendung kam sehr überraschend. Aber auch äußerst willkommen.«

Ihre Freundin grinste. »Kann ich mir vorstellen.«

Sie tauschten noch den aktuellen Tratsch aus, doch Kerstin zog es nach Hause. Sie hatte plötzlich ein komisches Gefühl, als traue sie dem neugewonnenen Frieden nicht.

Je näher sie ihrem Zuhause kam, desto mehr wuchs die Unruhe in ihr, und als sie die Haustür aufschloss, erwartete sie beinahe, Rasmus schwer verletzt oder gar tot auf dem Boden liegen zu sehen.

Als sie die leere Halle sah, atmete sie erleichtert auf. Doch die Unruhe blieb. Sie lief in ihr Zimmer hinauf, um sich umzuziehen, ging dann in den Salon hinunter und klingelte der Haushälterin, um sie um einen Tee zu bitten.

»Ist so weit alles in Ordnung?«, fragte sie so neutral wie möglich.

Frau Müller, die seit über zehn Jahren in ihren Diensten war, nickte. »Ihr Sohn ist mit Ihrem Mann in dessen Arbeitszimmer.«

»Oh.« Kerstin war überrascht, Hendrik hatte seinen Besuch nicht angekündigt. Vermutlich gab es etwas wegen der Firma zu besprechen. »Wie schön, ich werde später nach ihm sehen. Aber erst brauche ich einen heißen Tee. Es ist gar zu scheußlich draußen.«

Frau Müller nickte, verließ das Zimmer, um knappe zehn Minuten später mit einem Tablett wiederzukommen, auf dem eine silberne Kanne, eine Tasse sowie Kandiszucker, Sahne und ein Teller mit Keksen standen.

»Vielen Dank«, sagte Kerstin, nachdem alles vor ihr auf dem Couchtisch angerichtet war. Der Tee dampfte verheißungsvoll in der Tasse. Kerstin fügte zwei Stückchen Kandis hinzu und lauschte dessen Knacken, dann ließ sie langsam ein paar Tropfen Sahne hineinlaufen und rührte um. Sie wusste, das war gegen die Vorschrift, aber sie war keine Ostfriesin, liebte einfach nur schwarzen Tee mit Kandis und Sahne.

Obwohl sie zu wenig geübt hatte, erlaubte sie sich einen Keks. Das nagende Gefühl in ihrem Innern wollte einfach nicht verschwinden und ließ sich auch nicht durch den Zucker auflösen. Lustlos blätterte sie in einer Zeitschrift, die in einem Korb neben dem Sofa lag.

»Hallo Mama.«

Kerstin schreckte hoch. Sie hatte das Kommen ihres Sohns nicht gehört.

»Hallo Hendrick. Schön, dass du da bist. Ist alles in

Ordnung?« Im selben Augenblick sah sie, dass dem nicht so war. Ihr Sohn hatte tiefe Augenringe, seine Haut war blass, die Schultern hingen nach unten. Er, der immer so sehr auf ein penibles Äußeres achtete, stand in zerrissener Jeans und ausgeleiertem T-Shirt vor ihr. »Was ist los?« Sie klopfte auf den Platz neben sich, aber Hendrik setzte sich in den Sessel ihr gegenüber und ließ den Kopf hängen.

Kerstin klingelte erneut nach Frau Müller und bat sie, eine zweite Tasse zu bringen, außerdem den Cognac und zwei Gläser.

Hendrik musste es gehört haben, äußerte sich aber nicht dazu. Er rührte weder den Cognac noch den Tee an, saß einfach nur da wie ein Häufchen Elend.

»Magst du mir nicht sagen, was los ist?«, bat Kerstin.

»Bianca hat mich verlassen.« Er sprach so leise, dass Kerstin nicht sicher war, ob sie richtig gehört hatte. Sie wagte nicht nachzufragen, wartete einfach ab.

Eine gefühlte Ewigkeit später zog Hendrik lautstark die Nase hoch, wischte sich über das Gesicht und sah auf. Seine Augen waren rot.

»Sie hat mir heute Morgen eröffnet, dass sie es nicht mehr mit mir aushält und mich verlässt. Niklas nimmt sie mit.«

»Oh«, war alles, was Kerstin zunächst über die Lippen brachte. Welch seltsamer Zufall! Während die Eltern sich gerade wieder versöhnt hatten, gab es bei ihrem ältesten Sohn eine Trennung.

»Hat sie einen Grund genannt?«, fragte Kerstin nach, als Hendrik weiter schwieg.

Er zuckte mit den Schultern. »Sie hält es nicht mehr mit mir aus«, wiederholte er.

Kerstin runzelte die Stirn. Ihr Ältester hatte viel von ihrem Schwiegervater geerbt, allem voran die Manie, möglichst wenig zu sagen. Sie beugte sich vor, nahm Hendriks Hand in ihre und sagte: »Hendrik, wenn du möchtest, dass ich dir helfe, brauche ich etwas mehr Information. Das kommt doch nicht aus heiterem Himmel. Oder?«

Langsam schüttelte er den Kopf, sagte aber immer noch nichts. Es war zum aus der Haut fahren!

»Herrje, Hendrik! Womöglich ist gerade nicht der richtige Augenblick und eigentlich lehne ich es ab, so etwas in so einer Situation zu sagen, aber jetzt reiß dich zusammen und rede mit mir.«

Erschrocken hob er den Kopf und schaute sie an. Mitleid schwappte über sie hinweg, aber Kerstin hütetet sich, es ihm zu zeigen. Zuerst brauchte sie die Details.

»Habt ihr gestritten?«

Er nickte. »Seit Monaten wirft sie mir vor, dass ich sie und Niklas vernachlässige.«

»Du arbeitest zu viel.«

Kopfnicken.

»Komm mal rüber zu mir, mir tut schon der Rücken weh.« Kerstin zog an seiner Hand. Widerwillig stand ihr Sohn auf und setzte sich neben sie auf das Sofa. Sie nahm eines der Gläser und reichte es ihm. »Hier, trink das. Du brauchst das jetzt.«

Folgsam leerte er das Glas in einem Zug, verzog kurz das Gesicht und stellte das Glas zurück auf den Tisch.

Sie wandte sich ihm ganz zu, nahm seine Hände in ihre und sagte: »Und jetzt erzähl von Anfang an. Seit wann läuft es nicht mehr?«

Zunächst stockend, dann aber mehr und mehr befreit berichtete Hendrik, dass Bianca sich seit einigen Monaten immer häufiger über seine Abwesenheit beschwerte.

»Ich hatte ihr gesagt, dass es schwer werden würde am Anfang, wenn ich mehr Aufgaben von Vater übernehme.« Er klang wie ein trotziges Kind.

»Wann hast du ihr das letzte Mal gesagt, dass du sie liebst?«

Hendrik starrte sie an, als habe er die Frage nicht verstanden.

Kerstin seufzte. Waren denn alle Männer der Familie Wahls hoffnungslose Fälle? Nein, sie war ungerecht. Christian trug zwar auch die Gene in sich, aber er hatte sich rechtzeitig nach

London abgesetzt, wo er dem Einfluss seines Großvaters nicht permanent ausgesetzt gewesen war. Hendrik hingegen, als Thronprinz, hatte nicht nur unter Knuds Fuchtel, sondern auch unter der seines Vaters leiden müssen.

»Habt ihr miteinander geredet?«, fragte sie ihren Ältesten.

»Mit Bianca kann man nicht reden!«

»Na na, urteile nicht so schnell. Habt ihr es versucht?«

Empört schaute er sie an. »Natürlich. Ich habe ihr tausend Mal erklärt, dass es eine schwierige Phase ist. Und dass ich das vor allem für uns tue.«

Kerstin konnte sich ein Lächeln nicht verkneifen.

»Was ist so lustig dran? Meine Ehe droht zu scheitern und du lachst?« Hendrik wollte ihr seine Hände entziehen, aber Kerstin hielt sie fest.

»Ich lache nicht über dich, mein Sohn. Das würde ich niemals tun, und das weißt du. Tatsächlich ist es eher ein Lächeln des Verzweifelns, weil sich die Geschichte immer wieder zu wiederholen scheint.«

Jetzt schaute er sie neugierig an. »Was soll das heißen?«

Kerstin seufzte. »Das soll heißen, dass dein Vater und ich vor fünfunddreißig Jahren die gleiche Krise hatten. Mit dem Unterschied, dass wir nicht redeten und ich fremdging.«

»Also stimmen die Gerüchte ...«, murmelte Hendrik.

»Welche Gerüchte?«

»Ach nichts.«

Aber Kerstin wollte es nun wissen. »Welche Gerüchte?«

Hendrik wand sich, aber sie ließ nicht locker.

»Es gibt seit vielen Jahren Gerüchte, dass du vor Svenjas Geburt einen Liebhaber hattest und Vater nicht ihr – na ja, ihr Vater ist.«

»Wer verbreitet solche Gerüchte?«

Wieder druckste Hendrik herum, rückte dann schließlich damit heraus. »Vor allem die Bediensteten.« Er schaute sie aufmerksam an. »Sieht Svenja deshalb so anders aus als wir?«

Kerstin wusste, dass Leugnen zwecklos war. Und weshalb

auch? Hendrik und Christian waren mehr als alt genug, um die Wahrheit zu erfahren. Keine Lügen mehr in der Familie.

»Ja, es stimmt, ich hatte eine Affäre und Svenja ist das Resultat daraus.«

»Gut.«

»Gut?«

Hendrik nickte. »Es ist gut, dass ich es endlich aus deinem Mund höre. Christian und ich haben dich immer verteidigt, wenn die Angestellten tratschten. Aber wir hatten eben auch unsere Zweifel.« Er schaute sie ernst an. »Kenne ich ihn?«

Kerstin wiegte den Kopf hin und her. »Du hast ihn damals sicher gesehen, aber du warst ein Kind, er hätte dich nicht interessiert. Er ist Italiener, wir hatten viele Jahre keinen Kontakt mehr.«

»Du siehst ihn wieder?« Es klang schockiert.

»Nein, nein, ich sehe ihn nicht wieder.« Kerstin zögerte, erinnerte sich an ihr Vorhaben, keine Lügen mehr zu verbreiten, und fuhr fort: »Er hat letztes Jahr wieder Kontakt aufgenommen, weil er mir etwas Wichtiges sagen musste. Bei ihm wurde eine Erbkrankheit diagnostiziert, und er wollte, dass Svenja sich untersuchen lässt.«

»Er weiß von Svenja?«

»Natürlich weiß er von Svenja.«

»Und Vater?«

»Er weiß es auch. Ich habe es ihm ein paar Wochen nach der Geburt gesagt.« Kerstin lächelte müde. »Offensichtlich wussten es alle im Haus, außer dir und Christian.«

»Was ist mit Großvater?«

»Was soll mit ihm sein?«

»Wusste er es?«

Wieder zögerte Kerstin. Wie weit sollte sie mit der Wahrheit gehen? Sie ließ Hendriks Hände los, nahm das zweite Glas Cognac und stürzte die braune Flüssigkeit hinunter.

»Brr, scheußlich«, japste sie und atmete ein paar Mal tief durch.

Hendrik grinste. »Aber mich dazu zwingen.«

»Es ist Medizin«, keuchte Kerstin und fuhr sich mit der Hand über den Mund. »Nicht gerade die süßeste, aber hilfreich.« Sie stellte das Glas zurück auf den Tisch. »Was finden die Leute nur daran?«

Hendrik zuckte mit den Schultern.

»Knud, dein Großvater«, begann Kerstin, »wusste natürlich davon. Auch das habt ihr Kinder kaum mitbekommen, aber er hatte seine Spitzel überall. Ich erspare dir die unschönen Details, aber er hat mich dazu gezwungen, das Verhältnis aufzugeben und mich zurück in die Reihe der Familie zu begeben.«

»Dann stimmt also auch dieses Gerücht.« Hendrik griff nach seiner Tasse, trank aber nicht. »Man sagt, dass du mit uns, also mit mir und Christian zu diesem Mann ziehen wolltest, aber Knud hat dir gedroht, uns dir wegzunehmen.«

»Ich fasse es nicht.« Kerstin wusste nicht, ob sie wütend oder schockiert sein sollte. Andererseits war es so typisch für ihren Schwiegervater; es hätte ihr klar sein müssen, dass alle Welt darüber redete, ohne etwas zu wissen.

»Hast du dich damals wirklich für uns entschieden?«

Kerstin starrte ihren Sohn an. »Das fragst du jetzt nicht ernsthaft, oder?«

Er schaute verlegen zu Boden. »Es tut mir leid. Es gab so viele Gerüchte, dass wir nicht mehr wussten, was wir glauben sollten.«

Plötzlich erkannte Kerstin die Perfidie hinter all dem. Knud hatte gezielt halbwahre Gerüchte gestreut, um sie und ihre Söhne einander zu entfremden, auch wenn sie im selben Haushalt lebten. Es wäre ihm beinahe gelungen. Christians Umzug nach London hatte sie bei ihrem jüngeren Sohn davor bewahrt. Bei Hendrik hatte sie es immer auf dessen Art geschoben. Er war der eher Distanzierte, während Christian zumindest in jungen Jahren gern gekuschelt hatte.

Ihr fiel plötzlich ein, warum sie und ihr Ältester am helllichten Tag im Salon saßen und Cognac tranken.

»Okay, genug von mir und meinen Verfehlungen«, sagte sie energisch. »Zurück zu dir und Bianca.« Erneut griff sie nach seiner Hand. »Mach nicht denselben Fehler, den dein Vater begangen hat. Nein, lass mich ausreden«, schob sie nach, als er etwas sagen wollte. »Ja, ich habe das Verhältnis begonnen, aber es war, weil ich mich von deinem Vater vernachlässigt fühlte. Er war ständig auf Reisen und war er mal hier, jagte ein Termin den anderen. Er hatte so gut wie nie Zeit für mich, für uns. Natürlich war alles immer für uns, denn es war ja für die ›Firma‹, also indirekt kam es uns zugute. Nur – was nützt mir all das Geld, wenn ich keine Familie habe? Was, wenn ich zwar Millionen scheffle, aber niemanden habe, mit dem zusammen ich all das genießen kann? Dein Vater und ich, wir haben damals nie darüber gesprochen. Ich habe ihm gesagt, dass das Verhältnis beendet sei und ich bei ihm bleibe. Er hat es mit einem Nicken zur Kenntnis genommen und einfach weitergemacht. Zum Glück war da Svenja, die meine ganze Aufmerksamkeit benötigte, sonst wäre wer weiß was passiert.« Sie atmete tief durch. »Weißt du, wann dein Vater und ich zum ersten Mal über all das gesprochen haben? Vor einigen Monaten. Ich bekam diesen Anruf und musste Svenja nicht nur sagen, dass sie möglicherweise eine Erbkrankheit in sich trägt, sondern dass Rasmus nicht ihr biologischer Vater ist.«

»Sie wusste es nicht?«

»Nein, wozu auch? Es gab keinen Grund dafür.« Kerstin lächelte traurig. »Allein die Tatsache, dass sie ein Mädchen war, hat sie von euch unterschieden. Dass sie auch noch anders aussah als alle Wahls, war dann beinahe gleichgültig. Und eines muss ich eurem Vater sehr hoch anrechnen: Er hat sie nie spüren lassen, dass sie nicht von ihm war.«

»Wahnsinn. Und ich dachte immer, wir sind eine stinklangweilige Familie.« Hendrik war aufgesprungen und lief im Zimmer umher.

»Habt ihr jemals offen und ehrlich miteinander geredet,

Bianca und du?«, begann Kerstin erneut den Versuch, das Gespräch wieder auf Hendriks aktuelles Problem zu lenken.

Er blieb stehen, schien ernsthaft nachzudenken. Dann schüttelte er den Kopf. »Vermutlich nicht. Ich habe wahrscheinlich nie richtig zugehört, weil ich mit meinen Gedanken immer bei der Firma war.«

»Dann solltest du jetzt sofort nach Hause gehen, deine Frau in den Arm nehmen, ihr sagen, dass du sie liebst, und ernsthaft mit ihr reden. Soll heißen, du lässt sie ausreden und hörst zu. – Du liebst sie doch, oder?«

»Ja, natürlich.« Er stand immer noch mitten im Raum.

Kerstin stand ebenfalls auf und trat zu ihm. »Hendrik, du musst ihr wirklich zuhören. Und notfalls nachfragen. In dieser Familie wurde viel zu wenig geredet, also miteinander. Wir müssen das erst lernen. Es ist schwer, denn wir sind es nicht gewohnt, über Gefühle zu reden. Aber man kann es lernen. Es muss alles auf den Tisch.«

»Wirklich alles?«

In Kerstin schrillten Alarmglocken. »Was willst du damit sagen?«

Hendrik stand ein paar Sekunden lang schweigend da, in Gedanken versunken, mit hängendem Kopf. Sie griff ihm ans Kinn und hob seinen Kopf an. »Was willst du damit sagen?«

»Ich hatte, ich habe eine Affäre. Es ist nichts Ernstes, tatsächlich nur eine Bettgeschichte, aber es ist die Realität.«

Kerstin verdrehte die Augen. Musste denn in dieser Familie wirklich jedes verdammte Klischee erfüllt werden?

»Wer ist es?«

Hendrik zog eine Grimasse zwischen Verzweiflung und Grinsen. »Meine Assistentin.«

»Warum? Läuft bei euch nichts mehr?«

Hendrik starrte sie entsetzt an. »Willst du wirklich Details aus meinem Sexleben wissen?«

Kerstin schmunzelte. »Wenn es hilft, den Knoten mit Bianca zu lösen – ja. Im Ernst: Du siehst selbst, dass es um eure Ehe nicht zum Besten steht. Weiß Bianca von deiner Affäre?«

»Nein! Natürlich nicht!« Es kam schnell. Zu schnell.

»Bist du sicher?«

Er schüttelte den Kopf. »Es könnte sein, dass sie uns neulich gesehen hat. Es war eine harmlose Situation, aber wenn sie eins und eins zusammenzählt ...« Er schaute sie verzweifelt an. »Ich will sie nicht verlieren. Ich brauche sie.«

»Du brauchst sie?« Kerstin war empört. »Offensichtlich brauchst du sie nicht genug, sonst hättest du keine Affäre angefangen. Die Frage ist: Braucht sie dich?«

Hendrik ließ die Schultern hängen. »Ich weiß es nicht.«

Kerstin fasste einen Entschluss. Sie packte ihren Sohn an beiden Schultern und schob ihn Richtung Tür. »Okay, es gibt nur eine Möglichkeit, das herauszufinden. Du fährst jetzt nach Hause und redest mit ihr. Offen und ehrlich. Ob du die Affäre erwähnst, überlasse ich dir. Ich kann dir nur raten, wirklich aufrichtig zu sein. Es hat keinen Sinn, Gefühle vorzutäuschen, die nicht da sind. Das gilt für beide Seiten. Dann lieber ein Ende mit Schrecken. Es gibt für alles eine Lösung. Aber die müsst ihr gemeinsam finden. Geht zur Paartherapie, wenn ihr das Gefühl habt, ihr braucht professionelle Hilfe. Das ist keine Schande.« Sie gab ihm einen sanften Schubs. »Tu was. Und zwar jetzt.«

Er zögerte einen Moment lang, wandte sich zu ihr um und sagte: »Danke. Ich bin froh, dass Paps und du euch wieder versteht.«

»Ich auch«, erwiderte Kerstin und freute sich, dass er den Kosenamen für Rasmus verwendet hatte.

Eine Woche vor Weihnachten war Kerstin sicher, dass es diesmal ein besonderes Fest werden würde. Überall schienen die Probleme gelöst zu sein – zumindest vorübergehend.

Hendrik und Bianca hatten sich ausgesprochen und beschlossen, einen Neuanfang zu wagen. Zwischen ihr und Rasmus lief es besser denn je. Ihm tat es gut, dass die Belastung wegen der Firma nicht mehr nur auf seinen Schultern ruhte; ihr tat vor allem seine Aufmerksamkeit gut. Zwar lag sie nachts jetzt wieder häufiger wach, weil Rasmus so laut schnarchte, dass an Schlafen nicht zu denken war. Dennoch war sie dankbar dafür, dass er neben ihr lag. Sie würde es einfach noch einmal mit Ohropax versuchen, auch wenn sie die Dinger hasste.

Ihre Schwägerin Hannah hatte sich schließlich dazu überreden lassen, in ihrem alten Kinderzimmer zu übernachten.

»Du weißt, das Haus ist groß genug. Wir bekommen euch alle unter.«

Hannah hatte lange gezögert und Kerstin verstand, warum. Die Familie hatte es ihr nie leicht gemacht. Aber das sollte sich jetzt ändern. Auch in dieser Hinsicht gab es noch viel zu klären.

Was sie seit kurzem mit Hannah verband, war die Tatsache, dass sie beide vermutlich zur selben Zeit Oma werden würden. Zwischen der Nachricht von Svenja, dass sie schwanger war, und der Mitteilung Hannahs, dass JJ und Safaa ein Kind erwarteten, hatten nicht einmal vierundzwanzig Stunden gelegen.

Für Kerstin war es nichts Neues, sie hatte mit Niklas bereits einen Enkel. Und auch wenn Randy nicht Christians leiblicher Sohn war, zählte sie ihn ebenfalls zu ihren Enkelkindern.

Jetzt also auch Svenja. Sie war in allem die Nachzüglerin gewesen: bei ihrer Geburt, bei der Suche nach dem richtigen Mann, beim Mutterwerden.

Kerstin war dankbar, dass ihre Tochter in Ben endlich einen Partner gefunden hatte, der sie mit Respekt behandelte und sie als ebenbürtige Person betrachtete.

Dass ihre Tochter zu ihrer Tante in München ein weit besseres Verhältnis hatte als zu ihr als Mutter, hatte sie lange gewurmt. Inzwischen verstand sie Svenja besser. War sie nicht selbst eher zu ihrer Freundin Silvia gelaufen, wenn es Probleme gab? Das besprach man eben nicht innerhalb der Familie. Zumindest nicht der engeren.

Das Läuten ihres Handys unterbrach sie in ihren Gedanken. Auf dem Monitor erschien Hannahs Gesicht.

»Hallo Hannah, ich habe gerade an dich gedacht«, sagte sie zur Begrüßung.

Ihre Schwägerin lachte. »Deshalb hatte ich das Bedürfnis anzurufen.«

»Du sagst doch nicht etwa ab, oder?«

»Nein, keine Bange. Dieses Mal kommt ihr mir nicht aus.« Hannah machte eine kurze Pause, fuhr dann fort: »Allerdings muss ich tatsächlich eine Absage überbringen. JJ und Safaa werden nicht kommen. Safaa hat ein paar Probleme mit der Schwangerschaft, nichts Schwerwiegendes, aber sie muss liegen und soll nicht so viel unterwegs sein. Die letzten Wochen waren vermutlich zu viel.«

»Ach, das ist sehr schade. Ich hatte mich so auf unser Kennenlernen gefreut. Sowohl bei Jonathan, ähm, JJ, als auch bei seiner Frau. Ich weiß gar nicht, wann ich JJ zuletzt gesehen habe.

»Das dürfte Jahre her sein.« Hannah zögerte erneut. »Ich fürchte, er ist gar nicht so unglücklich darüber, dass sie nicht kommen können. Er hat Angst, euch alle zu treffen. Immerhin hat er jahrelang nicht unbedingt das Beste über die Familie gehört.« Sie lachte leise.

»Wir hätten ihm gerne gezeigt, dass wir uns geändert haben. Aber ich bin froh, dass wenigstens du kommst. – Du kommst doch, oder? Und du bringst Andy mit, ja?«

Hannah lachte. »Ja, keine Bange, wir kommen. Und wir übernachten bei euch im Haus. Andy zittert zwar auch seit Tagen, aber da muss er durch.«

»Wir freuen uns darauf, ihn kennenzulernen.«

»Ich freue mich auch, die Familie wiederzusehen.«

Sie verabschiedeten sich und legten auf. Nachdenklich lief Kerstin auf und ab. Warum nur hatten sie so viel Zeit vergeudet? Plötzlich schien alles so einfach zu sein.

Okay, einen Problemfall gab es immer noch, aber den

würden sie vermutlich nie mehr lösen können. Rasmus' Schwester Meike war eine harte Nuss, die sie bisher noch nicht geknackt hatte. Gegen diese Frau wirkten sogar die Wahl'schen Männer harmlos.

Kerstin seufzte. In den letzten Wochen war so viel Gutes passiert, dennoch beschlich sie immer wieder das Gefühl, es könne jeden Moment vorbei sein. Und wenn sie ehrlich war, graute ihr vor der gemeinsamen Familienfeier, davor, dass der neu gefundene Frieden nur ein Scheinfrieden war.

Entschieden schob sie die Schublade ihres Schreibtisches zu, in der die Checklisten lagen. Es war alles erledigt, jetzt konnte sie nur noch darauf vertrauen, dass nichts schieflief.

Die ersten Gäste trafen am 23. Dezember ein. Zu ihnen gehörten Svenja und Ben sowie Hannah und Andy. Kerstin gab es einen Stich, als sie bemerkte, wie vertraut die vier miteinander umgingen. Sie wusste, dass es vor allem daran lag, dass sie alle in derselben Stadt lebten. Aber sie wusste auch, dass sie nicht ganz unschuldig daran war, dass Svenja vor der Familie nach München geflohen war.

»Hallo Ben, wie schön, dich wiederzusehen«, begrüßte sie Svenjas Partner. »Hallo Andy, ich freue mich, Sie endlich kennenzulernen.«

Svenja und ihre Schwägerin begrüßte sie mit einer Umarmung. »Wunderbar, dass ihr da seid. Lasst das Gepäck stehen, das wird auf eure Zimmer gebracht. Habt ihr Lust auf eine Tasse Tee oder Kaffee?« Mit diesen Worten ging sie voran in den Salon, wo Frau Müller wie immer alles perfekt vorbereitet hatte.

Ich rede zu viel, dachte sie, während sie ihre Gäste nach deren Wünschen fragte und die Getränke einschenkte. *Es gibt keinen Grund, nervös zu sein.*

Endlich saßen sie um den Couchtisch herum, Svenja nahe bei Ben, Hannah zwar neben Andy, aber doch mit Abstand. Dennoch war klar, dass sie zusammengehörten. Der Ire – war er nicht eigentlich Pole? – sah interessant aus. Seine Augen, umrahmt von zahlreichen Fältchen, sprühten vor Energie, seine halblangen Haare standen ungebändigt in alle Himmelsrichtungen ab. Er war der Einzige, der sich tatsächlich an die Vorgabe »legere Kleidung« gehalten hatte, und schien sich in der Jeans, dem Flanellhemd und der Weste darüber sehr wohlzufühlen. Auffallend war das breite Lederarmband am linken Handgelenk, auf dem eine große Uhr prangte. Alles an ihm strahlte eine Aura von Spannung und Abenteuer aus. Dabei war er, wenn man Hannahs Worten glauben durfte, einer der empathischsten Menschen, die es gab. Kerstin konnte verstehen, warum Hannah sich zu ihm hingezogen fühlte.

»Wie schön, dass wir endlich mal beisammen sind.« Sie schob die Schalen mit den Keksen in die Mitte des Tisches. »Hier, bedient euch. Alle selbstgebacken. Also nicht von mir, ich hatte leider keine Zeit.«

»Mama, atme mal tief durch.« Svenja lächelte sie an. »Wir sind's, deine Familie. Es gibt keinen Grund, nervös zu sein.«

Kerstin zog eine Grimasse. »Ich weiß, mein Kind, ich weiß. Es ist nur ...« Sie kam nicht dazu, den Satz zu beenden, weil sich die Tür öffnete und Rasmus hereinkam.

»Ja, wen haben wir denn da? Svenja, mein Schatz, wie schön, dich zu sehen. Hallo Ben, läuft alles mit den Geschäften? Und wenn das nicht meine Lieblingsschwester ist? Sie sind also der berühmte Andy? Freut mich sehr?« Er umarmte seine Tochter und Hannah, reichte den Männern die Hand.

»Seid ihr beide auf Speed, oder was ist hier los?«, fragte Hannah ungeniert.

Kerstin brach in ein unkontrolliertes Kichern aus, während Rasmus sich neben seine Tochter aufs Sofa fallen ließ und nach einem Keks griff.

»Offen gestanden haben wir ziemliche Angst vor dem Fest«, sagte Kerstin schließlich. »Es ist so viel passiert in den letzten Wochen. Also vor allem Gutes. Ich schätze, wir sind das nicht gewöhnt. Und wir trauen dem Frieden wohl noch nicht so richtig.«

Hannah stand auf, kam auf sie zu, stellte sich neben den

Stuhl und umarmte sie. »Lass es einfach auf dich zukommen. Du hast dein Bestes gegeben, das wissen wir alle. Jetzt genieß es einfach. Und wenn es nicht so läuft, wie du das geplant hast – na, wenn schon. Wir haben gutes Essen, gute Getränke – hoffe ich zumindest – und gute Gesellschaft. Was will man mehr?«

Kerstin stand auf und drückte Hannah an sich. »Danke. Du findest immer die richtigen Worte. Ich bin froh, dass du da bist.«

Hannah befreite sich und sagte mit einem leisen Lachen: »Na ja, immer finde ich sie auch nicht. Vor allem, wenn es um mich selbst geht. Das ist das Schwierigste.« Sie schaute ihren Bruder an. »Deshalb freut es mich umso mehr, dass ihr beide wieder zueinander gefunden habt.« Sie setzte sich wieder auf ihren Platz, ergriff Andys Hand und drückte einen Kuss darauf. »Aber jetzt ist Schluss mit Kuscheln, lasst uns feiern.«

Rasmus stand auf und ging zur Bar. »Da habe ich genau das Richtige«, sagte er und zog eine Flasche aus dem Schrank. »Ein fünfzehnjähriger Single Malt.« Er stellte die Flasche auf einen Rolltisch, auf dem auch ein Eiskübel und Gläser standen. »Pur, mit Eis oder gar gestreckt?«, fragte er in die Runde.

Ben und Andy entschieden sich für die pure Variante, Hannah bat um zwei Eiswürfel, Kerstin wollte etwas Soda dazu und Svenja musste aus den bekannten Gründen passen. »Ich schnuppere mal am Glas.«

Rasmus bereitete die Getränke zu und reichte sie weiter, nahm sich selbst ein Glas pur und setzte sich neben Kerstin.

»Auf die Familie.«

Alle hoben ihre Gläser, Svenja nahm als Ersatz ihre Teetasse, und wiederholten den Trinkspruch. Für einen langen Moment herrschte andächtiges Schweigen, den Andy unterbrach. »Good stuff«, sagte er anerkennend.

»Ich habe ihn immer für eine besondere Gelegenheit aufgehoben.« Rasmus lächelte. »Ich denke, eine bessere, als wenn die Familie zusammensitzt, gibt es kaum.«

Niemand schien zu bemerken, dass mit Meike eine weitere

Schwester fehlte. Und wenn, dann wollte derjenige nicht darauf hinweisen. Mit ihrem sauertöpfischen Wesen hätte sie die gute Laune mit Sicherheit verdorben.

Kerstin genoss es, die Nähe ihres Mannes zu spüren, Svenjas Glück zu sehen und Hannah als neu gewonnene Freundin auf ihrer Seite zu wissen. Es gab tatsächlich keinen Grund, nervös zu sein.

Dennoch verbrachte sie beinahe den ganzen vierundzwanzigsten Dezember damit, die Angestellten mit Fragen zu bombardieren und ihnen damit auf die Nerven zu gehen. Erst als die Köchin sie anknurrte, dass sie alles auch ohne Nachfragerei bestens im Griff hätten, sammelte sie sich.

»Es tut mir leid. Ich weiß, dass Sie alles geben, um uns ein schönes Fest zu bereiten. Ich bitte vielmals um Entschuldigung.«

»Alles gut, Frau Wahls«, sagte Frau Müller im Namen aller. »Wir wissen, was für Sie auf dem Spiel steht.«

»Danke.« Kerstin wandte sich rasch ab, um ihre Tränen zu verbergen. Sie verließ den Trakt, in dem die Küche und andere Wirtschaftsräume lagen, und betrat die Halle in dem Moment, als Christian und Gwen eintrafen. Zu ihrer großen Überraschung folgten ihnen Hendrik und Bianca. Dass sie sich an den Händen hielten, sah Kerstin als gutes Omen.

Wie immer brachte die Modedesignerin frischen Wind mit. In ihrer unbekümmerten Art stürmte sie auf Kerstin zu und umarmte sie heftig.

»Wie schön, dich endlich wieder zu sehen! Es ist viel zu lange her.«

Kerstin genoss die Energie ihrer Schwiegertochter, aber aus den Augenwinkeln heraus beobachtete sie ihre Söhne. Christian schien gelöster als sonst zu sein und selbst Hendrik wirkte nicht mehr so steif. Eher verlegen.

Als Gwen sie freigab, lief Kerstin mit ausgebreiteten Armen auf die beiden zu. »Darf ich?«, fragte sie vorsichtshalber.

Christian grinste, Hendrik zog für den Bruchteil eines

Moments eine Miene, als wolle er weinen. Dann nickten beide unisono und ließen sich von ihr in die Arme nehmen.

Kerstin wandte sich Bianca zu, die ein bisschen verloren wirkte. »Entschuldige bitte, ich wollte dich nicht vernachlässigen. Schön, dass du da bist.« Sie legte einen Arm um die schmalen Schultern ihrer Schwiegertochter und drückte sie an sich. »Wo ist Niklas?«, fragte sie, als sie ihren Enkel vermisste.

Bianca wurde rot, sagte aber nichts. Hendrik druckste erst auch ein bisschen herum, bis Christian einsprang. »Nun sag es ihr schon. Sie wird dich nicht gleich auffressen.«

Verwundert schaute Kerstin von einem Sohn zum anderen. Was war ihr entgangen?

»Wir fanden es besser, wenn er diese Weihnachten mal bei seinen anderen Großeltern verbringt«, sagte Hendrik leise und schaute sie an, als erwarte er eine Rüge. »Er wäre hier das einzige Kind gewesen, während bei Biancas Eltern auch die Kinder ihrer Schwester sind. Wir fanden, da sei er besser aufgehoben.«

»Welch gute Idee«, bestätigte Kerstin, obwohl es sie schmerzte, dass sie ihren Enkel nicht sehen würde. Aber vielleicht war es tatsächlich besser so.

»Wir wären schon gestern gekommen«, ließ Christian sich vernehmen. »Aber Hendrik bat uns, zu ihnen zu kommen.« Er schaute seinen Bruder an. »Es gibt einiges zu bereden zwischen uns.«

Kerstin konnte nur verwundert nicken. Was war nur mit dieser Familie los? Plötzlich waren alle guter Laune, verstanden sich und waren nahbar wie nie zuvor. Die Begrüßungen der vier Neuankömmlinge mit Hannah, Andy, Svenja und Ben fiel ebenfalls sehr herzlich aus. Es war, als kannten sich alle seit vielen Jahren als gute Freunde.

Wie befürchtet, änderte sich das mit dem Eintreffen von Meike und Thomas. Meikes Mundwinkel hingen verdächtig weit nach unten, ihr Mann saß stumm da und sagte nur etwas, wenn er gefragt wurde. Und selbst dann waren die Antworten einsilbig und eher genuschelt als gesprochen.

Doch niemand wollte sich von den beiden die Laune verderben lassen. Es wurde gescherzt und gelacht und erzählt und gegessen und getrunken. Da zum ersten Mal seit sehr vielen Jahren keine Kinder anwesend waren, wurde auf die Tradition des Gedichtvortragens verzichtet, obwohl Svenja versuchte, ihre Brüder zu provozieren. Aber Christian winkte nur gutmütig ab, während Hendrik sagte, sie solle sich schon mal auf die Jahre vorbereiten, wenn ihr eigenes Kind so weit sei.

Meike und Thomas verließen die Gesellschaft vorzeitig, was niemand wirklich bedauerte.

Vor dem Dessert stand Hannah auf, klopfte mit einem Löffel an ihr Weinglas und bat um Gehör.

»Ihr Lieben, ich weiß, dass es Tradition ist, sich nichts zu schenken. Ich habe auch, wie vermutlich ihr alle, an eine Organisation gespendet.« Andy nickte. »Dennoch habe ich euch eine Kleinigkeit mitgebracht.« Sie nestelte in ihrer Tasche herum und zog eine weiß umhüllte Packung heraus. »Tatsächlich ist es mehr ein Geschenk für die Herstellerin als für euch. In unserer Straße gibt es seit fünf Jahren einen kleinen Schmuckladen. Ihr könnt euch vorstellen, wie es Illy, das ist die Goldschmiedin, nach der Pandemie geht. Ich muss ihr einfach ab und zu unter die Arme greifen, ohne dass sie es als Hilfe ansieht.« Langsam wickelte sie das Päckchen aus. Zum Vorschein kamen kleine silbrige Anhänger. »Die Männer mögen sie vielleicht ein bisschen kitschig finden, aber ich hoffe, dass ihr sie trotzdem in Ehren haltet. Und wenn es nur in einer Schublade ist.« Sie lachte verlegen. »Ich glaube ja eigentlich auch nicht an so etwas, andererseits hatte ich gerade in den letzten Jahren so viele Situationen, in denen mich ein Schutzengel behütet hat ...« Sie räusperte sich und schaute einen Moment lang zu Boden. Dann richtete sie sich energisch auf, nahm das Päckchen in die linke Hand, ging um den Tisch herum und begann, mit der Rechten die kleinen Silberfigürchen zu verteilen.

Alle bedankten sich, besahen sich die kleinen Schutzengel genauer und äußerten Bewunderung für die feine Ziselierung. Hannah hatte alle Engel verteilt und nahm wieder neben Andy Platz.

»Ich weiß nicht, wie es den anderen geht«, ließ Christian sich vernehmen. »Ich finde es ein wunderschönes Geschenk und vor allem passend für den Anlass. Ich denke, wir sind alle nicht sonderlich gläubig«, er schaute in die Runde, einige nickten, »aber Weihnachten ist eben immer etwas Besonderes. Und in diesem Jahr ist es noch viel spezieller, weil im Vorfeld so viel Gutes passiert ist.« Er machte eine Verbeugung Richtung Hannah. »Vielen Dank.«

Viel später, als Kerstin neben dem schlafenden Rasmus im Bett lag, konnte sie kaum glauben, wie harmonisch der Abend verlaufen war. Zwar hatte es auch in früheren Jahren selten Streit gegeben, aber die Atmosphäre war eher frostig gewesen. Man hatte sich umschlichen wie die Katzen den sprichwörtlichen Brei. Diesmal war alles anders, besser gewesen. Obwohl mit Rücksicht auf Svenja wesentlich weniger Alkohol geflossen war, war die Stimmung gelöst und heiter gewesen. Jeder hatte mit jedem gesprochen, niemand hatte sich auf Kosten anderer profiliert.

Okay, Meike und Thomas waren immer noch Außenseiter, aber man konnte eben nicht alles haben.

Zoi Lazaridis

Wer bist du?

»Nein, Mama, ich habe in den letzten Tagen auch nichts von Niko gehört. Warum rufst du ihn nicht einfach an und fragst, wie es ihm und Kassie geht?«

»Ich will ihn nicht stören.«

»Mama, du störst ihn nicht. Wenn er keine Zeit hat, nimmt er gar nicht erst ab und ruft dich dann später zurück. Ich bin überzeugt, er freut sich, wenn du ihn anrufst.«

Zoi verdrehte die Augen zur Decke und klopfte mit den manikürten Fingernägeln ungeduldig auf den Tisch. Seit drei Tagen führte sie das gleiche Gespräch mit ihrer Mutter. Es war verständlich, dass sie sich um ihren Sohn sorgte, nachdem seit Tagen im Fernsehen über die Silvesterkrawalle in Berlin berichtet wurde. Zoi hatte schon mehrmals versucht, ihr klarzumachen, dass Niko in einem anderen Viertel lebte, weit weg von den Unruhestiftern. Aber ihre Mutter wollte nicht auf sie hören.

»Mama, es tut mir leid, aber ich muss Schluss machen, die nächste Kundin steht vor der Tür. Ich rufe dich heute Abend an. Tschüss, Mama. Grüße an Papa.«

Zoi beendete rasch das Gespräch, bevor ihre Mutter noch etwas sagen konnte. Entnervt legte sie das Handy zur Seite, nahm es dann wieder zur Hand, um eine Nachricht an ihren Bruder zu schicken:

Ruf Mama an!!!! Sie nervt mich seit Tagen. 🙄 Danke Z.

Sie legte das Telefon erneut zur Seite und schaute in ihren Planer. Die nächste Kundin würde in einer Viertelstunde kommen. So kurz nach den Feiertagen war es etwas ruhiger, was ihr ganz recht war. So hatte sie Zeit, Inventur zu machen und gegebenenfalls zu bestellen. Normalerweise machte sie das abends, aber sie hatte nichts dagegen, wenn sie es zwischen zwei Kundinnen reinschieben konnte.

Zoi fröstelte und beschloss, sich einen Tee zu kochen. Wegen der steigenden Energiepreise ließ sie die Heizung nicht mehr durchlaufen, sondern stellte sie abends ab. Dementsprechend dauerte es morgens etwas länger, bis es richtig warm wurde.

Sie erhob sich, stieg die drei Stufen hoch zu ihrer Miniküche, füllte Wasser in den Kocher und knipste ihn an. Sofort begann er zu rauschen, wenige Minuten später brodelte das Wasser, und sie goss es in ihre Lieblingstasse, in der ein Teebeutel hing. Sofort roch es nach Lebkuchen und erinnerte an die vergangenen Festtage.

Obwohl ihre Familie griechisch-orthodox war, feierten sie das Weihnachtsfest schon lange zu den in Deutschland üblichen Zeiten. Ihre Eltern waren in den sechziger Jahren mit dem Entschluss hierhergekommen, möglichst schnell möglichst viel Geld zu verdienen und dann zurück in die Heimat zu gehen.

Wie viele andere Arbeitsmigranten, gewöhnten sie sich zunehmend an das Leben in Deutschland, und als das erste Kind auf die Welt kam, war klar, dass das kleine Mädchen eine deutsche Schule besuchen würde. Bereits im Kindergarten mussten die Eltern etwas zu den diversen Feiertagen beisteuern; nach und nach integrierte die Familie Lazaridis die deutschen Feste in ihren Alltag.

Es war nicht das erste Weihnachtsfest ohne Niko gewesen, aber es war das erste, an dem ihre Mutter ein Drama daraus machte. In früheren Jahren war der Dienstplan seine Entschuldigung gewesen. Das hatte er zwar auch diesmal behauptet, aber ihre Mutter hatte ihm nicht geglaubt. Sie schob Kassie die Schuld zu. Sie hatte immer noch nicht verwunden, dass ihr brillanter Sohn nicht mehr mit der reichen Lydia zusammen war, sondern mit Kassie, die noch dazu sieben Jahre älter war.

Zoi hingegen war froh, dass Lydia nicht mehr zu Nikos Leben gehörte. Sie hatte die Frau immer als kalt und zynisch empfunden; vermutlich musste man so sein, wenn man im Investmentbanking als Frau etwas erreichen wollte. Niko war so etwas wie ein Schoßhündchen für sie gewesen, zumindest hatte es für Zoi so ausgesehen.

Vor den Feiertagen hatte Niko ihr in einem Telefonat mitgeteilt, dass er Lydia den Betrag, den sie in ihn und sein Studium investiert hatte, zurückgezahlt habe.

»Damit ist dieses Kapitel für mich endgültig abgeschlossen«, hatte er gesagt.

Zoi wusste, dass Lydia selbst nach dem Umzug von Niko und Kassie nach Berlin versucht hatte, sie zu terrorisieren. Erst, als die beiden eine Geheimnummer erhielten, war Ruhe. Niko hatte ihrer Mutter das Versprechen abgenommen, dass sie die Nummer niemandem geben dürfe, egal, wer auch frage.

Die Glocke ertönte und ihre Kundin stand mit rotem Gesicht im Laden.

»Hallo Selma. Willst du auch einen Tee? Du siehst aus, als könntest du einen vertragen.« Zoi hielt ihre Tasse hoch.

Selma schüttelte den Kopf. »Danke, aber nein. Offen gestanden, ist mir gerade eher warm. Die U-Bahn fiel mal wieder aus und ich musste auf einen Bus wechseln, der total überhitzt war.« Sie zog ihren Mantel aus und hängte ihn auf. »Außerdem muss ich schnell noch für kleine Mädchen.«

»Na klar, du kennst ja den Weg.« Zoi trank ihren Tee aus, stellte die Tasse in die Spüle und setzte sich auf ihren Platz, um auf Selma zu warten.

Wie viele andere Kundinnen war auch Selma eine ehemalige Stammkundin von Kassie. Einige Kundinnen waren nicht mehr aufgetaucht, nachdem Kassie den Laden an Zoi übergeben hatte. Einige hatten Zoi ausdrücklich gesagt, dass sie gerne auch zu ihr kämen. Die meisten blieben dem Nagelstudio vermutlich aus Bequemlichkeit treu, weil es günstig lag oder weil sie sich kein anderes suchen wollten. Zoi war der Grund egal, solange sie genug zu tun hatte, um die Miete und ihren Lebensunterhalt bezahlen zu können.

»Da bin ich«, sagte Selma und ließ sich mit einem lauten Ächzen auf den Stuhl fallen.

Während Zoi sich um die Fingernägel kümmerte, redeten sie über die Themen, die über die Feiertage die Nachrichten beherrscht hatten. An den Ukrainekrieg hatte man sich fast schon gewöhnt, auch wenn Zoi der Ansicht war, dass er niemals alltäglich werden durfte. Lilya, Hannahs neue Bedienung, war ein paar Mal bei ihr gewesen und hatte ein paar wenige Details von ihrer Flucht preisgegeben. Vor allem die Kinder litten immer noch unter den Umständen, die sie in der Heimat mitbekommen hatten.

Selma war selbst als Kind mit ihren Eltern aus dem ehemaligen Jugoslawien geflüchtet und konnte das gut nachvollziehen.

»Es ist ein Trauma fürs Leben«, sagte sie. »Man kann es weitestgehend überwinden, aber es gibt Situationen, da kommt alles wieder hoch.«

Nach Selma kam Frau Peck, eine ältere Frau aus der unmittelbaren Nachbarschaft, zur vierteljährlichen Pediküre. Sie gehörte zur schweigsamen Sorte Mensch, was Zoi ganz recht war. Als das Telefon klingelte, ignorierte sie es wie üblich, der Anrufbeantworter würde übernehmen. Doch als sie die Stimme hörte, zuckte sie zusammen und hätte ihrer Kundin beinahe in den Fuß geschnitten.

»Aua! Passen Sie doch auf!«

»Entschuldigung! Ich bin abgerutscht.« Zois Herz klopfte wie wild. Vorsichtig untersuchte sie die Zehe, die sie gerade bearbeitet hatte. Zum Glück war nichts zu sehen. Dennoch nahm sie ein Wattepad, tränkte es mit Desinfektionsmittel und tupfte alle Zehen ab.

»Tut mir leid«, sagte sie. »Aber es ist nichts passiert, nichts zu sehen.«

Frau Peck gab ein unwilliges Knurren von sich, und Zoi war sich sicher, sie nie mehr wieder zu sehen. Umso überraschter war sie, als die Kundin beim Bezahlen ein zwei-Euro-Stück in ihr Trinkgeldschwein warf.

»Vielen Dank, das ist sehr nett von Ihnen. Sollen wir gleich den nächsten Termin vereinbaren?«

Frau Peck zögerte, nickte schließlich und nahm den Zettel entgegen, den Zoi ihr überreichte.

»Das nächste Mal passen Sie besser auf.«

»Versprochen! Ich wünsche Ihnen einen schönen Tag.«

Nachdem die Kundin den Laden verlassen hatte, wandte Zoi sich dem Anrufbeantworter zu und hörte die letzte Nachricht ab.

»Hi! Sorry, dass ich mich so lange nicht gemeldet habe, ich war diesmal länger als üblich unterwegs. – Ich hoffe, es geht dir gut. – Ich, ähm, ich bin ein paar Tage in München, ich hoffe, ähm, wir können uns sehen. Meld dich mal. Ciao.«

Zois Herz klopfte wie wild. Seit Wochen hatte er sich nicht gemeldet und jetzt kam er plötzlich daher. Als die Türklingel ertönte, zuckte sie zusammen.

Tina, Kassies treueste Kundin, stand vor ihr.

»Du siehst aus, als hättest du einen Geist gesehen.«

Zoi zog eine Grimasse. »Könnte man fast so sagen.« Entschieden löschte sie die Nachricht. Nicht, dass es helfen würde, diese zu vergessen. Aber jetzt war Tina dran.

»Nimm bitte schon mal Platz, ich bin sofort bei dir.« Sie ging in ihr kleines Bad und schloss die Tür ab. Ihre Hände zitterten, keine gute Voraussetzung, um einer Kundin die Nägel zu machen. Sie atmete ein paar Mal tief durch und ließ kaltes Wasser über ihre Handgelenke laufen. Allmählich beruhigte sich ihr Herzschlag und das Zittern wurde weniger. Sie trocknete die Hände ab, ließ zur Tarnung die Spülung laufen und verließ die Toilette.

»Alles gut bei dir?«

»He, das ist mein Satz!«, protestierte Zoi und lachte. »Ja, alles gut.« Sie nahm Tinas Hände in ihre und begutachtete die Nägel. »Welche Farbe?«

»Ich dachte an ein sattes Rot.« Tina beugte sich vor und flüsterte: »Ich bin auf Männerfang.«

Zoi zog die Augenbrauen hoch und machte große Augen. »Oho! Ich will alles wissen.«

Sie lachten. Es half Zoi, sich weiter zu entspannen. Sie setzte eine Maske auf, schaltete den Abzug ein und begann, Tinas Nägel zu feilen. Wie üblich plauderten sie über nichtssagende Dinge; in dieser Hinsicht war Tina die perfekte Kundin.

Zoi war versucht, sich ihr anzuvertrauen, aber obwohl Tina zu ihren nettesten und treuesten Kundinnen zählte, wollte sie die Distanz weiterhin wahren. Sie würde jemand anderen finden.

Eine Stunde später verließ Tina das Studio glücklich mit knallroten Nägeln. Zoi hatte ihr noch viel Erfolg gewünscht. Jetzt freute sie sich auf eine Stunde Mittagspause.

Eigentlich hatte sie die Bestellungen durchgehen wollen, aber sie hatte das Bedürfnis zu reden. Und wer war in der Blumengasse besser dafür geeignet als Hannah?

Sie schlüpfte in ihren Mantel, schnappte sich Handy und Geldbeutel, schloss den Laden ab, überquerte die Straße und betrat das Café. Auch hier schien es noch ruhig zu sein, nur gut die Hälfte aller Tische war besetzt. Sie winkte Lilya zu, die hinter der Theke stand, und nahm an einem etwas abgewandten Tisch Platz. Als Lilya kam, bestellte sie ein großes Wasser und das vegetarische Tagesgericht.

»Äh, Lilya?«, rief sie der Ukrainerin nach. »Ist Hannah da?«

»Sie ist oben, kommt aber sicher bald.«

»Danke.«

Lilya brachte das Wasser und kurz darauf das Essen, das wie üblich köstlich schmeckte. Von Hannah war nichts zu sehen. Noch blieb Zoi eine halbe Stunde, bevor sie in den Laden zurück musste.

Gerade als sie eine Planänderung beschloss, betrat Hannah das Café durch die Seitentür. Sie begrüßte ein paar Gäste und ging hinter die Theke, wo Lilya ihr offensichtlich sagte, dass Zoi nach ihr gefragt hatte, denn sie wandten sich beide um und schauten zu ihr. Zoi lächelte und winkte. Hannah hob die linke Hand mit ausgestreckten Fingern, was wohl bedeuten sollte, dass sie fünf Minuten brauchte. Zoi nickte.

Als Hannah am Tisch auftauchte und sie begrüßte, hatte Zoi sich alle paar Sekunden umentschieden. Sollte sie Hannah wirklich mit ihren Beziehungsproblemen belästigen? Aber wer, außer Hannah, würde ihr einen ernsthaften Rat geben können? Ihre Freundinnen kamen definitiv nicht in Frage, das hatte sie schon zur Genüge versucht.

»Du hattest nach mir gefragt?«

»Hallo Hannah.« Zoi schluckte. *Okay, Augen zu und durch!* »Hast du eine Minute? Oder eher zwei?«

Hannah warf ihr einen fragenden Blick zu. »Geht es um was Persönliches?«

Zoi wiegte den Kopf hin und her, nickte schließlich.

»Wäre es nicht besser, das im stillen Kämmerlein zu besprechen als hier im Café?«

Wieder nickte Zoi. »Ja, natürlich, aber ich will dich nicht mit meinen Problemen belästigen.«

Hannah zog einen Stuhl unter dem Tisch hervor und setzte

sich. »Du belästigst mich nicht. Ich helfe gerne, wenn ich kann.« Sie dachte kurz nach. »Warum kommst du nicht heute Abend zu mir? Ich koche uns was Schönes, wir machen es uns gemütlich, und du erzählst mir, was du auf dem Herzen hast.«

»Bist du sicher?«

Hannah lachte. »Natürlich bin ich sicher. Ich mache keine Angebote, wenn ich sie nicht so meine.«

»Das wäre sehr nett. Du musst aber nicht extra kochen, ich kann auch etwas mitbringen.«

Hannah machte eine wegwerfende Handbewegung. »Nichts da, ich koche. Um acht? Früher geht es leider nicht.«

Zoi nickte. »Acht ist perfekt. Vielen Dank.«

Hannah erhob sich. »Schön, dann sehen wir uns um acht. Ich freue mich.«

Zoi wusste nicht, ob sie erleichtert sein sollte. Na ja, sie hatte den ganzen Nachmittag Zeit, um sich eine Alternativgeschichte auszudenken.

Sie zahlte bei Lilya und verließ das Café. Es war ungewöhnlich warm für Januar, was aber sicher niemanden stören würde. Immerhin half es, Heizkosten zu sparen.

Als sie am Blumenladen vorbeiging, winkte Christine ihr zu. Zoi winkte zurück, doch Christine bedeutete ihr, in den Laden zu kommen.

»Hi Christine. Was gibt's?«

Die Blumenhändlerin hielt einen Zettel hoch. »Hast du den auch schon bekommen?«

»Ich habe meine Post noch nicht angeschaut, hatte den ganzen Vormittag Kundinnen. Was ist das?«

Christine nahm das Blatt in beide Hände und las vor: »Sehr geehrte Nachbarn! Wir möchten Ihnen hiermit mitteilen, dass das Haus Blumengasse 7 – das ist das Nachbarhaus – ab 1. Februar 2023 umgebaut wird. Dazu wird Ende Januar in der Blumengasse ein Kran aufgestellt werden. Leider wird er vor allem vor Ihrem Laden stehen. Außerdem sehen wir uns gezwungen, zum Schutz der Fußgänger ein Gerüst aufzustellen, das sich auch über Ihren Laden erstrecken wird. Wir bedauern sehr, Ihnen Unannehmlichkeiten bereiten zu müssen, bla bla bla ... Mit freundlichen Grüßen und so weiter und so fort.« Christine ließ den Zettel sinken.

»Was bedeutet das?« Zoi war nicht sicher, dass sie alles richtig verstanden hatte. Kran, Baustelle, Nachbarhaus, Blumengasse 7 – was ging sie das an? Sie war zwei Häuser davon entfernt.

»Das bedeutet, dass sie uns einen Kran vor die Nase stellen«, erklärte Christine, sichtlich frustriert. »Außerdem bauen sie ein Gerüst auf, das auch vor unserem Haus stehen wird. Also direkt vor unseren Schaufenstern.«

»Okay.« Allmählich dämmerte Zoi, was sie da soeben gehört hatte. »Dürfen die das so einfach?«

Christine zuckte mit den Schultern. »Keine Ahnung. Ich vermute es. Ich werde auf jeden Fall meinen Rechtsanwalt fragen. Aber hier steht auch, dass sie neuen Wohnraum schaffen. Offensichtlich bauen sie das Büro dieses Immobilienfritzen in eine Wohnung um. Keine Ahnung, wie das gehen soll, aber das behaupten sie zumindest.« Sie hielt den Brief hoch. »Was mach ich denn in dieser Zeit mit meinen Blumen? Die bekommen gar kein Licht ab, wenn alles zugebaut wird.«

»Da wird sich sicher eine Lösung finden lassen.« Zoi war zuversichtlich, dass das alles nicht so schlimm werden würde. »Ich werde gleich mal schauen, ob ich auch so einen Brief bekommen habe. Ich muss auch los, meine nächste Kundin kommt in fünf Minuten.« Sie verabschiedete sich von Christine und ging ein Haus weiter zu ihrem Laden. Bevor sie aufschloss, warf sie einen Blick nach rechts. Haus Nummer 7 war ein ganzes Stück weg, ein Gerüst würde sicherlich nicht bis zu ihrem Laden reichen. Und selbst wenn – sie hatte keine Laufkundschaft, ihr würde das nicht so viel ausmachen wie Christine, die ihre Blumen präsentieren musste.

»Kommt Zeit, kommt Rat«, murmelte sie und betrat das Nagelstudio. Schon von der Tür aus sah sie, dass der Anrufbeantworter blinkte. Sie atmete tief durch. Es war sicher nur eine Kundin, die ihren Termin absagen oder verschieben wollte. Aber noch bevor sie die Nachricht laufen ließ, wusste sie, dass es wieder eine Nachricht von Sunay war.

»Hi Zoi, sorry, vergiss meine Nachricht von vorhin. Also nicht das mit dem Treffen. Ich würde dich wirklich gerne sehen. Ich bin bis Freitag in München, es wäre toll, wenn du Zeit hättest. Ich war vorhin abgelenkt, hast du vermutlich gemerkt.« Er lachte leise. »Na ja – also, ja, melde dich doch bitte, die Nummer hast du ja. Ist immer noch dieselbe. Ciao.« Das Band lief noch einige Sekunden weiter, aber Sunay sagte nichts mehr.

Zoi zögerte, löschte dann auch diese Nachricht. Der Typ konnte sie mal. Ließ wochenlang nichts von sich hören, meldete sich nicht mal zu Weihnachten oder Neujahr, rief dann an und erwartete, dass sie gesprungen kam. Nee, nicht mit ihr!

Andererseits – sie hatte Sehnsucht nach ihm. Es war immer lustig mit Sunay, er war ein verdammt guter Liebhaber, und sie könnte mal wieder eine Runde Sex gebrauchen.

Zoi kicherte. Was war schon dabei? Sie würde sich unverbindlich mit ihm treffen, vermutlich mit ihm ins Bett gehen, und er würde wie immer wochenlang verschwinden.

Natürlich war ihr klar, dass das mit der Unverbindlichkeit nur für ihn galt, nicht für sie. Sie hatte sich mehr erhofft, seit sie ihn kannte, aber er war nun mal kein Mann für eine feste Beziehung. Nicht, dass er ihr das jemals so gesagt hätte. Aber gezeigt hatte er es zur Genüge, indem er sich einfach nicht mehr meldete.

Den ganzen Nachmittag wechselte Zois Gemütszustand zwischen »Der kann mich mal« und »Ich würde ihn gerne sehen«. Als sich eine Kundin beschwerte, weil sie ihrem Geplapper nicht zuhörte, entschuldigte sie sich und schob Zahnschmerzen vor.

Zum Glück war um vier Schluss. Zoi räumte notdürftig auf, schloss den Laden ab und ging hoch in die Wohnung. Zum tausendsten Male beglückwünschte sie sich zu der Entscheidung, nicht nur Kassies Laden, sondern auch gleich deren Wohnung übernommen zu haben. Eigentlich waren die drei Zimmer zu viel für sie, aber da die Miete nur knapp über der für ihre alte Wohnung gelegen hatte, hatte sie sich dafür beworben. Drei Monate nach dem Umzug hatte sie ihr Auto abgeschafft und sparte dadurch viel Geld. Und Nerven, denn einen Parkplatz in der Blumengasse zu finden, war meist ein Ding der Unmöglichkeit. Garagen waren ebenfalls so gut wie keine vorhanden oder so teuer, dass man sie sich nicht leisten konnte.

Sie machte sich einen starken Kaffee, den sie mit ins Arbeitszimmer nahm. Es war das ehemalige Kinderzimmer und hatte mit knapp neun Quadratmetern genau die richtige Größe.

Minutenlang saß sie an ihrem Schreibtisch, starrte vor sich hin und nippte ab und zu am Kaffee. Immer wieder glitt ihre rechte Hand zum Telefon, verharrte sekundenlang über dem Hörer, zuckte dann zurück, als sei er ein giftiges Tier.

Nein, sie würde ihn nicht anrufen!

»Ach herrje, das ist doch ausgemachter Blödsinn!«, schnauzte sie sich selbst an. »Du führst dich wie ein kleines Kind auf.«

Sie zog den Packen Briefe, den sie aus dem Briefkasten geholt hatte, zu sich heran und schaute ihn durch. Werbung flog in den Papierkorb, Rechnungen wurden gestempelt und zur Bezahlung in den entsprechenden Korb gelegt, andere Post zunächst beiseitegeschoben. Ein Brief von den Nachbarn bezüglich der geplanten Baustelle war nicht darunter, und Zoi atmete erleichtert auf. Wie sie gedacht hatte, betraf es sie nicht.

Oder der Brief kommt noch, schoss es ihr durch den Kopf.

Sie loggte sich in ihr Konto ein, glich die Zahlungen ab und erledigte die Überweisungen. Anschließend übertrug sie die Termine, die im Papierkalender standen, in den Computer. Die Papiervariante war im Laden praktisch, aber sie hatte gerne noch eine saubere Übersicht, ohne Durchstreichungen, radierte Stellen und Korrekturen; die war nur mit dem PC möglich.

Schließlich schaute sie noch ihre E-Mails durch, aber da tat sich wie üblich nicht viel. Ihre Kundinnen kommunizierten vor allem via Telefon oder App mit ihr.

Sie fuhr den Computer runter, brachte ihre Tasse in die Küche und überlegte, was sie Hannah mitbringen könnte, als ihr Handy eine Melodie spielte, die ihr durch Mark und Bein fuhr. Sunay ließ nicht locker.

Schnell lief sie ins Wohnzimmer, wo sie ihr Handy hatte liegen lassen, und nahm den Anruf an.

»Ja bitte?«, meldete sie sich, als wisse sie nicht, wer am anderen Ende war.

»Ich bin's.« Der Typ war auch nicht besser, nahm einfach an, sie kannte seine Stimme. Und natürlich hatte er recht. Sie hätte seine Stimme unter Tausenden herausgehört.

»Hallo Sunay«, sagte sie und hoffte, ihr Ton war lockerer, als sie sich fühlte.

»Du hast nicht zurückgerufen.«

Na, das war ja wohl die Höhe!

»Hast du schon mal angerufen? Hab ich gar nicht mitbekommen. Ich war den ganzen Tag im Laden.«

Er lachte und verursachte damit eine Gänsehaut bei ihr. »Hörst du deinen AB nicht ab?«

»Nein, ich bin heute noch nicht dazu gekommen«, log Zoi und fühlte das Blut in ihren Kopf steigen. »Was kann ich für dich tun? Ich war gerade auf dem Sprung.«

Wieder lachte er, und ihr war klar, dass er ihr kein Wort glaubte. »Ich bin ein paar Tage in München. Ich dachte, es wäre schön, wenn wir uns sehen könnten.«

Ja klar. Du pfeifst und ich springe.

»Könnte knapp werden, diese Woche ist ziemlich verplant.« Zois Herz schlug ihr bis zum Hals. Zum Glück telefonierten sie nur. Er hätte ihr ihre Lügen sofort angesehen.

»Das wäre sehr schade. Ich vermisse dich.«

»Hm. An welchen Tag hast du denn gedacht?«

»Wie wäre es gleich mit heute?«

Zoi atmete tief ein. »Das tut mir leid, aber heute bin ich

bereits verabredet.« Es war die Wahrheit und es kam wohl auch so an.

»Wirklich? Mit wem?«

»Ich wüsste nicht, was dich das angeht.« Sie streckte dem Telefon die Zunge raus und musste grinsen angesichts ihrer eigenen Albernheit. Aber es half, sie fühlte sich lockerer.

»Leider wahr«, brummte er, und es klang nach echtem Bedauern. »Was ist mit morgen?«

»Ich muss nachschauen. Warte einen Moment.« Zoi legte den Anruf in die Warteschleife und zwang sich, mindestens eine Minute zu warten, bevor sie ihn zurückholte. »Kommt darauf an, wann. Ich habe um sieben einen Termin, der dürfte gut eine Stunde dauern. Danach könnte ich eventuell.«

»Eventuell? Was soll das heißen?«

Hörte sie eine gewisse Ungeduld heraus? War das gut oder schlecht? Sie wusste es nicht.

»Das soll heißen, dass ich nach dem Termin möglicherweise so kaputt bin, dass ich niemanden mehr sehen möchte.«

»Nicht einmal mich?«

Sie konnte förmlich hören, wie er grinste.

Gerade dich nicht!

Allmählich packte sie die Wut. Sie hatte diese Spielchen sowas von satt. »Hör zu. Du kannst nicht erwarten, dass ich alles stehen und liegen lasse, nur weil du zufällig in der Stadt bist. Ich habe ein Leben, auch wenn du dir das offensichtlich nicht vorstellen kannst. Nimm den Termin, den ich vorschlage, oder lass es bleiben.«

Atemlos wartete sie ab, wie er reagieren würde. Sie war eigentlich nicht wirklich bereit, ihn vollends sausen zu lassen, andererseits wusste sie sehr genau, dass diese Beziehung nicht gut für sie war.

»Du hast recht, es tut mir leid. Ich hätte mich vorher gemeldet, aber der Besuch in München kam auch für mich überraschend. Das musst du mir glauben.«

Zoi seufzte innerlich. Dieser Typ schaffte es immer wieder,

sie einzulullen. »Ich glaube dir. Also morgen Abend, gegen neun?«

»Okay. Wo? Bei dir?«

Zoi wollte Ja sagen, entschied sich im letzten Moment um. »Nein, das wird zu knapp, ich bin am anderen Ende der Stadt. Ich schreib dir, wo wir uns treffen.«

Wenn er überrascht war, ließ er es sich nicht anmerken. »Gut. Ich freue mich.«

»Ich mich auch.« Hoffentlich klang es wie eine Floskel. »Dann bis morgen.« Sie legte auf, bevor sie es sich anders überlegen konnte. Wütend warf sie das Handy auf das Sofa. Warum nur schaffte dieser Typ es immer wieder, sie in die Ecke zu drängen? Wobei – so schlecht hatte sie sich heute nicht geschlagen.

Mit großen Schritten lief sie auf und ab, um das Adrenalin in ihrem Körper abzubauen. Plötzlich überkam sie die Lust, sich völlig auszupowern. Hatte nicht einer ihrer Neujahrsvorsätze gelautet, wieder mehr Sport zu treiben?

Ein Blick auf die Uhr zeigte ihr, dass sie noch etwas mehr als zwei Stunden bis zu ihrem Besuch bei Hannah hatte. Kurz entschlossen lief sie ins Schlafzimmer, zog die Sporttasche aus dem Schrank, überprüfte den Inhalt, steckte ein frisches Handtuch und ein T-Shirt dazu, nahm Handy, Geldbörse und Schlüssel und verließ die Wohnung.

Vor den Feiertagen hatte sie sich in der Umgebung umgesehen, welche Fitnessstudios es gab, und sich für eines im Arnulfpark entschieden. Es war knapp zwanzig Minuten Fußmarsch entfernt, sie war also bereits aufgewärmt, als sie ankam.

Eine junge Trainerin nahm sie unter die Fittiche, erklärte ihr alles und wies sie in die Geräte ein. Eine gute Stunde später fühlte Zoi sich ausgepowert und fit zugleich. Morgen würde sie einen mörderischen Muskelkater haben, aber in diesem Moment fühlte sie sich großartig.

Sie lief nach Hause, duschte, zog sich an und war gerade rechtzeitig fertig für ihren Besuch bei Hannah. Als ihr einfiel, dass sie kein Mitbringsel hatte, ging sie kurz im Laden vorbei und stellte einen Gutschein aus. Nicht sehr originell, aber wenigstens praktisch.

Zoi war noch nie bei Hannah in der Wohnung gewesen, kannte sie aber von Kassies Schilderungen. Sie war tatsächlich sehr gemütlich, man fühlte sich sofort wohl.

Hannah servierte das Essen in der Küche. »Ich hoffe, das ist in Ordnung. Es ist einfach praktischer, weil ich nicht ständig aufstehen und wegrennen muss. So habe ich alles im Blick.«

»Natürlich, kein Problem.«

Das Essen war einfach, aber köstlich. Den Wein, den Hannah ihr anbot, hatte Zoi abgelehnt. »Ich will einen klaren Kopf bewahren.«

Hannah hatte es sofort akzeptiert.

Nach dem Essen räumten sie das Geschirr gemeinsam in die Spülmaschine, dann führte Hannah sie ins Wohnzimmer.

»Kann ich dir jetzt etwas Alkoholisches anbieten?«

Zoi lehnte zunächst ab, entschied sich dann doch für ein Glas Rotwein. Während Hannah einschenkte, schaute sie sich das Bücherregal an.

»Du wirst nichts Spannendes darin finden«, sagte Hannah. »Das heißt, eigentlich nur Spannendes in Form von Krimis. Es sind vor allem Andys Bücher. Ich komme kaum noch zum Lesen.«

»Das kenne ich. Ich habe früher sehr viel gelesen, aber jetzt, mit dem Laden, bleibt kaum Zeit dafür. – Danke schön.« Sie nahm den Wein entgegen und deutete auf ein Foto, das Hannah und Andy zeigte, im Hintergrund leuchtete die Akropolis in der Abendsonne. »Ich glaube, ich weiß, wo das ist.«

Hannah lachte. »Ja, das ist auf dem Lycabettus. Der Tipp war Gold wert, tausend Dank dafür.«

»Du hast kaum etwas über euren Trip erzählt.«

»Mit Absicht«, sagte Hannah und lotste sie zum Sofa. »Es war traumhaft, das musst du mir glauben. Ich habe alle Vorurteile, die ich jemals hatte, begraben. Aber es war auch anstrengend, vor allem emotional.« Sie schaute eine Weile stumm in ihr Glas. »Ich habe tatsächlich niemandem davon erzählt.«

Zoi hob abwehrend die Hand. »Ich will, um Himmels willen, nicht neugierig sein. Es freut mich sehr, dass dir Griechenland gefallen hat.«

Sie setzte sich auf das Sofa, während Hannah auf einem der beiden Sessel Platz nahm. Sie prosteten sich zu und tranken.

»Wann immer du bereit bist zu reden, kann es losgehen«, sagte Hannah. »Und wenn du nicht reden willst, ist das auch in Ordnung, dann machen wir uns einen schönen Abend.«

»Danke.« Zoi wusste zunächst nicht, wie sie beginnen sollte. War es richtig, einer quasi Fremden ihre Probleme anzuvertrauen? Kassie hatte es getan und war jetzt glücklich mit ihrem Niko. Vielleicht nicht nur wegen Hannah, aber sicher auch.

»Ich finde es toll«, begann sie, »wie schnell man in die Gemeinschaft der Blumengasse aufgenommen wird.«

Hannah lachte. »Oh, das ist keine große Sache, solange man sich normal benimmt. Es gab durchaus Leute, die den Zugang zu ›uns‹ nicht gefunden haben. Es gab da diesen Apotheker, vorne, am Eck. Der war sowas von arrogant und blasiert, den mochte niemand von uns. Zum Glück hat er die Apotheke bald verkauft.« Sie seufzte. »Seit einigen Jahren ist es ein stetes Kommen und Gehen. Zumindest in einigen Läden. Der ehemalige Zeitungsladen steht seit einem Jahr leer. Angeblich soll eine Bäckerei einziehen, aber ich glaube nicht daran. Oder nimm den Laden neben dem Café. Ein Popup-Laden nach dem anderen, es ist zum Haare raufen. Ich vermute schon länger, dass der Laden vor allem zur Geldwäsche dient. Dabei täte uns ein schöner Modeladen gut, oder?«

Zoi nickte. Ein Klamottenladen würde das Angebot in der Blumengasse tatsächlich abrunden.

»Es geht um einen Mann«, sagte sie.

Hannah nickte nur.

»Ich habe ihn vor ein paar Jahren kennengelernt, im Zug, auf der Fahrt von Köln nach München. Ich weiß nicht mehr, wann genau es war, diese blöde Pandemie hat mein Zeitgefühl völlig durcheinandergewirbelt. Es war auf jeden Fall vorher. Er hat mich angesprochen, wollte wissen, wohin ich fahre. Ich wollte erst nicht mit ihm reden, obwohl er wahnsinnig attraktiv war. Aber da könnte ja jeder kommen.«

Hannah lächelte und nickte, sagte aber nichts.

Zoi musste ebenfalls lächeln, in Erinnerung an diese Zugfahrt. Sunay hatte sie nicht nur angequatscht, er hatte eindeutig mit ihr geflirtet.

»Als wir in München ankamen, sagte er, er wolle mich wiedersehen. Er selbst wohnt nicht in München. Ich fand ihn nett, ich hatte mich während der Fahrt sehr gut mit ihm unterhalten.« Zoi fing Hannahs Blick auf. »Ja, ich weiß, allzu lang habe ich ihn nicht zappeln lassen. Er sah, er sieht einfach verdammt gut aus. Ich gab ihm meine Handynummer, war mir aber sicher, dass er sich nicht melden würde. Er tat es noch am selben Abend.« Zoi schüttelte den Kopf, als könne sie es selbst nicht glauben.

»Wir haben dann nochmal ein paar Stunden gequatscht, es war, als würden wir uns schon ewig kennen. In der Woche darauf war er in München und fragte vorher, ob wir uns treffen könnten. Ich sagte Ja, und wir trafen uns in einem kleinen Café bei mir ums Eck. Das habe ich ihm aber nicht gesagt. Damals habe ich noch nicht in der Blumengasse gewohnt. Wir haben einen Kaffee getrunken und ein bisschen geredet, aber es war klar, dass wir miteinander ins Bett wollten. Also habe ich ihn mit zu mir genommen.«

»Das hört sich erstmal nicht allzu schlecht an«, sagte Hannah leise.

Zoi nickte. »Das Problem ist, dass wir bisher nie über unsere Beziehung gesprochen haben. Wenn er nach München kam, rief er vorher an, wir trafen uns, schliefen miteinander, er fuhr wieder weg.« Sie stellte ihr Glas auf den Tisch aus Angst, sie könnte etwas verschütten. »Ich weiß praktisch nichts von ihm.

Er redet viel, sagt aber im Endeffekt nichts.« Sie schaute Hannah an. »Ich weiß nicht mal, wo er wohnt.«

»Hm«, machte diese. »Klingt nach einer komplizierten Sache. Ich vermute, er hat sich heute gemeldet?«

Zoi nickt erneut und schilderte ihr das Telefonat vom Nachmittag. »Ich war so sauer, dass ich anschließend ins Fitnessstudio gegangen bin«, sagte sie und lachte.

Hannah stimmte in das Lachen mit ein.

»Was mache ich denn jetzt?«

»Was willst du denn für dich?«

Zoi musste nicht lange überlegen. »Ich will zumindest Klarheit. Wenn er sagt, es ist nichts Ernstes, sondern nur eine Bettgeschichte, kann ich damit umgehen. Okay, nachdem ich ein paar Stunden geheult habe.« Sie zog eine Grimasse. »Aber ich wüsste endlich, woran ich bin.«

»Warum sagst du ihm das nicht?«

»Das ist leichter gesagt als getan.« Zoi nahm einen Schluck Rotwein.

»Ich weiß.« Hannah seufzte. »Ich habe das gerade hinter mir. Es ist verdammt schwer, die eigenen Gefühle zu offenbaren, aber hat man es erst mal geschafft, ist es unglaublich befreiend.« Sie drehte sich um und schaute das Foto auf dem Regal an. »Mir ging tatsächlich erst in Griechenland auf, dass ich Andy liebe. Bis dahin dachte ich, es sei nett, mit ihm zusammen zu sein. Unterhalb dieser unglaublichen Klöster ...«

»Metéora?«, warf Zoi ein.

»Ja, genau. Dort habe ich zum ersten Mal ›Ich liebe dich‹ zu ihm gesagt. Kannst du dir das vorstellen? Nach all den Jahren! Es war ein furchtbarer und zugleich wunderbarer Augenblick.« Sie nahm ihr Glas, und Zoi sah, dass ihre Hand leicht zitterte.

Sie nahm ebenfalls ihr Glas in die Hand, um den Moment zu überbrücken. Geständnisse dieser Art hatte sie nicht erwartet. Andererseits machte genau das Hannah aus: Sie hörte nicht nur verdammt gut zu, sie gab auch etwas von sich preis.

Hannah stellte ihr Glas zurück und räusperte sich.

»Ich kann dir nur raten: rede mit ihm. Auch wenn es dir schwerfällt und es dir vermutlich peinlich vorkommt. Wenn du wissen willst, woran du bist, musst du ihm sagen, was du fühlst. An seiner Reaktion wirst du erkennen, ob er es ernst meint oder ob er nur mit dir spielt.«

Zoi schluckte. Natürlich sagte Hannah ihr nichts Neues, aber es ausgesprochen zu hören, war eine andere Hausnummer als es sich einfach nur vorzustellen.

»Gut, ich werde mit ihm reden. Gleich morgen Abend.«

»Sehr schön! Darauf trinken wir.« Hannah stand auf, holte die Weinflasche und schenkte nach. »Dann können wir zum gemütlichen Teil des Abends übergehen.«

Zoi erwachte am nächsten Morgen früher als üblich. Trotz des Alkohols hatte sie gut geschlafen, was für die Qualität des Weins sprach.

Sie stand auf und bereitete sich ein schönes Frühstück vor. Während sie am Kaffee nippte, überlegte sie, wie es wäre, Sunay würde bei ihr wohnen. Platz genug hätte sie. Immerhin war er immer bis zum Morgen geblieben, gehörte nicht zu der Sorte Männer, die nach dem Geschlechtsverkehr einfach verschwanden. Das war ein Pluspunkt. Ein weiterer war definitiv seine Fähigkeit als Liebhaber.

Zoi kicherte. Wenn sie an den kommenden Abend dachte, durchflutete sie ein warmes Gefühl.

Du darfst dich nicht davon abbringen lassen, mit ihm zu reden!, nahm sie sich zum hundertsten Male vor.

Sie wusste, dass sie schwache Knie bekommen würde, sobald sie ihn sah. Sie musste stark bleiben.

Hannah hatte ihr zum Abschied geraten, ein paar Punkte aufzuschreiben, die ihr wichtig waren. »Du musst den Zettel nicht mitnehmen, aber normalerweise vergisst man etwas, das man aufgeschrieben hat, nicht so leicht.«

Sie hatte ihre Punkte noch vor dem Zu-Bett-gehen notiert, aber im Tageslicht betrachtet, klangen sie seltsam.

Zoi seufzte, räumte das Geschirr weg und machte sich fertig für den langen Tag, der vor ihr lag. Warum nur hatte sie sich erst für neun Uhr mit Sunay verabredet?

Der Tag verging schneller als befürchtet, um halb sechs verließ die letzte Kundin den Laden und Zoi sperrte hinter ihr zu. Noch dreieinhalb Stunden, in denen sie sich hundert Mal umziehen, ihre Rede einstudieren oder das Treffen absagen konnte. Nein, sie würde sich mit ihm treffen und sie würde mit ihm reden. Zumindest würde sie es versuchen.

Du bist kein verdammter Teenager! Du bist fast vierzig!

Es half nichts. Je näher der Termin rückte, desto aufgekratzter wurde sie. Ein paar Mal war sie nahe dran, doch abzusagen, weil sie glaubte, es nicht durchstehen zu können.

Als es Zeit war aufzubrechen, schenkte sie sich ein Glas Ouzo ein und kippte es in einem Zug hinunter. Brrr! Wie sie diesen Geschmack hasste! Aber es half, sich zu entspannen. Sie schwankte das Glas aus, steckte sich einen Kaugummi in den Mund und verließ nach einem letzten Kontrollblick in den Spiegel die Wohnung. Sie wusste, sie sah gut aus.

Am Nachmittag hatte sie Sunay eine kurze Nachricht geschickt mit der Adresse des Cafés, in dem sie sich zum ersten Mal in München getroffen hatten. Sie war gespannt, ob er sich daran erinnern würde.

Als Zoi in die Straße einbog, in der sich das Café befand, verlangsamte sie ihre Schritte. Sie wollte keinesfalls schon dasitzen, wenn er kam. Zum Glück war es dunkel, er würde sie nicht kommen sehen. Trotzdem wechselte sie die Straßenseite und lief nah an den Hauswänden entlang. Auf Höhe des Cafés blieb sie stehen und schaute hinüber. Es war ein beliebter Treffpunkt und daher gut besucht. Sunay war nirgends zu sehen.

Unschlüssig blieb Zoi stehen. Es war zehn nach neun, er müsste längst da sein. Er war zwar selten pünktlich, kam aber auch selten mehr als fünf Minuten zu spät. Gerade, als sie entschied, rüber ins Café zu gehen, vibrierte ihr Handy. Sie zog es aus der Manteltasche und sah die Nachricht von Sunay.

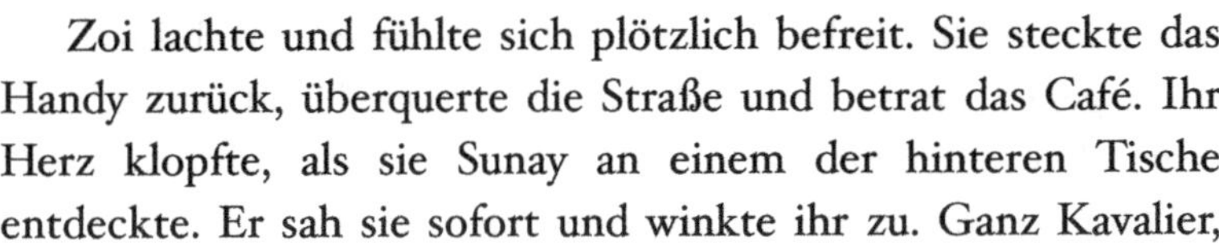

Zoi lachte und fühlte sich plötzlich befreit. Sie steckte das Handy zurück, überquerte die Straße und betrat das Café. Ihr Herz klopfte, als sie Sunay an einem der hinteren Tische entdeckte. Er sah sie sofort und winkte ihr zu. Ganz Kavalier, nahm er ihr den Mantel ab und brachte ihn zur Garderobe.

»Entschuldige bitte, die U-Bahn hatte Verspätung.« Die Lüge ging ihr locker von den Lippen.

Das kann ja lustig werden!

Er hatte sie mit einem flüchtigen Kuss auf die Wange begrüßt, schaute sie aber an, als wolle er sie auf der Stelle flachlegen.

Zoi schluckte. Wie sollte sie bei diesem Blick ein vernünftiges Gespräch führen? Überhaupt war es eine blöde Idee gewesen, sich in diesem Café zu treffen. Es war total überfüllt, entsprechend laut und eng. Sie bekam mehr von der Unterhaltung am Nachbartisch mit als von Sunay.

Sie tauschten ein paar Nettigkeiten aus, wie man das tat, wenn man sich monatelang nicht gesehen hatte. Zoi nippte nervös an ihrer Weißweinschorle, die er ihr bestellt hatte. Sie hatte keine Ahnung, wie dieser Abend enden sollte. Vermutlich nahm er an, dass sie immer noch ums Eck wohnte, und sie über kurz oder lang – eher kurz – dorthin verschwinden würden.

»Lass uns von hier verschwinden«, sagte er.

Na bitte! Ich wusste es!

Enttäuschung brannte in ihrem Hals. Warum nur waren Männer immer so vorhersehbar?

»Wir müssen reden.«

»Was?« Sie glaubte, sich verhört zu haben.

Er beugte sich über den Tisch, nahm ihre Hand und wiederholte: »Wir müssen reden.«

Zoi war zu verdutzt, um etwas zu erwidern. War das nicht ihr Satz gewesen?

»Okay«, sagte sie schließlich. »Wo?«

»In meiner Wohnung.«

Was? Er hat eine Wohnung? In München?

Sunay zahlte, holte ihre Mäntel, half ihr in den ihren, legte den eigenen um seine Schultern, nahm ihre Hand und zog sie sanft, aber bestimmt hinter sich her.

Draußen herrschte wohltuende Ruhe.

»Du hast eine Wohnung?«

Sunay lachte leise. »Natürlich. Wo, dachtest du, schlafe ich?«

»In einem Hotel. Du hast gesagt, du wohnst nicht in München.«

»Ja, das war damals auch wahr. Ich habe nicht in München gewohnt, sondern etwas außerhalb.« Er schaute sie mit einem verlegenen Grinsen an. »Es war also nicht ganz gelogen.«

Zoi war sprachlos. Er hatte ihr die ganze Zeit etwas vorgemacht? Wütend zog sie ihre Hand aus seiner und trat einen Schritt zurück.

»Ich glaub, ich spinne. Willst du mich verarschen?«

Sunay hob abwehrend die Hände. »Nein, du musst mir glauben. Ich will alles andere als das.« Er ließ die Hände fallen und streckte die Rechte nach ihr aus. »Bitte. Du musst mir glauben. Das ist auch der Grund, warum wir miteinander reden müssen. Ich muss endlich reinen Tisch machen.«

Oh, oh, das klingt gar nicht gut! Zoi, schau, dass du dich vom Acker machst!

Aber sie blieb wie angewurzelt stehen.

»Was soll das heißen, reinen Tisch? Wieso klingt das wie ein Geständnis in meinen Ohren?«

Er senkte den Kopf. »Weil es eines ist.«

»Du bist verheiratet.«

»Nein, das ist es nicht, wirklich nicht.« Er schaute sich um. »Lass uns das bitte nicht mitten auf der Straße besprechen. Bitte komm mit. Ich verspreche, ich rühr dich nicht an, wenn du es nicht willst. Ich will nur reden.« Er grinste. »Okay, ich will nicht nur reden, aber das will ich auf jeden Fall zuerst. Dann entscheidest du, wie es weitergeht.«

Zoi zögerte. Er hatte sie nie schlecht behandelt, es war also nicht anzunehmen, dass er ausgerechnet heute damit beginnen würde. Seltsamerweise glaubte sie ihm, obwohl es eine völlig neue Seite an ihm war.

»Okay. Ich komme mit. Aber ich bestimme, wo und wann Schluss ist.«

Er nickte nur. Dann zog er sein Handy heraus, suchte eine App und tippte etwas in den Monitor. »Taxi kommt in drei Minuten.«

Sie warteten schweigend, bis der Wagen kam, saßen schweigend nebeneinander im Fond des Wagens. Ihre Hände lagen nebeneinander auf dem Sitz und berührten sich gerade so.

Zoi war viel zu beschäftigt mit dem Wirrwarr an Gedanken, die durch ihren Kopf schossen, dass sie zunächst nicht auf die Richtung achtete. Als sie den Prinzregentenplatz erkannte, schaute sie sich um. »Wo fahren wir hin?«

»Wir sind gleich da«, sagte Sunay und musste sich räuspern.

Tatsächlich bog das Taxi in eine Seitenstraße ein und hielt kurz darauf. Während Sunay zahlte und sich eine Quittung geben ließ, stieg Zoi aus und schaute sich um. Sie standen vor einem Neubau, wie es mittlerweile zahlreiche in München gab. Gegenüber befand sich eine Reihe alter Häuser, die typisch waren für Bogenhausen. Sie war gespannt, in welchem Haus Sunay wohnte.

Er führte sie zu dem Neubau, wo er die Tür aufschloss und zum Aufzug ging. Drinnen drückte er den obersten Knopf, die Sieben. Es gab zwei Wohnungen in dieser Etage; Sunay ging zu der rechten und sperrte auf.

Zoi hatte erwartet, dass es keine kleine Wohnung sein würde, aber was sie sah, übertraf alle Vermutungen. Vor ihr erstreckte sich ein großer Raum mit einer Glasfront, die auf eine Terrasse führte.

Als Sunay das Licht anknipste, flammten überall versteckte Lampen auf, die den Raum perfekt in Szene setzten.

»Willkommen in meinem Zuhause«, sagte er. Seine Stimme klang immer noch rau. Er nahm ihr den Mantel ab und bat sie, auf dem riesigen Sofa Platz zu nehmen. Er verschwand hinter einer Säule, kurz darauf hörte sie Wasser rauschen. Bad oder Küche?

Es war wohl die Küche, denn er kam wenige Minuten später mit einem Tablett wieder, auf dem eine Karaffe mit einer klaren Flüssigkeit stand sowie zwei Gläser.

»Ich dachte, wir bleiben erstmal bei Wasser. Ich brauche einen klaren Kopf.«

Er stellte ihr ein Glas hin, schenkte ein und nahm sich selbst, setzte sich dann ihr gegenüber in einen Sessel.

Zoi musste an den Abend zuvor bei Hannah denken.

»Okay, schieß los.«

Er räusperte sich wieder. »Es ist nicht so einfach, aber es muss sein.« Er nahm einen Schluck Wasser, stellte das Glas auf den Tisch, wischte sich über den Mund, atmete tief ein. »Ich habe dir nicht die ganze Wahrheit erzählt«, sagte er. »Und das betrifft nicht nur die Wohnung. Wie gesagt, ich hatte damals, als wir uns kennenlernten, tatsächlich nicht in München gewohnt.«

»Eigentlich hast du mir kaum etwas über dich gesagt«, warf Zoi ein. »Du könntest auch ein Massenmörder sein, ohne dass ich es weiß.«

Er grinste, wurde aber schnell wieder ernst.

»Wäre ich ein Mörder, säßest du jetzt nicht hier, oder? Aber ein bisschen was ist dran an der Geschichte.«

Zois Herz begann heftig zu klopfen. Wie bitte? War er etwa ein Verbrecher?

»Okay«, sagte sie gedehnt. Ihre Stimme zitterte.

Er schaute alarmiert hoch und hob die Hände. »Du musst keine Angst haben, wirklich nicht. Ich schwöre, es wird dir nichts passieren.«

Zoi schluckte und nickte, machte sich dennoch sprungbereit. Hatte er die Tür abgeschlossen? Sie konnte sich nicht erinnern. Verdammt!

»Okay, hör zu, ich muss etwas ausholen. Ich bin, als ich jung war, in etwas hineingeraten, was nicht legal war. Es hat nichts mit Mord oder dergleichen zu tun.« Er rieb sich die Augen. »Ich will nichts beschönigen. Es fing alles ganz harmlos an, ich sollte immer mal wieder etwas von A nach B bringen und bekam dafür richtig gute Kohle. Ich war damals fünfzehn und fand das megacool.« Er verdrehte die Augen. »Ich war einfach unfassbar dämlich. Als mir endlich aufging, in was ich mich da eingelassen hatte, war es zu spät. Ich wusste zu viel, ein Ausstieg wäre mein Tod gewesen. Oder vielmehr der meiner Familie. Damit haben sie mir jahrelang gedroht. Und mich gut bezahlt, damit ich die Klappe halte.«

Er nahm sein Glas, trank es leer und füllte es erneut.

Zoi saß wie gelähmt da und wusste nicht, was sie sagen sollte. Dass er Dreck am Stecken hatte, hatte sie irgendwann geahnt, zu geheimnisvoll hatte er sich verhalten. Aber das, was er erzählte, klang eher nach Mafia als nach harmlosen Vergehen.

»Eines Tages kam dann dieser Typ zu mir. Er war von der Polizei und wollte mich als Spitzel vor Ort anwerben. Er machte mir klar, dass es für mich die einzige Chance war auszusteigen. Ich lehnte dankend ab. Ich hatte mir mein Leben eingerichtet, warum sollte ich daran etwas ändern? Selbst wenn ich erwischt würde, würde man mich raushauen und vor dem Gefängnis bewahren.« Er schaute sie an und lächelte. »Kurz darauf habe ich dich kennengelernt. Das hat alles verändert. Ich – ich habe mich auf den ersten Blick in dich verliebt, aber mir war klar, dass ich dir nicht zu nahe kommen durfte. Ich hätte dich genauso gefährdet wie meine Familie. Einige Monate später bekam ich erneut das Angebot, als Spitzel zu arbeiten. Diesmal habe ich angenommen.«

Zois Herz schlug ihr bis zum Hals, und sie wusste nicht einmal, was der Auslöser war. Sie fühlte sich wie in einem schlechten Gangsterstück und mochte nicht glauben, was Sunay ihr erzählte. Andererseits glaubte sie ihm jedes Wort. Und dann war da noch dieses Geständnis, er habe sich auf den ersten Blick in sie verliebt. Wow!

»Was – was ist jetzt anders, dass du mir all das sagen kannst?«, fragte sie leise, obwohl sie nicht sicher war, dass sie die Antwort hören wollte. Ihr Gefühl sagte ihr, dass sie ihr nicht gefallen würde. Und tatsächlich ...

»Sie bereiten den Prozess vor, ich bin ihr Kronzeuge. Was bedeutet ...«

»... dass du extrem gefährdet sein wirst.«

Sunay nickte. »Ich werde in ein sicheres Versteck gebracht und darf keinen Kontakt zu niemandem haben.« Er machte eine lange Pause, ergänzte dann leise: »Der Prozess kann Jahre dauern.«

Zoi sog scharf die Luft ein. Jahre? Er erwartete nicht im Ernst, dass sie Jahre auf ihn warten würde. Sie kannte ihn kaum! Aber im Innersten ihres Herzens wusste sie, dass sie es tun würde. Es würde Jahre voller Angst bedeuten, denn sie – wer immer sie waren – würden alles tun, um ihn zu vernichten.

»Wie lange?«, fragte sie.

Er wusste genau, was sie meinte und sagte: »Ein paar Wochen, vielleicht drei, vier Monate.«

Zoi hörte in sich hinein, traf eine Entscheidung und stand auf. »Dann sollten wir keine Zeit vergeuden.« Sie hielt ihm die Hand hin.

Er stand ebenfalls auf, nahm ihre Hand, drückte einen Kuss darauf, ohne den Augenkontakt zu brechen, und führte sie ins Schlafzimmer.

Edeltraut »Edi« Mayerhofer

Das Testament

»Ob ich es jemals lernen werde?« Svenja schob sich eine Strähne aus der Stirn und steckte sie hinters Ohr. Ihr Gesicht war gerötet und glänzte vom Schweiß.

»Natürlich lernst du das«, sagte Edi ruhig. »Du musst Geduld haben. Inzwischen klappt es doch schon ganz gut.«

Die junge Frau schaute sie zweifelnd an. »Wir können es uns locker leisten, jeden Tag essen zu gehen oder den Lieferservice kommen zu lassen. Aber ich finde es dennoch Geldverschwendung. Und es ist immer das gleiche Essen. Das ist auf Dauer langweilig.«

»Ich weiß.« Edi nahm Svenjas bemehlte Hand in ihre. »Wie gesagt: Du musst Geduld haben. Ich habe es auch nicht von heute auf morgen gelernt.«

Svenja nickte, wobei sich die Strähne wieder löste und ihr ins

Gesicht fiel. Frustriert schob sie sie nach hinten. »Ich hatte es mir nicht so schwierig vorgestellt.«

»Es ist auch nicht schwierig. Wenn erst mal der Knoten geplatzt ist und du die Zusammenhänge verstehst, geht es wie von selbst. Bis dahin halten wir uns strikt an die Rezepte.« Edi schob ihr das Kochbuch hin und tippte mit dem Finger auf die Zutatenliste. »Was fehlt noch?«

Folgsam beugte Svenja sich vor und verglich die Liste im Buch mit den Lebensmitteln, die auf dem Tisch standen.

»Eier, Milch, Mehl, Salz, Zucker – ah, das Mineralwasser fehlt.« Erstaunt sah sie hoch. »Mineralwasser in Pfannkuchen?«

Edi nickte. »Das ist ein alter Trick, um den Teig geschmeidig zu machen. Nimmt man mehr Milch, verändert sich neben der Konsistenz auch das Mehl-Milch-Verhältnis. Der Teig muss flüssig sein, damit man dünne Pfannkuchen backen kann.«

»Aha.«

Edi lachte. »Das klingt nicht sehr überzeugt. Du wirst es schon sehen.«

Nach ihrer Anleitung verrührte Hannahs Nichte die Zutaten und schüttete vorsichtig Mineralwasser dazu.

»Der erste Pfannkuchen wird grundsätzlich zu dick«, dozierte Edi. »Vermutlich sogar die ersten drei. Was nicht heißt, dass man sie nicht essen kann. Aber sie sind so etwas wie der Test, um zu sehen, wie viel Wasser man noch hinzugeben muss.«

»Okay, hab's verstanden.«

»Gut, dann gib Butterschmalz in die Pfanne und schalte den Herd an.«

Immerhin das hatte Svenja in der Zwischenzeit gelernt. Als sie vor ein paar Wochen angerufen und nach Nachhilfe beim Kochen angefragt hatte, hatte Edi geglaubt, sich verhört zu haben.

»Warum fragen Sie nicht Hannah? Sie kann auch sehr gut kochen.«

Svenja hatte zunächst herumgedruckst, dann zugegeben, dass niemand aus der Familie es wissen sollte. »Zumindest vorerst nicht. Vielleicht bin ich ja zu blöd, dann kann mich niemand auslachen.«

Edi hatte lange gezögert und sich mit Xaver beraten. Er hatte nur gesagt, sie solle es sich gut überlegen. Das hatte sie getan. Manchmal wurde ihr die Arbeit im Café zu viel, auch wenn es immer noch sehr viel Spaß machte. Aber sie war nicht mehr die Jüngste, und es war anstrengend, den ganzen Tag in der Küche zu stehen. Sollte sie sich da noch eine Schülerin aufhalsen, noch dazu eine, die laut eigener Aussage »zu dumm zum Kochen« war?

Sie mochte Hannahs Nichte, die in ihrem jungen Leben schon einiges mitgemacht hatte. Im Endeffekt hatte Svenjas Aussage den Anstoß gegeben. Niemand war zu dumm zum Kochen, das würde sie beweisen!

Tatsächlich waren die ersten Wochen jedoch eine Herausforderung gewesen. Svenja schien nicht nur zwei linke Hände zu haben, in ihrem Kopf schien auch kein Platz für das Thema Kochen zu sein. Egal, was sie ihr erklärte, es kam immer falsch an.

Aber konnte das Mädel was dafür? Sie hatte nie selbst kochen müssen, war immer von Angestellten umsorgt worden. Wie hätte sie Kochen lernen sollen?

Nach einigen Wochen, es war kurz vor Weihnachten, war der erste – wenn auch winzige – Knoten geplatzt. Stolz wie Bolle hatte sie ihr und Xaver das erste selbstgemachte Rührei mit Speck serviert.

Die ersten drei Pfannkuchen waren fertig. Unter Edis wachsamem Auge hatte Svenja nach jedem Versuch dem Teig etwas Mineralwasser hinzugefügt, etwas Butterschmalz in die Pfanne gegeben, einen Schöpfer Teig hineingegossen und den Pfannkuchen mit Hilfe einer Gabel und der Backschaufel gewendet. Der dritte Versuch war fast perfekt: dünn und auf beiden Seiten gut gebräunt.

»Sehr gut«, lobte Edi. »Der Rest läuft jetzt von allein. Ich decke schon mal den Tisch.«

Svenja warf ihr einen kurzen panischen Blick zu, nickte dann aber. »Ich krieg das hin.«

»Selbstverständlich.« Edi wandte sich dem Küchenschrank zu, nahm das nötige Geschirr heraus und ging ins Wohnzimmer, um den Tisch zu decken.

»Und? Läuft's?«, wollte Xaver wissen.

Sie nickte. »Besser als gedacht. Ich schätze, bis das Kind kommt, hat sie den Bogen raus.«

»Wäre nicht schlecht. Nicht, dass das arme Kind verhungert.« Xaver lachte.

Edi gab ihm einen Klaps auf die Schulter. »Böser Mann«, sagte sie liebevoll. »Sie wird hoffentlich stillen.«

»Edi?« Svenjas Stimme klang leicht panisch.

»Oh je, was da wohl passiert ist ...« Xaver grinste, während Edi in die Küche eilte.

»Was ist los?« Im selben Moment sah sie es. Offensichtlich hatte Svenja den Pfannkuchen in der Luft wenden wollen. Jetzt lag er mit dem teigigen Gesicht nach unten auf dem Boden.

Svenja stand mit bedröppeltem Gesicht da. »Tut mir leid.«

Edi lachte. »Kein Problem. Das lässt sich wegwischen, und Xaver bekommt eben einen Pfannkuchen weniger.« Sie wollte sich bücken, aber Svenja hinderte sie daran.

»Das ist ja wohl meine Aufgabe.«

Edi lachte und zeigte auf Svenjas Bauch. »Das entspricht zwar der Wahrheit, aber du bist inzwischen auch nicht mehr so beweglich.«

Svenja gab ein leises Stöhnen von sich und legte die Hände in den Rücken. »Noch zehn Wochen! Ich weiß gar nicht, wie ich das durchstehen soll. Ich komme mir jetzt schon wie ein Walross vor.«

»Da kann ich dir leider keine Tipps geben. Wie du weißt, habe ich keine Kinder.« Edi bückte sich, barg den verunglückten Pfannkuchen mithilfe eines Küchenhandtuchs und entsorgte ihn.

»Hast du es jemals bereut, keine zu haben?« Svenja starrte

konzentriert auf die Pfanne, wohl auch, um ihr nicht in die Augen schauen zu müssen.

Edi lächelte. »Ja und nein. Es gab Phasen, wo ich mir Kinder wünschte, aber es war nie ein so dringendes Bedürfnis, dass ich alles getan hätte, um tatsächlich welche zu bekommen. Was manche Frauen da heute auf sich nehmen ...« Sie schüttelte den Kopf. »Teilweise kann ich das verstehen, teilweise nicht.« Nachdenklich sah sie der jungen Frau zu, die mit der Zungenspitze zwischen den Lippen einen perfekten Pfannkuchen nach dem anderen produzierte. Sie fragte sich, ob das Baby in Svenjas Bauch ein Wunschkind war, doch sie kam nicht mehr dazu, Svenja anzusprechen, weil diese triumphierend ausrief: »Fertig! Wir können essen!«

Auf einem Teller lagen herrlich duftende, dampfende Pfannkuchen.

»Na dann, ran an den Speck«, sagte Edi.

Nach dem Essen äußerte Xaver sich lobend über das leckere Essen, was Svenja zum Strahlen brachte.

»Vielleicht ist ja doch noch nicht alles verloren«, sagte sie zum Abschied, nachdem sie die Küche geputzt hatte.

Edi schloss die Wohnungstür hinter ihr und ging zu Xaver ins Wohnzimmer.

»Du siehst erschöpft aus.«

»Ich bin erschöpft.« Sie setzte sich neben ihn aufs Sofa und lehnte sich an ihn. »Es war vielleicht keine gute Idee, es ausgerechnet an meinem freien Tag zu machen. Aber wann hätte ich es tun sollen?«

»Gar nicht?«

»Hm.«

Xaver legte den Arm um sie. »Ich weiß, du willst ihr helfen. Und ich finde das sehr ehrenhaft. Aber denk auch mal an dich, nicht immer nur an andere.«

»Mache ich, versprochen.« Sie zog die Füße hoch. »Ich mache ein kurzes Nickerchen, dann geht es wieder.«

Xaver machte ihr Platz und legte eine der Wolldecken über sie. Schon wenige Minuten später schlief sie ein.

»Edi? Edi, wach auf, da ist ein Anruf für dich.«

Verwirrt öffnete Edi die Augen. Xaver stand vor ihr und hielt ihr das Telefon entgegen. »Hier ist ein Anruf für dich. Ich habe gesagt, sie soll später anrufen, aber sie lässt sich nicht abwimmeln.«

Edi setzte sich auf und schüttelte den Kopf, um wach zu werden. »Wer ist es?«

»Wollte sie nicht sagen. Nur, dass es wichtig sei.«

»Hm. Gib mir einen Moment.« Sie streckte sich und schüttelte erneut den Kopf. »Okay, ich bin bereit.«

Xaver reichte ihr das Telefon. »Mayerhofer.«

»Sind Sie Edeltraut Mayerhofer?« Eine weibliche, nicht unsympathische Stimme.

»Ja. Und wer sind Sie?«

»Tut mir leid, können Sie mir bitte noch Ihr Geburtsdatum und Ihren Geburtsnamen nennen?«

Edi runzelte die Stirn. »Was wollen Sie? Ich bin nicht an irgendwelchen Verträgen interessiert und auch nicht an blöden Gewinnspielen.«

»Nein, nein, es ist nichts von alledem. Bitte nennen Sie mir die beiden Daten, dann kann ich Ihnen mehr sagen.«

Edi war immer noch nicht zu hundert Prozent überzeugt, nannte aber die gewünschten Informationen.

»Vielen Dank.« Sie hörte die Frau mit Papier rascheln. »Ich bin vom Nachlassgericht, Irwing mein Name. Es geht um den Nachlass Ihres Exmannes, Herrn Georg Mayerhofer.«

»Was?« Edi verstand nur Bahnhof. Georgs Nachlass? »Entschuldigung, ich verstehe gerade gar nichts. Wer, sagten Sie, sind Sie?«

»Mein Name ist Irwing, Britta Irwing. Ich arbeite am Nachlassgericht München. Wir sind in der ... Moment mal. Wissen Sie gar nicht, dass Ihr Exmann verstorben ist?«

Edi fühlte sich wie vom Blitz getroffen. Georg tot?

»Nein, nein, das wusste ich nicht.«

»Oh, das tut mir sehr leid. Uns wurde gesagt, dass Sie informiert wurden.« Wieder raschelte Papier. »Ach, das ist mein Fehler. Hier steht nur, dass die Frau von Herrn Mayerhofer Bescheid weiß, aber es handelt sich offensichtlich um die letzte Partnerin Ihres Exmannes.« Frau Irwing schluckte so laut, dass Edi es hören konnte. »Es tut mir so leid. Ich wollte nicht, dass Sie es so erfahren. Mein herzliches Beileid.«

Edi sagte automatisch: »Danke«. In ihrem Kopf schwirrte es. Georg war tot? »Entschuldigung«, sagte sie ins Telefon. »Können wir bitte später noch einmal telefonieren? Ich muss das erst einmal verdauen.«

»Selbstverständlich. Mir tut es leid, dass Sie es von mir erfahren mussten.«

»Vermutlich hätte ich es sonst gar nicht erfahren«, brummte Edi mehr zu sich als zu der Frau. Dann fiel ihr etwas ein. »Warum, sagten Sie, rufen Sie an?«

»Ich wollte Sie über die Testamentseröffnung informieren. Sie müssen nicht daran teilnehmen, haben aber das Recht dazu. Sie erhalten dazu auch noch einen Brief.«

»Rufen Sie jeden an?«

Frau Irwing lachte leise. »Nein, tatsächlich rufen wir so gut wie nie an. Es war mehr aus einem Bauchgefühl heraus. Ihr Mann, Ihr Exmann hat Ihnen einen Brief hinterlassen. Ich dachte mir, dass Sie das wissen sollten. Natürlich wird Ihnen der Brief zugestellt, Sie müssen deshalb nicht zu uns kommen.«

»Wo sind Sie überhaupt?«

»In der Maxburgstraße. Kennen Sie den Lenbachplatz? Dort sind wir.«

»Ach ja, da bin ich schon mal vorbeigegangen. Wann ist der Termin?«

»Nächste Woche, Mittwoch. Am Nachmittag um vierzehn Uhr. Aber, wie gesagt, Sie müssen nicht kommen. Sie erhalten alles schriftlich.«

»Ich muss mir das überlegen. Im Moment schwirrt mir der Kopf.«

»Das kann ich verstehen.« Frau Irwing klang wirklich verständnisvoll. »Nochmals, es tut mir aufrichtig leid.«

»Muss es nicht. Danke für den Anruf. Ich melde mich.« Edi drückte den roten Knopf.

Xaver hatte nur ihren Teil des Anrufs hören können und schaute sie fragend an. »Was ist los?«

»Georg ist tot?«

»Was?«

Edi schob die Decke beiseite und setzte sich aufs Sofa.

»Ich kann es nicht fassen. Er ist, er war doch noch gar nicht so alt.« Sie rechnete nach. Georg war nur ein Jahr älter gewesen als sie, also 68. Das war doch kein Alter zum Sterben!

»Ob er krank war?«, fragte sie in den Raum hinein.

»Ich fürchte, wir werden es nicht erfahren«, sagte Xaver, der ihre Hand hielt. »Du könntest natürlich seine ... ähm.« Verlegen schloss er den Mund.

Edi lachte. »Du kannst sie ruhig seine neue Frau nennen, schließlich war sie es ja auch. Auch wenn sie nicht verheiratet waren.« Sie beugte sich zu ihm und gab ihm einen Kuss. »Sind wir ja auch nicht.«

Dann schreckte sie hoch. »Was bedeutet das denn jetzt für mich? Ich bekomme monatlich Geld von Georg. Ich habe es bekommen«, korrigierte sie sich.

Xaver nahm sie in den Arm. »Hey, mach dir darüber bitte keine Gedanken. Du weißt, meine Rente reicht locker für uns zwei.«

Edi machte sich sanft, aber energisch los. »Das weiß ich. Aber du weißt auch, dass ich nicht mehr von einem Mann abhängig sein will. Auch wenn er so nett ist wie du.« Sie schenkte ihm ein gequältes Lächeln. »Ich kann es einfach nicht fassen.« Nachdenklich starrte sie auf das Telefon, das vor ihr auf dem Tisch lag. »Ob mich da jemand verschaukelt hat?«

»Das wäre aber ein sehr schlechter Scherz.«

Entschlossen nahm Edi das Telefon. »Ich rufe jetzt an. Bianca«, schob sie nach, als Xaver sie ratlos anschaute. Sie drückte die Taste, hinter der Georgs Nummer hinterlegt war. Während die Verbindung aufgebaut wurde, fragte sie sich, wann sie ihn zuletzt gesprochen hatte. Es war Jahre her. Nach der erfolgten Scheidung hatte es noch ein-, zweimal Kontakt gegeben, um Details zu klären, danach war der Kontakt abgebrochen.

Eine weibliche Stimme ertönte: »Guten Tag. Sie haben den Anschluss von Georg Mayerhofer und Bia...«

Edi legte auf. So etwas klärte man nicht via Anrufbeantworter. Immerhin, Bianca schien immer noch die Frau an Georgs Seite gewesen zu sein.

Seltsam. Beim Kochen hatte sie Svenja noch erzählt, dass sie ein schönes Leben gehabt und Kinder deshalb nicht unbedingt vermisst hatte. Und nun war Georg, dem sie dieses Leben zu verdanken hatte, tot.

Sie horchte in sich hinein. Warum weinte sie nicht? War sie nicht traurig über den Tod des Mannes, mit dem sie über dreißig Jahre verheiratet gewesen war? Doch, natürlich war sie traurig. Aber für Tränen reichte es offensichtlich nicht. Noch nicht. Die Nachricht musste erst sacken.

»Du solltest ein paar Tage freinehmen«, schlug Xaver später vor.

Edi wollte erst abwehren, rief dann aber doch Hannah an. Als diese sich meldete und Edi ihr vom Tod Georgs berichtete, sagte Hannah von sich aus, dass sie den Rest dieser und die nächste Woche freinehmen solle.

»Keine Widerrede«, schob sie nach, als Edi protestieren wollte. »Du magst jetzt noch keine Trauer verspüren, aber die kommt, das garantiere ich dir. Und ich will unseren Gästen keine versalzenen Kuchen servieren müssen.«

Edi musste grinsen und schämte sich sofort dafür. Sie dankte Hannah und legte auf.

Als sie abends neben Xaver im Bett lag, forschte sie erneut nach ihren Gefühlen. Aber alles, was sie finden konnte, war die

Sorge um ihre Finanzen. Georg hatte ihr nach der Scheidung einen amtlich festgelegten Unterhalt gezahlt, der nur wenig von dem abwich, was er ihr vorher freiwillig überwiesen hatte. Zusammen mit dem Gehalt von Hannah reichte es für ein sehr komfortables Leben, vor allem, da Xaver sich an der Miete und den Lebenshaltungskosten beteiligte. Da der Unterhalt jetzt wegfiel, würde sie sich einschränken müssen. Es würde zum Leben reichen, aber zu nicht viel mehr.

Ein tiefer Seufzer entfuhr ihr.

Xaver legte sein Buch weg, nahm ihre Hand und zog sie auf seine Seite. Dankbar legte sie den Kopf gegen seine Schulter.

»Denk nicht so viel nach«, flüsterte er. »Wir kriegen das hin.«

Edi hatte keine Lust auf eine Diskussion und sagte einfach nur: »Ich weiß.« Dabei hatte sie schon seit längerem mit dem Gedanken geliebäugelt, im Café kürzer zu treten oder gar ganz aufzuhören. Georgs Tod war auch eine Mahnung, dass das Leben viel zu schnell vorbei sein konnte.

Zwei Tage später traf die angekündigte Post vom Nachlassgericht ein. Da stand es schwarz auf weiß: Georg Mayerhofer, geboren am 14. September 1954, gestorben am 8. Februar 2023.

Der Termin würde am Mittwochnachmittag der folgenden Woche stattfinden. Edi war immer noch unschlüssig, ob sie ihn wahrnehmen sollte. Zum einen hatte sie Angst, Bianca zu begegnen. Obwohl sie keinen Groll mehr gegen die jüngere Frau hegte, wollte sie sie nicht sehen. Zum anderen musste sie immerzu an Filmszenen denken, in denen sich die Familie während einer Testamentseröffnung gegenseitig zerfleischte. Das würde ihr sicher nicht passieren, dennoch schauderte ihr bei dem Gedanken daran.

Am Montagmorgen rief sie zunächst Svenja an, um den geplanten Kochtermin für die nächste Woche abzusagen. Als die junge Frau den Grund dafür erfuhr, war sie voller Verständnis und Mitleid.

»Ich würde ja gerne sagen, ich koche dir etwas Gutes, aber ich fürchte, ich bin noch nicht so weit.«

Seltsamerweise war es dieses Angebot, das Edi Tränen in die Augen trieb. Sie dankte Svenja und beendete das Telefonat so schnell wie möglich. Doch es blieb bei den zwei Tränen, die so plötzlich verschwanden, wie sie aufgetreten waren.

Warum nur konnte sie nicht um Georg weinen?

Sie rief Frau Irwing an und fragte, wie sie am schnellsten an den Brief gelangen könnte, den Georg ihr hinterlassen hatte.

»Es gibt zwei Möglichkeiten: Entweder kommen Sie zur Testamentseröffnung, aber ich höre aus Ihrer Frage heraus, dass Sie das eher nicht möchten. Oder Sie holen ihn hinterher ab. Natürlich kann ich ihn Ihnen auch zuschicken.«

»Können Sie mir sagen, ob – ähm, Georgs neue Frau anwesend sein wird?«

Frau Irwing zögerte, sagte dann, dass sie das leider nicht mitteilen dürfe.

»Ich denke, ich werde am Donnerstag bei Ihnen vorbeikommen. Nochmals danke für Ihre Unterstützung.«

Frau Irwing lachte leise. »Ich habe nichts gemacht, außerdem ist es mein Job.«

»Sie hätten auch einfach nicht anrufen können. Dann wäre ich am Samstag aus allen Wolken gefallen, als ich die Mitteilung erhielt.«

»Ich hatte da so ein Gefühl. Es kommt sehr selten vor, aber wenn, gebe ich ihm nach.«

»Machen Sie weiter so. Vermutlich werden Sie nicht überall auf Dankbarkeit stoßen, aber ich denke, den meisten wird es nicht egal sein zu erfahren, dass jemand gestorben ist.«

Xaver war am Sonntagmorgen nach einer endlosen Diskussion zu seiner Tochter nach Niederbayern gefahren. Der Besuch war lange geplant gewesen und Edi hätte es blödsinnig gefunden, ihn abzusagen oder zu verschieben. Das Verhältnis zwischen

Vater und Tochter war nicht das allerbeste, der Besuch sollte ein weiterer Versöhnungsversuch sein.

Es hatte Monate gedauert, bis sie überhaupt von seinen Kindern erfahren hatte. Offensichtlich hatten die beiden ihm die Schuld am Tod der Mutter gegeben, obwohl Xavers Frau an Krebs gestorben war, den er nicht hätte beeinflussen können.

Es war ein Thema, über das er genauso ungern sprach wie sie über ihre Ehe mit Georg. Sie gaben jeweils nur das Nötigste preis.

Nachdem sie ihm zum tausendsten Male versichert hatte, dass sie sehr gut alleine zurechtkäme, war er endlich gefahren. Er würde am nächsten Tag zurückkommen, sie hatte also noch fast zwei Tage für sich.

Zunächst hatte Edi erwogen, ihre Freundinnen einzuladen, den Gedanken dann aber schnell wieder verworfen. Henriette mit ihren ewigen Männergeschichten oder Mina, die sie mit vorwurfsvoller Miene bedauert hätte, weil sie selbst nicht im Mittelpunkt stehen konnte, hätte sie nicht ertragen. Einzig die pragmatische Wilma wäre tolerabel gewesen, aber die eine nicht ohne die anderen einzuladen, war ein ungeschriebenes Gesetz. Immerhin hatte Edi sich erlaubt, mit Wilma zu telefonieren. Sie würde den beiden anderen die Nachricht von Georgs Tod mitteilen und sich damit jede Menge Sprüche ersparen.

Nach dem Telefonat mit Frau Irwing fragte Edi sich, was sie mit ihrer freien Zeit anfangen sollte. Die Wohnung war tipp-topp, und das war nicht einmal ihr Verdienst, sondern der von Xaver. Nie hätte sie gedacht, dass ein Mann ebenso ordentlich sein konnte wie sie.

Da sie zu faul war, sich etwas zu kochen, holte sie sich ein tiefgefrorenes Gericht aus dem Gefrierfach und stellte es in die Mikrowelle. Das war eine Neuerung, die Xaver eingeführt hatte, und mittlerweile wollte Edi das Gerät nicht mehr missen. Doch sie stocherte lustlos in den Knödeln herum, das Fleisch schob sie nach zwei Bissen zur Seite. Eigentlich hatte sie Lust auf ein schönes Stück Kuchen.

Und warum nicht?

Entschieden stand sie auf, warf das Essen mit schlechtem Gewissen in den Müll, ging ins Schlafzimmer, um ihren Schlabberlook, den sie sich inzwischen zuhause gönnte, gegen etwas Eleganteres zu tauschen, überprüfte die Handtasche auf ihren Inhalt und verließ die Wohnung. Im Erdgeschoss warf sie einen raschen Blick in den Briefkasten, der allerdings – wie schon seit Wochen – leer war. Es war ein Kreuz mit der aktuellen Briefzustellung.

Edi warf den Schlüssel in ihre Tasche, öffnete die Haustür – und stand Frau Dr. Piepenbrock gegenüber.

»Hallo«, sagte sie und wollte sich vorbeidrängen, doch die alte Dame hatte ihren Gehstock, den sie seit ein paar Monaten benutzte, so platziert, dass Edi hätte darüber springen müssen.

»Hallo. Was ist denn das für eine Begrüßung?« Die vormalige Lehrerin für alte Sprachen verzog das Gesicht, als habe sie auf eine Zitrone gebissen. Wobei – eigentlich sah sie immer so aus. Nur mit Mühe verkniff Edi sich ein Lachen. »Das heißt Guten Tag«, keifte die Piepenbrock.«

»Wenn schon, heißt es Grüß Gott«, widersprach Edi. »Wir sind schließlich in Bayern.« Sie schob den Gehstock zur Seite. »Wenn Sie so freundlich wären ...« Sie zwängte sich an der Nachbarin vorbei, tunlichst darauf bedacht, sie nicht zu berühren. »Vielen Dank, sehr freundlich«, sagte sie, als sie vor dem Haus stand, obwohl die andere nichts getan hatte, um sie vorbeizulassen.

»Unerhört!«

Edi wandte sich schnell ab, um ihr Grinsen zu verbergen. Mit stolzgeschwellter Brust lief sie die Straße Richtung Blumengasse. Warum nur hatte sie sich bisher so vor dieser Furie gefürchtet? Die kochte auch nur mit Wasser.

Wie jeden Tag verzog sie das Gesicht, als sie den Kran sah, der seit ein paar Wochen die schmale Blumengasse dominierte. Vom Gerüst vor Hausnummer 7 ertönte laute Musik, dazwischen redete eine Frau in einer ihr fremden Sprache. Edi vermutete, dass es sich um rumänische oder bulgarische Bauarbeiter handelte, die einen heimischen Radiosender hörten. Vom Blumenladen war nichts, vom Nagelstudio nur noch ein kleines Stück zu sehen.

So gut es war, wenn ein Büroraum in eine Wohnung umgewandelt wurde – es war ein untragbarer Zustand für die kleine Straße und ihre Läden.

Edi wandte den Blick ab und eilte Richtung Café, vor dem zwei einsame Raucher saßen, einer davon bis zum Hals in eine der neuen kuschligen Decken gehüllt, die Hannah vor dem Winter angeschafft hatte. Der andere war mit einer Lederjacke bekleidet, die ihn offensichtlich genügend wärmte.

Edi kannte die beiden Männer nicht, nickte ihnen trotzdem zu und betrat das Café.

»Hallo Edi«, begrüßte Lilya sie, während sie ein Tablett mit vier Tassen balancierte. »Ich dachte, du kommst heute nicht.«

»Ich bin als Gast da.«

»Oh, das ist gut. Such dir einen Platz, ich bin gleich bei dir.« Lilya lächelte ihr zu und brachte das Tablett zu einem Tisch mit zwei Frauen und zwei Männern.

Hinter der Theke stand Patrick, ein junger Mann, der schon einige Male im Café gearbeitet hatte. Er war einer der besseren Aushilfen, hatte aber laut Hannahs Aussage viel zu wenig Zeit. Edi winkte ihm zu, als er aufschaute.

Das Café war, wie üblich um diese Uhrzeit, gut besetzt. Edi schaute sich suchend um und entdeckte eine Frau in ihrem Alter, die fast jeden Tag vorbeikam, um wenigstens eine Tasse Kaffee zu trinken. Edi versuchte, sich an den Namen zu erinnern, aber in solchen Dingen war Hannah wesentlich besser.

Sie ging zu dem Tisch und sagte: »Entschuldigung. Ist bei Ihnen noch ein Platz frei?«

Die Frau schaute überrascht hoch und lächelte, als sie Edi erkannte. »Aber natürlich! Ich würde mich sehr freuen. Müssen Sie heute gar nicht arbeiten?«

Edi schüttelte den Kopf. »Es gab einen Todesfall in der

Familie, Hannah hat mir ein paar Tage frei gegeben. Aber anscheinend halte ich es ohne das Café nicht aus.« Sie lachte verschämt.

»Oh, das tut mir sehr leid. Hoffentlich niemand im engeren Kreis.«

Edi zog einen Stuhl heraus und setzte sich. »Nein, ein entfernter Verwandter. Dennoch ist es ein Schock, vor allem, weil er viel zu jung zum Sterben war.« Als Lilya kam, bestellte sie ein Stück Apfelkuchen und einen Cappuccino. Dann wandte sie sich wieder der Frau zu. »Es tut mir leid, aber ich kann mich nicht mehr an Ihren Namen erinnern. Hannah weiß ihn sicherlich, aber ich tue mich damit schwer.«

»Das ist doch kein Problem. Ich heiße Margit Fischer, aber lassen Sie uns doch Du sagen. Wäre das in Ordnung?«

»Sehr gern. Ich bin Edi, sehr erfreut.«

Margit gluckste. »Das weiß ich doch. Ich freue mich auch.« Sie beugte sich verschwörerisch vor. »Es schadet sicher nicht, einen heißen Draht zu jemandem zu haben, der so fantastisch kochen und backen kann.«

Als Lilya den Kaffee brachte, stießen sie mit den Tassen an.

»Weißt du«, begann Margit. »Mein Mann ist vor vier Jahren gestorben. Er war mehr als zehn Jahre älter als ich, aber es war dennoch ein Schock, denn es kam ganz plötzlich. Zum Glück hat er mir eine gute Rente hinterlassen, und ich dachte mir, wozu lange trauern, das macht ihn auch nicht mehr lebendig. Also genieße ich jetzt mein Leben. Ich fahre drei bis vier Mal pro Jahr weg, erkunde andere Länder, lerne neue Leute kennen – manchmal auch einen Mann –, und wenn ich hier bin, komme ich jeden Tag her und lasse mich verwöhnen. Ich finde, es gibt nichts Schlimmeres als Frauen, die den Rest ihres Lebens damit verbringen, ihrem Mann nachzutrauern.«

»Sollte man das nicht jeder selbst überlassen?«, warf Edi vorsichtig ein.

»Ja, natürlich, du hast vollkommen recht.« Margit warf ihr einen unergründlichen Blick zu. »Na ja, diese Sorgen hast du ja nicht. Dein Mann sieht ziemlich fit aus. Und übrigens sehr attraktiv.«

Den Bruchteil einer Sekunde war Edi irritiert, bis ihr einfiel, dass Margit von Xaver sprach, nicht von Georg.

»Er ist ein richtiges Sahneschnittchen«, schwärmte Margit.

Hört, hört, fuhr es Edi durch den Kopf. Sie bereute, sich gerade diesen Tisch ausgesucht zu haben. Obwohl sie wusste, dass Xaver nur Augen für sie hatte, fand sie die offene Bewunderung ihrer neuen Freundin unangenehm.

Sie überlegte, welchen Vorwand sie vorbringen konnte, um weiteren Lobeshymnen zu entgehen, als Hannah aus der Küche kam und sie suchte. Vermutlich hatte Lilya ihr gesagt, dass sie da war.

Edi war versucht, ihr zuzuwinken, unterließ es aber, da es ihr unhöflich erschien. Margit war inzwischen bei einer Italienreise angekommen, bei der zwei Männer ihr den Hof gemacht hatten. Edi schaltete auf Durchzug.

»Ah, Edi, was machst du denn da?« Hannah stand vor ihnen, eine weiß-geblümte Schürze über Jeans und Bluse, und spielte die Überraschte. »Hallo, Frau Fischer, schön, dass Sie wieder hier sind. Ich hoffe, es ist alles zu Ihrer Zufriedenheit, auch wenn Edi heute mal nicht gekocht hat.«

»Alles bestens, alles bestens.«

»Sehr schön.« Hannah strahlte die Frau an, als wäre sie die wichtigste Kundin überhaupt. War sie vielleicht auch. Jemand, der fast jeden Tag kam, konnte sich bei einer schlechten Kritik als durchaus schädigend entpuppen.

Hannah wandte sich Edi zu. »Es tut mir wahnsinnig leid, aber ich bräuchte dich für ein paar Minuten in der Küche. Die Knetmaschine will mal wieder nicht so, wie sie soll. Ich weiß, du kannst das Problem in einer Minute lösen.« Und zu Margit gewandt: »Ich entführe sie nur für einen Moment.«

Sie erhielt ein gnädiges Nicken.

»Ach, die Knetmaschine«, sagte Edi und wäre Hannah am liebsten um den Hals gefallen. »Dass sie aber auch immer

Probleme machen muss.« Auch sie wandte sich der neuen Freundin zu. »Ich bin gleich zurück.«

Sie stand auf, nahm ihre Tasche und folgte Hannah in die Küche, wo diese die Tür hinter ihnen schloss, sich umdrehte und sagte: »Wie kannst du dich zur größten Ratschkathl von ganz München setzen?«

Edi zog überraschte die Brauen und Schultern hoch. »Woher soll ich das bitte wissen? Ich kenne unsere Gäste nicht so gut wie du.«

»Lilya hat mir gesagt, dass du da bist und bei ihr sitzt. Man muss bei ihr wahnsinnig aufpassen. Sie verdreht einem das Wort im Mund.«

»Ich habe ihr nichts erzählt, zumindest nichts, was sie gegen mich verwenden könnte.« Edi ärgerte sich, weil sie sich wie ein Kind fühlte, das etwas falsch gemacht hatte. »Ich bin alt genug und kann auf mich aufpassen.«

Hannah seufzte. »Ja, ich weiß. Es tut mir leid.« Sie umarmte sie. »Du weißt, dass ich mich um alles kümmern muss. Will«, schob sie lächelnd nach. Dann schaute sie sie ernst an. »Wieso bist du überhaupt hier? Ist dir zuhause schon langweilig?«

»Xaver ist nicht da, das Essen schmeckt nicht, wenn man alleine ist, also dachte ich, ich gönne mir ein schönes Stück Kuchen. Auch, wenn du ihn gebacken hast.«

»He!« Hannah gab ihr einen leichten Stoß in den Arm, lachte aber. »Ich habe dazugelernt, das weißt du.«

Edi wiegte den Kopf hin und her. »Trotzdem – an mich reichst du nicht ran.«

»Will ich auch gar nicht«, kam es trotzig zurück. »Sobald ich so gut bin wie du, gehst du in Rente. Das will ich so lange wie möglich hinauszögern.«

Edi schnaubte. »So, wie es aussieht, werde ich wohl hier arbeiten müssen, bis ich tot umfalle.« Als Hannah sie fragend anschaute, erklärte sie: »Jetzt, wo Georg tot ist, erhalte ich keinen Unterhalt mehr von ihm.«

»Aber du hast doch ein Anrecht auf Witwenrente.«

»Ich bin keine Witwe, wir sind geschieden.«

Hannah schüttelte den Kopf. »Lass dich unbedingt beraten. Soweit ich weiß, hast du sehr wohl Anspruch darauf, trotz Scheidung. Es ist vielleicht nicht der volle Satz, aber eben auch nicht garnichts.«

Edi seufzte. »Ich hasse es, immer ans Geld denken zu müssen. Du weißt, dass ich zu Xavers Siebzigsten eine Reise geplant hatte. Die kann ich mir jetzt abschminken.«

Hannah legte ihr eine Hand auf den Arm. »Jetzt warte doch erstmal ab, was im Testament steht. Vielleicht hat er dir ein Vermögen hinterlassen, von dem du nichts weißt.«

»Ha, ausgerechnet Georg!« Sie stockte. »Obwohl – geizig war er nie, das muss ich zu seiner Verteidigung sagen.«

»Na siehst du.«

Edi schaute sich um. »Eigentlich müsste die Knetmaschine längst wieder laufen.«

Hannah lachte. »Zum Glück hast du sofort verstanden, dass ich dich weglotsen wollte. Nein, die zickt noch immer rum, da brauchen wir noch ein paar Minuten.« Sie schob sie Richtung Tisch, drückte sie auf einen der beiden Stühle und nahm selbst auf dem anderen Platz. »Wie geht es dir?«

»Im Prinzip geht es mir gut. Ich frage mich nur, wann die Trauer endlich einsetzt. Bisher konnte ich noch nicht weinen.« Edi schämte sich fast ein bisschen, das zuzugeben, obwohl sie und Hannah kaum Geheimnisse voreinander hatten.

Aber Hannah wäre nicht Hannah, wenn sie nicht angemessen darauf reagiert hätte. »Das kommt noch, glaube mir. Wahrscheinlich dann, wenn du es am wenigsten erwartest. Weißt du eigentlich, wann die Beerdigung stattfindet?«

Edi schaute sie erschrocken an. »Ich habe nicht die leiseste Ahnung.« Sie schlug die Hand vor den Mund. »Du lieber Himmel, das habe ich völlig verdrängt.«

»Gut so. Es ist auch nicht dein Problem. Dennoch finde ich, du solltest hingehen, wenn du die Gelegenheit hast. Es ist immer gut, sich zu verabschieden.«

»Und wie finde ich das heraus? Ich will diese Frau nicht anrufen.«

»Verständlich. Ich kann es für dich übernehmen. Oder du rufst bei der Friedhofsverwaltung an und fragst nach.« Sie zog ihr Handy aus der Schürzentasche. »Warte, ich habe eine bessere Idee. Soweit ich weiß, sind die Todesanzeigen der Tageszeitungen auch online verfügbar. Warte.« Sie tippte auf dem Monitor herum und sprach leise vor sich hin. »Ge-org May-er-ho-fer, Mün-chen. Mal sehen.«

Edi hielt den Atem an. Hatte Bianca daran gedacht, eine Todesanzeige aufzugeben? Hatte Georg seine Beerdigung schon organisiert oder hatte er gedacht, er habe noch viel Zeit? Sie hatten vor ein paar Jahren mehrmals darüber gesprochen, auch darüber, ein Testament aufzusetzen, aber dann war immer wieder etwas dazwischengekommen.

»Hier, das müsste er sein«, unterbrach Hannah ihren Gedankengang. »Georg Mayerhofer, geboren am vierzehnten September, gestorben am achten Februar.« Sie schaute Edi an, die nickte. »Unterschrieben von einer Bianca Huttner im Namen aller Angehörigen und Freunde.« Wieder schaute sie fragend hoch.

Edi zuckte mit den Schultern. Eigentlich wollte sie das alles gar nicht wissen.

»Okay, ich weiß, dass seine Neue Bianca heißt, also ist es die richtige Anzeige. Die Beerdigung findet am vierzehnten März im Waldfriedhof statt.« Sie warf einen Blick auf den Kalender an der Wand und sagte: »Das ist morgen.« Besorgt schaute sie Edi an. »Ich kann mitkommen, wenn du da möchtest. Es wäre seltsam, wenn Xaver zur Beerdigung deines Ex mitginge.«

Edi war gerührt. Dennoch schüttelte sie den Kopf. »Das ist nicht nötig, ich schaffe das allein. Steht da auch die Uhrzeit?«

Hannah wandte sich ihrem Handy zu. »Ja, elf Uhr. Warte, ich mache einen Screenshot, den schicke ich dir, dann hast du alle Daten.«

»Was immer du sagst.« Mit all den Dingen rund um ein

Handy kannte sich Edi nicht aus, das war Xavers Metier. In ihrer Handtasche machte es »Pling«. Offensichtlich war Hannahs Nachricht angekommen. Sie würde später nachschauen, notfalls konnte sie Halim fragen. Der kannte sich sogar noch besser aus als Xaver. »Danke«, sagte sie deshalb nur. »Ich sollte jetzt wieder raus zu meiner neuen ›Freundin‹.«

Hannah grinste. »Soll ich dich in fünf Minuten anrufen und einen Notfall vorgaukeln?«

Edi war versucht, das Angebot anzunehmen, wäre sich aber schäbig dabei vorgekommen. Vermutlich war Margit einfach nur einsam. »Danke, das ist lieb von dir, aber das stehe ich schon durch. Wir wollen doch nicht eine unserer besten Kundinnen vergraulen?« Sie stand auf, nahm ihre Tasche und wandte sich der Tür zu. Als sie an Hannah vorbeiging, hielt diese sie zurück.

»Du sagst Bescheid, wenn du Unterstützung brauchst, ja?«

»Aber ja. Ich habe dazugelernt.« Edi lachte, beugte sich vor und gab Hannah einen Kuss auf die Wange. »Danke für alles.«

Draußen im Café stellte sie erstaunt fest, dass der Tisch, an dem sie zuvor mit Margit gesessen hatte, mit zwei jungen Frauen besetzt war. Als Lilya vorbeikam, zeigte sie auf den Tisch und schaute sie fragend an.

»Sie ist ganz plötzlich gegangen. Ich weiß nicht, warum.«

»Hat sie bezahlt?«

»Ja, ja, auch mit Trinkgeld. Geht es dir gut?«

Edi nickte. »Im Prinzip ja. Nichts Gravierendes. Nächste Woche bin ich wieder da.«

»Schön.« Lilya rauschte vorbei und stellte das vollbeladene Tablett auf der Theke ab, wo Patrick die Gläser und Tassen in die Spülmaschine räumte.

Edi verließ das Café mit der Erkenntnis, dass der Laden auch ohne sie lief. Es war bitter und süß zugleich.

Bis zur letzten Minute überlegte sie, ob sie der Beerdigung beiwohnen sollte. Obwohl sie Hannah recht gab, entschied sie sich, nicht hinzugehen. Sie würde irgendwann zum Grab gehen und sich dann von Georg verabschieden, ohne Gefahr zu laufen, sich mit Bianca anlegen zu müssen.

Auch den Termin der Testamentseröffnung schwänzte sie.

»Was soll ich da?«, fragte sie Xaver, als er sie beim Frühstück sanft daran erinnerte. »Es gibt keine Häuser, keine Schiffe, keinen Familienschmuck, nichts, was er mir hinterlassen könnte. Ich vermute, er wird sowieso alles Bianca geben. Und das ist auch in Ordnung.«

Dennoch war genau das der Grund, warum sie den Termin mied. Sie wollte sich die Erniedrigung ersparen, als frühere Ehefrau leer auszugehen.

Immerhin raffte sie sich am Donnerstag auf und fuhr mit U- und Straßenbahn zum Amtsgericht, um dort den Brief abzuholen, den Georg ihr hinterlassen hatte.

Frau Irwing hatte an dem Tag frei, aber eine Kollegin überreichte ihr ein braunes Kuvert. »Wir haben Ihnen alle Unterlagen beigefügt«, sagte sie. »Wenn Sie Fragen dazu haben, rufen Sie uns bitte an.«

Edi steckte den Umschlag in die Tasche, bedankte sich und verließ das Gebäude so schnell wie möglich. Alles Amtliche war ihr ein Graus.

Zuhause angekommen, legte sie den Brief auf den Tisch, als wäre er etwas Giftiges. Nach dem Abendessen fragte Xaver, wann sie gedenke, den Umschlag zu öffnen.

»Am liebsten gar nicht.«

»Du weißt, dass die Vogel-Strauß-Methode nicht die beste ist«, sagte er sanft.

»Hm.« Seufzend erhob sie sich, holte den Umschlag und den Brieföffner und setzte sich neben Xaver aufs Sofa. Vorsichtig schlitzte sie den Umschlag auf und entnahm ihm mehrere Seiten beigefarbenes Papier, wie es üblicherweise von Behörden benutzt wurde, außerdem einen weißen Umschlag, auf dem handgeschrieben ihr Name stand. Sie erkannte Georgs Handschrift sofort.

Sie legte den weißen Umschlag zur Seite und wandte sich den offiziellen Papieren zu.

In Sachen Georg Martin Mayerhofer, + 8.2.2023

wg. Nachlassverfahren

Sehr geehrte Frau Mayerhofer,

das Nachlassgericht hat in dem Nachlassverfahren Mayerhofer Georg Martin, geboren am 14.09.1954, verstorben am 8.2.2023, die in beglaubigter Abschrift beiliegende Verfügung von Todes wegen eröffnet.

Für die Erbfolge ist nach Aktenlage maßgeblich:

das notariell beglaubigte Testament vom 12.12.2019

Sie sind zum Alleinerben berufen.

Es folgten weitere Sätze im Amtsdeutsch, die Edi nicht verstand oder verstehen wollte. Immer wieder wanderten ihre Augen zum Datum des Testaments. Dezember 2019, das war fünf Monate nach ihrer Scheidung. Das war nicht möglich. Da musste ein Missverständnis vorliegen.

»Liebes, alles in Ordnung?« Xavers Stimme drang wie durch einen Nebel zu ihr.

»Was?« Sie schaute hoch, in Xavers besorgte Augen. »Ja, alles in Ordnung.« Wieder las sie den Satz »Sie sind zum Alleinerben berufen«. Nein, nichts war in Ordnung. Stumm reichte sie Xaver die Seiten.

Er studierte sie aufmerksam und brauchte dafür länger, als Edi lieb war. Dennoch sagte sie nichts. Endlich hob er den Blick und sagte:

»Es ist ziemlich eindeutig. Dein Exmann hat dich im Testament als Alleinerbin eingesetzt. Wenn ich die Papiere richtig interpretiere, erhältst du allein aus der Lebensversicherung weit über hunderttausend Euro.«

»Was?« Edi schaute ihn erschrocken an.

Xaver hielt ihr ein Schreiben hin. *Lebensversicherung* stand in der Überschrift. Xaver zeigte auf verschiedene Stellen.

Versicherter: Mayerhofer Georg Martin, geb. 12.9.1954
Bezugsberechtigte Person: Mayerhofer Edeltraut Katharina, geb. 20.08.1955
Versicherungssumme im Falle des Todes: 112.365,97 Euro

Edi schluckte. »Aber was ist mit Bianca? Hier steht, dass ich Alleinerbin bin. Bekommt sie gar nichts?«

Xaver schüttelte den Kopf. »Soweit ich das sehe, nein. Sie geht leer aus.«

»Aber das ist nicht fair!« Edi war wütend. Nicht einmal im Tod konnte Georg etwas richtig machen.

»Fair oder nicht – das sind die Tatsachen.« Er reichte ihr den weißen Umschlag. »Vielleicht solltest du den erstmal lesen.«

Edi nahm den Brief, wollte ihn jedoch nicht öffnen.

»Soll ich dich allein lassen?«

»Nein!« Sie schrie es fast. »Nein«, wiederholte sie leiser und griff nach Xavers Arm. »Nein, ich brauche dich jetzt.«

»Okay. Ich bleibe bei dir. Aber du solltest ihn wirklich lesen.« Er reichte ihr den Brieföffner.

Widerwillig nahm sie ihn, öffnete den Umschlag und entnahm ihm zwei maschinenbeschriebene Seiten.

Wenigstens hat er mir seine Handschrift erspart!

Sofort schämte Edi sich für den Gedanken. Sie glättete das Papier und begann zu lesen.

Liebe Edi,

wenn du das liest, bin ich tot. Es wird vermutlich sehr viel früher sein, als wir beide erwartet haben. Ich habe die Diagnose kurz nach unserer Scheidung erhalten, was mich dann endlich dazu veranlasst hat, alles zu regeln.

Ich vermute, du wirst überrascht sein, dass ich dich als Alleinerbin eingesetzt habe. Und ich vermute auch, dass du das

Bianca gegenüber als ungerecht empfindest. Sei versichert, dass es ihr an nichts mangeln wird. Wir haben eine Eigentumswohnung gekauft, die auf ihren Namen läuft, sie hat also durchaus auch etwas von mir erhalten.

Als ich mir Gedanken über mein Testament machte, war klar, dass Du den Hauptanteil erhalten würdest. Immerhin hast Du es über dreißig Jahre mit mir ausgehalten. Ich wage zu behaupten, dass nicht alles schlecht war an unserer Ehe. Wir haben schöne Reisen gemacht, haben ferne Länder gesehen, auch wenn der ultimative Plan, nämlich die Weltreise, nicht mehr zustande kam.

Ja, das ist ganz und gar mein Fehler, wie überhaupt alles, was in unserer Ehe schiefgelaufen ist, mein Fehler war. Bianca hat mir die Augen geöffnet. Niemals hätte ich Dich zwingen dürfen, zuhause zu versauern, anstatt einem Beruf nachzugehen. Wie viele Männer meiner Generation war ich stolz darauf, dass meine Frau nicht arbeiten muss, dass ich sie ernähren kann. Machogehabe!

Hätte ich das früher erkannt – unsere Ehe hätte vielleicht gerettet werden können.

Eigentlich wusste ich in dem Moment, als ich aus unserer wunderbaren Wohnung auszog, dass es ein Fehler war. Aber das hätte ich damals niemals zugeben können. Fehler eingestehen ist nicht männlich! Ha!

Es ist sicher kein Trost für Dich, dass mein Zusammenleben mit Bianca kein Zuckerschlecken war. Mehr als einmal war ich kurz davor, sie zu verlassen, aber dann dachte ich, dass ich nicht schon wieder davonlaufen kann, und habe mich durchgebissen. Wir haben uns irgendwie zusammengerauft, aber glücklich waren wir wohl nie.

Wie oft habe ich meinen Schritt bereut! Wie oft hatte ich den Hörer in der Hand, wollte Dich anrufen und Dich anflehen, mich zurückzunehmen. Doch dann habe ich Dich gesehen und erkannt, dass Du ohne mich viel besser dran bist.

Kannst Du Dich noch an unser Zusammentreffen vor dem

Einkaufszentrum erinnern? Du warst in Begleitung des Syrers, der bei Dir wohnte. Ja, ich gebe zu, ich habe Erkundigungen eingeholt; ich war mir sicher, der Typ nutzt Dich aus.

Du hast gut ausgesehen, mit der neuen Frisur und dieser Ausstrahlung, als könne nichts auf der Welt Dir etwas anhaben. Und dann hattest Du auch noch den Mut, auf Bianca zuzugehen und Dich vorzustellen. Natürlich war ich an diesem Tag wütend. Ich konnte nur immer daran denken, dass der Syrer und Du ... Erst viel später ist mir klar geworden, welch wunderbarer Mensch Du bist und was Du für Halim getan hast.

Ich muss zum Schluss kommen, es bereitet mir zunehmend Schmerzen, so lange zu sitzen. Die Lebensversicherung habe ich schon vor sehr langer Zeit abgeschlossen, in der Tat kurz nach unserer Hochzeit. Als typischer Macho habe ich Dir nie etwas davon gesagt. Es ist ein schönes Sümmchen zusammengekommen. Ich bin sicher, Du wirst das Geld gut verwenden. Vielleicht machst Du ja die lang geplante Weltreise mit Deinem neuen Partner. Der passt übrigens sehr gut zu Dir!

Keine Angst, ich habe Dich nicht gestalkt, ich wollte nur wissen, dass es Dir gut geht. Als ich sah, dass dem so war, habe ich mich komplett zurückgezogen.

Trauere nicht zu sehr um mich, ich habe das nicht verdient. Ich möchte mich für alles, was ich Dir angetan habe, in aller Form entschuldigen. Es tut mir aufrichtig leid.

Ich habe Dich immer geliebt, auch, als ich behauptete, es nicht zu tun. Ich war verblendet, ich war ein Idiot.

Ich wünsche Dir das Beste, vergiss mich nicht ganz.

Dein Georg

Die Tränen, die lange nicht hatten kommen wollen, flossen jetzt ungehindert. Edi weinte und weinte und konnte sich gar nicht mehr beruhigen. Xaver saß still neben ihr, hielt ihre Hand und reichte ihr ab und zu ein neues Taschentuch.

Zwei Tage später stand Edi am Grab ihres Exmannes und hielt stumme Zweisprache mit ihm:

Danke für deine Offenheit. Du warst wirklich ein Idiot. Warum nur konnten wir nie richtig miteinander reden?

Danke für die Lebensversicherung. Es war ein Schock, diese Summe zu sehen, aber inzwischen habe ich mich beruhigt, vor allem, da ich weiß, wie lange die Versicherung lief. Ich werde das Geld tatsächlich für eine längere Reise verwenden. Xaver wird im Oktober siebzig Jahre alt. Ich wollte ihm eine Reise schenken, nichts Großes, ein paar Tage übers Wochenende. Jetzt kann ich mir etwas ganz Anderes leisten.

Du hast recht: Xaver und ich passen gut zusammen. Ich will dir keine Vorwürfe machen, aber in unserer Ehe konnte ich nicht ich sein. Das gelang mir erst nach unserer Trennung. Schade, dass es so kommen musste.

Ich habe versucht herauszufinden, woran du gestorben bist, aber niemand wollte es mir sagen. Datenschutz. Na ja, im Endeffekt ist es egal. Ich hoffe, da, wo du jetzt bist, geht es dir gut und du hast keine Schmerzen. Eigentlich glaube ich nicht an ein Leben nach dem Tod, andererseits muss da ja noch etwas sein, oder?

Danke Georg, für alles, das Gute und das Schlechte. Mach's gut!

Vom Friedhof aus fuhr Edi in ein Reisebüro in der Innenstadt, um sich bezüglich einer langen Reise beraten zu lassen. Gerne hätte sie es in der Blumengasse getan, aber sie traute den dortigen Leuten nicht. Zu schnell kamen Gerüchte auf. Und sie musste zuerst mit Hannah reden.

Für die würde es ein großer Schock sein. Aber Xaver hatte recht: Sie musste auch einmal an sich denken. Und jetzt hatte sie endlich die Mittel dazu.

Ann E. Hacker kommt ursprünglich aus Nürnberg, fühlt sich aber nach mehr als vierzig Jahren in München vollkommen heimisch.

Sie hat bisher unter mehreren Pseudonymen in vielen Genres über dreißig Bücher veröffentlicht. Besonders wichtig ist ihr bis heute der Episodenroman *Lost and Found in Camden*, den sie gemeinsam mit zehn anderen Autorinnen der *International Women Writing Group* zugunsten der Deutschen Krebshilfe verfasst hat. Als Leserin liebt sie die Leichtigkeit der angelsächsischen Literatur; in der Café Hannah-Serie versucht sie, diese mit einer gesunden Portion Realismus zu verbinden.

DANKSAGUNG

Manche mögen sich wundern, woher ich so viel über Safaas Flucht und ihre erste Zeit in Deutschland weiß. Sehr dabei geholfen hat mir der Podcast »Bassam«, in dem der Titelheld von seiner Flucht erzählt. Bassam floh 2015 als 15-Jähriger aus Syrien und erzählte 2022 – da bereits 22 Jahre alt – in sechs Folgen dem Journalisten Tim Sohr von seinen Erlebnissen. Natürlich habe ich einiges abgeändert und an Safaas Geschichte angepasst, dennoch könnte alles genauso passiert sein.

Für ihre Unterstützung und Motivation während der letzten Monate danke ich meiner Online-Schreibgruppe, allen voran Christian, Doris, Nicole und Sabine für ihre ehrliche und konstruktive Kritik. Ich freue mich immer auf unsere Treffen!

Meinen Testleser*innen kann ich gar nicht genug danken! Sie mussten diesmal in kürzester Zeit durch das Manuskript rauschen. Dennoch kamen sehr ausführliche und fundierte Meinungen zurück. Ihr seid die Besten!

Und natürlich danke ich wie immer Manfred für Deine immerwährende Unterstützung (und Nacken entspannende Massagen)!

TEIL 1: CAFÉ HANNAH – ALLES AUF ANFANG

Kurz vor ihrem fünfzigsten Geburtstag erfüllt sich Hannah Jensen einen Lebenstraum: Im Münchner Stadtteil Neuhausen eröffnet sie ihr eigenes Café. Und hier kommen so einige Geschichten zusammen, denn auch andere Menschen stehen vor einem Neubeginn.

Edeltraut, nach mehr als dreißig Jahren Ehe vom Mann verlassen, braucht nach einer Mieterhöhung dringend einen Job, April muss endlich den Tod ihres Mannes verarbeiten, Hannahs Nichte Svenja löst in Hamburg Knall auf Fall ihre Verlobung und fährt spontan mit dem charmanten, aber geheimnisvollen Ben nach München, während sich der knurrige Künstler Hubertus von Waldhausen und der in Dublin lebende Pole Andrzej in die quirlige Hannah verlieben ...

TEIL 2: CAFÉ HANNAH – ÜBERRASCHUNGEN

Hannah wird 50! Und da lassen es sich Nachbarn, Freunde und Bekannte natürlich nicht nehmen, die gute Seele der Gemeinschaft hochleben zu lassen. Bei dem gemütlichen Abend tauchen jedoch alte Flammen einerseits und ganz neue Perspektiven andererseits auf.

Und nicht nur Hannah hat einen Platz in der Gefühlsachterbahn ergattert. Bei Restaurantbesitzer Bassam hängt der Haussegen schief, Freundin Marlene hat mit der lieben Familie ihre Müh und Not und Hannahs Nichte Svenja ist unglücklich verliebt, sie weiß es nur noch nicht. Und so erlebt die Gemeinschaft um das Café Hannah ein reichlich turbulentes Jahr an dessen Ende nichts mehr so ist wie zuvor, nicht einmal der Haarschnitt ...

TEIL 3: CAFÉ HANNAH – RETTET DAS CAFÉ

In Hannahs Leben könnte es nicht besser laufen: Ihr Café floriert, ihre Beziehung zu Klaus steht auf festen Füßen. Doch dann kündigt der neue Hausbesitzer den Pachtvertrag. Die Blumengasse ist in Aufruhr, denn das Café ist längst das Herzstück der Straße geworden. Und damit nicht genug: Klaus beendet die Beziehung.

Während ihre Freunde Edi, Svenja, Ben, Hubertus, Brigid und Andy trotz eigener Probleme versuchen, das Café zu retten, verliert Hannah jeglichen Lebensmut. Hoffnung keimt auf, als der Verwalter des neuen Hausbesitzers Interesse an dem Café zeigt. Wird es gelingen, ihn von der Rettung zu überzeugen?

TEIL 4: CAFÉ HANNAH – VERTRAUT ANDERS

Seit einem Jahr sind Hannah und Andy nun ein Paar, harmonisch ist ihr Verhältnis jedoch immer noch nicht. Als sie erfährt, dass ihr Exmann Johann an Krebs erkrankt ist, verbringt Hannah sehr viel Zeit an dessen Seite. Ihr Ex ist ihr auch nach dreißig Jahren Trennung seltsam vertraut, dennoch ist alles anders.

Auch die anderen in Hannahs Umfeld haben Probleme: JJ ist

unglücklich verliebt, Illy kämpft um ihr berufliches Überleben, Hubertus hat Angst vor dem Alleinsein. Svenja erhält eine schockierende Nachricht, die ihr Leben komplett umkrempelt. Ist das eine Chance für Ben, endlich ihr Herz zu erobern? Andy hat zum ersten Mal Zweifel an seiner Liebe zu Hannah. Einzig für Edi läuft endlich alles rund. Bahnt sich da ein Happy End an?

TEIL 5: CAFÉ HANNAH – WIR MÜSSEN REDEN

Auch wenn Hannah gerade nicht weiß, ob sie noch eine Beziehung mit Andy hat, beginnt sie das Jahr 2020 positiv gestimmt. Das Café ist beliebt und läuft bestens. Doch dann taucht ein Virus auf und bringt die Welt vollkommen durcheinander. Alle Läden müssen schließen, die Menschen Abstand halten. Hannahs Freunde in der Blumengasse halten auch diesmal zusammen und gründen einen Lieferservice.

Während Hannah um Andy kämpft, drohen auch andere Beziehungen zu zerbrechen. Und immer wieder lernen die Beteiligten: Miteinander reden kann durchaus nützlich sein!

TEIL 7: CAFÉ HANNAH – MANN MANN MANN!

Nach den zehn Frauen des letzten Bandes kommen nun die Herren der Schöpfung zu Wort. Während JJ und Ben sich in ihrer neuen Rolle als junge Väter zurechtfinden müssen, hadert Halim mit seiner Entscheidung, in einem Sternerestaurant zu arbeiten. Sunay genießt die letzten Stunden mit Zoi, für Theo ergeben sich überraschende Perspektiven, Xaver versucht, sich vor der großen Reise mit Edi mit seiner Tochter auszusöhnen.

Das Schicksal hat den Protagonisten jedoch nicht nur Positives anzubieten. Wird sich am Ende dennoch alles zum Guten wenden?

KURZROMAN 1: MARILYN

Queens, New York, in den Neunziger Jahren: Marilyn Booker lebt mit ihren drei Kindern und ihrem Lebensgefährten Graham in Flushing und bekommt neue Nachbarn: Hannah Jensen samt Sohn Jonathan. Die beiden Frauen sind im selben Alter und freunden sich schnell an.

Während Marilyn in Erinnerungen schwelgt und die Ereignisse der Jahre 1990 bis 2017 Revue passieren lässt, erfahren die LeserInnen viel über Hannahs bewegtes Leben vor ihrer Zeit als Café-Betreiberin.

KURZROMAN 2: BRIGID

Brigid O'Connor wächst in einem kleinen Ort im County Galway im Westen Irlands auf. Ihr Weg scheint vorgegeben, auch wenn sie als Büchernärrin deutlich aus der Reihe der Familie tanzt. Als sie ein Stipendium für die Universität in Dublin erhält, scheint ihr Traum, Schriftstellerin zu werden, in greifbare Nähe zu rücken. Aber zwei Kommilitoninnen machen ihr einen dicken Strich durch die Rechnung. Brigid muss schnell einen Job finden, um in Dublin bleiben zu können.

Dank ihrer Freundin Corinna taucht sie ein ins literarische Leben Dublins und beginnt selbst zu schreiben. Doch erst durch die Bekanntschaft mit Hannah Jensen, einer gestandenen Bankerin, wagt sie den entscheidenden Schritt und schickt ihr Manuskript an eine Agentur.